LE SECRET
DES COMPAGNONS D'ÉLEUSIS

DU MÊME AUTEUR

Bibliographie sélective

Je suis rien, Le Cherche-Midi, 2003.

Sang d'enfer, Flammarion, 1991.

Tchao pantin, Denoël, 1982 ; rééd. « Folio Policier », 2000 (prix du Suspense).

Le Mutant, Albin Michel, 1978.

La Piscine, Éditions Raoul Solar, 1969.

ALAIN PAGE

LE SECRET
DES COMPAGNONS D'ÉLEUSIS

Roman

ÉDITIONS DU
ROCHER

Conseillère d'édition
Hélène Oswald

Une première version de ce roman a paru en 1975 sous le titre *Les Compagnons d'Éleusis*.

ISBN 2 268 05404 7

AVANT-PROPOS

2005.

Trente ans se sont écoulés.

Peut-être n'est-il pas inintéressant de rappeler certains événements dramatiques de ces années soixante-dix qui sont passés inaperçus du grand public. Depuis, bien des tragédies ont marqué le monde et failli bouleverser l'équilibre de la planète. C'est pourquoi certain épisode de cette époque, resté secret, apportera un éclairage nécessaire sur ces affrontements planétaires où le Bien et le Mal, une fois de plus, ont tenté de faire, chacun à sa manière, le bonheur de l'humanité.

Adorer Dieu ou le Veau d'or n'est pas nouveau. Ni innocent.

Comme s'il n'y avait pas d'alternative.

1973.

Cette année-là est une année charnière.

Malgré le cessez-le-feu au Vietnam, signé à Paris, le monde ne va pas bien. En février, pour la deuxième fois, le dollar est dévalué et les spéculations sur le billet vert continuent. En avril meurt Picasso, celui qui disait : « Je ne cherche pas, je trouve. » Mais que reste-t-il à trouver dans ce monde sans mystère ? La paix ? Qui l'a jamais trouvée ? Au Moyen-Orient se succèdent attentats, enlèvements, cycle infernal des représailles tandis que les Khmers rouges encerclent Phnom Penh avec les conséquences dramatiques qu'on connaît. Aux États-Unis, le *Washington Post* dévoile l'affaire du Watergate. En France, meeting d'Ordre nouveau, organisation violente d'extrême droite tandis qu'au

Chili, le président Allende meurt victime d'un putsch qu'organise un militaire soutenu par les intérêts américains. La Syrie et l'Égypte déclenchent les hostilités contre Israël. La guerre du Kippour commence. En Éthiopie, la famine qui se prolonge fait plus de cent mille morts. L'Opep réduira ses ventes de pétrole tant que les Israéliens, qui ont gagné la guerre, occuperont les territoires arabes. Embargo vers les États-Unis et les Pays-Bas. Une spéculation sur le prix du pétrole s'empare de tous les pays producteurs tant au Moyen-Orient qu'en Amérique latine.

Mais où est le Bien, où est le Mal ? se demandent les peuples, angoissés.

L'innocence a disparu. La sagesse aussi.

Devant ces menaces multiples, planétaires, la peur naît – et qui dit peur dit besoin de sécurité. Dans ce monde matérialiste qui va très mal vivre la fin de ce que l'on a osé appeler « les Trente Glorieuses », l'antidote à cette peur, c'est ce réflexe qui a toujours motivé le petit-bourgeois depuis que celui-ci est devenu possédant : chercher une valeur-refuge.

Et quelle est la valeur-refuge par excellence ?

L'or.

L'or, à la fois mythe et valeur.

L'or, métal précieux mais matière vénale.

On va donc assister à une folle spéculation autour de l'or.

Les Bourses, les puissances financières, les agents de change s'affolent, sont déstabilisés devant tous ces spéculateurs, petits et grands, qui veulent convertir tout ce qu'ils possèdent dans une matière dont la valeur ne cesse de monter.

Mais il y a matière et matière, et on ne s'en prend pas impunément à un tel mythe.

Des forces, peut-être occultes, veillent.

Cette année-là, derrière cette spéculation forcenée et les drames qu'elle engendre, va se dérouler un affrontement sans merci entre ceux qui prétendent être les maîtres du monde à travers l'économie et la politique et ceux qui, à l'inverse, pensent que seules les valeurs spirituelles peuvent sauver ce même monde.

Quand on voit l'état du monde aujourd'hui, il n'est pas difficile de deviner qui est sorti, à l'époque, vainqueur de cet affrontement. Mais des invisibles lignes de force tentent toujours d'équilibrer ce monde hystérique, paranoïaque et le combat sans fin entre le Bien et le Mal se poursuit malgré une opacité de plus en plus grande, un brouillard qui permet de moins en moins de discerner ce Bien de ce Mal.

Combat de l'Obscur contre la Lumière ?

Et s'il y avait une troisième voie ? La Connaissance, par exemple.

Quels alchimistes, aujourd'hui, pourraient rendre le monde meilleur ?

Allez savoir.

Les mystères d'Éleusis sont toujours insondables.

1

Tout commence un après-midi de septembre 1973.

Dans cette artère qui porte le nom du premier homme qui viola Paris sans lui faire d'enfant, le baron Haussmann, entre la rue d'Anjou et la place Saint-Augustin, ne se distinguant en rien de ses voisins, se dresse l'immeuble de la banque Verdier.

C'est un établissement sérieux qui, depuis cent vingt ans, tourne sans problème et sans avoir sacrifié au compte courant. Ici, les affaires, traitées et digérées par ordinateur, relèvent de l'abstraction. On achète, on vend, on prête, on participe, on spécule…

N'est-ce pas le propre de ce qu'on appellera les Trente Glorieuses ? Dans une frénésie glacée, des fortunes s'y déplacent, évoluent, se gonflent ou se dégonflent… Pour dominer la situation, il suffit d'être un bon financier.

Et d'être bien informé.

Comment imaginer que des rouages aussi bien huilés peuvent se gripper ? C'est au-delà de l'entendement d'un banquier moyen. L'aveuglement n'est pas l'apanage du *vulgum pecus*. Le système est rodé, téléphones, téléscripteurs et autres télex donnent sans arrêt des renseignements qui, interprétés, repartiront aux quatre coins du monde sous forme d'ordres…

Ce jour-là, Paris vivait son psychodrame habituel où automobiles et humains allaient, venaient, se croisaient, s'affrontaient et se frôlaient à la limite du télescopage. Que l'on décale un seul de ces éléments et c'était le chaos.

Qui pouvait penser qu'un autre chaos allait bientôt prendre la forme d'un petit homme sans intérêt, flanqué d'une valise en plastique ? Écrasé par le marbre et les ors, face au buste en bronze du fondateur, sa présence au milieu du hall de la banque était parfaitement incongrue.

Ce qu'estima l'huissier, assis derrière sa table, qui lança avec ce mépris et cette morgue que seul un pauvre peut avoir pour un autre pauvre :

– S'il vous plaît ?

Le petit homme devait avoir l'habitude de ne pas être considéré car il se retourna sans hésiter. L'huissier s'était levé. Une allure d'ancien militaire, qu'accentuait son uniforme bleu marine à boutons dorés. Planté devant l'inconnu comme s'il s'agissait de défendre une place forte, il demanda :

– Vous allez où, là ?

Le ton sous-entendait que le petit homme ne pouvait que s'être trompé de lieu. Il sembla hésiter. Son regard pâle et timide observait l'huissier. Néanmoins sa voix ne manqua pas d'assurance pour dire :

– Mais… à la banque.

L'huissier hésita. Depuis mai 1968, le monde avait perdu ses repères. Des milliardaires se trimbaleraient dans des Rolls avec, quelle horreur, des fringues de clodo. Enfin, c'est ce qu'affirmait la télé. Méfiant, il reprit :

– Vous avez sans doute rendez-vous ?

Le petit homme fit non de la tête, ce qui ne facilita pas la tâche de l'huissier qui se retrouvait face à ce problème délicat : que faire d'un type minable qui ne ressemble en rien aux clients habituels de la banque ?

– C'est pour quoi exactement ?

– Je voudrais voir le directeur. J'ai quelque chose à proposer.

L'huissier respira, retrouva ses marques.

– Pour les offres de service, c'est le mardi de neuf heures à midi. Et sur rendez-vous.

Déjà l'huissier reprenait sa place. Normalement, le petit homme aurait dû partir. Mais il restait là, immobile, sa valise à la main, comme s'il n'avait pas entendu. L'huissier soupira et répéta :

– Sur rendez-vous seulement.

Le petit homme sourit.

– Je crois que je me suis mal expliqué. Je ne suis pas représentant. Ce que j'ai à vendre c'est... de l'or.

Un maître mot venait d'être prononcé. Une clé, un sésame.

L'or.

Dans la banque, on ne renvoie pas quelqu'un qui vient proposer de l'or. L'huissier décrocha son téléphone et expliqua brièvement la situation à un certain M. Dumont tandis qu'il observait le petit homme qui avait posé sa valise à ses pieds.

Quelques instants plus tard, une porte s'ouvrit et Dumont apparut.

Pur produit de la vieille école, c'était l'employé modèle, correct des pieds à la tête. On aurait pu le croiser vingt fois sans le reconnaître. On le croisait d'ailleurs sans le reconnaître. Il se raidit légèrement lorsqu'il découvrit la dégaine du petit homme et son œil, lourd de reproches, glissa jusqu'à l'huissier qui eut un geste d'impuissance. Avec cette même morgue qui n'appartient qu'à ceux qui jonglent avec les millions des autres, il murmura :

– Bonjour monsieur... Vous auriez, me dit-on, de l'or à vendre ?

Il s'obligeait à bien s'exprimer, ne serait-ce que pour marquer toute la différence qu'il y avait entre le petit homme et lui. L'autre ne s'en émut pas pour autant.

– Oui, oui... de l'or. (Puis, comme s'il avait un doute :) Une banque, ça achète bien de l'or ?

Avec une pointe d'impatience, Dumont précisa :

– Bien sûr... mais pour de petites quantités, il vaudrait mieux voir un agent de change ou même un bijoutier.

Le petit homme écoutait avec une bonne volonté évidente. Il semblait avoir le perpétuel souci de ne contrarier personne. Dumont crut en avoir terminé. Il allait repartir lorsqu'il découvrit avec infiniment de surprise que l'autre le retenait par la manche.

– S'il vous plaît... je voudrais vous montrer quelque chose.

Intrigué, Dumont se retourna.

Le petit homme lui sourit, se pencha, ramassa sa valise qui semblait bien lourde et la posa sur la table. L'objet, il faut le dire, n'avait qu'un très lointain rapport avec les élégants attachés-cases des habitués de la banque.

La valise était maintenant ouverte. Curieux, Dumont et l'huissier se penchèrent. D'abord, ils ne virent qu'un paquet informe enveloppé de papier journal que l'inconnu ouvrit d'une main experte. Les deux hommes sursautèrent.

Au milieu du journal déplié brillait un lingot d'or.

Inconscient de l'effet qu'il venait de produire, le petit homme déballait les autres paquets et bientôt quatre autres lingots rejoignirent le premier. Cinq kilos d'or. Trente mille francs au cours officiel. Plus du double pour peu que la spéculation fût favorable. Et le petit homme qui demandait :

– Est-ce une quantité suffisante pour intéresser une banque ?

Peut-être un soupçon d'ironie dans la voix… Dumont détacha son regard des lingots pour le poser sur l'inconnu. L'œil était très bleu, tellement naïf que l'impression de malaise de Dumont s'accentua.

L'huissier, lui, ne quittait pas le petit homme des yeux, comme s'il avait devant lui le représentant de quelque espèce inconnue.

Dumont s'arracha enfin à sa fascination, bégaya :

– Si… si vous voulez bien me suivre, monsieur… Nous… nous serons mieux pour…

À court de mots, il jeta soudain :

– Par ici !

Sans hâte, l'inconnu refourra ses lingots dans la valise, referma celle-ci et rejoignit Dumont.

Ils pénétrèrent dans une vaste salle qui ne le cédait en rien au hall quant au luxe et à l'austérité. De part et d'autre d'un large escalier qui menait aux étages, on trouvait guichets et comptoirs dont l'agencement datait de la création de la maison. Boiseries sombres et cirées, marbres patinés, cuivres aux reflets profonds. Au centre, une banquette circulaire, surmontée d'un bronze de Mercure. Vestige d'une époque bénie où les architectes avaient encore de la culture et de l'humour puisque Mercure est à la fois le dieu des marchands et celui des voleurs.

– Attendez-moi là, dit Dumont en montrant la banquette, je… reviens tout de suite.

Quelques têtes curieuses apparurent çà et là aux guichets. Et une sorte de frémissement parcourut le personnel quand il vit le petit homme assis, la valise sur les genoux, sortir une blague à tabac et se mettre tranquillement à rouler une cigarette.

Au premier étage, plusieurs portes s'ouvraient de part et d'autre d'un long couloir.

En vertu d'un principe hiérarchique établi cent vingt ans plus tôt par le fondateur de la banque, à mesure que l'on avançait, l'emplacement de chaque porte marquait le grade et l'ancienneté de chacun des occupants du bureau correspondant. Malgré l'ordinateur, le XXe siècle semblait avoir quelque difficulté à s'imposer dans la banque Verdier.

Surtout sur le plan social.

La dernière porte était capitonnée.

Elle protégeait des indiscrets le maître des lieux, le seigneur de la finance.

Le P.-D.G. Georges Verdier.

Dumont s'arrêta devant la première porte sur laquelle on pouvait lire le nom de son supérieur immédiat : le chef de service Marceau.

Il frappa. Un grognement confus l'autorisa à entrer.

Marceau était penché sur des états. C'était un employé sorti du rang qui avait commencé sa carrière à la banque avec la ferme intention de l'y terminer. Il en portait les stigmates. Avec la lenteur calculée que lui autorisait sa qualité de supérieur, il leva enfin la tête vers son employé.

– Oui ?

– Je m'excuse de vous déranger, monsieur, mais il y a en bas un client d'un genre un peu… particulier.

– Particulier ? répéta Marceau. Et qu'est-ce qu'il a donc de si particulier, ce client ?

– Eh bien… je veux dire qu'il n'a pas l'allure habituelle de nos clients.

– C'est-à-dire ?

Marceau ne faisait rien pour faciliter les choses à Dumont. Celui-ci cherchait ses mots, mal à l'aise, sous l'œil glacé de son supérieur. À court de comparaisons et dépourvu d'imagination, il précisa piteusement :

– Il fait pauvre…

Marceau se laissa aller en arrière dans son fauteuil. Il affectionnait ces situations qui lui permettaient d'afficher un air supérieur et de faire de l'esprit facile. Ce qu'il ne manqua pas de faire.

– Et alors ? Ce n'est pas contagieux, que je sache ?

– Ce n'est pas cela, monsieur… C'est que…

Pour achever de le dérouter, Marceau se redressa brusquement.

– Que quoi ? Et d'abord, pourquoi l'huissier l'a-t-il laissé entrer ?

– C'est moi qui…

Dumont haïssait son chef de service. D'autant que l'autre en remettait, ironisait :

– Ainsi c'est vous qui l'avez recueilli ?

De rage, Dumont cria soudain :

– Oui. Il a de l'or à vendre !

– Dites-moi, mon vieux, est-ce que vous vous rendez compte de ce que vous êtes en train de me raconter ? Vous me parlez d'un clochard et, deux minutes après, vous me dites qu'il a de l'or à vendre ! Un malheureux napoléon qu'il a volé quelque part, je suppose ?

Heureux de l'effet qu'il allait produire, Dumont prit un temps.

– Il en a cinq kilos, monsieur.

La magie du mot joua une fois de plus. Cinq kilos d'*or*. Marceau resta un instant silencieux, le temps qu'il lui fallut pour réaliser. Il imagina les lingots posés sur son bureau. Prudent, il demanda :

– Vous avez bien dit cinq kilos ?

Dumont fit oui de la tête, heureux d'avoir troublé le chef de service, de l'avoir bousculé dans sa routine et ses certitudes. Marceau se leva brusquement en lançant pour reprendre l'avantage :

– Vous ne pouviez pas le dire plus tôt ?

Se dirigeant vers la porte, il ajouta, impatient :

– Eh bien, venez ! Qu'est-ce que vous attendez ?

Arrivé en haut de l'escalier, Marceau s'arrêta et retint Dumont qui s'apprêtait à descendre. Il se pencha prudemment et eut un sursaut de surprise en découvrant la silhouette minable de ce type tassé sur la banquette, les genoux remontés pour que la valise ne glisse pas.

Marceau se tourna vers Dumont.

– Vous êtes sûr qu'il a cinq kilos d'or à vendre ?

– Je les ai vus !

En soupirant, le chef de service s'engagea dans l'escalier.

En bas, le petit homme rallumait pour la troisième fois la cigarette informe qui pendait à ses lèvres. Il se leva en apercevant Dumont et

Marceau, tenant toujours sa valise comme s'il craignait qu'on ne la lui arrache.

À l'arrivée du chef de service, les têtes curieuses disparurent. Ici, l'ordre régnait. Même pour aller aux toilettes, le temps était compté. Où, hors d'ici, ce fameux temps aurait-il pu mieux se traduire en argent ?

Marceau, qui avait le sens des valeurs, s'adressa au petit homme avec juste ce qu'il fallait d'obséquiosité pour un éventuel possesseur de cinq kilos d'or.

– Bonjour, monsieur... Un de mes employés me dit que vous désireriez négocier la vente de quelques lingots d'or ?

– Cinq exactement, sourit le petit homme. Je vais vous montrer.

Il posa sa valise sur la banquette, l'ouvrit et écarta les journaux.

Marceau eut un petit frisson. Les chiffres, c'est abstrait, ça ne veut rien dire. Des milliards sur du papier, ça ne se palpe pas, ça ne s'imagine même pas. Mais de l'or en lingots, c'est autre chose.

Marceau posa un doigt respectueux sur la chose. Il regarda le petit homme, puis Dumont. Celui-ci avait le sourire d'un homme soupçonné à tort et dont on vient de reconnaître enfin la bonne foi.

Marceau se redressa.

– Qui vous a envoyé ici ? demanda-t-il, curieux.

– Personne... j'ai pensé qu'il était préférable de m'adresser à une banque sérieuse.

– Mais toutes les banques sont sérieuses, répliqua Marceau, un peu choqué.

– Je voulais dire une banque d'affaires.

– Pourquoi ? Les achats d'or se font au cours du jour quel que soit l'établissement. Nous n'échappons pas à la règle.

Le petit homme avait-il cru qu'il pourrait tirer un meilleur profit de son or en venant ici ?

Marceau prit un lingot, l'examina, finit par reprendre :

– De toute façon, nous ne pouvons pas vous régler immédiatement. Nous devons, vous vous en doutez bien, effectuer des contrôles.

Cela semblait évident au petit homme qui écoutait avec attention. Lui arrivait-il d'être en désaccord avec quelqu'un dans la vie ? Marceau retrouva toute son assurance et ajouta d'un ton négligent :

– Si vous désirez toujours négocier cet or, nous allons vous établir un reçu et…

– Attendez…

– Vous avez changé d'avis ?

Marceau semblait le souhaiter ardemment. Cette situation le dérangeait. Ce type avec cette valise minable et ses lingots enveloppés dans un papier journal bousculait sa logique… Marceau avait l'impression de se livrer à un trafic honteux. Mais voilà que le petit homme parlait, expliquait… Que disait-il donc de si incroyable, de si extraordinaire ? Devant les deux autres, effarés, de sa voix douce, un peu soyeuse, n'était-il pas en train de dire que…

– Non, non, je n'ai pas changé d'avis… mais… c'est que… c'est que j'en ai d'autres.

C'était tellement inattendu, tellement renversant que Marceau, l'œil en déroute, regarda autour de lui qui pourrait bien lui apporter assistance. Et il dut faire un violent effort pour garder son impassibilité avant de demander :

– Beaucoup d'autres ?

– Trois cents en tout, dit paisiblement le petit homme.

Cette fois, Marceau ne put cacher son émoi. Un petit muscle de sa joue se mit à sauter. Son regard chavira. Dans sa carrière de fonctionnaire zélé, il n'y avait pas de place pour ce genre d'imprévu.

– Trois cents kilos… d'or ?

L'autre confirma d'un signe de tête. Dumont passa un index discret sur son front luisant de sueur. Il se sentait responsable de la situation et craignait la suite des événements. Marceau, lui, abandonna.

– Excusez-moi… C'est une quantité trop importante, alors… alors je ne peux prendre la décision seul. Excusez-moi… euh… monsieur ?

– Durand, sourit le petit homme. Durand. Avec un D.

Marceau fut sur le point d'ouvrir la bouche mais, après une hésitation, il s'éloigna, laissant Dumont et le petit homme en tête à tête.

Marceau remonta à l'étage.

Sur la porte précédant celle du P.-D.G., on pouvait lire :

HERVÉ LAFAURIE, *fondé de pouvoir*

Marceau s'arrêta devant, le cœur battant.

La voix de Durand – avec un D ! – résonnait encore à ses oreilles. Trois cents kilos d'or. Restait à espérer qu'il ne s'agissait pas d'un fou ou d'un fumiste. Une dernière hésitation, puis il frappa avant d'entrer dans le bureau de la secrétaire de Lafaurie. Il demanda à celle-ci si le fondé de pouvoir pourrait lui consacrer quelques instants « pour une affaire très importante ». La secrétaire décrocha son téléphone.

Le plus beau titre de gloire d'Hervé Lafaurie et, par voie de conséquence, la raison de sa présence à la banque, était d'être un proche cousin du P.-D.G. Cela lui valait la considération apparente du personnel, des émoluments plus que confortables, mais, hélas, l'obligation de faire acte de présence à la banque.

À trente-cinq ans, Lafaurie se pensait beau, voire irrésistible. Il se trouvait le masque romain. Quand on ne le voyait pas, il prenait des poses devant les miroirs, jouant du biceps et du mollet. Il mettait un point d'honneur à monter les marches deux par deux pour montrer sa forme. Stupide, non, mais vain, très certainement.

Avant d'occuper ce poste, Lafaurie avait un emploi du temps très chargé qui le conduisait de son club hippique à son court de tennis. Peu sensible à l'aspect sportif de la question, son P.-D.G. de cousin lui avait fait savoir en temps voulu que la banque était un sacerdoce qui ne souffrait pas d'infidélités, fussent-elles chevalines ou tennistiques.

L'état de sa fortune personnelle ne lui permettant pas de dédaigner la situation qui s'offrait à lui, Lafaurie avait dû troquer sa selle de cuir de Russie contre un fauteuil en vulgaire vachette. Restaient les jolies femmes dont il était grand amateur. Malheureusement, malgré son nouveau pouvoir d'achat, elles se montraient souvent plus rétives que les juments qu'il montait naguère.

Lorsque le téléphone sonna, Lafaurie s'efforçait de remonter un casse-tête chinois composé d'une multitude de petits morceaux qui, une fois assemblés, devaient constituer une sphère parfaite. Avant de recevoir Marceau, il balaya les pièces du jeu au fond d'un tiroir. Il connaissait assez le chef de service et sa discipline d'employé modèle pour savoir que celui-ci n'oserait pas le déranger pour rien.

Il entrait justement, Marceau. Ou plutôt il se glissait dans le bureau, une épaule légèrement penchée en avant, le sourire quelque peu servile.

Lafaurie s'était composé un visage d'homme d'affaires débordé, expression qu'il allait garder durant l'exposé quelque peu alambiqué de Marceau. Mais lorsque le chef de service annonça la quantité d'or proposée, Lafaurie, à son tour, perdit pied.

– Vous êtes sûr du chiffre, mon vieux ?

Marceau détestait qu'on l'appelle « mon vieux ». Lafaurie le savait et se faisait un malin plaisir d'en user et même d'en abuser. Et Marceau savait aussi qu'il n'était pas bien né et qu'il n'aurait jamais la place de Lafaurie. La haine était leur seul lien. Mais qui aimait qui dans cet établissement où tout était fait pour que chacun soit conscient de son état et reste à sa place ? Marceau ne pouvait pas s'offrir le luxe de montrer sa haine, alors il en remettait dans l'humilité jusqu'à en gêner l'autre.

– Trois cents kilos, monsieur le directeur. Mais étant donné l'allure… inattendue… de… du vendeur, j'ai cru bien faire en vous prévenant.

Lafaurie se leva.

– Vous avez bien fait, mon vieux… Attendez-moi un instant.

Marceau suivit des yeux le fondé de pouvoir qui alla frapper à une porte de communication.

Celle qui donnait accès au saint des saints : le bureau du P.-D.G. Verdier.

La grande passion dans la vie de Verdier, c'était la finance. Pas l'argent, la finance. Parce que la finance, c'était la puissance. Et Verdier excellait à ce fantastique jeu de Monopoly. Vertige des chiffres, des choses qui s'achètent, se vendent… ou se prennent. Des empires qui se font ou se défont sur un simple coup de téléphone. On est maître du destin de puissants ou qui se croient tels. On a quasiment droit de vie ou de mort et on peut se croire – pourquoi pas ? – l'égal des plus grands. Un œil de saphir dans un visage de pierre. À voir ce banquier glacé et fonctionnel, on imaginait mal l'enfant rieur et turbulent qu'il avait pu être jadis.

Logiquement, Lafaurie aurait dû passer par le canal de la secrétaire ou, à défaut, par celui du téléphone. Mais les rapports entre Lafaurie et Verdier étaient pour le moins complexes. Le P.-D.G. avait décrété une fois pour toutes que leurs liens familiaux ne devaient pas entrer en ligne de compte dans leurs relations professionnelles. Lafaurie affectait d'ignorer cette convention. Aussi aimait-il entretenir une certaine familiarité de comportement et de ton qui n'allait pas sans irriter Verdier.

Le P.-D.G., homme de droite, donc partisan d'un certain ordre, ne voyait de salut qu'en une permanence des choses et particulièrement sa place à la tête de la banque. Acceptant qu'un certain progrès social soit un mal nécessaire – puisqu'on ne pouvait pas l'éviter –, il se croyait libéral. En fait, Verdier avait une vision plutôt manichéenne du monde. Les allocations familiales, soit. Les congés payés, passe encore. Mais pourquoi diable vouloir sortir de la condition dans laquelle le destin vous a fait naître ?

Lafaurie était de son monde. Mais Lafaurie n'avait pas le sou. Il y avait là une différence qu'il fallait bien marquer. En outre, il détestait son comportement de snob. Aussi, lorsque le fondé de pouvoir entra dans son bureau, l'ignora-t-il quelques instants avant de lui dire d'une voix glacée :

– Je ne me souviens pas vous avoir demandé de venir.

Lafaurie préféra ignorer l'insolence, alluma une cigarette d'un briquet désinvolte.

– L'achat de trois cents kilos d'or vous intéresse-t-il ?

Verdier l'observa d'un œil où se mêlaient méfiance et irritation.

– D'où les sortez-vous ?

– C'est Marceau qui vient de me prévenir. Il paraît qu'il y a en bas un drôle de type qui proposerait l'achat de trois cents lingots.

– Vous les avez vus ?

– Non, pas encore... Mais il en a apporté cinq en guise d'échantillons.

Verdier fit tourner son coupe-papier entre ses doigts. Mentalement, Il avait déjà fait le calcul. Deux millions à l'achat. Possibilité de revente : au moins le double. Sacrée culbute. Bizarre, tout de même.

– Un fou, je suppose ?

– C'est possible.

– Quand on a trois cents lingots, on ne cherche pas à les vendre comme ça, en en trimbalant cinq comme échantillons. Qui pourrait être assez stupide pour céder une telle quantité d'or à une banque qui paiera à bas prix alors que le marché offre un tas d'acheteurs prêts à payer le double ?

– Peut-être n'est-il pas au courant ?

– Quand on possède trois cents kilos d'or, on ne peut pas ne pas être au courant.

– Alors ? On laisse tomber ?

Verdier n'aimait pas la manière dont Lafaurie s'exprimait. Le relâchement des mœurs commence avec celui du langage. Puis, cette affaire étrange le contrariait. Cela sentait l'aventure, peut-être même l'arnaque. Verdier détestait et l'une et l'autre.

Lafaurie reprit :

– S'il est d'accord pour traiter au cours officiel, il y a peut-être une intéressante opération à faire ?

– Vous parlez à titre personnel ?

– Je pensais à la banque.

Verdier jouait de nouveau avec son coupe-papier. Dans son univers de chiffres, il n'y avait pas de place pour les farfelus. Pour les escrocs, oui, pas pour les farfelus. Il chercha le piège mais ne le trouva pas.

– Que fait-on ? On le renvoie ?

Le « on » fit tiquer Verdier qui dit d'un ton appuyé :

– Je serais tenté de le faire... mais après tout, qu'est-ce qu'on risque ? Demandez-lui de laisser ses lingots en dépôt afin que nous les contrôlions. S'ils sont corrects, j'aviserai.

– Et pour les autres ?

– Parce que vous pensez vraiment qu'il y en a d'autres, vous ? Peut-être espère-t-il nous vendre ceux-ci plus cher en nous faisant croire à je ne sais quel pactole... Tenons-nous en au concret.

– Bien.

Comme Lafaurie se dirigeait vers la porte, Verdier dit encore dans son dos :

– Tâchez tout de même de savoir d'où il sort...

Il n'était pas loin de 16 heures lorsque Durand quitta la banque Verdier.

Dehors, la circulation s'était amplifiée. Des coups de klaxon, brefs comme des insultes, fusaient çà et là. Les Parisiens s'agitaient avec des regards de somnambules. Seul Durand ne semblait pas pressé. Il remonta le boulevard sans hâte après avoir tout de même consulté sa montre. Un peu avant la place Saint-Augustin, il s'arrêta devant la vitrine d'un marchand de tableaux, se pencha pour examiner un Dufy.

Sa valise, maintenant vide, était posée à ses pieds.

Trente secondes plus tard, alors qu'il était toujours penché sur la vitrine, un homme s'approcha. Un amateur aussi sans aucun doute car, à son tour, il posa sa valise par terre pour mieux admirer le Dufy.

Les deux valises étaient côte à côte et elles se ressemblaient étrangement.

Le petit homme s'arracha enfin à la contemplation du tableau.

Il se pencha pour récupérer sa valise, mais sa main se referma sur la poignée de celle de l'inconnu. Celui-ci ne sembla pas le moins du monde surpris et laissa Durand s'éloigner avant de prendre à son tour la valise restante.

À la station de taxis, Durand monta dans une voiture, se pencha vers le chauffeur :

– Rue Laffite. Au Comptoir financier.

2

Pour quelques Parisiens privilégiés, la campagne commence encore aux portes de Paris, dans ces zones protégées qui ne sont plus tout à fait la ville mais pas encore la banlieue. Résistant tant bien que mal aux appétits des promoteurs, bien à l'abri de grilles et de hauts murs, Neuilly garde encore dans le secret de quelques rues paisibles des petites merveilles blotties au fond de parcs centenaires.

Demeures de campagne d'une noblesse qui a su en son temps traverser la tourmente des révolutions, folies de banquiers qui venaient y oublier dans les bras d'une maîtresse les aléas de la finance, elles conservent cette grâce incomparable d'une époque où l'architecture avait encore une signification esthétique.

Derniers vestiges d'une société qui, au siècle dernier, a cru à son tour pouvoir déterminer une place pour chacun en vertu d'un principe très simple : qui naît pauvre doit mourir pauvre, qui naît riche doit pouvoir mourir encore plus riche. Oubliant que la production qui allait les enrichir entraînerait fatalement une consommation d'où surgiraient ces immeubles tout confort qui, maintenant, par un juste et en même temps absurde retour des choses, allaient les chasser de leur havre de verdure.

Derrière le boulevard Richard-Wallace, l'hôtel Verdier constituait un dernier îlot de résistance. Construit par le fondateur de la banque qui venait y consommer ses amours coupables, il avait connu depuis la fin de la guerre une occupation beaucoup plus bourgeoise. Georges

Verdier en était devenu l'unique occupant à la mort de ses parents. En 1950, il y avait installé sa femme, Hélène, qui devait mourir dix ans plus tard d'un accident de cheval à quelques centaines de mètres de là.

Depuis, il y vivait avec Sophie, sa fille unique.

Le parc clos de hauts murs ne laissait apparaître que les plus hautes branches des châtaigniers. On y accédait par une grille monumentale en fer forgé sur laquelle étaient fixées des plaques de tôle pour l'isoler des regards indiscrets. Passé la grille, une allée couverte de gravier s'ouvrait sous la voûte des arbres. Elle tournait à droite, juste avant la demeure, et s'élargissait en terrasse.

Un perron de quelques marches donnait accès à la maison.

Une demeure bien équilibrée, un peu massive, construite en pierre blanche agréablement patinée. De hautes fenêtres à la française, en demi-cintre, s'ouvraient de part et d'autre de l'entrée principale. Sous le toit à la Mansart, deux étages et les combles aux lucarnes rondes, réservés au personnel. À droite, une ancienne remise à chevaux servait de garage et d'atelier.

Ce même jour qui avait vu Durand proposer trois cents kilos d'or à la banque, Verdier donnait un petit dîner intime. Peu avant 19 heures, il fut accueilli par Julien, le maître d'hôtel, qui le salua, à la fois respectueux et familier. Si la banque était le temple des finances, l'hôtel particulier se voulait celui des traditions. Visiblement, les vagues de mai 1968 n'avaient même pas effleuré le trottoir de la demeure.

Pour lui, rien n'avait changé et rien ne devait changer. C'était une lutte sans merci qu'il avait engagée contre une évolution qu'il ne pouvait ignorer, la Bourse étant un excellent baromètre des fièvres politiques du monde.

Dans les périodes difficiles – et elles se faisaient de plus en plus fréquentes –, il suffisait à Verdier de rentrer chez lui pour se sentir à l'abri. Loin des tumultes et des clameurs, seul dans le bureau Empire de son ancêtre, face au portrait de celui-ci, il retrouvait les forces nécessaires pour poursuivre le combat.

Dieu était avec lui et il se contentait de l'aider un peu afin que tout s'arrange. Il se rassurait aussi en pensant aux autres, à ceux qui étaient comme lui, le dernier rempart que des forces hostiles – et forcément maudites – s'efforçaient de détruire. Il frémissait parfois rétrospectivement en pensant à tout ce désordre récent, cette chienlit qui avait occupé la rue durant un long mois en hurlant qu'il était interdit d'interdire.

Interdit d'interdire.

Il n'était pas loin de se sentir investi de quelque mission sacrée, Gardien sans défaut d'une morale bourgeoise, il trouvait tous les gouvernements trop laxistes. Quant à l'Église, depuis qu'elle avait abandonné la soutane et le latin... Mécontent qu'on osât le soupçonner de fascisme, il avait un jour précisé qu'il était partisan d'un despotisme éclairé.

Ses batteries rechargées dans la paix de son bureau, il sonna le maître d'hôtel.

– Ma fille est-elle rentrée, Julien ?

– Oui, monsieur, je crois que mademoiselle Sophie s'habille.

– Dites-lui de venir me voir dès qu'elle sera prête.

Le maître d'hôtel sorti, Verdier prit un journal financier mais son œil restait distrait. Il pensait à sa fille qui était pour lui un problème quasi insoluble. Pire qu'un conflit, cette incompréhension qui existait entre eux. N'étaient-ils pas du même monde, du même sang ?

« Mais pas de la même génération », avait-elle alors répliqué.

Et c'est bien malgré lui qu'il sacrifiait à cette mode de l'incommunicabilité.

D'un dialogue avec elle, Verdier sortait épuisé comme s'il lui avait fallu se faire comprendre de quelque primitif au langage indéchiffrable. N'avait-elle pas osé, alors qu'elle était encore lycéenne, jouer les égéries révolutionnaires sur les barricades de ce maudit mai 1968 ?

La seule fois où Verdier avait craint pour l'ordre des choses.

Son ordre à lui.

La porte s'ouvrit et Sophie apparut.

Vingt ans qui, disait son père, s'étaient épanouis dans le confort et l'absence de soucis. Elle en portait les marques. Cette aisance que procure l'argent qu'on n'a pas à gagner, cette bonne éducation qui vous trahit malgré vous, cette supériorité évidente que rien ne justifie, c'était la Sophie de Neuilly.

Mais, il y avait l'autre.

Celle qui ne se contentait pas d'être belle, celle qui avait d'abord commencé à s'émanciper sur le plan des relations, des fringues puis des mots et, enfin et surtout, sur celui des idées. Celle qui avait osé se dresser contre certains points de vue de son père.

Verdier, impuissant, n'avait pu que constater.

Il lui aurait fallu, pour redresser la situation, consacrer à sa fille un temps dont il ne disposait pas. Il se contentait de faire de la résistance passive, misant sur la bonne éducation qu'il lui avait fait donner – les Oiseaux bien sûr – pour limiter les dégâts.

Mais depuis que Sophie avait décidé de travailler – travailler, mais pourquoi ? – il était inquiet. Ne lui avait elle pas expliqué qu'elle avait choisi de sévir dans la pub, comme elle disait, afin d'affirmer son indépendance ? Or, depuis la guerre d'Indochine, « indépendance » était un mot auquel Verdier était allergique. À cause d'une triste histoire de caoutchouc. Et ça ne s'était pas arrangé avec la guerre d'Algérie. Pour une sombre histoire de pétrole, cette fois.

Enfin, pour couronner le tout, Sophie avait réussi à le convaincre d'inviter un individu qui appartenait à une espèce qu'il tenait pour plus que suspecte : celle des journalistes.

Verdier observa sa fille d'un œil critique. Il n'avait jamais pu obtenir d'elle qu'elle reçoive en robe longue car, disait-elle, elle refusait catégoriquement de se déguiser en mémé. Blonde, cheveux longs et libres, l'œil ardoise, elle regardait son père en souriant. Elle portait une chose vaporeuse, filet de brume, qui s'arrêtait aux genoux et ne cachait rien de ce qu'elle aurait dû cacher.

Dans de brefs moments de déprime, Verdier se demandait si elle était toujours vierge. On peut être un grand financier et avoir, comme ça, de ces naïvetés. Il n'avait jamais osé lui poser la question. Sans doute craignait-il confusément la réponse.

– Examen positif ? demanda-t-elle enfin.

– C'est ce que portaient certaines femmes autrefois chez Maxim's, soupira Verdier.

– Tu veux parler de ces femmes que fréquentaient les banquiers ?

– Tu es ma fille…

– … et pas ta maîtresse, je sais.

– Sophie !

Verdier, visiblement choqué, reprit :

– Tu n'es pas obligée de te charger de bagues et de colliers comme… comme…

– … la belle Otero ? Ça devrait plaire à un passéiste comme toi.

– Je suis moderne, tu le sais bien, mais je déteste l'excès en tout. Si encore c'était une question d'argent, mais même pas. Tu sais pourtant que tu peux aller demain chez n'importe quel couturier et que je réglerai la facture sans discuter.

Sophie haussa les épaules, prit une cigarette qu'elle alluma.

– Les grands couturiers ? Ils ne travaillent plus que pour les femmes de ministre et le prêt à porter japonais.

Sentant qu'il n'aurait pas le dernier mot, Verdier se leva.

– Je vais me changer. Je compte sur toi pour recevoir nos amis.

Avant de sortir, voulant tout de même marquer un point, il lança :

– Je ne mets pas de smoking. Je ne voudrais pas gêner ton invité qui ne sait sûrement pas ce que c'est.

L'ancêtre avait voulu que l'intérieur de l'hôtel particulier fût un reflet de ce bon goût que l'étranger nous enviait avant la Révolution. Loin de sacrifier au moderne de l'époque – Directoire ou Empire – il avait opté pour les fastes du XVIIIe siècle.

Ainsi de la salle à manger. Des boiseries Régence couvraient les murs. Se faisant face, une cheminée et une console Louis XVI sur lesquelles se dressaient des girandoles. Au-dessus de la cheminée, une tapisserie de l'époque Louis XV, d'après Oudry. Au centre, une longue table entourée de sièges Régence en bois laqué. Un lustre l'éclairait.

Verdier, en gardien pointilleux du passé, n'y avait apporté aucune modification. On remplaçait seulement les rideaux quand le tissu commençait à être passé.

Ce soir-là, ils étaient six autour de la table.

Verdier présidait.

À l'autre extrémité, Sophie, qui lui jetait de temps à autre un petit coup d'œil.

Elle sentait son père quelque peu contrarié et s'en amusait. La raison en était toute bête. Dûment chapitré, Vincent Delamare, son ami journaliste, avait enfilé un smoking avant de venir, si bien que Verdier se trouvait seul à être en complet-veston et il en voulait à sa fille de lui avoir joué ce sale tour.

Verdier n'était pas un bavard. Une règle de base en affaires qu'il appliquait à sa vie privée. Règle nécessaire aussi pour maintenir à distance convenable le *vulgum pecus*. Aussi écoutait-il plus qu'il ne parlait.

Donc Verdier observait ses invités.

Au premier chef, celui qu'il connaissait le moins : Vincent Delamare. Verdier avait craint le pire. Pour lui, un journaliste était forcément un personnage bruyant, bavard et quelque peu vulgaire. Entre le maquereau corse et le représentant de commerce.

Celui-ci était blond, c'est déjà ça, et bien que ses cheveux fussent un peu trop longs – ils lui couvraient une partie des oreilles –, il ne manquait pas d'allure et de charme. Il semblait à l'aise dans son smoking et il avait le bon goût de ne pas se faire remarquer par des jugements péremptoires, spécialité éminemment journalistique. Placé entre Sophie et une autre invitée, il souriait discrètement, attentif aux désirs de ces dames. Bonne éducation de base. Deux défauts, néanmoins : il sacrifiait un peu trop à la mode.

Et il était journaliste.

Verdier passa à un autre de ses invités : Beaumont.

Celui-ci se trouvait à la droite de Sophie, donc en face de Vincent. Un curieux homme, ce Marc Beaumont. Verdier le connaissait depuis quelques mois et il n'avait jamais très bien pu le définir. C'était un redoutable financier qui bénéficiait en outre d'une chance insolente. Verdier l'avait vu maintes fois tenter des coups risqués sans jamais connaître d'échec. Au point qu'il s'était parfois demandé si Beaumont, au-delà de sa chance, n'avait pas des sources d'information particulières. Mais dans ce cas, comment échappait-il au délit d'initié ?

Pour comble, Beaumont semblait évoluer dans la finance en parfait dilettante, comme s'il ne s'agissait là que d'un simple passe-temps. Rien ne paraissait l'émouvoir. D'un âge indéfinissable – quarante, cinquante ? –, il avait plus l'allure d'un seigneur florentin que d'un financier. Qui ou quoi aurait pu déranger le bel équilibre de ce visage, qui ou quoi aurait pu troubler ce regard qui semblait parfois lire au plus profond de vous-même ? Célibataire, on ne lui prêtait aucune liaison. Et c'était infiniment troublant car Verdier avait exclu toute connotation homosexuelle.

Verdier n'aimait pas les hommes qui n'avaient pas de faiblesses.

Après Beaumont, entre lui et Verdier, il y avait Lafaurie. Un Lafaurie que Verdier supportait de plus en plus difficilement. Il l'invitait par devoir parce qu'il était de la famille et qu'il pouvait, à l'occasion, se décharger sur lui d'indispensables corvées.

Mais qu'il pouvait être irritant avec son snobisme, ses ronds de jambes et ses sourires d'irrésistible séducteur ! La présence de Vincent au dîner procurait au moins une satisfaction à Verdier : celle de rendre Lafaurie jaloux.

Car Lafaurie se prétendait – oh, discrètement – amoureux de Sophie. Et il aurait eu l'arrière-pensée de l'épouser que ça n'aurait pas surpris Verdier, qui savait que l'autre cherchait surtout à assurer son avenir.

J'épouse la fille de mon banquier qui est aussi mon cousin. Il devient mon beau-papa, nos rapports changent et je retrouve la selle de cuir de Russie et les raquettes en pur boyau australien. Cela amusait Verdier. Lafaurie oserait-il un jour sauter le pas et se déclarer ? Si cela arrivait, il avait une parade toute trouvée. Il laisserait Sophie libre de choisir. Il savait ce qu'elle pensait de ce trop beau jeune homme.

Ce soir, Lafaurie avait décidé de snober Sophie et d'exercer son charme sur la dernière invitée. Emmanuelle Vaccari, antiquaire de son état. Elle lui faisait face et se trouvait donc à la droite de Verdier.

Celui-ci n'était pas un sentimental.

Depuis la mort de sa femme, sa vie privée se résumait à quelques bonnes fortunes rapidement consommées et parfois tarifées. Plus excité par une hausse de l'or que par une chute de reins, il préférait payer quand la nature l'exigeait.

Mais depuis qu'il avait rencontré Emmanuelle Vaccari, quelque chose s'était mis à battre sous son portefeuille. Il ne s'agissait ni de passion ni de coup de foudre, mais d'une sorte de sentiment qui n'allait pas sans l'inquiéter. Pour la première fois depuis longtemps, une femme lui plaisait.

Premiers signes de sénilité ?

Et pourtant, Emmanuelle ne faisait rien pour tenter de le séduire. Au contraire.

Quand on l'observait, on pensait à l'Égypte. Un visage au charme étrange qu'elle se plaisait à accuser par un maquillage savant. Lafaurie, qui n'était pas à un cliché près, l'avait comparée à Néfertiti, ce qui irritait Verdier. Il devait pourtant admettre qu'Emmanuelle avait des allures de fille ou de sœur de pharaon.

Elle menait apparemment une vie de célibataire sans histoire. Verdier lui trouvait les qualités d'une femme du monde. De son monde. Fine, discrète, cultivée, ne sacrifiant pas à cette mode insensée qui n'était qu'un épouvantable laisser-aller, elle savait être à l'aise en toutes circonstances, gardant le sourire même lorsqu'elle se trouvait face à un Lafaurie affligeant de platitude.

Mondain et snob, n'était-il pas en train de dire à Beaumont qui venait d'évoquer un récent voyage au Liban :

– Moi aussi, j'ai toujours été fasciné par les mystères de l'Orient...

Beaumont sourit poliment.

Sentant qu'il n'avait pas vraiment accroché son attention, Lafaurie insista :

– Pour vous, le soufisme... c'est une religion ou une philosophie ?

En même temps, son œil traînait autour de la table, genre voyez comme je suis cultivé. Sophie eut un petit sourire moqueur qu'il ignora, préférant s'attarder sur le visage impénétrable d'Emmanuelle dont le regard le fixait curieusement.

La question de Lafaurie étant tombée dans un silence, Beaumont ne pouvait faire autrement que d'y répondre. Souriant légèrement, il dit :

– Mais... les deux. C'est aussi une chance pour les Arabes d'échapper à ce qu'on appelle l'intolérance de l'Islam en retrouvant leur libre-arbitre...

Le regard d'Emmanuelle glissa de Lafaurie à Beaumont qu'elle observa avec intérêt. Lafaurie hocha la tête comme si Beaumont venait de lui donner confirmation d'une pensée qui lui était venue il y a bien longtemps.

Irrité, Verdier tapotait le bord de la table.

Repoussant Julien d'un geste, Lafaurie ajouta d'un ton pédant :

– Donc plus proche d'une religion comme le zen ?

Il laissait l'impression de puiser ses idées un peu au hasard et de les lancer en l'air pour le plaisir de les voir éclater comme des bulles, brillantes et inattendues, propres à subjuguer un auditoire attentif.

Pédanterie pour pédanterie, Beaumont répliqua :

– Le zen n'est pas une religion puisqu'il ne se réfère pas à un dieu...

Jetant un coup d'œil circulaire, Lafaurie laissa tomber dans un sourire d'initié :

– Autrement dit... tout est dans tout, quoi.

Sophie leva les yeux au ciel tandis que Vincent souriait discrètement.

Emmanuelle eut la charité d'intervenir.

– Quelle est votre définition du zen ? demanda-t-elle à Beaumont.

– Disons qu'il s'agit d'un moyen... un moyen de parvenir au plus haut degré de la connaissance de soi pour trouver la paix intérieure...

Mais Lafaurie n'allait pas se laisser voler la vedette aussi facilement.

– Pourquoi n'y arriverions-nous pas par d'autres moyens ? L'intelligence, par exemple.

– Notre intelligence nous fait du tort. En Occident, c'est à partir d'elle que nous organisons notre vie. Les Orientaux sont plus subtils, ils préfèrent l'amour... L'amour d'un bouquet réussi... du tir à l'arc... du jardinage... Le zen est partout, même dans la cérémonie du thé.

– Même dans la Chine communiste ? ironisa Verdier.

Pour désamorcer le propos de son père, Sophie intervint :

– Je ne savais pas qu'un financier pouvait aussi s'intéresser au zen.

Emmanuelle sourit.

– Qui n'a pas ses jardins secrets ?

Beaumont tourna la tête vers elle. Ils s'observèrent un instant.

Verdier n'aima pas le silence qui se prolongeait entre eux, un silence dont il se sentait exclu, étranger. Comme la conversation se poursuivait sur ce thème qu'il détestait, il parvint à s'en abstraire... De temps en temps un mot retenait fugitivement son attention... gourou... monastères... karma...

Soudain, il sursauta. On parlait d'or.

Cet imbécile de Lafaurie évoquait le type aux trois cents kilos d'or.

– Imaginez un petit bonhomme de cinquante ans à qui vous auriez fait l'aumône et qui vous sort d'une infâme valise en plastique cinq lingots d'or !

– Cinq lingots d'or ?

– Exactement ! Et attendez… ce n'est pas tout. Il prétend qu'il ne s'agit que d'échantillons. Il aurait encore trois cents de ces lingots à mettre sur le marché.

– C'est ce qu'il avance, intervint Verdier.

Mais Lafaurie ne voulait pas laisser démolir son effet.

– Les cinq lingots existent, pourquoi pas les autres ?

Beaumont était attentif.

En bon journaliste, Vincent avait dressé l'oreille.

Content d'avoir de nouveau toute la table comme auditoire, Lafaurie s'embarqua dans un luxe de détails qui se voulaient amusants ou pittoresques, répondant à l'un ou à l'autre sous l'œil de Verdier qui s'assombrissait de seconde en seconde.

– C'est étrange, remarqua Beaumont. Comment le possesseur d'une telle fortune peut agir aussi naïvement ?

– C'est bien pour cela que je n'y crois guère, répliqua Verdier. Nous ne connaissons que ces cinq lingots et ils n'ont même pas encore été contrôlés.

– Et s'ils sont bons ? demanda Emmanuelle.

– J'achète, évidemment.

– Les autres aussi ?

– Ma chère amie, je crains fort de ne jamais les voir sur mon bureau.

Il se leva en poursuivant :

– Je vous propose de prendre le café au salon.

Le salon ne le cédait en rien à la salle à manger. Authentiquement Louis XVI, il recelait entre ses lambris traditionnels quelques belles pièces de collection. Sur un Aubusson, des bergères estampillées Jacob étaient disposées à proximité de la cheminée de marbre, ornée de cariatides. Plus loin, une table à écrire de l'époque, un régulateur noir et or, en marqueterie Boulle. Sur une encoignure, un génie ailé se dressait, tenant à bout de bras deux torchères en bronze.

L'ensemble était glacé comme une salle de musée.

Sur un signe discret de Verdier, Julien, le maître d'hôtel, proposa les alcools. Seule Emmanuelle s'était assise. Penché sur elle, Lafaurie poursuivait son offensive de charme. Beaumont examinait un portrait du premier Verdier, réalisé par Corot. Vincent et Sophie se tenaient un peu à l'écart.

– Ôte-moi un doute, demanda Vincent. Nous sommes bien au XXe siècle ?

Dans ce décor du passé, c'était une soirée bizarre, désassortie, qui manquait de chaleur et d'unité. Chacun semblait en représentation. Chacun avait une raison valable d'être là, mais aucun n'aurait pu justifier sa présence par rapport aux autres. Qui s'était trompé de pièce et quelle nécessité avait pu pousser Verdier à les réunir ?

– On dirait une répétition générale, murmura Sophie.

En allumant un cigare, Verdier, bien que puissance invitante, semblait se poser lui aussi la question pendant que son œil allait d'un invité à un autre. Il s'attarda un peu plus longuement sur Sophie à qui Vincent tendait du feu. Il n'aimait pas la complicité qu'il semblait y avoir entre eux. Craignant les coureurs de dot, il avait fait prendre des renseignements sur ce journaliste. Petite bourgeoisie sans fortune. Il regrettait brusquement d'avoir cédé au désir de sa fille. Il faudrait qu'il lui en parle, bien qu'il craignît sa réaction.

Tout était tellement plus simple autrefois. On envoyait l'insoumise au couvent jusqu'à sa majorité, elle en sortait pour épouser quelque pair et le tour était joué. Être ce qu'il était et ne pas avoir le pouvoir de se faire obéir de sa propre fille…

Sophie avait enregistré le regard sans expression de son père.

– Papa est en train de regretter de t'avoir invité.

– Je lui déplais tant que ça ?

– Non… Mais je suis sûre qu'il s'imagine des tas de choses. Que t'en veux à ma dot, par exemple.

– Ta dot ? Mais, dis-moi, tu deviens très intéressante.

– Et toi, très intéressé ?

– Et comment ! Je ne pensais même plus que ça existait, une fille avec une dot.

– Qu'est-ce que vous croyez, mon cher ? On respecte les traditions dans la famille.

Vincent eut un petit sourire.

– Ah oui ? Alors ce qui se passe entre nous quand nous sommes chez moi, c'est aussi une tradition de famille ?

– Oui, mais uniquement du côté des femmes.

– Ce décor ne te va pas. On dirait une boutique d'antiquaire.

– Ne dis jamais ça à papa. La permanence des choses, c'est son dada.

– Pas croyable… Voilà un type qui vit en plein XXe siècle, plongé dans les affaires du XXIe, et qui redevient un bourgeois louis-philippard dès qu'il rentre chez lui. Au moins sous Louis XVI, quand les gens achetaient du Louis XVI, ils se meublaient en moderne.

– C'était facile d'être un mécène lorsqu'on était exempt de charges et d'impôt.

– J'en connais actuellement qui se débrouillent très bien pour ne pas payer d'impôt et qui ne donnent pas pour autant dans le mécénat.

– Alors c'est qu'il n'y a plus d'artistes.

Ils s'observaient en souriant. Chez eux, certaine complicité était avant tout affaire de jeu. Un peu de cynisme, un peu d'humour. On feignait de ne pas être dupe du monde environnant. Vincent dit gravement :

– Le profit, ma chère, pourrit tout. Même les artistes.

Il soupira avant de prendre un verre sur le plateau que le maître d'hôtel lui tendait.

Mais comment résister devant un vieil armagnac ?

Tout en buvant, il montra Lafaurie.

– Alors, c'est ce mec qui te fait du rentre-dedans ?

– Oui… Mais ce soir, il est vexé parce que tu es là, alors il s'en prend à Emmanuelle.

– Pas mal…

– Tu trouves ?

– Je parle d'Emmanuelle, évidemment.

Comme Vincent regardait toujours le couple, Sophie murmura :

– Ho… je suis encore là…

– Excuse-moi. Je pensais à…

– … à Emmanuelle, je suppose ?

Il la regarda en souriant.

– Erreur. C'est à ton cousin que je pensais.

– Je ne vois pas ce qu'il a de si remarquable.

– Lui, non, mais l'histoire qu'il a racontée m'intéresse.

– Celle du type aux trois cents lingots d'or ?

– Oui… Y a peut-être un papier marrant à faire là-dessus. Enfin, si ce que Lafaurie a dit est vrai. C'est tout de même étrange de voir un type minable propriétaire de trois cents kilos d'or. Et ça cache peut-être autre chose… je ne sais pas, moi… une escroquerie géniale, par exemple.

Sophie semblait sceptique. Vincent insista.

– Essaie de baratiner ton père. Obtiens de lui le maximum de renseignements sur le vendeur. Je me charge du reste.

Venant au secours d'Emmanuelle, Verdier l'entraîna pour lui faire admirer une faïence de Delft dont il était très fier.

Tout en examinant l'objet, la jeune femme demanda :

– Vous accordez beaucoup d'importance à la beauté des objets ?

– Bien sûr.

– Et à leur prix ?

Verdier la regarda en souriant.

– Mais… l'un ne va pas sans l'autre.

Lafaurie s'était rabattu sur Beaumont qui subissait stoïquement son verbiage. Celui-ci regarda sa montre, s'excusa. Il lui fallait prendre congé. Lafaurie, un instant désemparé, mit le cap sur Vincent et Sophie.

Celle-ci dit entre ses dents :

– Je te le laisse… j'ai des devoirs de maîtresse de maison.

– Tant que ce ne sont pas des devoirs de maîtresse tout court…

Elle sourit et s'éloigna en direction de son père qui raccompagnait Beaumont.

Pivotant adroitement, Vincent ignora le redoutable cousin et se retrouva près d'Emmanuelle qu'il entraîna un peu à l'écart, isolant ainsi définitivement Lafaurie. La jeune femme jeta un coup d'œil curieux à Vincent qui dit sans attendre :

– Vous êtes antiquaire, n'est-ce pas ?

– Oui…

Et comme il paraissait songeur, elle ajouta en souriant :

– Ça vous pose un problème ?

– Non… Pas vraiment. Seulement… je voudrais…

Manifestement, il cherchait quelque chose à dire. Il sourit enfin, reprit :

– … je voudrais avoir votre avis… Ne trouvez-vous pas qu'il est dommage d'isoler un objet de son lieu d'origine ? Tenez… l'obélisque, par exemple… place de la Concorde, ça ne signifie plus rien…

Emmanuelle entra dans son jeu.
– Mais un objet est chargé d'émotion en lui-même. Non ?
– Alors je ne suis pas sensible à l'émotion que dégage l'obélisque.
Elle rit.
Lafaurie les observait du coin de l'œil.
Lorsque Sophie revint, il se fit un plaisir de lui dire en lui montrant le couple souriant :
– Qu'est-ce qu'il peut bien lui raconter ? Elle semble passionnée.
– Mais Vincent est passionnant… surtout avec les dames… Il sait leur parler, lui.
Lafaurie sentit qu'il avait gaffé et s'empressa de remplir un verre qu'il tendit à sa cousine tout en examinant Vincent et Emmanuelle qui se souriaient comme deux vieux complices.
L'antiquaire s'en rendit-elle compte ?
Très naturellement, elle revint vers Sophie en disant :
– Sophie… Voulez-vous demander à Julien de m'appeler un taxi ?
Avant que la jeune fille puisse répondre, Vincent proposa :
– Mais je peux vous raccompagner.
Léger silence.
Des regards se croisèrent fugitivement. Puis tout redevient normal, mondain.
Aimable, Sophie dit :
– Vincent est très serviable… surtout avec les dames.
Emmanuelle répliqua en souriant :
– Alors j'accepte sans scrupule.
Verdier n'eut même pas à revenir au salon.
Le groupe le retrouva sur le perron alors qu'il faisait un dernier signe à Beaumont dont la Rolls s'éloignait. Elle fut bientôt suivie d'une Méhari rouge dont la capote était balafrée de sparadrap. Sophie dit à son père :
– Vincent a la gentillesse de raccompagner Emmanuelle.
– Dans une Méhari, soupira-t-il.
Lafaurie, lui, avait disparu.
– C'est toi qui as eu cette brillante idée ? demanda Verdier à sa fille.
Sophie se contenta de hausser les épaules, l'œil fixé sur le petit feu rouge qui venait de disparaître derrière un bosquet. Pourquoi eut-elle

cette impression idiote que quelque chose de grave venait de se passer ?

Verdier alla s'enfermer dans son bureau en terminant son verre de fine.

Il avait imaginé un instant qu'il pourrait raccompagner la jeune antiquaire jusque chez elle. Mais les choses s'étaient mal présentées. Il découvrait avec stupeur qu'en matière d'amour il était aussi stupide, aussi maladroit qu'un adolescent boutonneux. Il ne savait qu'acheter. Il avait bien essayé d'évaluer le prix d'Emmanuelle, mais rien ne lui était venu à l'esprit.

Cela le troublait.

Il regardait son verre, perplexe, le faisant machinalement chauffer dans le creux de sa main. Finalement, il ne se sentait bien que seul. Ici, dans son bureau ou dans celui de la banque. Là, au moins, rien n'était remis en question.

On frappa et Julien entra.

Verdier s'étonna :

– Vous n'êtes pas encore couché, mon bon Julien ?

– J'allais le faire, Monsieur, quand on a sonné à la grille.

– À cette heure-ci ?

– Je suis tout de même allé voir, il n'y avait personne. Mais j'ai trouvé ceci, Monsieur.

Julien tendit la lettre qu'il tenait à la main.

Une lettre à pareille heure ? Surpris, Verdier la prit en remerciant Julien. Seul, il examina l'enveloppe. Elle ne portait que son nom tapé à la machine. Il prit un coupe-papier et l'ouvrit. À l'intérieur, une feuille qu'il déplia.

Il lut :

Seriez-vous prêt à consacrer votre vie à d'autres valeurs que celle de l'or ?

Et c'était signé :

Les Compagnons d'Éleusis.

Verdier resta un instant perplexe devant ce court texte qu'il relut. Il déchira l'enveloppe pour voir s'il n'y avait rien d'autre. Elle était vide, seulement doublée de noir ce qui n'était pas courant. Sans doute une astuce publicitaire pour préparer la venue d'un nouveau produit. Curieuse idée tout de même que de distribuer ce tract à pareille heure.

Verdier fourra le message dans un tiroir de son bureau, vida son verre et se leva.

Le P.-D.G. l'ignorait encore, mais il allait passer une de ses dernières nuits tranquilles.

3

Depuis plus de deux ans, Vincent Delamare était pigiste à la station de radio périphérique Alpha-Radio. Après un passage par une école de journalisme et un séjour dans une agence de publicité, Louis Marin, patron de l'information à la station, l'avait engagé.

Vincent était un bon journaliste.

Il fallait entendre par là qu'il avait le sens de l'événement et l'indispensable curiosité inhérents à cette profession. À tel point que, déformé professionnellement, il raisonnait le plus souvent en termes de métier. On le disait ambitieux et arriviste, capable de tuer père et mère pour un scoop.

Pour l'instant, il couvrait les affaires de moyenne importance, les faits divers propres à alimenter les flashes horaires de la journée. Mais son ambition ne se limitait pas là. Vincent visait le grand reportage, l'événement à l'échelon planétaire. Débordant d'idées, sans cesse à l'affût, il faisait le siège de Marin pour obtenir de lui d'être enfin envoyé à l'étranger.

Ce matin-là, comme tous les matins, Vincent devait se rendre à la conférence de rédaction présidée par Marin. Mais au lieu d'y aller directement, il fit un crochet par les studios d'émission. Ceux-ci se présentaient généralement sous forme de petites cabines qu'une vaste double vitre isolait du couloir. À l'intérieur, une table, des micros et des téléphones. Bien en vue au-dessus d'une autre vitre donnant sur la cabine technique : l'horloge électrique.

Sophie Verdier officiait dans une de ces petites cabines.

Chaque matin, de 9 à 10, face à l'animateur, elle parlait shopping.

Vincent arriva à la hauteur de la cabine qu'occupait habituellement Sophie. L'animateur était seul. Pour l'heure, souriant, aimable, il s'exprimait, penché sur le micro. Vincent, bien que familier de ce genre de spectacle, trouvait à chaque fois comique de voir quelqu'un se manifester en silence. Comme si on avait coupé le son de télé pendant le journal du soir.

À côté de la cabine se trouvaient deux lampes témoins. Une blanche et une rouge. Lorsque cette dernière était allumée, l'accès du studio était interdit. Vincent attendit qu'elle soit éteinte et poussa la porte

– Sophie n'est pas là ?

– Non…

Montrant l'horloge, l'animateur ajouta :

– … et elle a intérêt à se grouiller, c'est à elle dans trois minutes !

– Dis-lui de m'attendre.

La salle de rédaction d'Alpha-Radio était une vaste salle divisée en plusieurs zones. En entrant, dans l'angle de droite, on trouvait d'abord, conçu pour Marin, le rédacteur en chef, un bureau entièrement fermé et, de part et d'autre des deux murs qui lui étaient adjacents, des cabines minuscules dont les cloisons vitrées s'arrêtaient à hauteur d'homme.

À l'intérieur, le minimum : une table de travail, son siège, un téléphone, un classeur… Le fief des différents secrétaires de rédaction responsables de la politique, des sports, des faits divers. Au centre de la salle de rédaction, on trouvait une très longue table à laquelle se tenaient les conférences de rédaction. Et tout autour, des petits bureaux sur lesquels travaillaient les rédacteurs et aussi les secrétaires de rédaction.

Tout au bout, à l'opposé du bureau de Marin, une grande porte donnait accès à la salle des téléscripteurs. Et tout à côté, un autre espace comprenant de nombreuses petites cabines, ouvrant à l'extérieur, où étaient reçus les reportages transmis par divers correspondants ou journalistes. Et partout, des téléphones, des téléphones, encore des téléphones, toujours des téléphones.

Comme tous les matins à 9 heures, Marin était installé à la table centrale. Assis autour de lui, les différents chefs de rubrique.

Et répartis autour d'eux, généralement debout, les reporters disponibles, attendant qu'on les envoie sur un coup.

Lorsque Vincent poussa la porte de la salle, la conférence était commencée. Il tenta de se faire tout petit, mais rien n'échappait à l'œil aigu de Marin qui disait :

– … Il faut couvrir l'enlèvement de la gamine à Chaville… Interview des parents, des voisins, le grand jeu, quoi… Ce que j'ai entendu ce matin, c'est de la merde.

C'était bien dans la manière de Marin. Il n'était pas grossier, non. Mais en bon journaliste, il avait le sens du mot le plus juste, de celui qui aurait le meilleur impact. Un mot pouvait le définir : efficacité. Précis, sec, vachard à l'occasion, il estimait n'avoir de cadeaux à faire à personne, même s'il s'agissait de confrères, amis de l'époque encore récente où il n'était lui-même qu'un simple reporter.

Mené par l'ambition, il était prêt à tout. Ou presque. Il semblait avoir une fois pour toutes programmé sa vie. Même son mariage devait procéder de ce programme. N'avait-il pas épousé, deux ans plus tôt, la fille d'un des riches actionnaires de la station ?

Physiquement, il ressemblait à un play-boy qui aurait renoncé à plaire. Vêtu à la mode, sobrement pour ne pas effaroucher les financiers et autres annonceurs, mais le poil juste assez long pour ne pas s'aliéner les générations montantes, il s'était légèrement alourdi et de la paupière et de l'estomac. Démagogue et opportuniste, c'était un produit assez réussi de la civilisation du moment.

La conférence tirait à sa fin. Marin concluait en disant :

– Pour le journal de midi… je voudrais quelque chose sur ce peintre qui a brûlé toutes ses toiles hier à son vernissage pour dénoncer son exploitation par son galeriste. Trouvez quelque chose d'amusant, je sais pas… sur galère et galeriste, par exemple.

Il s'adressait plus particulièrement au chef de la rubrique spectacle. Celui-ci jeta un coup d'œil derrière lui et, apercevant Vincent, lui dit :

– Delamare, tu t'en occuperas…

Vaguement ennuyé, Vincent fit un pas en disant :

– C'est que justement…

– Justement quoi ? demanda Marin.

Devenu le point de mire de tous, Vincent n'insista pas. Il connaissait trop bien Marin pour risquer un affrontement en public avec lui. Il attendit donc que celui-ci eût remercié tout le monde et il s'arrangea pour l'intercepter à l'entrée de son bureau.

Marin lui jeta un rapide coup d'œil.

– Qu'est-ce qu'il y a ? T'as besoin d'une avance ?

– Non... Je suis tombé sur une information marrante et je voulais t'en parler.

Mettez le mot « information » dans l'oreille d'un rédacteur en chef et attendez un millième de seconde. Ça fonctionne comme un ordinateur, un rédacteur en chef.

– Une information ? Laquelle ?

– C'est une exclusivité, prévint Vincent. J'ai ramassé ça hier soir chez un banquier.

Marin s'était fait attentif. Il connaissait Vincent : de la bonne race des curieux. De l'œil, de l'oreille et des réflexes. Et d'importantes relations, ce qui ne gâtait rien. Il le fit entrer dans son bureau, enchaîna :

– Information économique ?

– Je n'en sais trop rien... Ça peut aussi bien être un fait divers. Je n'en sais pas très long, mais il y aurait quelque chose derrière que ça ne m'étonnerait pas...

Il lui raconta l'histoire du petit bonhomme et de ses lingots d'or.

Marin écoutait attentivement. D'abord, il fit la moue.

– C'est tout ?

– Pour l'instant, oui.

– Qu'est-ce qui t'excite là-dedans ?

– L'insolite. Un type qui balade cinq lingots d'or en guise d'échantillons dans une valise de Prisunic, un type qui n'a pas une gueule à posséder autant d'or et qui le vend quasiment à perte, un type qui en aurait encore trois cents kilos à fourguer dans les mêmes conditions, c'est étrange, non ? J'ai fait le compte, au cours du jour, il y en a pour près de deux millions. En ce moment, on est en pleine spéculation, et au marché libre ce type pourrait en tirer le double. Ça cache forcément quelque chose...

– Faudrait-il encore qu'il puisse trouver un acheteur.

– Avec la panique, les gens placent à tout va. Ils achètent de l'or ou de la pierre. Le dernier des crétins est au courant.

– Qu'est-ce que tu espères découvrir ?

– D'où sort une pareille quantité d'or. Un type qui aurait placé son argent en or durant toute sa vie chercherait à en tirer plus. Il s'y prendrait autrement. Et s'il s'agissait d'un héritage, il en serait de même. Alors, peut-être a-t-il trouvé cet or…

– Un trésor en lingots ? Tu rêves !

– Un trésor *transformé* en lingots.

– S'il était assez malin pour faire ça, il le vendrait autrement. Et puis, des pièces anciennes valent beaucoup plus que leur poids d'or.

– Alors ce sont des lingots volés.

– Par ton petit bonhomme ?

– Non… Lui, c'est l'intermédiaire. Qui te dit qu'il n'y a pas quelqu'un derrière ?

Marin réfléchit un instant. Il finit par dire :

– Je te donne deux jours. Si tu n'as rien trouvé, tu laisses tomber.

Deux téléphones se mirent à sonner en même temps et Vincent en profita pour filer.

Quelques instants plus tard, il débouchait dans le couloir où se trouvait le studio de Sophie. La jeune fille était là en compagnie de l'animateur. Comme le rouge n'était pas mis, Vincent entra. Mais avant qu'il ait eu le temps d'ouvrir la bouche, de l'autre côté de sa vitre, le technicien fit un signe à Sophie.

Vincent s'immobilisa.

Sophie prit sa respiration, attrapa un papier et se pencha, souriante, vers son micro.

– Continuons notre shopping, mes chéries, Pour celles que la cellulite désespère… j'ai noté le dernier en date des gadgets japonais : le yokorotor… Ça masse en douceur, ça fonctionne sur piles et ça se fourre dans n'importe quel sac… Vous pouvez donc l'emporter en week-end… et vous pourrez ainsi, mes chéries, enfiler ce ravissant deux-pièces de chez Manuel qui fera s'évanouir tous les mâles de votre entourage…

Elle fit un petit geste à l'adresse du technicien qui regarda l'animateur. Celui-ci enchaîna :

– Et voilà… C'était le shopping de Sophie… Sophie qui aura demain encore mille choses passionnantes à vous proposer. Merci Sophie.

Un disque fut envoyé et Vincent demanda :

– C'est quoi, ton… yokorotor ? Un godemiché kamikaze ?

Sophie soupira.

– Plus ça va, plus c'est con.

L'animateur qui s'était levé se pencha sur elle en remarquant :

– Ma chatte, si j'avais la chance d'avoir un papa banquier, je ne m'emmerderais pas tous les matins que Dieu fait à vanter toutes les saloperies de notre société de consommation.

– T'oublies que son père a des intérêts partout, sourit Vincent.

– Enfin une explication, soupira l'animateur, qui lança avant de quitter la cabine : J'ai une de ces envies de pisser…

Sophie sortit une cigarette. Vincent lui tendit du feu.

– Alors ? Tu as demandé à ton père ?

Elle l'observa en souriant :

– Ce que j'aime chez toi, c'est ton côté sentimental.

Vincent hésita, sourit à son tour, se pencha sur elle et la renversa à demi pour l'embrasser. Derrière la vitre, le technicien qui les observait, rigolard, actionna le micro d'ordres :

– Pas de cochonneries ici, s'il vous plaît !

Ils se séparèrent en souriant, s'examinèrent un instant. Puis Sophie demanda :

– Tu es bien rentré hier soir ?

– Oui… J'ai juste raccompagné Emmanuelle.

– Emmanuelle ? releva Sophie, ironique.

– Madame Vaccari, si tu préfères. Alors ? Tu sais quelque chose d'autre ?

Sophie hésita, puis, rangeant ses cigarettes dans son sac :

– Non… Papa part aux aurores.

Vincent eut un geste de contrariété.

– Qu'est-ce qu'il y a ?

– Marin m'a donné deux jours. Je n'ai pas une seconde à perdre, tu comprends.

– Toi, tu ne manques pas d'air… Et s'il n'y a rien de plus ?

Comme Vincent avait toujours le même air boudeur, elle haussa les épaules :

– Bon, bon, ça va, j'ai compris… Je vais passer à la banque.

À la même heure, dans ladite banque, Beaumont pénétrait dans le bureau de Verdier.

Les deux hommes avaient certains intérêts en commun. Participations dans des sociétés immobilières, des complexes pétrochimiques et autres broutilles. Verdier voulait l'avis de Beaumont sur le rachat d'un groupe textile en pleine déconfiture. Le jeu, c'était d'abord de le payer trois francs cinquante et de le rentabiliser avant de le revendre.

Mais l'heure était aussi à la réflexion.

Quelque chose flottait dans l'air de la finance comme une angoisse métaphysique.

– Que pensez-vous de la dernière conférence sur le pétrole ?

– Nous nous sommes laissé enfermer dans le piège énergétique. Le mot « inquiétant » n'est donc pas trop fort. Si on laisse faire, c'est la récession, le chômage, donc la révolution. Et dans ce qui en sortira, il n'y aura plus de place pour des gens comme nous.

Beaumont sourit.

– Nous nous reconvertirons.

– En prolétaires ? En balayeurs ?

Verdier avait récupéré son coupe-papier. Ça lui permettait de réfléchir plus aisément.

– Le monde entier est tributaire d'une poignée d'Arabes. À moins que…

Comme il laissait sa phrase en suspens, Beaumont l'encouragea :

– À moins que…

– … à moins qu'il ne s'agisse d'un vaste complot.

C'était un des thèmes favoris de Verdier.

Le complot.

Le spectre rouge. Ou jaune. Peu importait la couleur. Même le blanc pouvait être une menace. La gauche internationale – il lui arrivait de dire encore le bolchevisme – et son cortège prolétarien déferlant sur l'Occident comme les sans-culottes sur la Bastille. Verdier ne craignait pas l'imagerie d'Épinal. Elle avait nourri son enfance, et il gardait la nostalgie des soldats bleu et rouge donnant l'assaut à la smalah d'Abd el-Kader.

– Heureusement, nous ne laisserons pas les choses aller jusque-là.

Il disait « nous », mais pensait « intérêts multinationaux ». Ces maîtres sans visage, ces fameux conseillers qui savaient si bien peser sur la politique des États.

– Personne n'a intérêt à voir l'Occident sombrer, dit Beaumont. Surtout pas les Russes. Qu'ils le veuillent ou non, leur sort est maintenant lié au nôtre.

– À court terme, peut-être, mais à long terme ? Et les Chinois, que faites-vous des Chinois ? Démographiquement, nous sommes déjà perdants. Voyez-vous, Beaumont, dans toute cette histoire, le temps est le facteur essentiel. On sait déjà depuis un certain temps que dans cinquante ans il ne faudra plus trop compter sur le pétrole. Le problème, c'est d'avoir le temps de mettre autre chose en place. Pour cela, il faut mobiliser toute notre puissance et préserver l'ordre indispensable à la réalisation de ce plan. Si on sacrifie le pétrole, c'est pour passer à autre chose. Continuons à donner aux gens ce qu'ils demandent, c'est à ce prix-là qu'on obtiendra d'eux ce que l'on veut. Et si cet ordre nécessite la force…

Beaumont l'observait, toujours souriant. Verdier s'arrêta soudain. Pourquoi cette impression de malaise qu'il ressentait parfois devant ce type ?

– Ce n'est pas votre avis ? demanda-t-il, un peu perplexe.

– Nous n'en sommes pas encore là. À propos… votre bonhomme aux lingots d'or, que devient-il ?

– Eh bien, contre toute attente, les contrôles sont positifs. L'or est bon, excellent même puisqu'il titre vingt-trois carats.

– Vous achetez ?

– Naturellement.

Le téléphone sonna. Verdier décrocha en s'excusant.

– Comment ? Qu'est-ce que voulez ? Je ne suis pas seul… C'est aussi urgent ? Bon, bon, venez… Non, non, c'est notre ami Beaumont.

Il raccrocha en soupirant.

– Lafaurie. Ses nerfs lui jouent des tours. Ce n'est pourtant pas par excès de travail.

Lafaurie entra.

Il semblait quelque peu ému. Avec un soupçon d'ironie, Verdier lui demanda :

– Que se passe-t-il ? Un krach à la Bourse ?

Lafaurie salua Beaumont, hésita.

– C'est au sujet de notre vendeur d'or... Vous savez... Durand...

– Eh bien ? Il n'a rien à vendre, je suppose ?

– Non... Au contraire.

– Expliquez-vous, bon sang ! Ne me dites pas qu'il vous a fait d'autres propositions ?

– À moi, non...

Il hésita comme s'il avait lui-même du mal à croire ce qu'il allait dire :

– Eh bien, voilà... Parmi les informations que nous avons reçues, j'ai relevé celles-ci. Un type qui ressemble fort à notre Durand s'est rendu il y a deux jours au Comptoir financier et au Crédit normand. Dans chacun de ces établissements, il a laissé cinq lingots d'or en dépôt, en précisant qu'il en avait trois cents à vendre.

Verdier avait cessé de tripoter son coupe-papier.

– Vous voulez dire que votre bonhomme aurait neuf cents kilos d'or à négocier ?

– D'après ces informations, oui.

– C'est un fou.

– Un fou qui possède quand même quinze kilos d'or, remarqua Lafaurie. J'ai demandé confirmation. Les lingots existent. Il les a laissés en dépôt.

Verdier regarda Beaumont. Mais le financier restait silencieux.

– Si ce n'est pas un fou, c'est un escroc. Peut-être s'imagine-t-il qu'on ne contrôlera pas la totalité des lingots.

– Ce serait un peu gros, nota Lafaurie.

– On a vu pire. En tout cas, je n'aime pas la tournure que prend cette affaire et j'ai envie de prévenir la police. Avez-vous noté les coordonnées de ce type, comme je vous l'avais demandé ?

Lafaurie baissa la tête.

– Non. Il a seulement laissé son nom. Il a refusé de fournir d'autres renseignements.

– Je vous avais pourtant dit de…

– Un vendeur d'or peut garder l'anonymat, c'est son droit. Que vouliez-vous que je fasse ?

– Et comment devez-vous reprendre contact avec lui ?

– Il doit téléphoner.

– Bien. Vous vous mettrez en rapport avec la brigade financière dès qu'il aura appelé.

Beaumont, qui semblait plongé dans de profondes réflexions, intervint.

– Pourquoi ?

– S'il s'agit d'un escroc, je…

– Un escroc ? Vous avez un excellent moyen de vous en assurer. Si son astuce consiste à faire croire qu'il a neuf cents kilos d'or alors qu'il n'en a que trois cents… entendez-vous avec vos confrères pour synchroniser les négociations. Que risquez-vous ?

Verdier ne semblait pas totalement convaincu. Il n'aimait pas les opérations qui sortent à ce point des normes. Beaumont se pencha légèrement, ajouta :

– Avec la hausse qu'il y a sur l'or actuellement, vous n'allez tout de même pas laisser passer l'occasion de faire une telle affaire ?

C'était l'avis de Lafaurie qui renchérit :

– Nous prendrons tout le temps qu'il faudra pour contrôler ces lingots et nous ne les accepterons que si les autres établissements ont reçu les leurs et les ont contrôlés, aux aussi.

Verdier reposa son coupe-papier.

– Après tout… En attendant, il faut observer la plus grande discrétion sur toute cette affaire.

Il insista en regardant Lafaurie :

– Pas un mot à qui que ce soit, n'est-ce pas ?

Lafaurie hocha la tête. Il quitta le bureau après que Verdier lui eut demandé de se mettre en rapport avec les deux autres établissements. Une fois le fondé de pouvoir sorti, Verdier dit à Beaumont :

– Bien entendu, ce n'est pas votre discrétion que je mettais en cause.

– Mais elle vous est tout acquise, sourit Beaumont.

Il se leva en reprenant :

– Pour la Générale cotonnière, réfléchissez encore. Vous serez contraint de fermer des usines et vous n'échapperez pas aux grèves.

– Et si la société dépose son bilan, que se passera-t-il ?

– Alors prévoyez des indemnités substantielles.

Verdier n'aimait pas non plus le mot « indemnités » mais il s'abstint de tout commentaire. Il raccompagna Beaumont jusqu'à la porte. Les deux hommes se serrèrent la main. Une fois seul, Verdier fit quelques pas dans son bureau, songeur. L'interphone le ramena à sa table de travail.

– Ma fille ? Oui, oui, elle peut entrer.

Quelques instants plus tard Sophie apparut en jean délavé et veste de daim.

– Je vois que tu es en tenue de travail, ironisa son père. À quand le bleu de chauffe ?

– J'en ai commandé un chez Cardin mais ils sont en rupture de stock.

Elle sortit ses cigarettes. Tout en regardant autour d'elle, elle en alluma une.

– Ton bureau est toujours aussi sinistre. Quand te décideras-tu à le faire refaire ?

– C'est une banque, ici, pas un music-hall. Je ne vois pas pourquoi je changerais de décor. Et tu ne viens pas assez souvent pour que cela puisse te déranger. Au fait… en quel honneur cette visite exceptionnelle ? C'est le banquier que tu viens voir ?

– Tu vois comme tu as l'esprit mal tourné… Je passais dans le quartier et j'ai pensé à venir te dire bonjour.

Verdier parut quelque peu sceptique.

Sophie sourit.

– Je pars en week-end avec des amis demain soir et on risque de ne pas se voir avant la semaine prochaine. Et comme je dîne en ville, je tenais à te prévenir.

– C'est Vincent, tes amis ?

– Entre autres.

Verdier pensa que le moment était idéal pour une petite explication, seulement voilà, devant cette grande fille de vingt ans qui lui était de plus en plus étrangère, il ne trouvait pas ses mots. Il se contenta de dire :

– Tu rentres lundi ?

– Évidemment. Et toi, que vas-tu faire ?

– Me reposer. Ça peut te paraître ridicule et dépassé, mais je considère toujours le dimanche comme un jour de repos.

– Alors essaie de laisser tes soucis à la banque. Mets-les dans un coffre si tu as peur de ne pas les retrouver.

– Je n'ai pas de soucis. Seulement des responsabilités.

– Et ton petit bonhomme aux lingots ? Il ne te cause pas de souci ?

Sophie semblait avoir posé la question comme ça, histoire d'alimenter la conversation.

– Quel bonhomme aux lingots ?

– Tu sais bien, celui qui en a trois cents à vendre ? Il les a apportés ?

– Bien sûr que non. Je le savais bien, c'était du bluff. On lui a payé ce qu'il avait laissé en dépôt et on a classé l'affaire.

– C'est un peu décevant comme fin. Je m'attendais à autre chose.

– Il n'y a pas de contes de fées dans la finance.

Sophie revint jusqu'au bureau et éteignit sa cigarette en observant :

– C'est bien dommage.

Comme elle n'insistait pas, Verdier, soulagé, se fit aimable, allant même jusqu'à l'inviter à déjeuner. Elle refusa. Comme il insistait, elle dit, moqueuse :

– Téléphone à Emmanuelle, elle sera ravie.

– Pourquoi ? Je ne vois pas ce qui peut te...

– Papa... Les banquiers aussi ont droit au repos du guerrier. Je ne t'en voudrai pas si ça t'arrive.

– Cesse de dire des bêtises. Et laisse-moi, j'ai encore deux rendez-vous avant le déjeuner.

La main sur la poignée, elle se retourna, dit d'un ton qui se voulait seulement curieux :

– Alors il n'avait que cinq lingots, ton petit bonhomme ?

– Puisque je te le dis !

Une fois seul, Verdier soupira. Ce n'était pas à l'amie d'un journaliste qu'il fallait confier quoi que ce soit. Même s'il s'agissait de sa propre fille.

Installé à la terrasse d'un café, Vincent jouait les voyeurs en attendant Sophie.

Il aimait ainsi rêver, imaginant quelque intrigue entre le gros à lunettes qui passait et la shampouineuse qui sortait du salon de coiffure voisin. Avec un peu de chance, la DS qui s'arrêtait devant la banque avait peut-être été volée et ceux qui en descendaient s'apprêtaient peut-être à attaquer le caissier. Une brune au mollet nerveux, à la cuisse musclée, pénétra dans son champ visuel. Le coup de foudre. L'amour fou. Leurs peaux brûlantes, moites de désir, dans un océan de draps. Cris et halètements.

Cosmique.

Une séduisante réalité s'interposa entre son rêve et lui, lui masquant le soleil par la même occasion. Sophie. Elle se laissa choir sur le siège, piqua une cigarette dans le paquet posé sur la table. Vincent lui donna du feu en disant, souriant :

– Je t'aime mieux ici que chez toi.

– Mon père pense exactement le contraire. Ça doit être ça le conflit des générations.

– Tu l'as vu ?

Elle hocha la tête en tirant sur sa cigarette.

– Ça n'a rien donné…

– Comment ça ?

– D'après lui, le type n'avait que cinq lingots à vendre.

Vincent prit une cigarette, l'alluma en regardant bien au-delà du carrefour. Il était dans le bureau de Marin. Il voyait celui-ci aller et venir. Sur le graphique de son crédit, la courbe était en chute libre.

– Merde, dit-il seulement.

– Qu'est-ce que ça peut faire ?

– Marin m'a fait confiance. J'étais sûr de mon coup, tu comprends ?

– Ce n'est tout de même pas la première fois qu'un sujet de reportage tombe à l'eau, non ?

Il haussa les épaules, morose. Elle reprit :

– Et puis même… Peut-être que tu aurais été déçu en allant plus loin.

Il se tourna vers elle.

– Si ton cousin a dit vrai, il y a autre chose.

– Je ne te comprends pas… On dirait que tu viens de rater le reportage du siècle.

Il resta silencieux, un peu surpris lui-même de son obstination.

– T'as raison. N'en parlons plus.

Il sourit, prit son verre, but, plaisanta. Sophie l'observait. Il se forçait, c'était évident. Normalement, l'incident était clos. Demain Vincent aurait oublié et ils partiraient en week-end. Alors, pourquoi éprouva-t-elle le besoin de dire cette phrase que, plus tard, elle devait regretter amèrement d'avoir prononcée :

– Écoute... Je ne suis pas sûre que mon père ait dit la vérité.

– Qu'est-ce que tu dis ?

Sophie hésita.

– Je ne sais pas... c'est une impression comme ça. Il a répondu brièvement à ma question, puis il est devenu très aimable, presque trop... Comme s'il voulait détourner la conversation.

– Tu es sûre ? Pourquoi t'aurait-il raconté des blagues ?

– Secret professionnel.

– Quel secret ? Celui de l'identité de son client ?

– Si ce n'est que ça, qui te dit que t'en tireras quelque chose ?

– Et mon flair, qu'est-ce que tu en fais ? Et puis, comme ça, je n'aurai pas de regrets.

– Si papa a décidé de ne rien dire, je n'en tirerai pas un mot.

Vincent hocha la tête. Ils s'observèrent un instant.

– Lui, non...

Il n'avait tenu qu'à elle d'enterrer l'affaire. Maintenant, il était trop tard. Énervée, elle écrasa sa cigarette dans le cendrier.

– Ça va, ça va, j'ai compris... Tu penses à mon cousin, je suppose ? (Elle sourit.) Tu sais que t'as une vraie mentalité de souteneur, toi ?

– Je ne te demande pas de coucher avec lui.

– Et si c'était la condition pour obtenir tes renseignements ?

Leurs yeux se croisèrent au-dessus d'une frontière incertaine.

– Je laisserais tomber, évidemment.

Elle préféra tout de même ne pas insister. Vincent n'était pas seulement armé : il était une arme hérissée de pointes démouchetées. Et un jour, il lui faudrait choisir : fuir ou se sacrifier. Il reprit d'un ton qu'elle connaissait bien :

– Je ne t'oblige pas, tu sais...

Il en était désarmant. Elle ne put que sourire de nouveau.

Au même moment, Beaumont rentrait chez lui. Il vivait au cœur de Paris, dans le VIIe arrondissement. Il habitait un petit hôtel particulier de la tranquille rue Las-Cases. S'il ne possédait pas le vaste parc de Verdier, il avait tout de même une grande cour ombragée à l'arrière de la maison.

Il y vivait seul.

Un domestique mâle assurait le service, s'occupant à la fois de la cuisine et du ménage. Le rez-de-chaussée était réservé aux pièces de réception. Salle à manger, salon, fumoir, boudoir. En demi-sous-sol, les cuisines. Au premier, des chambres et un vaste bureau-bibliothèque. Au second, la chambre du domestique et celle du secrétaire de Beaumont, Renaud.

Beaumont se rendit immédiatement à son bureau.

Une sorte de cabinet de travail ainsi qu'on l'entendait au XIXe siècle. Frappait d'abord l'austérité certaine de l'ensemble. Les murs étaient cachés par des centaines d'ouvrages reliés, eux-mêmes protégés par des portes en chêne grillagées, au bois patiné, sobrement travaillé. Un bureau, lui aussi en chêne. Semblable à ces tables de réfectoire de monastères, il était composé d'un lourd plateau reposant sur un demi-cintre en bois massif reliant les traverses des pieds. Derrière se dressait un fauteuil Louis XIII. Deux autres sièges de même style attendaient les visiteurs. Peu d'objets. Deux lampes, un vaste bloc de pierre taillé servant de cendrier, une curieuse dague utilisée sans doute en coupe-papier. Seule note de chaleur et de confort, un tapis persan jeté sur le parquet sombre.

Sans s'asseoir, Beaumont pressa un bouton installé sous le plateau de la table. En attendant, il parcourut les gros titres d'un journal. On frappa. Beaumont se contenta de regarder la porte et celle-ci s'ouvrit. Renaud, le secrétaire, entra. Trente ans au plus et cette même impassibilité qui caractérisait Beaumont. Sans se ressembler, ils avaient une sorte d'air de famille.

Ils s'observèrent un instant, puis Beaumont dit :

– Parlons normalement, à cause du domestique.

– Je n'ai encore rien découvert, monsieur. J'ai alerté nos correspondants des principales places financières, mais je n'ai reçu aucune information. Est-ce si important ?

– Je n'en sais rien encore. Dans des périodes comme celle-ci, des forces surgissent que nous ne pouvons pas toujours prévoir.

– Je sais, monsieur.

– Continuez de vous informer et tenez-moi au courant.

Renaud hocha la tête, puis il quitta la pièce sans hâte.

Beaumont resta un instant immobile, tête baissée, les doigts à peine appuyés sur son bureau. Il se redressa enfin et il se dirigea vers le mur de la bibliothèque opposé à la porte d'entrée. Il sortit une clé de sa poche et l'introduisit dans la serrure de la porte du rayonnage. Il la tourna deux fois et tira. Alors que la porte seule aurait dû s'ouvrir, tout le panneau pivota, découvrant ainsi une ouverture qui donnait dans une autre pièce.

Beaumont y pénétra et referma derrière lui.

Ce nouveau local était de dimensions réduites. Bas de plafond et de forme octogonale, il ne comportait aucune fenêtre. Toutes les surfaces étaient recouvertes de velours noir. Rien n'y était accroché. Quant à l'ameublement, il se réduisait à un unique fauteuil installé au centre de la pièce sur une petite estrade. Orienté de façon à ce que son occupant soit face au sud.

Un simple spot l'éclairait.

Beaumont s'y installa et, fermant les yeux, il se prit le front entre les doigts, comme s'il cherchait à se concentrer. Il resta ainsi quelques secondes, puis il releva la tête. Son visage était de pierre, l'œil étrangement lumineux.

Malgré ses lèvres immobiles, on aurait dit que Beaumont s'adressait à quelqu'un.

4

– Dans le canard à la Vendôme, deux choses sont essentielles. D'abord, la farce… si tu ne mets pas de mousse de foie gras par moitié, autant manger des alouettes sans tête. Et puis la sauce Chaufroid pour napper… Et la sauce Chaufroid, ma chatte, c'est tout un art… Il faut, bien entendu, un excellent porto ou un vieux madère, mais ce qui compte avant tout, c'est le dégraissage… Le dégraissage. Tout est là. Si tu veux que ta sauce ne soit pas trouble en refroidissant. Tiens, regarde la transparence de celle-ci…

Sophie sourit poliment et porta son regard sur le petit morceau de gelée qu'Hervé Lafaurie avait prélevé avec la pointe de son couteau.

– On en mangerait, dit-elle.

Lafaurie la regarda d'un air incertain. Depuis quelque temps, il faisait des complexes vis-à-vis de sa cousine. Celle qu'il avait connue gamine était devenue une femme. Elle avait une façon d'être gentiment moqueuse qui le déroutait.

Pourtant, la cuisine, c'était passionnant.

Ils se trouvaient dans un de ces temples de la gastronomie où l'on ne mange pas mais où l'on communie. Encore que le menu n'eût qu'un très lointain rapport avec une rondelle de pain azyme.

– Et pour dégraisser, reprit Lafaurie, il faut cuire très longuement en…

Sophie avait levé son verre de champagne et l'observait à travers avec une certaine ironie.

– Ce qui compte, cousin, c'est le résultat. Le comment du pourquoi, je m'en fous.

Lafaurie balaya la salle d'un œil discret et angoissé. Il détestait que Sophie l'appelât « cousin ». Elle semblait vouloir se servir de cette parenté comme d'un mur infranchissable. Un peu découragé, il dit :

– De quoi veux-tu qu'on parle ? Tu détestes le sport, la cuisine t'ennuie…

– Tu n'es ni champion ni cuisinier, que je sache ? Parle-moi de ta spécialité…

– Pour l'instant, c'est à la banque que je consacre l'essentiel de mon temps.

Elle l'observait en souriant, semblant lui dire… Lui dire quoi, exactement ? Lorsqu'elle était entrée dans son bureau au milieu de l'après-midi, il l'avait d'abord snobée à cause du journaliste. Mais c'était un rôle de composition qu'il n'avait pu tenir bien longtemps. Maintenant, il cherchait vainement comment avait pu se faire cette invitation à dîner. Mais après tout, elle était là, face à lui, à sa merci en quelque sorte. Il suffisait de savoir manœuvrer.

– Comment se comporte la Bourse ? demanda-t-elle avec beaucoup de sérieux.

– Mal. Les valeurs-refuge ne…

Il s'arrêta soudain, l'œil arrondi par la surprise.

– Tu t'intéresses à la Bourse, toi, maintenant ?

– Je suis fille de banquier, tu sembles l'oublier.

– Aurais-tu l'intention de faire quelques placements ?

– Pourquoi pas ?

– Dans ce cas, tu ferais mieux de t'adresser à la source.

– Papa est vieux jeu. Pour lui, une femme est incapable de comprendre quoi que ce soit à la Bourse.

– Eh bien, si ça t'intéresse, je pourrai t'initier.

Il se voyait déjà dans son appartement en train de lui expliquer, un verre de porto à la main et au plus profond d'un canapé, les subtilités des cours. Elle le ramena aux réalités en lui demandant :

– Si tu avais de l'argent à placer, qu'est-ce que tu achèterais, toi ?

Il resta la fourchette en l'air, réfléchissant. Sophie reprit :

– De l'or ?

– Actuellement, c'est un placement sûr. Son prix a doublé en un an. Mais on ne peut pas vraiment dire que ce soit un capital très productif.

– Un rapport de cent pour cent, tu n'appelles pas ça productif ?

– Nous vivons une période exceptionnelle. Les places financières ont la fièvre.

– À ton avis, ça peut encore monter ?

– Peut-être, oui.

– Alors pourquoi ce drôle de petit bonhomme dont tu parlais l'autre soir vend-il son or au cours le plus bas ?

Lafaurie s'arrêta un instant de mâcher, la regarda, puis plongea son nez dans son assiette.

Sophie parut ne rien avoir remarqué. Elle enchaîna :

– Moi, à ta place, je me serais arrangé pour traiter directement avec lui.

– Pour que ton père l'apprenne ? Il m'aurait accusé de m'enrichir sur le dos de la banque.

– Échange de bons procédés. Et puis, pour cinq lingots…

– Durand vend tout d'un bloc et je n'ai pas les moyens de m'offrir trois cents lingots comptant, d'autant…

Il s'arrêta brusquement. Il n'avait pourtant pas l'intention d'en parler. Sophie paraissait indifférente. Elle s'amusait à pétrir une boule de pain. Tout de même un peu méfiant, il demanda :

– Ça t'intéresse ?

– Comme ça…, répondit-elle en haussant les épaules. J'ai trouvé ça amusant, l'autre soir…

Elle releva la tête en souriant.

– … d'autant plus que tu l'as très bien raconté.

C'était gros comme une maison. Mais ça marcha. À cause de cela peut-être.

Il sourit, flatté.

– C'est vrai ?

– Tu le sais très bien. Tout le monde t'écoutait. Alors ne joue pas les modestes.

Ils s'observèrent un instant. Il y avait une certaine perplexité dans l'œil de Lafaurie. Elle le déroutait, il n'y avait rien à faire, elle le déroutait. Ultime moyen de défense, il évoqua l'image de Vincent.

– C'est aussi l'avis de ton copain le journaliste ?

Question piège. Dire oui, c'était montrer que Vincent s'intéressait à l'affaire ; dire non, c'était toucher l'amour-propre de Lafaurie. Il avait quelque chose à dire et il fallait qu'il le dise.

– Il paraît que tu ferais un très bon reporter.

Pédale *forte*.

Lafaurie prit l'air modeste, mais elle avait touché son point sensible. Vaincu sans même le savoir, il se pencha pour murmurer :

– Et tu ne sais pas tout…

Les fromages apparurent, l'obligeant à se redresser.

L'instant était délicat. Lafaurie observait la desserte. Finalement, il opta pour un morceau de fourme d'Ambert et un peu de chavignol, deux fromages qui n'obligeaient pas à changer de vin. Sophie suivit son exemple.

Elle le laissa ôter délicatement la croûte de sa fourme et repartit à l'attaque.

– Alors ? Qu'est-ce qu'il y a d'autre ?

– Après les fromages ?

– Fiche-moi la paix avec le menu. Tu sais très bien de quoi je veux parler.

Un instant, il avait espéré qu'elle aurait oublié.

– Ah… Tu veux parler du type aux lingots ?

– Exactement.

Il avala sa première bouchée de fromage sans plaisir réel. Quel dommage… Mais, en face de lui, il y avait un si joli sourire… Satisfait malgré tout de l'effet qu'il allait produire, il se pencha pour dire en confidence :

– Durand a fait les mêmes propositions à deux autres établissements financiers.

– Quoi ?

– Eh oui. Et à chaque fois, il a laissé cinq lingots en dépôt.

– Attends… Ça voudrait donc dire qu'il en a neuf cents en tout ?

– Ça, c'est ce qu'il prétend.

– Pourquoi mentirait-il ? C'est facile à vérifier, non ?

– C'est bien ce qu'on a l'intention de faire. Il y a peut-être derrière tout ça le mécanisme d'une escroquerie qui nous échappe.

Rêveuse, Sophie pensait à Vincent. Ainsi, son flair ne l'avait pas trompé.

– Et quand serez-vous fixés ?

– En principe demain… Durand a téléphoné en fin d'après-midi. Il doit amener la marchandise vers dix heures…

Brusquement inquiet, il ajouta :

– Surtout ne dis pas à ton père que je t'ai parlé de tout ça, hein ?

Elle eut un sourire rassurant… qui ne rassura pas Lafaurie. Déjà, il regrettait son indiscrétion et il fallut le sorbet au cassis pour qu'il se sente moins soucieux. Au café, il décida de passer à l'attaque. Il estimait avoir droit à une compensation. Ou bien elle était là pour lui, ou bien… Il préféra ne pas approfondir la seconde hypothèse. De toute façon, elle ne pouvait pas refuser. C'est ainsi que Sophie se retrouva un peu plus tard à danser le slow dans les bras quelque peu enveloppants de Lafaurie.

Résignée mais logique, elle estima qu'elle lui devait bien ça.

Le premier s'appelait Bernard Duval et il était P.-D.G. du Comptoir financier.

Âgé d'une quarantaine d'années, il ne craignait pas de sacrifier à une certaine mode. Mais le costume de chez Cardin et la cravate Estérel n'étaient là que pour soigner son image de marque. Diplômé d'H.E.C., il était allé s'initier aux méthodes américaines avant de se retrouver à présider les destinées du Comptoir financier. Des États-Unis, il était revenu avec une certaine idée de la finance et des relations publiques.

Aucun romantisme dans cet œil qui fouillait l'interlocuteur et, s'il souriait, c'était pour mieux dissimuler le fond de sa pensée. Pour lui, tout s'évaluait en termes internationaux.

Le second, assis face à la cheminée regardait rêveusement la flamme. Bien qu'ayant des responsabilités identiques à la tête du Crédit normand, Paul Amaury appartenait à une tout autre école. Sa banque d'affaires reposait sur une solide clientèle de province dont il était lui-même originaire. Dans le monde glacé qu'il fréquentait, il avait la réputation d'un humaniste, qui ne craignait pas de citer les classiques à l'occasion. Il consacrait une partie de sa fortune à enrichir une collection d'incunables dont son grand-père avait été l'initiateur.

Pour l'heure, Amaury avait d'autres préoccupations. C'étaient aussi celles de Duval et de leur hôte, Verdier, debout, accoudé à la cheminée, un verre à la main, dont l'œil glissait sur Amaury, s'attardait sur Duval.

– Que risquons-nous ? disait Amaury. Notre bonhomme possède réellement quinze kilos d'or contrôlés et ils sont en notre possession.

– C'est vrai, dit Duval. C'est seulement l'aspect inhabituel de l'opération qui me gêne.

– Quelle importance, répliqua Amaury. Du moment que nous nous entendons, nous ne pouvons pas nous faire escroquer.

Duval se tourna vers son collègue.

– Vous m'avez mal compris... Je pensais à l'aspect moral... ou plutôt l'aspect légal de cette opération. Je connais quelques fonctionnaires des Finances plutôt chatouilleux lorsqu'il s'agit d'opérations de cette sorte.

Verdier eut un petit sourire. Il ne pensait pas que cette notion interviendrait dans la conversation.

– Je préfère légal à moral, intervint-il. C'est une notion, euh... plus technique. Qu'est-ce qui vous chiffonne ? Nous avons parfaitement le droit d'acheter de l'or sans nous inquiéter de l'identité du vendeur.

Amaury n'avait pas bougé, de nouveau absorbé par la contemplation de son verre.

Duval répliqua :

– Supposez que cet or ait été volé... Souvenez-vous. Il y a eu ces dernières années deux ou trois affaires célèbres de vol d'or. Qui vous dit qu'on n'essaie pas de le remettre seulement maintenant sur le marché ?

Verdier se redressa.

– J'y ai pensé moi aussi. Durand n'est évidemment qu'un intermédiaire. Le propriétaire de neuf cents kilos d'or ne peut pas avoir cette tête-là.

– Et alors ?

– L'or qu'on nous propose est de qualité supérieure à celui qui a été volé ces dernières années.

– Peut-être a-t-il été refondu, purifié ?

– Cet or est, en fait, de qualité exceptionnelle. Cela supposerait un équipement tout aussi exceptionnel, très onéreux, et qui ne risque pas de passer inaperçu. Ça cadre mal avec les éventuels auteurs d'un hold-up.

Duval soupira.

– Vous dites vous-même que Durand ne peut être qu'un intermédiaire.

– C'est exact.

– Alors qui serait derrière lui, selon vous ?

– Justement. Si nous pouvions...

Quelques coups frappés à la porte l'interrompirent. Julien fit son apparition. Il tenait à la main un petit plateau d'argent sur lequel se trouvait une enveloppe.

– On vient de déposer ceci, monsieur.

– Qui ?

– Je ne sais pas... On a sonné. Mais comme l'autre fois, il n'y avait personne.

Verdier renvoya Julien, observa l'enveloppe d'un air méfiant. Elle ne portait que son nom tapé à la machine. Il l'ouvrit. Comme celle qu'il avait reçue deux jours plus tôt, elle était doublée de noir. Il en sortit une feuille manuscrite, lut :

Et si l'or demain cessait d'avoir toute valeur ?
Quelle serait votre attitude ?

Et c'était encore signé :

Les Compagnons d'Éleusis.

Verdier resta un instant immobile. Là-bas, les deux autres l'observaient.

Il sourit enfin, se tourna vers eux en agitant la lettre.

– C'est peut-être la réponse à notre question.

Tout en les rejoignant, il demanda :

– Vous avez déjà entendu parler des Compagnons d'Éleusis ?

Amaury réagit le premier.

– Les Compagnons d'Éleusis ? Mais oui. Ça doit être une secte religieuse ou mystique. J'ai reçu un message signé d'eux il y a deux jours. Il y était question de renoncer à l'or ou quelque chose comme ça…

En prenant son verre, Duval dit :

– Il me semble avoir trouvé un texte identique dans mon courrier. Un truc publicitaire, sans doute ?

Verdier leur tendit la lettre.

– C'est la seconde qu'on dépose chez moi en pleine nuit. Je vais vous montrer la première.

Tandis que Duval et Amaury prenaient connaissance du message, Verdier quitta le salon pour se rendre jusqu'à son bureau. Il ouvrit le tiroir dans lequel il avait rangé la première lettre mais la feuille qu'il sortit était vierge de tout texte. Il vida son tiroir, en vain. Perplexe, il sonna.

Quelques instants plus tard, Julien entra.

– Monsieur ?

– Avez-vous rangé les tiroirs de ce bureau, Julien ?

– Oh, non, monsieur… Monsieur sait très bien que je ne me permettrais pas de toucher à ses papiers.

– Vous en êtes sûr ?

– Certain, monsieur.

– Et ma fille ?

– Mademoiselle Sophie n'a pas l'habitude de venir dans le bureau de monsieur en son absence.

– C'est bien. Merci, Julien.

Le maître d'hôtel parti, Verdier examina la feuille blanche, la regarda par transparence et l'emporta avec lui.

Lorsqu'il rejoignit les deux autres, il récupéra le second message et compara les deux feuilles. Même papier un peu épais avec un très léger grain. Un pur chiffon qui ressemblait plus à du papier à lettres qu'à du papier machine.

– C'est bizarre…, dit-il enfin.

– Que se passe-t-il ? demanda Duval.

– Le texte du premier message s'est effacé.

– Vous en êtes sûr ?

– Constatez vous-même, voilà la feuille.

Duval procéda à son tour à l'examen, en posant les deux feuilles sur une table.

– C'est bien le même papier. C'est plutôt amusant.

– Avez-vous gardé vos messages ? questionna Verdier.

Aucun des deux ne l'avait conservé.

Intrigué, Duval demanda :

– Vous croyez que cela pourrait avoir un rapport quelconque avec notre affaire ?

– Non… je ne vois pas comment. C'est une coïncidence, voilà tout.

Amaury haussa les épaules.

– Peut-être que ce sont les détracteurs du Veau d'or qui se manifestent. On parle beaucoup trop de l'or, en ce moment.

Tout en se resservant une goutte d'armagnac, il dit :

– Si nous mettions plutôt au point notre petite opération de demain ?

– Vous avez raison… Si l'on s'en tient à l'horaire fourni par ce Durand, il commence par votre établissement, mon cher Duval ?

– Exact. Pour se rendre un quart d'heure plus tard au Crédit normand de notre ami Amaury…

Son œil se fit un instant rêveur.

– Une tonne d'or qui va se balader comme ça dans Paris… C'est tout de même incroyable.

– Oui… J'aimerais être à demain, dit Verdier. Puisque Durand doit terminer sa… livraison chez moi, ce sera donc à moi de vous appeler. S'il y a le moindre élément suspect, je retiens notre homme et je préviens la police. Nous ne devons pas aller au-delà d'un certain risque. Êtes-vous d'accord ?

Amaury fit « oui » de la tête. Il se tourna vers Duval :

– Pas d'objections ?

– Je me demande si nous n'aurions pas dû prévenir la police.

Verdier revenait avec la bouteille de vieil armagnac. Devant Duval, il dit :

– Les finances ont leur morale propre, Duval. Et si elles ne se mettent pas au-dessus des lois, elles doivent cependant s'en accommoder.

– … ou les faire aller dans le sens qui convient, sourit Amaury. C'est bien ça ?

Verdier le regarda, un peu surpris.

– C'est bien ça.

Il leva son verre.

– Au succès de notre petite opération.

Duval était près de la cheminée.

– Le contrôle de ce stock d'or prendra quelques jours. Peut-être pourrons-nous les mettre à profit pour essayer de trouver qui se cache derrière Durand.

Soudain, Amaury s'écria :

– Regardez !

Les deux autres se tournèrent vers lui.

– Quoi ?

– Le message… celui qui vient d'arriver…

Il montra la lettre posée sur la table.

Verdier et Duval s'approchèrent… et restèrent muets de surprise.

L'encre du texte était maintenant très pâle.

Par on ne sait quel artifice, elle semblait littéralement s'évaporer.

Le lendemain matin, Vincent gara sa Méhari à cheval sur le trottoir. De l'intérieur, on avait une vue imprenable sur l'entrée de la banque de Verdier. Il coupa le contact et se tourna vers Sophie, rieur.

– Et voilà… Nous sommes aux premières loges.

Sophie eut un coup d'œil vers les fenêtres du premier étage.

– J'espère que papa ne reconnaîtra pas ta voiture. Elle est tellement discrète…

À son bureau, Verdier s'efforçait de concentrer son attention sur le journal économique ouvert devant lui. Il y avait une intéressante analyse des dernières hausses qu'avait connues le pétrole. L'hypothèse d'un accord secret entre les grandes sociétés pétrolières et les producteurs de pétrole du Moyen-Orient y était avancée. Hypothèse séduisante, mais combien inquiétante. L'exemple de la compagnie américaine ITT ferait donc école. Pour Verdier, c'était un précédent dangereux. Le capital ne doit pas faire de politique, il doit se contenter de s'en servir.

Il repoussa brusquement son journal, regarda l'heure à sa pendulette.

10 h 05.

Il appuya sur une touche de son interphone.

– Hervé... Toujours rien ?

– Non.

– Venez ici.

Quelques instants plus tard, Lafaurie faisait son apparition. Nerveux lui aussi.

– On dirait que notre homme nous pose un lapin.

– Pourquoi n'appelez-vous pas Duval et Amaury ? Vous seriez fixé.

Verdier hocha la tête. Montrant le téléphone, il dit :

– Faites-le pour moi.

Lafaurie demanda le standard. Quelques instants plus tard, on lui passait la communication.

– M. Duval, s'il vous plaît. De la part de M. Verdier, de la banque Verdier.

Puis Lafaurie donna le combiné à Verdier. Il alla jusqu'à la fenêtre, non par discrétion, mais par curiosité. En bas, sur le boulevard, les voitures se dirigeaient lentement vers la place Saint-Augustin. Lafaurie écoutait d'une oreille.

– Non, non, pas encore... Ah... vraiment je n'y croyais pas... Vous avez appelé Amaury ? Lui aussi ? Je vous remercie. Oui, oui... je vous rappelle aussitôt.

Il raccrocha. Lafaurie fit demi-tour.

– Ils ont vu Durand ?

– Oui... Ce qui fait que six cents lingots ont déjà été livrés. C'est incroyable !

Lafaurie jeta un coup d'œil par la fenêtre, se pencha soudain.

– Attendez... Une camionnette vient de s'arrêter...

Verdier, en homme prudent, avait tout de même pris ses précautions. Deux gardes armés se tenaient à l'entrée de la banque, l'œil attentif, la main à quelques centimètres de la crosse de l'automatique qui sortait de l'étui. Quatre employés étaient dans le hall, prêts à prendre en charge les lingots.

De sa voiture, Vincent ne voyait que les deux gardes. Près de lui, Sophie fumait, nerveuse.

Vincent remarqua le premier la camionnette. Un fourgon tôlé Citroën, immatriculé à Paris. Les deux gardes avaient la main sur leur arme. Une portière s'ouvrit et un petit bonhomme descendit du véhicule. Il était seul.

Penché sur le pare-brise, Vincent dit :

– Regarde… Tu crois que c'est lui ?

– Je ne l'ai jamais vu, mais il correspond à la description d'Hervé.

D'un pas un peu hésitant, Durand se dirigea vers l'entrée de la banque. Il dit quelques mots à l'un des gardes avant d'entrer. Le premier garde fit un signe à son collègue et tous deux allèrent se poster près de la camionnette, la main sur l'arme.

– Ils en font un peu trop, murmura Vincent.

– Si la télé achetait moins de feuilletons américains…

– On se demande si c'est la fonction qui crée la gueule ou le contraire.

– Regarde !

Durand venait de réapparaître, mais il n'était pas seul. Lafaurie l'accompagnait, un Lafaurie qui semblait quelque peu agité. Derrière eux, les quatre employés. Durand s'arrêta derrière la camionnette dont il ouvrit les portes arrière.

– Même pas fermées à clé, nota Vincent. On croit rêver.

Un des gardes, le visage barré d'une grosse moustache noire, avait pris la position du tireur debout. On avait l'impression qu'il aurait suffi de lui toucher l'épaule pour qu'il tire dans le tas. Puis tout se passa très vite. Durand, monté dans la camionnette, passait des caissettes en bois aux employés qui commençaient à faire la navette entre le véhicule et la banque. Lafaurie supervisait.

Vincent, attentif, comptait. Quinze, vingt, vingt-cinq… trente… Puis Durand descendit de la camionnette dont il referma les portes… D'un geste amical, Lafaurie l'entraîna vers la banque.

– Trente caisses, dit Vincent. Dix lingots par caisse.

Il se tourna vers Sophie, soupira.

– Alors là, je n'y comprends plus rien…

Il lança son moteur, prêt à démarrer. Durand réapparut enfin. Marceau avait poussé le scrupule jusqu'à l'accompagner sur le trottoir. Une dernière courbette. Le sourire de commande de Marceau s'effaça dès que Durand eut pris place au volant de la camionnette.

– À nous, dit Vincent.

Durand s'intégra prudemment dans le flot de la circulation.

Vincent s'était glissé derrière lui dans la foulée. Pour l'instant, aucune précaution à prendre. Pour qu'un petit malin ne vienne pas se glisser entre eux, Vincent laissa à peine un mètre entre la fourgonnette et lui. Cela lui permettait, en outre, d'échapper aux rétroviseurs de Durand.

La crise de l'énergie ne semblait pas avoir trop touché les Parisiens. On roulait beaucoup, donc lentement. C'était à peine si l'on pouvait accélérer en traversant la place Saint-Augustin. Dans la rue La-Boétie, ça s'embouteillait de nouveau.

Un peu plus haut, Vincent passa au rouge pour ne pas perdre le contact. Sophie le regarda. Il avait le visage animé, l'œil vif, à peine souligné d'un léger cerne qui l'émut. Elle posa sa main sur le genou du jeune homme qui lui sourit. Le week-end qu'ils avaient passé ensemble avait resserré leur intimité.

– C'est excitant, non ?

– Quoi ?

– Je parle de cette filature.

Sophie retira sa main sans même que Vincent s'en aperçût.

La nuit, c'était la nuit.

Au jour, comme un bon chien courant, Vincent filait la truffe au vent.

– Quand on pense qu'il trimbalait des millions d'or dans un engin pareil.

Durand roulait prudemment en conservant bien sa droite. Il traversa les Champs-Élysées pour prendre la rue Pierre-Charron… Bientôt, ce fut Iéna, puis les quais… Là, la circulation devint plus fluide et Vincent se vit contraint de s'écarter de la camionnette.

Devant la Maison de la radio, au feu rouge, il s'arrêta quand même à la hauteur de Durand dont il entrevit à peine le profil en se penchant. Une bonne gueule d'artisan ou de petit commerçant. Pas du tout une tête à tremper dans une combine louche.

Et puis ce fut Mirabeau, Exelmans, la porte de Saint-Cloud…

Sophie s'inquiéta.

– S'il quitte Paris, qu'est-ce qu'on fait ?

– On continue.

Boulogne. L'avenue Pierre-Grenier.

Au Point-du-Jour, Durand mit son clignotant à gauche.

Direction Meudon.

– Vincent ?

– Oui ?

– Qu'est-ce que tu espères trouver ?

– Je n'en sais rien… pas la moindre idée.

Ils étaient arrêtés à un feu. Il tourna la tête vers elle.

– Mais je sais qu'il y a quelque chose. Je ne pourrais pas te dire pourquoi, mais je le sais.

Comme Sophie ne semblait pas convaincue, il ajouta en redémarrant :

– Je n'ai pas le choix. Je me suis trop engagé vis-à-vis de Marin.

Maintenant, ils étaient dans Meudon, montant la rue de Paris. Vincent laissa quelque distance entre la camionnette et lui. La circulation était rare. Place Rabelais, Durand continua, prit une rue à droite, une à gauche, puis encore une autre à droite. Cette dernière était bordée de petites propriétés.

Comme Durand roulait très lentement, Vincent s'était carrément arrêté. Il alluma une cigarette. Durand longeait un haut et long mur qui protégeait un parc. Clignotant à droite, il immobilisa soudain sa camionnette.

Comme le mur était légèrement bombé, Vincent ne put voir à la hauteur de quoi Durand s'était arrêté. Il l'entrevit descendre de son véhicule, puis disparaître. Au cul de la camionnette, le clignotant marchait toujours.

Alors que Vincent allait sortir à son tour, Durand réapparut, remonta dans son véhicule. Il monta légèrement sur le trottoir, parut s'enfoncer dans le mur.

– Un garage, murmura Vincent.

Il redémarra en douceur, roulant presque au pas dans la petite rue déserte. Juste après la courbe du mur, il y avait en effet un garage particulier. Vincent n'eut que le temps de voir les pieds de Durand qui finissait de baisser le rideau métallique. Il continua pour s'arrêter une cinquantaine de mètres plus loin. Il resta un instant songeur, appuyé sur son volant, puis regarda Sophie.

– Terminus.

Curieusement, il paraissait déçu.

5

– Qu’est-ce qui ne va pas ? demanda Sophie.

– Peut-être que tout ça est trop simple. Le garage fait partie de la propriété qu’on vient de longer. Une belle propriété. Et Durand n’a pas non plus une tête à habiter une propriété comme ça.

– C’est peut-être ici qu’habite l’homme qui se cache derrière lui.

– Je vais aller faire un tour. Surveille le garage.

– Et si Durand ressort ?

– Tu le suis. Avec la voiture au besoin. On se retrouve chez moi.

Il descendit, jeta un coup d’œil circulaire.

Deux gosses roulaient paisiblement à vélo. On pouvait se croire loin, bien loin de Paris, au fin fond d’une province. La promotion immobilière n’avait pas encore envahi ce quartier paisible. À un quart d’heure de Paris, on se demandait bien pourquoi.

Vincent remonta la rue.

Il arriva bientôt à la hauteur du garage. Il s’arrêta un instant devant, écouta. Tout était silencieux. Il longea le mur au-dessus duquel dépassaient des branches de marronniers. Le mur continuait jusqu’à l’angle de la rue, tournait. Belle propriété si l’on en jugeait par la dimension du parc. Plus haut, Vincent découvrit la grille de ce qui devait être l’entrée principale. Une grille de fer forgé surmontée d’un écusson dont le relief avait été rongé par la rouille. Comme toute la grille d’ailleurs. Des chaînes, rouillées elles aussi, la maintenaient fermée. De l’autre côté, l’allée, jadis gravillonnée, était aux trois quarts mangée par l'herbe. Tout cela laissait une impression d'abandon.

Vincent essaya d'apercevoir la maison elle-même.

La végétation était telle qu'il entrevit à peine un coin de toit en ardoise. Il continua, tourna encore dans une autre rue, suivant toujours le mur. Il allait faire ainsi une centaine de mètres sans découvrir d'autre accès. Le mur s'arrêtait brusquement à la limite d'une autre propriété, plus modeste et seulement protégée par un portail en tôle ajourée. Vincent se pencha pour voir à travers. À l'intérieur apparut le mur, séparant ainsi les deux domaines.

Il alluma une nouvelle cigarette, perplexe. Étrange propriété. Son occupant n'utilisait donc que son garage pour y pénétrer.

Même lorsqu'il recevait des invités ?

Non loin, à l'angle des deux rues, se trouvait une petite épicerie.

La boutique était tenue par une vieille dame comme on n'en faisait plus depuis les années trente. Vestige d'un petit commerce appelé à disparaître, elle trottinait au milieu de ses bocaux et de ses étagères en bois foncé d'où s'échappaient des odeurs de bonbons anglais et d'épices.

– Je m'excuse de vous déranger, dit Vincent. Je voudrais juste un petit renseignement... On m'a dit que la propriété d'en face était à vendre. Seulement il n'y a personne et je ne sais pas à qui m'adresser.

L'épicière le dévisagea avec l'attention de ces vieux qui font semblant d'être sourds pour se laisser un temps de réflexion.

– Quelle propriété ?

Vincent lui montra le haut mur.

– Celle-ci.

– Ah ben, ça m'étonne pas que vous ayez trouvé personne, mon pauvre monsieur... Ça fait des années et des années que c'est pas occupé.

– Elle appartient pourtant bien à quelqu'un ?

– Pour sûr... Seulement je pourrais même pas vous dire à qui, depuis le temps... Je me suis installée ici à la fin de la guerre et j'y ai jamais vu personne. C'est vous dire...

– Il n'y a pas quelqu'un, un gardien ou un jardinier, qui s'en occupe ?

– Personne, je vous dis ! Personne. Vous avez vu la grille ? C'est tout mangé de rouille que c'en est une misère. Et la maison ? Elle doit être belle, la maison.

Elle regardait à travers la vitre.

– Serait temps qu'ils la vendent, dit-elle encore.

Puis, faisant face à Vincent :

– Vous seriez pas un promoteur, des fois ?

Vincent secoua la tête en souriant. Elle reprit :

– C'est bien dommage... Vous comprenez, s'ils construisaient une résidence, comme ils disent, ça donnerait de la valeur à ma boutique...

Comme Vincent allait pour sortir, elle ajouta encore :

– Si ça vous intéresse toujours allez donc voir maître Rodier. Il habite Meudon. C'est lui qui a toutes les affaires dans le coin...

Vincent la remercia d'un sourire et sortit. Il resta un instant immobile à observer la propriété.

La vieille, l'œil curieux, le nez écrasé contre sa vitre, le regardait s'éloigner.

La voiture était toujours là-bas et, en s'approchant, il aperçut la silhouette de Sophie.

Il ouvrit la portière, s'installa au volant.

– Rien vu ?

– Rien du tout. Et toi ?

– J'ai l'impression qu'on s'est fait avoir. Cette propriété est inoccupée depuis la guerre.

– Et Durand ?

– Il est forcément au courant. Un bon truc pour nous semer.

– Mais je ne l'ai pas vu ressortir.

– La seule issue visible est une grille qu'il faudrait forcer avec un bulldozer tant elle est rouillée.

– Alors ?

– J'ai dit : la seule issue visible. Mais il y en a forcément une autre. Le parc est mitoyen avec d'autres propriétés. Comme notre bonhomme semble connaître parfaitement les lieux, il a fort bien pu filer discrètement par là.

Vincent se tourna vers elle :

– Voilà... *the* bide.

Installé à son bureau, Beaumont étudiait les journaux financiers étalés devant lui. Il semblait doué d'une mémoire exceptionnelle car il ne lui fallait que quelques secondes pour parcourir une page. Soudain, il leva les yeux, tourna la tête vers la porte.

Celle-ci s'ouvrit et Renaud pénétra dans la pièce. Ils s'observaient en silence, engagés dans un étrange dialogue muet.

– *Asseyez-vous. Alors ? Avez-vous des informations ?*

– *Oui, monsieur.*

Il regarda un instant Beaumont qui sourit.

– *Parlons normalement, c'est préférable.*

Ils cessèrent de s'observer et se mirent à parler normalement.

– Bien, monsieur. Sur vos instructions, j'ai donc alerté nos correspondants à l'étranger. Des mouvements d'or ont été effectivement relevés, notamment à Londres, Amsterdam et Rome... Mais la liste n'est pas limitative, d'autres correspondants ne m'ont pas encore répondu.

– Sur quelles quantités portaient ces transactions ?

– Comme à Paris... Dans chaque ville, des vendeurs ont proposé environ une tonne d'or répartie entre trois ou quatre établissements bancaires.

– Aucune information sur ces vendeurs ?

– Non, monsieur. Ils observent la même discrétion que celui de Paris... Des gens sans importance qui tiennent à conserver l'anonymat.

– Et aussi peu exigeants que ce Durand quant au prix d'achat, je suppose ?

– Ils ont accepté le taux le plus bas, confirma Renaud.

Beaumont resta un instant songeur. Son secrétaire reprit :

– Peut-être serait-il intéressant de faire une enquête sur ces gens ?

– Non, pas pour l'instant. Vous connaissez notre règle. La prudence la plus extrême car rien ne doit laisser deviner notre existence. Et de toute façon, la décision ne m'appartient pas.

Se levant, il ajouta :

– Laissez-moi maintenant, Renaud. Il faut que je fasse mon rapport.

Il regarda son secrétaire s'éloigner, puis sortir.

Une fois seul, il se dirigea vers sa bibliothèque, sortit la clé et la tourna deux fois dans la serrure. L'ensemble pivota pour donner accès à l'étrange pièce tendue de velours noir. Comme la fois précédente, Beaumont s'installa sur l'unique fauteuil et ferma les yeux comme pour se concentrer.

Et comme la fois précédente, bien qu'il restât silencieux, il semblait s'adresser à quelqu'un.

– Je suppose que tu sais pourquoi je t'ai demandé de venir ?

Marin, visage fermé, s'immobilisa l'espace d'un instant pour regarder Vincent qui se trouvait assis de l'autre côté de son bureau. Le meilleur moyen de désamorcer une colère de Marin, c'était surtout de ne pas l'interrompre, sinon il y puisait de nouvelles forces.

– Je t'ai donné deux jours pour tirer quelque chose de cette information. Ça en fait quatre et tout ce que tu sais me dire, c'est : attends. Eh bien moi, j'ai besoin d'informations pour alimenter deux journaux par jour et des flashes toutes les heures. Je vends de la tranche de vie, moi, et la tranche de vie c'est comme la tranche de pain : plus c'est frais, meilleur c'est.

Vincent se garda bien de faire le moindre commentaire.

– C'est tout ce que tu trouves à dire ?

Il s'approcha, se pencha vers Vincent.

– Mettons les choses au point. D'abord, ici, je ne suis pas le patron… Ensuite, on peut partager les mêmes goûts pour le jazz, le tennis et les nanas sans que ça ait à voir avec le travail… Ici, il n'y a que Marin et Delamare.

– Le maître et l'esclave…

– Non, coco. Ici, c'est l'information qui commande. L'information seule.

Vincent eut un salut exagérément obséquieux.

– OK, monsieur Marin. J'ai compris, monsieur Marin ; dans deux ans je vous vois très bien directeur de la station, monsieur Marin.

L'ironie ne plut guère au rédacteur en chef qui se redressa, agressif :

– Oui, j'ai de l'ambition. Et alors ? Tu n'en as pas, toi ?

Montrant son fauteuil, il reprit :

– Si un jour t'as le cul là-dedans, tu verras… Tu feras comme moi, sinon… Si tu exiges des autres qu'ils fassent les acrobates, faut t'installer toi-même sur le fil. Et sur un pied, encore ! C'est pour ça que dans ce métier-là, on ne meurt pas : on se casse la gueule. Maintenant, t'oublies tout ça et tu files au consulat d'Italie.

– Au consulat d'Italie ? Pour quoi faire ?

– Y a eu une prise d'otages par les Palestiniens. J'ai personne d'autre que toi sous la main.

L'œil de Marin alla se perdre du côté d'un tableau abstrait, don d'un peintre ami.

– Je t'oblige pas, note bien.

– Ça va, ça va, j'y vais... à condition que je reprenne mon truc sur l'or, après.

Marin soupira, mais promit.

Engager l'avenir ne coûtait rien dès l'instant qu'il obtenait satisfaction dans le présent.

– Envoie-moi vite quelque chose à me mettre sous la dent, pour le journal de midi.

Vincent regarda sa montre, fonça jusqu'au studio de Sophie.

Son émission terminée, elle en sortait.

– Alors ? Comment ça s'est passé ?

– Je dois mon salut à des Palestiniens. Ils ont détourné...

– Un avion encore ?

– Non, sourit Vincent, juste l'attention de Marin. Malheureusement je dois foncer au consulat d'Italie où ils détiennent des otages.

– Tu ne restes même pas avec moi pour déjeuner ?

– Pas le temps, ma chatte... L'ennui, c'est que je risque de perdre vingt-quatre heures avec cette histoire.

– Et alors ?

– Première règle : ne jamais laisser refroidir une piste. En vingt-quatre heures, Durand peut se retrouver à l'autre bout du monde.

– Tu veux que je m'en occupe ?

– Non... C'est trop risqué. Imagine qu'on te coince à l'intérieur de la propriété ?

Elle l'observa avec attention. Elle connaissait tellement ce petit air faussement candide.

– Je suis prête à parier que tu as trouvé une solution de rechange...

Sans la regarder, il dit :

– Il y en a bien une, oui... mais elle ne me plaît guère.

– Laisse-moi deviner.

Elle fit semblant de chercher, l'index sur le bout du nez.

– Elle n'aurait pas les initiales H. L. ta solution ? H. pour Hervé, L. pour Lafaurie ?

– Justement, ça ne me plaît pas… Une fois, c'était déjà trop.

Elle lui sourit.

– Tu ne fais même pas l'effort de bien mentir… pourtant tu t'y connais. Va faire ton reportage. Je vais passer voir mon cousin à la banque… C'est moins compromettant qu'une boîte de nuit. Qu'est-ce que tu veux savoir ?

– Durand va forcément revenir toucher son argent. Ou bien ils vont le lui envoyer quelque part. Ce qu'il me faut, c'est de quoi retrouver sa piste.

Sophie se demanda si une femme arriverait jamais à allumer une telle passion chez lui.

– Va faire ton reportage, je m'en occupe.

Il s'apprêtait à s'éloigner, mais revint et déposa un baiser sur le front de Sophie.

– Tu ne m'en veux pas ?

– Pourquoi ? Parce que tu es juste un peu salaud sur les bords ?

Elle le regarda s'éloigner, saluer deux confrères au passage.

Ils avaient tous un air de famille. Peut-être à cause de cette ambition qui les travaillait. Être le premier, le meilleur… Non, ce n'était même pas ça. On est forcément le meilleur ou on n'est pas. Drôle de caste en proie à l'obsession de la réussite. Oui, ils avaient le même œil, la même attitude, la même manière de se projeter à l'assaut des autres. Être pour les plus grands, paraître simplement pour les autres. Mais, en partage, une même angoisse quasi métaphysique.

Dans le bureau de sa banque, Verdier finissait de téléphoner. Il reposa le combiné, récupéra son coupe-papier et commença à jouer avec, songeur. Au bout de quelques instants, il appuya sur une touche de son interphone.

– Hervé ? Voulez-vous venir un instant…

Lafaurie apparut quelques secondes plus tard. Sans le regarder, Verdier dit :

– On vous a communiqué le double du rapport d'expertise concernant les trois cents lingots ?

– Oui. Je l'ai trouvé sur mon bureau.

– De l'or. Et du plus pur. J'ai eu Duval et Amaury au téléphone, les expertises sont positives elles aussi.

– En somme, il ne reste plus qu'à payer. Durand ne devrait pas tarder à m'appeler.

– C'est fait, dit Verdier.

Lafaurie le regarda, un peu surpris.

– Mais je croyais que c'était moi qu'il devait…

– Vous n'allez pas vous vexer pour si peu. De toute façon, il a demandé à me parler personnellement. Je ne pouvais guère lui refuser ce petit plaisir.

Lafaurie se retint pour ne pas répliquer. D'une voix égale, il demanda :

– Qu'a-t-il décidé ? Il ouvre un compte ou il vient se faire payer en espèces ?

– Ni l'un ni l'autre.

– Que voulez-vous dire ? La transaction est annulée ?

– Pas du tout…

Verdier examinait son coupe-papier, semblable à une arme entre ses doigts.

– J'ai horreur de tous ces mystères. Quelqu'un se cache derrière ce Durand.

– Quel mode de règlement a-t-il choisi ?

Verdier ne répondit pas tout de suite et Lafaurie sentit que le moyen imposé par Durand ne plaisait pas du tout au banquier. Un soupir qui en disait long précéda la réponse.

– L'argent sera déposé dans un des coffres du sous-sol.

– Qui le louera ?

– Lui, bien sûr !

– Alors il faudra bien qu'il vienne chercher la clé.

– Non… Je dois la lui faire parvenir personnellement par la poste.

– À son adresse ?

– Vous êtes vraiment naïf, mon pauvre Hervé… À quoi servirait un tel luxe de précautions si c'était pour envoyer la clé chez lui ? Non, le paquet doit être expédié en poste restante.

Lafaurie remarqua, un peu acide :

– C'est une entorse au règlement intérieur de la banque, non ?

– Vous avez raison. Seulement, demain, nous aurons fait la culbute sur ces trois cents kilos d'or, ce qui vaut bien cette petite entorse. Et puis, il faudra bien qu'il vienne un jour ou l'autre chercher cet argent. Le gardien de la salle des coffres a reçu des consignes particulières. Je veux savoir qui disposait à Paris de près d'une tonne d'or.

Reposant son stylo, il ajouta à l'égard de Lafaurie :

– Pour l'instant, donc, on classe l'affaire. Considérez-la comme terminée.

– Bien.

– Et naturellement, vous gardez le silence.

– Naturellement.

– C'est tout.

Pas un mot poli, pas un regard, rien.

Lafaurie sortit sans répondre. Et il ne pouvait même pas claquer la porte qui était capitonnée.

Bien qu'il ne fût pas un grand imaginatif, il lui était arrivé plusieurs fois de penser à la mort de Verdier. Un coup de fil arrivait… Verdier avait eu un accident. On l'avait transporté à l'hôpital. État désespéré. Ou bien l'avion de Verdier s'était écrasé dans les Alpes. Aucun survivant. Ou bien la porte s'ouvrait pour laisser passer la secrétaire de Verdier paniquée : le patron avait eu une attaque. Il se mourait… Il était mort.

– Bonjour, cousin !

Lafaurie sursauta. Son fauteuil venait de pivoter, découvrant Sophie installée dedans, les jambes croisées. Elle offrait un genou bien lisse, mais la cuisse gardait son mystère sous le pli creux de la jupe.

Verdier reposa son téléphone, songeur.

Que faisait encore Sophie dans la banque ? Et dans le bureau de Lafaurie ?

Lorsqu'elle pénétra dans le bureau de son père, il l'observa avec une certaine méfiance. Elle lui sourit, mais il trouva que son sourire manquait de chaleur. Elle s'arrêta devant le grand miroir pour se recoiffer. Elle avait obtenu tout ce qu'elle voulait du pauvre Hervé et ne se sentait pas très fière.

Trouvant que le silence se prolongeait trop, Verdier demanda enfin :
– Alors, que lui voulais-tu, à Hervé ?
– J'attendais dans son bureau que tu en aies fini avec lui.
Il l'observait avec méfiance.
– Ne me dis pas que tu sors avec lui ?
Elle lui fit brusquement face.
– En quoi ça te gênerait ? La banque resterait dans la famille.
– Justement.
Sophie dit en revenant vers son père.
– Mon pauvre papa, je pourrais te présenter un à un tous les garçons de la terre, tu n'en trouverais pas un à ta convenance. Trop jeune, trop vieux, trop riche, trop pauvre, trop laid, trop beau, trop à gauche, trop à droite... quoique... trop à droite, peut-être pas.
Il lui lança un regard excédé.
Elle était maintenant tout près du bureau.
Elle tomba soudain en arrêt devant une petite boîte en carton posée sur un carré de papier. À côté, un rouleau de ruban adhésif et une petite pelote de ficelle. Enfin, une étiquette dont elle ne put lire le libellé.
– Tu fais tes paquets toi-même, maintenant ? Et ta secrétaire ?
Mal à l'aise, Verdier dit :
– Elle a beaucoup de travail, je ne voulais pas la déranger pour si peu. D'ailleurs, laisse-moi. Il faut que je finisse ce paquet.
Sophie essaya de lire l'étiquette. En vain. Il aurait fallu qu'elle se penche et cela pouvait surprendre Verdier. Justement, celui-ci s'expliquait avec la feuille qui devait entourer la petite boîte. Mais les éléments résistaient à ses doigts sans souplesse.
Sophie s'approcha.
– Laisse-moi faire... Tu sais bien que tu n'es pas doué pour les travaux manuels.
Verdier n'eut même pas le temps d'hésiter. Sophie était déjà près de lui, pliant la feuille habilement, collant les rabats au scotch. L'étiquette n'était qu'à quelques centimètres de ses mains. Un coup d'œil rapide. Elle put lire : *Monsieur Martin, poste restante, rue de Grenelle, 75007 PARIS.*
Le paquet terminé, elle dit seulement :
– Je colle l'étiquette ?

– Non, non, je m'en occuperai moi-même. Merci.
– Je peux le déposer à la poste, si tu veux ?
– Pas la peine, il va partir avec le courrier.
Il mentait mal.
Un petit paquet, une adresse rédigée de la main de son père. C'était forcément la clé du coffre dont lui avait parlé Hervé, bien qu'il s'agît d'un certain Martin et non de Durand. Elle sourit à son père, l'embrassa sur la joue.
– Au fait… tu ne m'as pas dit. Qui es-tu venue voir ?
Elle lui sourit.
– Mais… toi. Et Hervé. J'avais une réponse à lui donner… une réponse négative.
– Cela veut dire que tu lui préfères ton ami, le journaliste ?
Sophie alla jusqu'à la porte, se retourna :
– Je te jure de te prévenir avant de me marier.
Cela ne parut pas rassurer le P.-D.G. qui, une fois seul, prit l'étiquette et la colla sur le paquet.
À l'entrée de l'escalier, Sophie s'arrêta, regardant arriver Emmanuelle Vaccari, l'antiquaire. Elles se saluèrent avec l'amabilité glacée de deux rivales. En fait, l'agressivité se trouvait surtout du côté de Sophie qui dit avec un sourire acide :
– Qui venez-vous séduire ? Mon père ou mon cousin ?
Emmanuelle lui renvoya un sourire désarmant.
– Mais je suis ici pour affaires. Moi aussi, je dois gagner ma vie. Et comme votre père s'intéresse aux antiquités…
– Vraiment ? Jusqu'ici ses passions étaient plus… juvéniles. Je parle sur un plan artistique, bien entendu.
– C'est bien ainsi que je l'avais compris.
Lafaurie, qui sortait de son bureau, aperçut les deux femmes, s'approcha d'elles, le sourcil charmeur, et se déclara ravi de la présence d'aussi ravissantes visiteuses dans cette banque austère. Avant de s'éloigner, il dit à Sophie avec un sourire complice :
– Je t'appelle demain.
Elles le regardèrent descendre l'escalier.
– Charmant, remarqua Emmanuelle.
Puis, avec une négligence trop affectée pour être naturelle :

– Et votre ami, le journaliste, que devient-il ?

– Vincent va très bien. Il est en ce moment sur un reportage très important.

– On peut savoir ?

– Il m'en voudrait de trahir son secret professionnel.

– Transmettez-lui mes amitiés… Et si vous vous trouvez un jour du côté de la place des Vosges, venez me rendre visite.

– En cliente ?

– En amie, Sophie… en amie. C'est bien ce que nous sommes, non ?

Sophie la regarda s'éloigner, rêveuse. Elle était belle. D'une beauté peut-être un peu glacée, mais suffisamment ravageuse pour qu'on puisse en être jalouse. D'autant qu'elle ne vous laissait même pas le dernier mot.

La secrétaire de Verdier put juger de l'importance de la visiteuse au temps record que mit celui-ci pour venir l'accueillir. Il lui prit la main, la baisa et la garda pour l'entraîner dans son bureau. Curieusement, Verdier découvrait qu'il était plus à l'aise avec Emmanuelle ici que chez lui.

Montrant son bureau, il dit :

– J'ai bien peur que vous ne soyez déçue par le cadre dans lequel je travaille.

– Pourquoi ? Il convient parfaitement à votre activité. Il fait… disons… sérieux.

– Je vous remercie de ne pas avoir dit sinistre.

– Mais je ne l'ai même pas pensé.

– C'est pourtant l'avis de ma fille.

– C'est de son âge. Quand on subit comme elle la violence de notre monde actuel, il est normal que le bon goût paraisse sinistre.

– Mais vous-même qui êtes jeune…

Emmanuelle sourit.

– D'abord, je ne suis pas aussi jeune que vous le pensez ; ensuite, je suis antiquaire. Comment voulez-vous que je ne sois pas sensible à une certaine permanence des choses ?

Regardant autour d'elle, elle poursuivit :

– Je n'aime pas les fortunes qui s'affichent.

– Vous dites ça comme si vous n'aimiez pas l'argent ?
– C'est vrai. L'argent est un miroir déformant.
– Mais vous faites du commerce…
– Ce n'est pas si simple.
Appuyé à son bureau, il l'observait.
Il y avait quelque chose d'oriental dans l'impassibilité de son visage. D'oriental et d'intemporel qui le désarçonnait. Quelles étaient les choses – ou les gens – qui pouvaient émouvoir une femme aussi mystérieuse ? Son regard ne se dérobait jamais, mais il ne semblait jamais chercher le contact. Verdier avait du mal à le soutenir.
– Qu'est-ce qui n'est pas simple ? demanda-t-il enfin.
– Le rapport des gens aux objets. Un objet n'a que la valeur qu'on lui accorde. Le point de vue vénal n'est qu'accessoire et subjectif.
Langage peu convaincant pour un banquier, mais Verdier se contenta de hocher la tête.
Emmanuelle sourit.
– Pour vous, l'argent, c'est quoi ? Qu'en attendez-vous ?
– Des émotions, peut-être.
– Rien d'autre ne peut vous émouvoir ?
Cette fois, il la regarda franchement.
– Si, dit-il enfin.
Emmanuelle ouvrit son sac et en sortit un étui à cigarettes. Verdier attrapa son briquet de bureau et s'approcha pour lui donner du feu. Se penchant sur elle, il ajouta :
– Une femme.
– Je ne vous crois pas. Aucune femme ne vous donnera d'émotions aussi durables que les fluctuations de l'or. Et vous le savez bien.
Il se redressa en soupirant.
– Savez-vous qu'il m'arrive parfois de me demander quelle est la finalité de tout ça ?
– Mais vous vous reprenez très vite, j'espère ?
Il préféra ignorer l'ironie.
– Je crois à un certain ordre et je pense que j'ai été placé là pour le défendre.
– Par qui ?
– Mais par la société et, à travers elle… par Dieu, peut-être.

Il la sentait peu convaincue et cela l'irrita. Il retrouva ses vieux réflexes, lança, agressif :

– Sans cet ordre, où en serions-nous ? Et que serions-nous sinon des brutes préhistoriques ? Notre civilisation n'est peut-être pas parfaite, mais elle a le mérite d'exister.

– Tous les objets qui proviennent de ces brutes préhistoriques, comme vous dites, ont pourtant une valeur inestimable. Personne ne pourrait s'offrir la Vénus de Willendorf qu'une brute d'il y a trente mille ans a sculptée. Et je ne parle pas seulement d'argent.

– Excusez-moi, c'est moi qui viens de me conduire comme une brute. Mais peut-être avez-vous une autre Vénus à…

Quelques coups frappés à la porte l'interrompirent. Verdier eut un geste agacé, cria :

– Entrez !

Sa secrétaire apparut.

– Je suis navrée de vous déranger, monsieur, mais l'huissier vient de m'apporter ce pli. C'est très urgent, paraît-il.

Verdier la remercia brièvement après avoir pris la lettre qu'il regarda longuement. L'enveloppe ne portait que son nom tapé à la machine. Sans l'ouvrir, il en devina le signataire. Il la tourna entre ses doigts en revenant vers son bureau. Il la posa dessus, se ravisa et l'ouvrit en disant à Emmanuelle :

– Excusez-moi.

L'enveloppe était doublée de noir. Une feuille unique portait ce simple texte :

Vous paraissez incrédule. Vous avez tort. Paris a été choisi comme ville-test et vous découvrirez bientôt que nous ne bluffons pas.

Et c'était naturellement signé :

Les Compagnons d'Éleusis.

6

L'avenue Émile-Augier était barrée sur une centaine de mètres par des cars de police. Sur ordre du ministère de l'Intérieur, le dispositif s'efforçait d'être discret. Les tireurs d'élite de service s'étaient répartis à des fenêtres d'immeubles voisins ou sous des portes cochères.

Des policiers en uniforme avaient du mal à contenir l'inévitable foule de curieux. Îlot silencieux et comme mort, le consulat d'Italie était l'objet de l'attention de tous. À l'intérieur, cinq Palestiniens détenaient cinq personnes en otage. Depuis deux heures, deux ambassadeurs arabes servaient d'intermédiaires entre les autorités et les Palestiniens.

Les fenêtres avaient été masquées. De temps à autre, un rideau se soulevait, laissant à peine entrevoir un visage cagoulé. La presse était là. Presse écrite, radio, télés sans oublier les photographes...

On mitraillait, on filmait, on interrogeait.

On attendait.

Sophie eut un mal fou à se frayer un chemin à travers la foule compacte.

Belles désœuvrées du XVIe, lycéens en rupture de cours, concierges, livreurs... On commentait, on s'impatientait, on espérait sans se l'avouer qu'il allait *enfin se passer quelque chose*... Tout le monde, naturellement, souhaitait que cela se termine bien, on s'apitoyait sur le sort de la pauvre petite secrétaire, mais combien attendaient secrètement le bon petit drame, l'événement qui les secouerait, les sortirait de leur grisaille quotidienne ?... Pouvoir dire, le lendemain : j'y étais. On a les champs de bataille qu'on mérite.

Quelques journalistes s'étaient regroupés non loin du commissaire qui dirigeait les opérations sous la supervision du préfet. Deux policiers empêchèrent Sophie d'aller plus loin. Elle tenta de parlementer. En vain. Il lui fallut piétiner un quart d'heure avant d'apercevoir Vincent. Elle obtint enfin qu'un policier le prévienne et, quelques instants plus tard, Vincent la retrouva.

– C'est gentil de venir me soutenir le moral... J'ai l'impression qu'on en a pour quelques heures.

– Qu'est-ce qui se passe ?

– Ça parlemente, ils veulent un Boeing pour filer avec leurs otages. Ils ne les relâcheront que contre la libération de leurs camarades détenus à Rome. On attend le retour de l'ambassadeur d'Italie parti demander des consignes à son gouvernement.

– Et la police ?

– L'exemple de Munich a refroidi bien des enthousiasmes. Les tireurs d'élite sont surtout là pour la galerie. Pour montrer qu'on en a aussi, quoi.

– Tu crois qu'ils ménageraient autant un travailleur immigré ?

– Ma chatte, si tu ne fais pas la différence entre les bons et les mauvais Arabes, tu ne comprendras jamais rien à la politique.

En souriant, il l'entraîna un peu à l'écart.

– Ne m'attends pas, je risque d'en avoir pour toute la nuit.

Cela semblait lui plaire. Une actualité chasse l'autre. Vincent vivait l'événement présent et rien ne l'en détournerait. Elle soupira. Vincent se méprit.

– Un journaliste, c'est un type qui n'est jamais sûr de bouffer le soufflé qu'on lui a préparé.

– Je suis très capable de dîner en tête à tête avec moi-même, tu sais. Et ne crois pas que je joue la bobonne qui vient chercher son gentil petit mari à la sortie de son travail.

Elle l'entraîna un peu à l'écart de la foule.

– J'arrive de la banque. J'ai vu Hervé. Et mon père.

– Ah, bon ?

L'œil de Vincent – pour ne pas dire les deux – restait fixé sur le consulat.

Irritée, elle lui lança :

– Tu m'écoutes, oui ?

Il l'observa comme s'il la découvrait.

– Bon. Et alors ?

– J'ai le renseignement que tu voulais. À moins que ça ne t'intéresse plus de savoir comment retrouver Durand.

– Mais si, bien sûr ! Qu'est-ce que tu imagines ?

Son regard dérapa de nouveau. Il avait tellement peur de rater l'événement.

– Ou tu m'écoutes, ou je m'en vais. Seulement, il sera trop tard.

– Je suppose que Durand doit revenir à la banque demain ou après-demain.

– Non, justement.

– C'est-à-dire ?

– Qu'il n'y retournera pas.

Cette fois, Vincent oublia l'ambassade, se tourna vers Sophie.

– Je ne comprends pas… La banque refuse de le payer ?

Sophie lui expliqua le moyen choisi par Durand.

– Mon père a posté le paquet cet après-midi. Il sera donc rue de Grenelle dès demain.

– D'accord. Je vais m'arranger pour…

Mais là-bas, quelque chose venait de bouger.

Des policiers couraient. Un motard arriva, forçant la foule à s'écarter tandis que s'élevait un concert de sifflets à roulette. Une grosse voiture suivait. Sur l'aile, le pavillon italien. Vincent bondit. Il se retourna, agita la main, cria :

– Demain matin, rue de Grenelle !

Sophie se retrouva seule, à l'écart de la foule qu'un frémissement venait de parcourir.

Tout ça pour que quelques centaines de milliers d'indifférents consomment demain matin l'information toute fraîche en trempant leur tartine dans du café au lait, probablement déçus que le sang n'ait pas encore coulé. Faut bien amortir la redevance.

8 heures, rue de Grenelle.

Trois cars de gardes mobiles mangeaient la moitié du trottoir. Leurs occupants avaient été répartis selon une stratégie subtile de l'Intérieur, à raison de quatre par carrefour. Pour donner plus de pittoresque à leur silhouette, on leur avait refilé un mousqueton. Les Parisiens encore bouffis de sommeil passaient, indifférents. Ce genre de spectacle était devenu quotidien. Un grand jeu aux règles secrètes qui parachutait comme ça quelques poignées d'hommes armés dans les endroits les plus divers. Les Parisiens avaient fini de s'étonner. Quelque part, un grand chef devait jouer à « la révolution est imminente, soyons vigilants ». Ça n'empêchait pas la vie de continuer, les chevaux de courir à Longchamp et la télé de sévir le soir.

N'était-ce pas là l'essentiel ?

Comme il était tôt, Vincent avait eu la chance de trouver une place au-dessus du bureau de poste. Il n'avait pratiquement pas dormi, l'affaire des Palestiniens s'étant conclue vers 4 heures du matin. Ils avaient relâché les otages en échange des deux ambassadeurs arabes. Mais obtenu leur Boeing. Marin avait alors libéré Vincent et envoyé quelqu'un d'autre au Bourget.

Sophie surgit et ouvrit la portière. Elle s'installa près de Vincent.

– Toi, tu n'as pas beaucoup dormi...

Il l'attira contre lui, l'embrassa et la tint un instant contre son épaule.

– Ces cons-là ne se sont décidés qu'à quatre heures du matin.

– La poste ouvre dans cinq minutes. Comment vas-tu te débrouiller si ce n'est pas Durand qui vient ?

– Ne t'inquiète pas, je sais comment rester dans la poste sans attirer l'attention. Identifier ce Martin, ce n'est rien. C'est le suivre qui sera le plus difficile. Si on perd cette piste-là...

Il montra l'entrée de la poste, reprit :

– Toi, tu restes dans la voiture. Dès que tu me vois sortir, lance le moteur... Si notre bonhomme est en voiture, je te rejoins, sinon je continue seul à pied. OK ?

Sophie hocha la tête. Comme Vincent allait pour descendre, Sophie le retint par le bras.

– Vincent... Marin t'a donné le feu vert ?

– Ne t'en fais pas pour ça. Marin ne juge que sur les résultats.

– Et tu es sûr d'en obtenir ?

– Oui.

Il l'observa attentivement, reprit :

– Qu'est-ce qu'il y a ?

– J'ai beaucoup réfléchi depuis hier. Je ne comprends pas ce que tu cherches.

– Fie-toi à mon flair et tu verras.

Un dernier sourire et il descendit de voiture.

Quand il arriva devant la porte de la poste, celle-ci venait juste d'ouvrir. Coup d'œil aux guichets. Celui du téléphone était tout près de celui de la poste restante. Au guichet du téléphone, Vincent s'expliqua. Étant de passage à Paris et ne sachant pas où se faire appeler, il avait donné les coordonnées du bureau de poste de Grenelle. Pourrait-on lui transmettre cette communication venant de l'étranger ? La préposée hésita. C'était plutôt inhabituel. Vincent usa de son charme et obtint enfin ce qu'il désirait.

Cela lui laissait ainsi la possibilité de rester dans la poste sans attirer l'attention. Il alluma une cigarette. Il ne restait plus qu'à souhaiter que le mystérieux Martin ne remette pas au lendemain ce qu'il pouvait très bien faire ce jour même.

Ils étaient de nouveau réunis tous les trois, mais à la banque Verdier, cette fois.

À la suite des dernières informations reçues, ils avaient décidé de faire de nouveau le point. Et cela ne les portait guère à l'optimisme. Amaury regardait le parquet d'un air morose tandis que Duval pompait machinalement son cigare. Verdier, lui, sacrifiait à sa manie habituelle en tripotant un stylo. Duval dit enfin :

– Rien ne prouve qu'il s'agit d'une action concertée.

– Mais d'autres places européennes sont concernées, fit Verdier.

– Difficile de croire, dans ces conditions, à une coïncidence, remarqua Amaury.

– Je n'ai pas dit ça.

– Ni coïncidence ni action concertée, qu'est-ce qu'il reste, alors ?

Duval regarda Verdier, perplexe.

– Expliquez-vous.

– Les messages de ces fameux Compagnons coïncident avec ces mouvements sur l'or.

– Je crois qu'il s'agit d'une coïncidence, fit Duval. Vous imaginez une espèce de secte, une poignée d'illuminés qui pourrait s'offrir le luxe de mettre, à perte, plusieurs tonnes d'or sur le marché international ?

– J'ai voulu me rafraîchir la mémoire au sujet d'Éleusis, enchaîna Amaury. C'était une ville de la Grèce antique où se célébrait le culte de Déméter, la déesse. On y honorait l'agriculture et ses mystères étaient célèbres.

– Il est à remarquer, dit Verdier, que ces Compagnons parlent d'or et de rien d'autre.

– Et vous croyez que ces Compagnons orchestreraient ces ventes d'or ?

– Je n'affirme rien. Je cherche seulement une explication. Et...

Le vibreur de l'interphone l'interrompit.

Il appuya sur le bouton pour entendre sa secrétaire lui annoncer l'arrivée de Beaumont.

Verdier se tourna vers ses collègues.

– C'est Beaumont. Vous le connaissez ?

Hochement de tête affirmatif des deux autres.

– C'est un homme bien informé. J'ai pensé qu'il serait intéressant d'avoir son avis.

Comme Duval et Amaury n'élevaient aucune objection, Verdier demanda à sa secrétaire d'introduire Beaumont. Verdier alla l'accueillir à la porte. Les deux hommes se serrèrent la main. Beaumont aperçut les deux autres banquiers.

– Mais vous êtes occupé... Je ne voudrais surtout pas vous déranger.

Verdier entraîna Beaumont vers ses deux collègues.

– Vous avez déjà rencontré mes amis et collègues Amaury et Duval ?

Poignées de mains, sourires, puis Verdier reprit :

– Vous allez peut-être pouvoir nous aider à résoudre un petit problème.

– Dites toujours.

– Vous êtes au courant de ces neuf cents kilos d'or qu'on nous a proposés ?

– Oui.

– Eh bien la même opération vient de se dérouler dans plusieurs capitales européennes.

– Je sais, sourit Beaumont.

Verdier marqua un petit temps d'arrêt, l'examina avec attention. Beaumont avait décidément un réseau d'informateurs incomparable. Et s'il avait eu encore le moindre doute, celui-ci aurait disparu lorsque Beaumont reprit :

– Je sais aussi qu'on cherche à vendre actuellement de l'or à moitié prix à diverses sociétés et entreprises.

Les trois banquiers se regardèrent. D'où Beaumont pouvait-il bien tenir ces informations ?

– Eh bien, soupira Verdier, peut-être allez-vous pouvoir nous dire s'il y a action concertée et, si oui, qui se cache derrière tout ça ?

– Là, mon cher ami, vous m'en demandez trop. Pour l'instant, je suis comme vous, je me borne à constater les faits. Il faudra attendre encore pour en savoir plus long.

– C'est précisément ce que je disais, fit Duval.

– Vous n'avez rien découvert du côté de ce Durand ? demanda Beaumont.

– Hélas ! Non.

Il expliqua le moyen choisi par le petit homme pour se faire régler.

– Il ne reste plus qu'à attendre sa réapparition.

– Et s'il ne revenait pas ?

– C'est impensable. On n'abandonne pas ainsi six millions de francs.

– J'espère que vous avez raison. Quand on vend des tonnes d'or à perte…

Duval se pencha pour écraser sa cigarette. Il soupira.

– Je me méfiais de ce type. J'ai failli le faire suivre et je regrette bien de ne pas l'avoir fait. Mais que voulez-vous… C'est plutôt délicat de faire filer un client.

– Prévenons la brigade financière, proposa Amaury.

Verdier secoua la tête.

– Trop tard. Ils nous reprocheraient d'avoir attendu jusqu'à maintenant. Et puis, que découvriraient-ils de plus ? De toute façon, si les mouvements sur l'or s'amplifient, la Banque de France sera forcément avertie.

Beaumont les écoutait. Son œil allait de l'un à l'autre sans la moindre hâte. Il s'immobilisa soudain sur Verdier. Celui-ci fit une petite grimace de douleur et porta fugitivement ses doigts à ses tempes.

– Qu'avez-vous ? demanda Duval.

– Rien, rien… Un peu de névralgie…

Beaumont cessa de regarder Verdier, se tourna vers Duval qui eut la même petite grimace de douleur.

– Décidément, grimaça Duval, c'est contagieux.

Il observa Beaumont, mais celui-ci semblait maintenant plongé dans la contemplation de la moquette.

– Et vous, Beaumont ? Comment vous sentez-vous ?

Le financier redressa la tête comme s'il n'avait pas entendu. Jetant un coup d'œil aux trois hommes, il leur demanda :

– Êtes-vous sûrs de m'avoir tout dit ?

– C'est tout ce que nous avons découvert au sujet de ces ventes d'or, affirma Duval. Comme mes amis Verdier et Amaury, j'ai déposé l'argent de Durand dans un coffre et je lui ai envoyé la clé en poste restante. Seule différence, ce n'était pas rue de Grenelle mais rue Danton.

– Et moi rue de Rennes, dit Amaury.

Beaumont se tourna vers Verdier. Ils s'observèrent un instant puis le banquier dit :

– Vous avez raison, il y a quelque chose que vous ne savez pas. Un événement tellement irrationnel qu'on doute qu'il puisse avoir un rapport quelconque avec notre affaire.

– De quoi s'agit-il ?

Verdier parla à Beaumont de ces mystérieux Compagnons d'Éleusis, de leurs messages et des allusions faites à l'or. Les trois banquiers attendaient avec une certaine inquiétude la réaction de Beaumont. Curieusement, celui-ci parut prendre cela très au sérieux.

– Ces messages… Vous les avez toujours ?

– Oui… mais vous n'en tirerez pas grand-chose. Le texte s'efface quelques instants après l'ouverture de l'enveloppe.

– Comme c'est étrange, dit Beaumont à mi-voix.

– Vous pensez à quoi ? demanda Amaury.

Beaumont se leva en disant :

– Excusez-moi, mais j'ai un rendez-vous urgent.

Il salua les trois hommes avant de disparaître rapidement.

– Qu'est-ce qu'il a voulu dire ? fit Duval. Ce type ne me plaît pas du tout.

– Moi, il m'inquiète, soupira Verdier.

– Je le trouve intéressant, murmura Amaury.

10 heures. Vincent se trouvait toujours dans le bureau de poste.

Il avait appris par cœur les tarifs postaux, les prospectus sur les Caisses d'épargne et de prévoyance et se sentait des pulsions meurtrières à l'encontre de certain petit écureuil. Un demi-paquet de cigarettes y était passé. Conscient des regards intrigués qui se posaient sur lui, de temps à autre, il lâchait un petit soupir en regardant la demoiselle du téléphone.

Renaud travaillait dans le petit bureau mis à sa disposition dans l'hôtel particulier de Beaumont. Il releva à peine la tête en entendant une porte claquer. Quelques minutes passèrent puis Renaud se redressa, attentif. Il referma le dossier qu'il classait, se leva et sortit.

Il n'eut que le palier du premier à traverser pour se rendre au bureau de Beaumont.

Il s'immobilisa devant la porte qu'il poussa sans même frapper.

Beaumont était à son bureau. Leur dialogue muet commença.

– *Vous voulez me parler, monsieur ?*

– *Les Compagnons d'Éleusis… cela vous évoque-il quelque chose ? Je sors du bureau de Verdier. Il y avait là Amaury et Duval. Les trois hommes ont reçu des courriers de ces Compagnons où ils faisaient allusion à l'or.*

– *Vous avez vu ces messages, monsieur ?*

– *Non. Ils se sont effacés. Ils ont, de toute évidence, été écrits à l'encre sympathique.*

– *Je peux parler normalement, monsieur* ?

Beaumont hocha la tête et Renaud reprit de sa voix feutrée :

– Tout ce que je sais sur Éleusis se rapporte au culte de la déesse Déméter, culte abandonné, si mes souvenirs sont bons, aux environs du ve siècle après Jésus-Christ.

– Non, il s'agirait d'une… société bien plus récente. Quelle société actuelle pourrait s'intéresser à l'or de cette manière ?

– Qu'en pensent ces banquiers ?

Il leva la tête vers Renaud :

– J'ai dû prendre un petit risque en les « sondant ». Ils ne savent rien de plus. Ils sont surtout préoccupés par ces mouvements sur l'or.

– Et vous ?

Beaumont sourit.

– Je crois qu'il y a autre chose.

– Est-ce si important ?

– Je ne sais pas encore, Renaud. Nous sommes dans une époque qui réclame encore plus de vigilance que celles qui l'ont précédée. Peut-être ne s'agit-il que d'une coïncidence, mais nous avons le devoir de vérifier.

– Que faut-il faire ?

– Rien pour l'instant. Je ne peux pas aller plus loin sans en avoir reçu l'ordre. Il serait orgueilleux et vain de ma part de vouloir agir seul.

Beaumont se leva.

– Continuez à vous inquiéter des mouvements d'or.

Renaud s'inclina légèrement.

– Bien, monsieur.

Beaumont lui sourit et le regarda sortir du bureau. Une fois la porte fermée, il alla ouvrir la partie de la bibliothèque qui donnait accès à l'étrange pièce tendue de velours noir. Il s'y enferma et s'installa sur le fauteuil. Une fois de plus, il ferma les yeux, prit ses tempes entre ses doigts et se concentra.

Beaumont releva enfin la tête. Son regard était lointain, étrangement lumineux. Son visage lisse, comme apaisé. Il semblait voir loin, très loin, bien au-delà des murs… Le contact télépathique était établi.

Et l'esprit de Beaumont se mit, quelque part, en liaison avec un autre esprit.

– Les mouvements d'or coïncident avec les manifestations d'une société secrète qui signe « les Compagnons d'Éleusis ».

– Cette société ne s'est jamais manifestée au cours des siècles passés. Elle ne peut être que de création récente.

– Faut-il s'informer à son sujet ?

– Oui.

– Dois-je le faire seul ?

– Non. Le risque est trop grand. Faites appel aux Veilleurs.

Beaumont resta encore un moment immobile, puis ferma les yeux. Lorsqu'il les rouvrit, son visage avait retrouvé son aspect habituel. Il semblait seulement revenir d'un très lointain voyage...

11 heures. Dix, quinze personnes déjà s'étaient présentées au guichet de la poste restante, mais aucune ne répondait au nom de Martin.

Bien qu'il se soit trouvé plus d'une fois dans des situations délicates, Vincent commençait à se sentir mal à l'aise. Le regard des honnêtes gens est sans pitié pour qui a un comportement hors normes. Depuis 68, les marginaux pouvaient avoir n'importe quelle allure. Même la préposée au téléphone ne lui souriait plus.

Alors que la situation devenait intenable et que Vincent pensait à un repli stratégique, un homme s'approcha du guichet de la poste restante et tendit une pièce d'identité sans prononcer un mot. Par chance, l'employé dit :

– André Martin, c'est bien ça ?

L'homme confirma d'un signe de tête. Vincent lui jeta un rapide coup d'œil. Quarante ans au plus, l'air d'un cadre subalterne. Malgré le temps et la saison, il était vêtu d'un imperméable dont le col était relevé.

L'employé revint et tendit à l'homme un petit paquet qui correspondait à celui décrit par Sophie. Se fichant éperdument de ce que l'on pouvait désormais penser de lui, Vincent laissa l'homme sortir de la poste et fila à son tour.

Sur le trottoir, Martin marqua un petit temps d'arrêt et remonta dans la direction de la Méhari. Il s'arrêta quelques mètres plus loin pour traverser. Vincent en profita pour se pencher près de sa voiture.

– C'est le type en imper... Prends la rue au cas où il se serait garé près de l'église. S'il continue à pied, rendez-vous chez moi.

Vincent traversa à son tour.

À une dizaine de mètres devant lui, Martin marchait d'un pas tranquille, les mains dans les poches. Dans celle de droite, le paquet faisait une petite bosse. Il descendit ainsi jusqu'à la rue Saint-Dominique.

Vincent laissait plusieurs mètres entre eux.

Un bref regard en arrière lui permit d'apercevoir Sophie au volant de la voiture. Il la revit une dernière fois dans la rue Saint-Dominique, alors que l'homme s'approchait de la station Solférino. Allait-il descendre ? Il regarda le plan, parut hésiter, puis enfila le boulevard Saint-Germain...

Commença alors une étrange promenade à pied. On aurait dit que Martin n'avait pas de but précis. À moins qu'il ne cherchât à vérifier s'il était suivi. De ce côté-là, Vincent était assez tranquille. Il y avait trop de monde dans la rue pour qu'on le remarque. Seul risque : que Martin attrape un taxi au vol.

Mais non. Il continuait d'un pas égal, sans jamais se retourner. Après Saint-Germain-des-Prés, il pénétra dans un bureau de tabac et en ressortit quelques secondes plus tard. Il reprit sa marche. Odéon... Cluny... Place Maubert, il entra dans une boutique spécialisée dans les produits orientaux. Martin acheta ce qui semblait être un petit flacon, puis sortit après avoir payé.

Cette fois, il abandonna le boulevard Saint-Germain pour descendre vers la Seine. Rue d'Arcole, une nouvelle fois, Martin pénétra dans un magasin : une boutique d'antiquaire. Vincent, un peu en retrait, vit Martin montrer quelque chose du doigt, discuter un moment avec l'antiquaire. Il sortit quelques instants plus tard. Apparemment, il n'avait rien acheté.

Et la promenade reprit.

Il traversa le pont et continua en longeant le parvis de Notre-Dame. L'Hôtel de Ville, la rue de Rivoli... Il était près de midi et Vincent eut du mal à garder le contact à cause de la foule. Soudain, Martin disparut. Vincent fonça, bouscula deux ou trois personnes... Il respira en retrouvant Martin qui avait tourné dans la rue Saint-Bon et qui maintenant enfilait la rue Pernelle.

Vincent se demanda jusqu'où l'autre allait ainsi l'emmener... Pas très loin puisqu'il poussa la porte d'une nouvelle boutique. La rue était peu fréquentée et Vincent ne put guère s'approcher. C'était une vieille herboristerie dont la vitre aurait eu besoin d'un sérieux coup de chiffon. Le doré des lettres de l'enseigne ressortait à peine sur le fond de marbre noir. Vincent enregistra machinalement le nom de l'herboriste, Corde.

Martin ne resta pas longtemps. Quand il réapparut, il tenait un petit sac en papier à la main. Il le fourra dans la poche de son imper.

Vincent soupira en le voyant repartir. Quelle serait sa prochaine halte ? Après avoir marché encore quelques minutes, Martin s'engagea dans la rue des Francs-Bourgeois, et disparut une nouvelle fois.

Vincent découvrit le restaurant.

À l'intérieur, il aperçut Martin qui ôtait son imper, l'accrochait à un portemanteau avant de s'asseoir à une table. Avec un soupir de soulagement, il poussa à son tour la porte de l'établissement. La serveuse avait placé Martin au fond de la salle. Il dépliait sa serviette.

Vincent en profita pour marquer un temps d'arrêt à la hauteur du portemanteau. Il sortit ses cigarettes. Tandis qu'il en allumait une d'une main, de l'autre, il palpait les poches de l'imper de Martin. À gauche, un paquet assez mou, sans doute celui qui provenait de chez l'herboriste. À droite, la poche était vide. Vincent n'insista pas, jeta un coup d'œil autour de lui. Clientèle paisible d'habitués. Artisans, petits grossistes du Marais, commerçants… Le patron semblait connaître tout le monde.

Sauf Martin.

Vincent s'approcha du comptoir et demanda s'il pouvait téléphoner.

Le patron lui montra l'appareil posé un peu plus loin. Vincent composa son propre numéro.

– Sophie ?

– Oui… Alors, où en es-tu ?

– Pour l'instant, je m'apprête à déjeuner…

– Sympa pour moi. Je meurs de faim et j'ai bien envie de me faire inviter par Hervé.

– Hé… n'oublie pas que tu es en service commandé. Comme moi.

Le patron qui remplissait une carafe lui jeta un petit coup d'œil.

Vincent reprit, un ton plus bas :

– Je risque d'avoir besoin de la voiture… Tu peux me l'amener ?

– Où ?

Martin avait commencé à manger. Gros appétit ou non ?

– Je suis dans le Marais… Donnons-nous rendez-vous quelque part.

– Ah non ! Pas question que je t'attende encore dans la voiture. J'ai eu ma dose ce matin.

– Eh bien, trouve un endroit qui te convienne.

– Tu te souviens d'Emmanuelle, je suppose ? La belle antiquaire ?

– Oui…

– Rendez-vous à sa boutique, place des Vosges. Ça sera tout de même plus agréable, non ?

Vincent sourit.

– Tout à fait… pour toi comme pour moi.

Il raccrocha.

Martin mangeait posément, le nez dans son assiette. Pour le rattraper, Vincent sauta l'entrée et passa directement au petit salé aux lentilles qui constituait le plat du jour. À peine terminé, il commanda une tarte maison et un café.

À sa table, Martin semblait prendre son temps. Il lui restait encore la moitié de son carafon de vin. L'œil absent, il ne paraissait voir personne. Petit à petit, le restaurant se vidait. La serveuse remettait déjà les couverts pour le soir. Vincent avait réglé son addition, il commençait à boire son second café.

Martin se décida enfin à finir son vin, sous la surveillance de Vincent. L'homme récupéra son imper. Aucun paquet ne semblait déformer ses poches de veston. Il sortit et Vincent lui laissa trois secondes avant de sortir à son tour.

Et la poursuite reprit à travers les petites rues du Marais. Vincent se sentait de plus en plus mal à l'aise. Le comportement de Martin n'avait rien de cohérent. À présent, il pénétrait dans une ruelle du côté de la rue Charlot. Vingt mètres plus haut, un immeuble ventru l'absorba.

Son domicile ?

Vincent prit la planque. Il avait renouvelé sa provision de cigarettes au restaurant, il pouvait attendre. Il resta ainsi trois quarts d'heure avant de se décider à pénétrer dans l'immeuble. Pas de concierge. Seulement un alignement de boîtes aux lettres dans un couloir obscur et crasseux. Mais aucune d'elles ne portait le nom de Martin.

Vincent regarda l'escalier aux marches usées, puis, pris d'un doute, il poussa la porte qui se trouvait derrière. Elle donnait sur une petite cour. Trois portes s'y ouvraient. L'une d'entre elles était vitrée comme celle qu'il venait de franchir. Vincent la poussa. Un nouveau couloir… qui donnait sur une autre rue.

Une fois de plus, Vincent venait de se faire avoir.

7

Paradoxalement, lorsqu'on entrait dans le magasin d'antiquités d'Emmanuelle Vaccari, on avait l'impression de pénétrer dans une galerie d'art abstrait. Les objets – peu nombreux – étaient présentés sur des tablettes maintenues par des fils métalliques quasi invisibles, tendus entre le plafond et le sol. Il fallait s'approcher pour découvrir les petites merveilles qu'elle présentait.

Art créto-mycénien, assyrien, phénicien ou étrusque, le moindre des objets avait passé le cap des deux mille ans. On découvrait au hasard du regard un petit vase votif représentatif de l'art des Cyclades ou bien un vase d'offrandes crétois en stéatite. Plus loin, une statuette du dieu Nabu, caractéristique de la manière des artistes assyriens. Ou bien encore, venant des Phéniciens, un petit bronze du dieu Baal...

Lorsque Sophie pénétra dans le magasin, elle resta un instant surprise. Elle avait imaginé Emmanuelle évoluant au milieu de précieux meubles du XVIIIe. Elle resta seule quelques instants et commença à examiner les objets.

Elle était penchée sur l'un d'eux lorsqu'une voix dit dans son dos :

– C'est une fibule en or. Art étrusque.

Elle se retourna pour découvrir Emmanuelle qui lui souriait.

– C'est gentil de ne pas avoir oublié mon invitation. Vous êtes seule ?

– Vincent doit me rejoindre ici.

Emmanuelle lui prit le bras et l'entraîna vers le fond du magasin.

– Venez… Nous serons plus tranquilles par là.

Elle souleva une tenture qui isolait l'arrière-boutique. Emmanuelle avait aménagé celle-ci d'une façon confortable. Divans bas, coussins, une curieuse table basse en pierre. Peu d'objets et des éclairages discrets.

– Installez-vous, dit Emmanuelle.

Il flottait dans la pièce une vague odeur d'encens. Emmanuelle la regarda en souriant. Elle était vêtue d'une simple robe noire à col officier dont la sévérité était atténuée par quelques motifs d'or tissés. Bien qu'elle fût souriante et amicale, Sophie ne put s'empêcher de ressentir une impression de malaise. Elle s'installa au milieu d'un tas de coussins.

– Qu'est-ce que vous avez bien pu vendre à mon père ?

– Rien encore, mais je ne désespère pas.

– Je suis sûre qu'il ne saura rien vous refuser, sourit Sophie.

– Ne vous méprenez pas. Je ne cherche pas à vendre à tout prix. Au contraire. Ce ne sont pas mes clients qui choisissent un objet, c'est moi qui choisis mes clients.

Prenant une petite figurine en terre cuite posée sur un rayonnage, elle la montra à Sophie.

– Regardez cette statuette… Elle a près de trois mille ans. D'autres mains l'ont tenue comme je la tiens, l'ont modelée avec amour, puis l'ont admirée, vénérée peut-être… Ce qui fait sa valeur, c'est cette émotion dont elle reste chargée malgré les siècles. Elle n'a pas de prix. Dans tous les sens du terme. Comment pourrais-je la vendre à quelqu'un qui ne serait pas sensible à cette émotion ?

Emmanuelle reposa la figurine avec des gestes délicats, puis se tourna vers Sophie.

– Votre père devra aimer l'objet qu'il achètera.

– Je suis sûre que vous saurez le lui faire aimer, mais…

– Mais ?

Sophie secoua la tête. Que pourrait-elle dire sans être ridicule ? Elle n'était pas jalouse d'Emmanuelle à cause de son père. C'était plutôt un sentiment instinctif de méfiance qu'elle ressentait vis-à-vis d'elle. Emmanuelle se pencha sur elle :

– Ce sont mes relations avec votre père qui vous chagrinent ?

– Non… Je ne suis pas assez naïve pour penser que mon père est resté chaste depuis la mort de ma mère. Pas assez stupide non plus pour prendre ombrage de ses relations.

Emmanuelle sourit et alla chercher un coffret en laque. Elle le tendit à Sophie.

– Cigarette ? C'est du tabac oriental. Il est très agréable.

Sophie refusa d'un signe de tête. Emmanuelle était lisse et polie, elle n'offrait aucune prise. Sophie ne l'avait pas convaincue, elle le savait. Mais le sourire d'Emmanuelle restait aussi chaud et amical.

Tandis qu'elle refermait le coffret et le reposait, Emmanuelle demanda :

– Vincent travaille toujours sur le même reportage ?

– Oui.

– Quelque chose d'important, d'après ce que vous m'avez dit ?

– Oui, très important.

Emmanuelle regarda Sophie fouiller dans son sac, en sortir un paquet de Gauloises.

– Je préfère le tabac brun.

Emmanuelle hocha la tête, compréhensive. Elle semblait toujours tout comprendre et être dotée d'une inépuisable réserve d'indulgence. La sage Emmanuelle. Sophie releva la tête devant le briquet que lui tendait l'antiquaire en lui disant :

– Et le thé ? Vous le préférez fumé ou non fumé ? Chine ? Ceylan ? Ou du thé vert, peut-être ? Vous n'allez pas refuser une tasse de thé ?

Sophie ne pouvait pas refuser ce thé.

Emmanuelle alla jusqu'à un petit réchaud caché dans un placard. Tandis qu'elle préparait le thé, Sophie tirait à petits coups sur sa cigarette. Maintenant, elle regrettait d'être venue et ne souhaitait qu'une chose : que Vincent arrive vite. Très vite.

Quelques instants plus tard, Emmanuelle revint avec un plateau sur lequel était disposé un service chinois en terre cuite. Emmanuelle s'assit près de Sophie.

– Vincent se trouve dans le quartier ?

– D'après ce qu'il m'a dit, oui.

– Quel thème de reportage a-t-il bien pu trouver dans le Marais ?

– Ne m'en voulez pas… mais je ne peux pas vous le dire.

Emmanuelle n'insista pas. Elle se pencha, souleva le couvercle de la théière pour voir si l'infusion était correcte. Elle remplit les deux tasses et en tendit une à Sophie, qui posa sa cigarette dans un cendrier avant de prendre sa tasse. Celle-ci s'en voulait de n'être pas plus aimable.

– Vous arrivez encore à trouver des objets aussi rares et aussi anciens ?

– L'âge d'or est terminé. Au XIXe siècle, n'importe qui pouvait faire des fouilles. Sans parler des pillards qui ont dispersé de véritables trésors archéologiques. Depuis, les gouvernements ont pris conscience de la valeur de leur passé et il est pratiquement impossible de sortir quoi que ce soit d'ancien de Grèce, d'Égypte ou d'ailleurs. Ces objets viennent de collections particulières, pour la plupart.

Sophie buvait son thé à petites gorgées tout en écoutant. Bien que le liquide fût brûlant, elle ressentait une merveilleuse sensation de fraîcheur. Emmanuelle parlait toujours.

– C'est l'amour qui me guide. Il m'arrive de payer un simple petit vase au prix fort simplement pour le sortir de l'oubli ou de l'égoïsme de son propriétaire.

Tout en expliquant, elle ne quittait pas Sophie des yeux. La jeune fille avait fini sa tasse. Elle s'était laissée aller en arrière, ressentant une étonnante impression de bien-être et de paix. Elle tourna la tête vers Emmanuelle et lui sourit. Celle-ci demanda doucement :

– Vous ne m'en voulez plus ?

– Non. Je suis idiote… Mais vous êtes si belle que…

– … que ?

– … que je vous envie, murmura Sophie dans un souffle.

Emmanuelle trempa les lèvres dans sa tasse pratiquement pleine, puis la reposa sur le plateau.

– Votre père n'est qu'un ami pour moi. Rien d'autre. Un ami que je voudrais aider.

– Aider ?

– Il a besoin de donner un sens à sa vie.

La sonnette de la porte du magasin tinta. Emmanuelle se leva en disant :

– C'est peut-être Vincent.

– Peut-être… Si ce Martin ne l'a pas emmené au diable.

Emmanuelle, qui s'apprêtait à quitter l'arrière-boutique, se retourna :

– Qui ?

– Martin… L'homme qu'il suit depuis ce matin.

Emmanuelle la dévisagea un instant, puis souleva la tenture. Deux minutes plus tard, elle était de retour. Elle reprit sa place auprès de la jeune fille, resta un instant silencieuse, l'œil fixé sur elle. D'un ton léger, elle dit :

– Si vous me parliez un peu du reportage de Vincent ?

Leurs regards s'accrochèrent. Emmanuelle enchaîna sur le même ton :

– Ce n'est pas si secret que ça, tout de même.

– Non… Il s'est mis dans la tête que l'histoire du vendeur d'or que nous a racontée Hervé l'autre soir cache quelque chose de bizarre…

– Tiens… Et quoi donc ?

– Je ne sais pas… lui non plus d'ailleurs. Mais il dit que son flair ne le trompe jamais.

– Et qu'a-t-il découvert jusqu'ici ?

– Rien… ou presque. L'autre matin, on a suivi Durand à la sortie de la banque, mais il nous a semés dans Meudon. Alors à l'insu de papa, j'ai pu savoir à qui il envoyait la clé du coffre contenant l'argent de la transaction. Un homme qui s'appelle Martin et que Vincent suit depuis ce matin…

Emmanuelle écoutait attentivement. Sophie la regarda.

– Vous ne trouvez pas ça bizarre, vous ?

Elles s'observaient encore lorsque le timbre de la porte retentit. Emmanuelle se leva rapidement et passa dans la boutique. Elle eut un sourire éblouissant en découvrant Vincent qui regardait autour de lui.

– Bonjour. Je suis très contente de vous revoir.

– Moi aussi… Sophie n'est pas là ?

Comme Vincent avait retenu la main d'Emmanuelle un instant, celle-ci la retira vivement.

– Venez… elle est par ici…

Ils pénétrèrent dans l'arrière-boutique. Sophie se redressa à peine pour dire :

– Heureusement que je ne t'ai pas attendu dans la voiture.

– Asseyez-vous, Vincent, dit Emmanuelle.

Vincent s'installa près de Sophie en lui jetant un coup d'œil perplexe.

La jeune fille reprit :

– Alors ? Qu'est-ce que ça a donné ?

– Rien... Je me suis encore fait avoir.

– En somme, tu n'as plus de piste ?

– Pas sûr...

– Pourquoi ?

Vincent eut un petit geste de contrariété.

– Rien, rien, je t'expliquerai.

– Vous pouvez parler, dit Emmanuelle en souriant, Sophie m'a tout raconté.

D'un air candide, Sophie dit :

– Emmanuelle est une amie, tu sais.

Vincent répliqua d'un ton mécontent :

– Ça n'a rien donné. Martin m'a semé grâce à un immeuble à deux issues.

– Qu'allez-vous faire maintenant ? demanda Emmanuelle.

– Je n'en sais rien...

Il se leva en ajoutant à l'adresse de Sophie :

– Viens... il faut que je passe à la station.

Emmanuelle proposa vivement :

– Vous ne voulez pas une tasse de thé ?

– Désolé, mais il faut que je parte.

– Vraiment ?

Le ton d'Emmanuelle retint l'attention de Vincent, qui la dévisagea. Ils restèrent ainsi un instant, les yeux dans les yeux. Bien que troublé, Vincent murmura :

– Vraiment.

Le rire léger de Sophie les fit sursauter.

– Vincent a peur de votre charme, Emmanuelle... c'est rare. En général, il est moins timide avec les dames.

– Ça suffit ! fit Vincent sèchement. T'as bu ? T'as fumé ?

La jeune fille se leva, l'œil moqueur. Elle se pencha vers Emmanuelle pour lui confier :

– Il n'aime pas qu'on mette en doute sa réputation de don Juan.

Emmanuelle se contenta de sourire. Elle prit le bras de la jeune fille.

– J'espère que vous reviendrez me voir. Et vous aussi, Vincent. Qui sait, votre enquête vous ramènera peut-être dans le quartier.

Elle les accompagna jusqu'à la porte du magasin.

– À bientôt, peut-être.

Emmanuelle, pensive, resta derrière sa porte vitrée à les regarder s'éloigner.

Sophie et Vincent marchèrent quelques instants en silence.

– Pourquoi lui as-tu tout raconté ?

– Parce que c'est une amie.

– Ce n'est pas une raison.

– Si. Il ne faut rien cacher aux amis.

Elle rit. Vincent s'arrêta, l'attrapa par le bras, l'obligeant à lui faire face.

– Qu'est-ce qui te prend ? Qu'est-ce que tu as bu ?

– Moi ? Je n'ai pris que du thé.

– Alors arrête de faire l'imbécile.

– Et voilà. Il va passer ses nerfs sur moi parce qu'il s'est fait semer. Et tu viendras dire après que tu as un sens aigu de la justice.

– Bon, ça va... excuse-moi. J'ai traversé la moitié de Paris à pied pour me faire avoir, alors...

Vincent se tut, songeur.

– Qu'est-ce qu'il y a ?

– Je pense à ce que je viens de dire. Pourquoi ce type a-t-il fait tout ce chemin à pied juste pour me semer dans le Marais ?

– À t'entendre, on croirait qu'il s'attendait à être suivi.

Vincent s'arrêta brusquement et lui fit face.

– Tu as raison. Il se méfiait dès le départ.

– Pourquoi ?

– Parce que Durand l'a prévenu que je l'avais suivi.

Ils arrivaient à la voiture.

Sophie sortit les clés de sa poche. L'air absorbé, Vincent ouvrit machinalement les portières, s'installa au volant. Sophie s'assit près de lui. Vincent ne démarra pas. Les mains sur le volant, il continuait à réfléchir.

– À quoi riment alors toutes ces visites dans différents magasins ?

– Quels magasins ?

Vincent lui expliqua brièvement.

– Ça ne tient pas debout… Des cigarettes à l'Odéon, je ne sais quoi de chinois à Maubert, des herbes près de l'Hôtel de Ville… sans parler de l'antiquaire. Ça fait beaucoup de chemin pour si peu de chose, non ? Et comme le paquet n'était plus dans sa poche au restaurant…

– Il a pu l'avoir mis dans son veston.

– Non… Je crois que j'ai une meilleure explication… Martin m'a semé pour me faire croire qu'il avait encore la clé…

– Je ne comprends pas…

– … alors qu'il s'en était déjà débarrassé dans un des magasins où il est entré.

Comme Sophie ne semblait pas convaincue, Vincent reprit :

– Il a déposé le paquet *avant*. Logiquement, je devais penser qu'il ne le remettrait à son destinataire qu'après qu'il m'aurait fait le coup de l'immeuble à double issue. Il a pénétré dans plusieurs magasins avant de déjeuner tranquillement puis m'a semé pour la forme. Mais il n'avait déjà plus le paquet. Reste à savoir dans quel magasin il l'a livré.

Depuis quelques instants, Sophie ne semblait plus lui accorder beaucoup d'attention.

– Tu m'écoutes ? demanda Vincent. Eh bien ? Qu'est-ce que tu as ?

Elle tourna la tête vers lui, porta la main à son front.

– Je me sens bizarre. Qu'est-ce qui s'est passé ?

– Mais… rien, répondit-il, surpris. Rien du tout… Je t'ai juste trouvée un peu surexcitée… et un peu trop bavarde, aussi.

Elle parut inquiète.

– Je ne voulais pourtant rien lui dire… Je ne sais pas pourquoi j'ai fait ça. Tu m'en veux ?

– Mais non. Elle t'a eue au charme, toi aussi, voilà tout.

Sophie s'écarta de lui.

– Vincent… laisse tomber toute cette histoire.

Qu'avait-elle ?

Et pourquoi sa main tremblait-elle lorsqu'elle sortit une cigarette de son sac ?

Verdier entra dans le restaurant.

Le maître d'hôtel l'emmena à une table tranquille où se trouvait Beaumont.

– Je ne vous ai pas trop fait attendre ?

– Le temps ne compte pas pour moi, sourit Beaumont.

Ils s'observèrent un instant, puis le banquier dit :

– Je suppose que vous êtes au courant ?

– Oui.

– Qu'en pensez-vous ?

– Tout cela est trop récent. J'attends des informations.

– Cette fois, il semble bien s'agir d'une action délibérée. Tous les agents de change de Paris ont reçu à peu près à la même heure la visite d'inconnus se proposant de leur vendre de l'or.

– Je sais. Et c'est d'autant plus étrange qu'on devrait assister à un mouvement contraire puisque l'or ne cesse de monter.

– Si ça continue, il finira par baisser. À la Bourse, on commence à parler de tout cet or mis sur le marché.

– Avez-vous reçu d'autres lettres de ces Compagnons d'Éleusis ?

– Oui... Cet après-midi. Le texte ne permet aucune équivoque. À mon avis, ces inconnus sont liés à ces ventes d'or. Reste à découvrir leurs raisons.

– Pour stopper la spéculation sur l'or, peut-être. Tous les jours le plafond est crevé et les marchés internationaux commencent à s'interroger.

Verdier haussa les épaules.

– C'est une crise de confiance qui provoque cette panique quasi générale. Mais comment faire entendre raison à tous les acheteurs d'or ?

– Dont les financiers ne sont pas exclus. On cherche peut-être à faire pression sur certains responsables. Nous, en l'occurrence, nous, les banquiers et les financiers. Combien d'entre nous n'ont-ils pas sacrifié cette sécurité en spéculant ?

– Je vous l'accorde. Nous n'avons pas intérêt à ce que l'or baisse en ce moment. Les petits acheteurs non plus. Alors qui est derrière cette démarche contre nature qui consiste à brader des tonnes d'or ?

Se penchant vers Beaumont, Verdier reprit un ton plus bas :

– Qui peut bien se cacher derrière ces Compagnons ? Et surtout, surtout... que cherchent-ils ?

– Je n'en sais rien... Peut-être le bluff d'un État qui voudrait provoquer une baisse officielle pour une raison que j'ignore.

– Vous rendez-vous compte de ce qu'il faudrait pour qu'une baisse significative intervienne ? Quel État serait assez fou pour se ruiner et, surtout, à quelle fin ?

Le maître d'hôtel s'approcha, les cartes à la main. Beaumont repoussa celle qu'on lui tendait.

– Je suis navré de ne pas pouvoir vous tenir compagnie. J'ai un rendez-vous urgent.

Comme le visage de Verdier s'assombrissait, il ajouta :

– Au sujet de notre affaire, précisément.

– Je dîne et je rentre chez moi. Vous pourrez m'y joindre.

– Promis.

Beaumont se leva. Verdier le suivit des yeux, hésita.

– Vous savez que je commence à être inquiet ?

– Vous ?

Verdier ignora l'ironie et ouvrit la carte pour composer son menu...

Beaumont avait à peine refermé la porte du restaurant qu'une Rolls noire glissa silencieusement et s'arrêta à sa hauteur. Le financier s'y installa. À la place du chauffeur se trouvait Renaud. Celui-ci démarra sans qu'il y eût un mot d'échangé entre lui et Beaumont. Dix minutes plus tard, la Rolls s'arrêtait avenue Gabriel, tout près du théâtre des Ambassadeurs. Beaumont consulta sa montre. La représentation allait commencer dans quelques instants.

Il retira sa place louée au contrôle et pénétra dans la salle.

Pour meubler son Espace, Cardin avait opté pour la pièce d'un jeune auteur tchèque d'avant-garde. Mais, par sécurité, on avait choisi la distribution parmi les plus grands comédiens de Paris. Ce qui expliquait l'affluence.

Beaumont était maintenant à sa place au parterre. Comme n'importe quel spectateur, il consultait le programme. Puis les lumières baissèrent progressivement tandis que s'atténuait le brouhaha des conversations. On frappa les trois coups... L'obscurité se fit totale. Et quand le rideau s'ouvrit sur une scène éclairée par un unique projecteur, le silence s'établit dans la salle.

Une silhouette imprécise apparut tandis qu'une sorte de grondement parvenait des coulisses. Le public devint attentif. Il ne s'agissait pas tant de comprendre que de pouvoir dire plus tard : j'étais là.

Curieusement, Beaumont semblait se désintéresser du spectacle. Yeux fermés, il tenait ses tempes entre ses doigts, un peu à la façon de ces amateurs d'opéra qui, indifférents à la scène, ne sont là que pour une partition qu'ils connaissent par cœur. Mais son esprit était loin du drame qui s'annonçait sur la scène.

Enfin le « contact » fut établi.

– *Ici Veilleur numéro un...*

Une première réponse arriva, puis une autre...

– *Veilleur numéro quatre...*

– *Veilleur numéro deux...*

– *Veilleur numéro six...*

Un spectateur plus attentif à la salle qu'à la scène aurait pu constater que quelques personnages, répartis pour la plupart dans le parterre, avaient à peu près la même attitude de ferveur que Beaumont. Le « contact » établi, pour ne pas se faire remarquer, celui-ci avait relevé la tête. Seul son regard, qui allait bien au-delà du jeu dramatique, était étrangement fixe.

– *Veilleur numéro un... Soyez tous attentifs. Vous allez devoir effectuer des recherches sur une secte ou une société secrète qui se fait appeler les Compagnons d'Éleusis. Nous ne savons rien d'eux, aussi la moindre information doit être rapportée sans délai. Vous me ferez part individuellement de vos découvertes selon le canal habituel.*

Sur la scène, une sorte de moujik s'apprêtait à violer une femme quasiment nue, tandis que s'élevaient les interminables plaintes d'êtres décharnés, prisonniers du décor en tubulures métalliques...

Vermicelle chinois, nuoc-mâm, champignons séchés et autres beignets de crevette. La baie d'Along. Les jonques qui glissent silencieusement par une nuit sans lune. Koolun. Une fantastique partie de mah-jong. Et les Pavillons-Noirs, la main crispée sur le manche de leurs longs couteaux...

– Vous désirez, monsieur ?

Vincent, qui rêvait devant les étagères de l'épicerie chinoise, sursauta. Il se retourna. Le petit homme le regardait en souriant. Pas chinois. Plus vraisemblablement vietnamien du Sud. Il ne serait pas facile pour autant de lire quelque chose sur son visage.

– Je viens de la part de mon ami Martin.

Pas un cil du petit épicier ne bougea.

– Martin… Vous vous souvenez ? Il est passé chez vous hier…

– C'est bien possible… Beaucoup de monde passe dans ma modeste boutique. Mais je ne connais pas de… comment dites-vous ?

– Martin.

– Je ne connais aucun client de ce nom.

– Et Durand, vous connaissez ?

L'épicier eut un sourire désolé.

Vincent quitta la boutique et, quand il se retourna, il aperçut un visage rond qui l'observait à travers la porte vitrée. L'absence de réaction chez l'épicier ne voulait rien dire. Il avait déjà connu le même échec dans le bureau de tabac où s'était rendu Martin.

Vincent récupéra sa voiture, prit la rue Dante, descendit vers les quais et traversa le pont au Double. Il passa devant Notre-Dame et, pour gagner du temps, s'arrêta en double file devant la boutique d'antiquités.

L'antiquaire était seul.

Celui-ci, un homme élégant d'une cinquantaine d'années, s'approcha, souriant.

– Vous désirez, monsieur ?

– Je cherche des vases en pâte de verre, signés de préférence.

– Hélas ! Je n'ai rien de ce genre en ce moment. Si vous vous intéressez à ce style d'objet, vous devez savoir qu'ils sont très recherchés.

Vincent prit l'air déçu.

– Je sais, oui. Ce sont des amis qui m'ont conseillé de venir vous voir. Vous les connaissez certainement. Durand et Martin.

L'antiquaire sourit.

– C'est bien possible… Mais ce sont deux noms très courants et j'avoue que je ne vois pas très bien…

– Martin est passé vous voir hier, je crois.

Poliment, l'homme fit un effort pour se souvenir. Il était parfaitement naturel.

– Je suis désolé, mais vraiment…

– Eh bien ce n'est pas grave. J'ai dû mal comprendre.

L'antiquaire le raccompagna jusqu'à la porte.

– Si vous êtes dans le quartier, passez à l'occasion.

Il ne restait plus que l'herboriste.

Vincent eut la chance de trouver une place juste à l'entrée de la rue Pernelle, à une vingtaine de mètres de la boutique qui l'intéressait. Il descendit de voiture. Mais il n'avait pas fait dix mètres qu'il s'immobilisa brusquement, pivotant contre la première vitrine venue.

Là-haut, à l'autre bout de la rue, il venait d'apercevoir Martin.

Pour masquer son visage, Vincent alluma une cigarette en se penchant. Curieusement, Martin s'était arrêté à deux pas de l'herboristerie. Il tentait lui aussi d'allumer une cigarette, mais il semblait avoir quelque difficulté avec ses allumettes. Il se tourna à demi. Allait-il faire demi-tour ? Non. Et c'est très naturellement, qu'il entra, non pas dans la boutique, mais dans l'immeuble.

Vincent resta quelques secondes sans bouger, puis remonta lentement la petite rue. En passant devant l'herboristerie, il jeta un rapide coup d'œil. Autant qu'il put s'en rendre compte à travers la vitre couverte de poussière, la boutique était vide.

Il s'arrêta devant l'entrée de l'immeuble. Y avait-il une issue au bout du long couloir obscur ? Vincent entra. Pas de boîtes aux lettres, mais un panneau indiquant qu'il y avait un concierge à l'entresol.

Vincent grimpa les quelques marches et frappa à une porte vitrée masquée par un rideau crasseux. Des pas qui traînent, la porte qui s'ouvre… L'apparition devait descendre en ligne directe de la cour des Miracles, jadis toute proche. La tête semblait avoir été fabriquée avec un kilo de pommes de terre. Couleur comprise. Deux petits yeux perçants émergeaient avec peine de cette géographie cauchemardesque. Le corps était à l'avenant.

– C'que c'est ? murmura le monstre.

– Monsieur Martin, s'il vous plaît.

– Martin ? Connais pas. Devez vous tromper.

– Mais si. C'est un ami. Je viens de le voir entrer.

Et Vincent le lui décrivit. Pendant qu'il parlait, la concierge secouait la tête.

– L'habite pas l'immeuble. Pensez si je connais les locataires.

– Il y a un autre escalier dans la cour ?

– Non, y a que çui-ci et c'est bien suffisant.

– C'est bizarre, tout de même… Je viens de le voir entrer. Il y a peut-être une autre sortie dans la cour ?

Le monstre commençait à donner des signes d'impatience. Une main épaisse et grise se crispait sur le montant de la porte, prête à la claquer, et Vincent pensa qu'il était temps d'utiliser d'autres arguments. Il sortit de l'argent de sa poche, tendit un billet de dix francs à la concierge. Elle le prit avec méfiance, mais le prit quand même. Avec un sourire désarmant, Vincent dit :

– C'est pour le temps que je vous fais perdre.

– C'que vous voulez savoir au juste ?

– Si on peut sortir de l'immeuble autrement que par la porte de devant.

– Z'êtes un flic ?

Puis, regardant le billet, elle rectifia :

– Sûrement pas. Sont pas si généreux.

– Alors ?

– Y a pas d'autre sortie.

– Et les caves ?

– Fermées à clé. C'est plus prudent.

Vincent n'insista pas. Il remercia et redescendit l'escalier, suivi par les petits yeux porcins. En bas, il alla jusqu'au bout du couloir, poussa une porte qui donnait sur une minuscule cour. Hormis deux vélos et quelques cageots, elle était vide. La seule porte se trouvait tout à côté. Elle devait donner dans l'arrière-boutique de l'herboristerie.

Vincent fit demi-tour et marqua un temps d'arrêt avant de quitter l'immeuble. La rue était tranquille. Il tourna à gauche, évitant de repasser devant la boutique, traversa et revint sur ses pas. À demi caché par les voitures, il jeta un coup d'œil à la vitrine.

L'herboristerie était toujours vide de tout occupant.

Il était 15 h 30. Il retourna à sa voiture, s'y installa et alluma une cigarette.

Martin l'avait-il vu ou non ? Était-il entré dans l'immeuble pour détourner ses soupçons ou bien était-ce une simple précaution ? Dans cette dernière hypothèse, Martin avait rejoint l'herboriste par la porte de l'arrière-boutique.

Vincent s'enfonça dans son siège pour qu'on ne le remarque pas trop. Martin ne connaissait pas sa voiture. Il finirait bien par sortir. Il n'y avait plus qu'à attendre. Vincent mit la radio en sourdine. 16 heures. Flash d'informations. Réflexe de journaliste, il monta le son. Et le temps passa. 17 heures. Trois ou quatre clients étaient entrés et sortis de l'herboristerie. 18 heures. Deux boutiques voisines fermèrent. 18 h 15. Le monstre qui servait de concierge se propulsa dans la rue, un cabas à la main. Sa première halte fut pour un bistrot voisin.

18 h 30. La porte de l'herboristerie s'ouvrit. Intéressant car personne n'y était entré depuis un long moment. Un vieil homme en sortit. Il retira le bec-de-cane, le fourra dans sa poche et ferma la porte à clé. Il s'éloigna sans hâte, marchant à petits pas.

Vincent alluma une nouvelle cigarette. Se serait-il trompé ? Martin serait-il ressorti aussitôt par la boutique ? Ça ne cadrait pas avec sa prudence. En aurait-il seulement eu le temps matériel ? Vincent était entré dans l'immeuble sur ses talons. Sa conversation avec la concierge n'avait pas pris plus de quarante-cinq secondes.

Le temps que l'herboriste aille ouvrir à Martin, que celui-ci lui explique la situation, qu'ils traversent l'arrière-boutique et la boutique, qu'ils regardent si la voie était libre, non, ça ne tenait pas debout. Alors ? Martin serait resté dans le magasin ? Pourquoi pas ? L'herboriste s'en allait en fermant ostensiblement, laissant ainsi croire que la boutique était vide.

Petit à petit, la rue se calma. Puis la nuit tomba...

Il n'y avait plus que le bruit tout proche de la circulation rue de Rivoli. Les fenêtres des immeubles s'éteignirent une à une. Derrière la vitrine de l'herboriste, rien ne bougeait. Minuit. Vincent avait éteint la radio depuis longtemps. Martin le savait-il toujours à l'affût ?

1 h 30.

Ou Martin avait décidé de passer la nuit chez l'herboriste, ou il n'y était plus.

Et Vincent perdait son temps.

Un quart d'heure plus tard, il descendit de voiture. Tant pis s'il se faisait repérer. Il alla jusqu'à la boutique. Tout était obscur. Pas la moindre lueur. Il fit demi-tour, retourna à la Méhari avec la désagréable sensation de s'être, une fois de plus, fait posséder.

Vincent occupait un petit studio dans un immeuble récent du XVe arrondissement. Situé au dernier étage, il était de dimensions modestes, mais prolongé par une petite terrasse qui dominait les toits d'immeubles plus anciens, voués à une démolition prochaine. L'élément le plus luxueux était certainement l'épaisse moquette verte qui permettait aussi bien d'y marcher que de s'y coucher. L'ameublement, lui, était zen. Une table basse, des rayonnages, des poufs et un divan bas dans le style futon sur lequel les invités s'écroulaient. Une chaîne hi-fi et, tout près, des piles de disques : pop, rock, musique sérielle, médiévale. Sur un mur couvert de toile de jute, une tapisserie très moderne, faite de bouts de chanvre et de morceaux de peau reliés entre eux par une fine cordelette, qui ressemblait à une toile d'araignée. Cadeau d'une petite amie scandinave. Seule sur le mur nu, elle prenait des allures de symbole. Il était tard. Allongée sur le divan, un verre à la main, Sophie regardait Marin qui, debout, donnait des signes d'impatience de plus en plus manifestes.

Une clé tourna dans la serrure.

Vincent apparut et marqua un petit temps d'arrêt en découvrant ses visiteurs. Toujours silencieux, il alla se servir un verre. Avec une ironie un peu marquée, Marin dit dans son dos :

– Je ne t'ai pas vu à la conférence, ce matin… Tu n'étais pas malade ?

Vincent mit un glaçon dans son verre, jeta un coup d'œil à Sophie et avala une gorgée, continuant d'ignorer le rédacteur en chef qui reprit :

– Je t'avais donné un sursis de vingt-quatre heures… Tu te souviens ?

Comme Vincent se tournait enfin vers lui pour répondre, il ne lui en laissa pas le temps.

– Ne te fatigue pas, Sophie m'a tout raconté.

Vincent en fut soulagé. Il était trop bon professionnel pour ne pas savoir combien ses informations étaient minces.

– Alors tu vas me faire le plaisir de laisser tomber cette histoire d'or. Pourquoi t'obstines-tu ?

– Et toi ? Pourquoi veux-tu m'empêcher de continuer ?

– Parce que je n'y crois pas. Réveille-toi, mon vieux. Avec tes bonshommes qui disparaissent à tous les coins de rue, on est en plein délire.

Vincent écoutait en observant le fond de son verre.
Marin reprit :
– Après tout, c'est ton problème… Tu n'es pas sous contrat. Alors, pas de piges, pas d'argent.
Marin termina son verre d'un coup et récupéra son attaché-case en disant à Vincent :
– Alors ? À demain ?
– Évidemment, fit Vincent en haussant les épaules.
Marin lui fit un clin d'œil complice qui l'irrita. L'autre partait persuadé d'avoir réglé définitivement la situation. La porte refermée, Vincent revint vers Sophie qui allumait une cigarette.
– Pourquoi lui as-tu tout raconté à lui aussi ? Que cherches-tu exactement ?
– À nous protéger… nous.
– Qui nous menace ?
Sophie se leva et se rendit jusqu'à la baie.
– Eh bien ?
– Je ne veux pas entrer en conflit avec mon père.
Elle fit demi-tour, le dévisagea tout en poursuivant :
– Il n'aime déjà pas les journalistes. Alors un journaliste au chômage…
Vincent alla se verser un nouveau verre et lorsqu'il se retourna il fut tout surpris de voir que Sophie récupérait son sac, s'apprêtant à partir.
– Tu ne restes pas ?
– Non… pas ce soir.
– Pourquoi ?
Elle s'approcha de lui, lui caressa la joue du bout du doigt.
– Trop tard… et puis l'ambiance n'y est pas.
– Qu'est-ce que tu veux ? Que je tamise les lumières ?
Ils s'observaient.
Le silence se prolongea un petit moment, puis Sophie demanda doucement :
– Toi et moi… c'est important, non ?
– Tu le sais bien.
Elle se dirigea vers l'entrée, parut hésiter.

Devant la porte, Vincent la prit par les épaules puis tenta de récupérer son sac.

– Non. Une rude journée nous attend demain.

– On peut savoir ?

– Nous sommes invités à dîner chez Beaumont.

– Je peux refuser ?

– À toi de voir… (Un temps.) Il a des intérêts dans certains journaux, tu sais.

– J'aime mieux réussir autrement qu'avec tes relations. Elles sont trop chères.

– Il ne tient qu'à toi d'en avoir les moyens.

– Je suis sur un coup qui vaut toutes les relations du monde.

D'un geste agacé, elle le repoussa, et ouvrit.

– Quand tu sauras ce que je représente à tes yeux… appelle-moi.

8

Le château de Thieux se trouve à quelques kilomètres de Chaumont-sur-Loire, au centre d'une quarantaine d'hectares de bois et de prés. De la première construction datant du XIVe siècle, il ne reste que les caves voûtées. Rachetées par un fermier général, les ruines furent rasées pour laisser place à une élégante gentilhommière. Après la Révolution, le bâtiment connut des fortunes diverses jusqu'à ce qu'il soit racheté par le banquier Louis Duval. Il vécut alors une période faste pendant l'entre-deux-guerres, le fils de Louis Duval y traitant royalement ses amis. Chasses et fêtes se succédaient dans un tourbillon de Delage, Voisin et autres Hispano-Suiza, dans une ambiance dont s'était peut-être inspiré Renoir pour sa *Règle du jeu.*

Vint la guerre. Et la Libération.

L'héritier Duval, assagi, se contentait d'y chasser de temps à autre et uniquement pour raisons d'affaires. Une attaque d'hémiplégie lui ôta ce dernier plaisir et propulsa par la même occasion son fils Bernard à la tête du conseil d'administration. Depuis, ce dernier, qui n'avait pas hérité de son père le goût de la chasse, y venait de temps à autre en famille, comme des milliers de gens se rendent à leur maison de campagne.

Un couple de gardiens était chargé de l'entretien.

En ce jour de juin, Thieux retrouvait pour quelques heures l'animation des temps passés. Aux somptueuses limousines, aux folles décapotables des années vingt succédaient d'austères conduites intérieures dont la couleur la plus gaie n'allait pas au-delà du gris perle. Sagement rangées dans la cour d'honneur, des voitures de maître côtoyaient Rolls et autres Mercedes. Les chauffeurs avaient été invités à déjeuner dans l'immense cuisine installée dans une ancienne cave aux gracieuses voûtes en ogive.

Quant aux maîtres…

Ils étaient une vingtaine qui se tenaient autour de la longue table de la salle à manger. Le repas avait été léger, un peu mieux qu'un en-cas. L'heure n'était pas à la gastronomie mais aux affaires. Duval, qui savait néanmoins recevoir, avait servi lui-même un vieil armagnac après le café.

Les cigares allumés, on pouvait aborder les choses sérieuses.

Officiellement, chacun des participants appartenait à l'étroit cercle du pouvoir économique de son pays d'origine, ces pays constituant ce qu'il était convenu d'appeler le top du monde occidental. C'étaient tous des hommes d'influence qui savaient, avec les arguments qu'il fallait, suggérer aux politiques de leurs pays respectifs quelles options prendre dans divers domaines économiques, notamment lorsqu'il s'agissait de matières premières stratégiques.

On soupçonnait l'existence de ces groupes d'influence qui se voulaient, à travers le contrôle de l'économie, les maîtres du monde. Ce groupe en particulier avait été dénoncé maintes et maintes fois sans qu'on puisse jamais prouver son existence. On parlait alors dans la presse d'un mystérieux « Cartel » mais nul n'avait réussi à en identifier les membres. On murmurait aussi que, à l'époque de la crise de Cuba, ce Cartel s'était réuni pour contrer la menace soviétique et que la seule solution qui avait été adoptée était tout simplement le rachat de Cuba à Castro !

Le Cartel aurait alors transformé l'île en société anonyme et chaque habitant aurait reçu un salaire correspondant au double du revenu moyen par habitant. Cela aurait permis d'écarter les missiles soviétiques et de garder à la disposition des Occidentaux le vaste bordel que représentait Cuba sous Battista. Ils s'étaient étonnés du refus de Castro. Le facteur humain était un paramètre que le Cartel ne pensait pas nécessaire d'introduire dans ses plans géostratégiques.

À sa création, pour des raisons de sécurité, le principe d'un faux anonymat avait été retenu et personne ne s'appelait par son patronyme.

Afin d'éviter la familiarité des prénoms à laquelle les Européens ne sont pas habitués, le fondateur de ce Cartel, un Américain dont l'engagement dans l'Église évangéliste était notoire, avait donc décidé de faire précéder lesdits prénoms du terme de *brother*. Ainsi Verdier était devenu « *brother* Georges », bien que la religion, même s'il croyait en Dieu, ne fût pas sa préoccupation principale. Franc-maçon comme quelques autres, et à ce titre déjà « frère » ailleurs, Verdier trouvait cela puéril. Le Cartel se voulait avant tout une sphère d'influence économique et politique que nulle mystique laïque ou religieuse ne devait venir perturber.

Duval, « *brother* » Bernard en l'occurrence, se leva.

– Messieurs… permettez-moi de vous dire d'abord que je suis très heureux de vous retrouver dans cette modeste maison de famille. (Il sourit.) Bien que je sois en quelque sorte un invité moi aussi, puisque nous devons cette réunion à l'initiative de *brother* Georges, qui a jugé indispensable que nous nous réunissions en cellule de crise. Je lui laisse la parole.

Verdier, alias *brother* Georges, le verre à la main, regardait ces visages tournés vers lui. Il les connaissait tous, même s'il n'avait été en relations d'affaires directes qu'avec certains. Le Cartel se réunissait une fois par an mais un de ses membres pouvait provoquer une réunion de crise en cas de problème majeur.

Quel était donc le problème majeur du jour ?

Verdier posa son verre et se leva.

– Messieurs, je pense que vous savez comme moi combien la situation est préoccupante. Je n'en veux pour exemple que ce chiffre : neuf mille. C'est le nombre approximatif de kilos d'or qui a été mis sur le marché récemment en Europe. Huit tonnes environ ont été proposées à nos banques, le reste se répartissant entre les agents de change contactés et les entreprises utilisant de l'or. Vous serez d'accord avec moi : il ne peut en aucun cas s'agir de l'action d'un particulier. Si l'on se base sur les derniers cours de la Bourse après la flambée de ces derniers jours, soit cent dollars l'once, la quantité d'or mise sur le marché représente la coquette somme de trente-deux millions de dollars. Trente-deux millions. Pour l'instant, le phénomène semble se circonscrire à l'Europe, mais si demain l'Amérique ou le Japon étaient concernés ?

Brother John, anglais d'origine, intervint :

– En fait, la trésorerie nécessaire à l'achat de cet or n'a représenté que la moitié de la somme.

– En effet, reprit Verdier. Et ce n'est pas là le moins étrange... Qui peut avoir été assez stupide pour laisser passer un pareil manque à gagner ? Entre nous, messieurs, nous aurions été prêts à le payer plus cher, cet or, puisqu'il ne cesse de monter... Cela appelle donc une première question : pourquoi nous a-t-on cédé cet or à bas prix ?

Le Suisse, qu'on appelait *brother* William, leva une main armée d'un énorme cigare :

– J'aimerais que nous nous mettions d'accord sur un point : qui nous prouve qu'il s'agit d'un même et unique vendeur ?

– C'est une objection que j'allais faire, dit *brother* Giovanni, italien d'origine.

Sûr de son effet, Verdier prit son temps pour répondre. Son œil alla d'un visage à l'autre. Les deux hommes n'étaient pas les seuls à être sceptiques.

– Messieurs... j'ai une autre question à vous poser...

Chacun se fit attentif.

– Que savez-vous des Compagnons d'Éleusis ?

Il y eut comme un malaise. Et chacun de regarder l'autre.

Seul Beaumont ne semblait pas troublé.

– Il me semble avoir reçu un prospectus, signé de ces Compagnons, dit *brother* Giovanni. Il s'agit d'une astuce publicitaire, non ? J'ai pensé à quelque consortium qui chercherait à profiter du trouble actuel pour proposer une combine basée sur l'or.

– C'est aussi ce que j'ai pensé, dit l'Anglais. Et j'ai même donné l'ordre à ma secrétaire de jeter ces messages s'il en arrivait d'autres.

– Moi aussi, j'en ai reçu un, dit *brother* Williams.

Il s'avéra que tous les participants européens dont les établissements avaient fait l'objet de ces ventes d'or insolites avaient reçu des messages de ces Compagnons d'Éleusis. Verdier devinait sans peine le trouble de tous ces hommes. C'était aussi le sien.

– Qui nous prouve, demanda l'Américain, qu'il y a un rapport direct entre ces ventes massives d'or et ces Compagnons d'Éleusis ?

– Nous sommes là pour ça, dit Verdier. Mais avouez que la coïncidence est troublante.

– Je préfère une bonne preuve.

En parlant des Compagnons d'Éleusis, Verdier avait semé le doute. Il venait d'introduire l'irrationnel dans la discussion. Même si l'irrationnel est très difficile à faire avaler à des hommes aussi positifs.

– Quels seraient leurs buts en vendant de l'or à perte ?

– Peut-être cherche-t-on, en profitant du désordre, à nous imposer un quelconque système, idéologique ou autre. Et comme nous sommes des hommes raisonnables, donc difficiles à convaincre, ils ont songé à faire pression sur nous en jouant sur les cours de l'or. Dans la conjoncture actuelle, c'est un jeu bien dangereux.

Beaumont, qui n'était pas encore *brother* Marc, écoutait tout en observant.

– Il semblerait que nous en soyons tous au même point, dit le Néerlandais, *brother* Paul.

– À moins, dit *brother* Luis à Verdier, que vous ayez quelque information que nous ignorons ?

Verdier le regarda et secoua la tête.

– Non, malheureusement, et j'ai pensé qu'il était nécessaire que nous nous rencontrions pour décider d'une action collective.

Brother Billy, le Canadien, intervint :

– Bien que cette affaire soit circonscrite à l'Europe, nous, Américains du Nord, ne pouvons ignorer la gravité de ces actions. Il est certain que ces gens-là n'ont pas mis tout cet or sur le marché pour le simple plaisir de faire peur. S'il s'agit d'illuminés qui profitent de la situation actuelle, on ne peut nier qu'ils ont de gros moyens. De trop gros moyens. Alors, la seule vraie question c'est : qui sont-ils réellement, autrement dit, s'il s'agit bien de ces… Compagnons d'Éleusis, qui se cache réellement derrière eux ?

– Mon cher ami, toutes les hypothèses, à ce jour, sont envisageables. Et il est donc indispensable, je dirais même vital, de savoir de qui ils sont. Supposez que d'autres ventes massives succèdent à celles-ci et notamment chez vous ?

– Une chute des cours s'ensuivra, admit *brother* Gérald, l'Américain. Alors, posons-nous une autre question qui pourrait apporter une réponse : d'où vient tout cet or ? Nous connaissons les réserves des banques nationales, la capacité des productions minières aussi bien que la masse des réserves particulières, sachant que ces dernières sont pratiquement impossibles à faire sortir de leur abri. Alors, d'où peuvent bien sortir de telles quantités d'or ?

– Pourquoi ne pourrait-il pas s'agir d'un de ces nouveaux États ?

– Tous les politiciens qui ont accédé ces dernières années au pouvoir à la suite de l'indépendance de leur pays ont plutôt tendance à garder les richesses de celui-ci pour leur usage personnel. Alors vendre à perte...

– Un complot qui viendrait de l'Est ?

– Nous avons obtenu des garanties de ce côté-là.

– Je pense que de gens capables de vendre neuf tonnes d'or à perte échappent à toute logique. C'est une démarche d'illuminés ou de fanatiques.

L'Anglais, à l'embonpoint churchillien, dit brusquement :

– Vous en connaissez beaucoup, vous, des illuminés qui possèdent neuf tonnes d'or ? Pardonnez-moi, mais je suis trop rationnel pour croire à quelque société secrète capable de mettre l'économie mondiale en danger.

– Laissons l'irrationnel de côté pour l'instant. Nous sommes là pour discuter de mesures préventives, dit l'Italien. Pour l'origine de cet or, on verra après.

Le second Américain, un *brother* Marcus, jusqu'ici resté silencieux, hasarda une explication :

– Peut-être ne s'agit-il que d'une manœuvre politique ? Certains pays, peu fiables politiquement, auraient, pour des raisons que j'ignore, les moyens de distraire pareille quantité d'or.

Tous les regards se tournèrent vers lui. On connaissait son antisoviétisme primaire.

– À qui pensez-vous ?

– Vous nous dites avoir obtenu des garanties de l'Est, mais que savons-nous des stocks de l'URSS qui possède ses propres mines ?

– Nous n'avons guère d'informations, reconnut *brother* Heinrich, l'Allemand. Mais nous savons tous qu'une opération de ce genre de leur part ne pourrait rien leur apporter. Au contraire.

– Je pense aussi aux pays arabes, reprit l'Américain.

– Tout cela ne résiste pas à l'analyse, intervint Verdier. Qui aurait vendu cet or aux pays arabes sans qu'on le sache ? Pour revenir aux Soviétiques, n'oubliez pas que si le rouble n'est pas une monnaie convertible, il est néanmoins rattaché à l'étalon-or.

– Nous avons parlé de manœuvre politique, remarqua l'Anglais. Quels sont les pays les plus vulnérables face à une crise économique ? Les États occidentaux. L'affaire du pétrole a démontré ce que vaut la solidarité occidentale en cas de crise.

– C'est vrai. Nous, Américains, ne serions pas plus capables d'essuyer une tempête de ce genre que l'Europe.

– Toucher à l'or, dit Verdier, c'est atteindre tout le monde. Si un État, quel qu'il soit, fichait en l'air le système économique en provoquant un krach international, ce serait le chaos pour tous y compris pour cet État. Même les Chinois n'y ont pas intérêt.

– Messieurs...

Un silence se fit et chacun se retourna vers l'homme qui venait de parler sans élever la voix. Beaumont. Sans doute possédait-il un certain magnétisme car, d'un seul mot, il avait capté l'attention de tous.

– Messieurs, reprit-il, je crois que nous nous embarquons dans une fausse direction. Ce n'est pas au système économique que l'on s'attaque...

Il laissa un temps, puis ajouta :

– ... c'est à l'or.

Il y eut un nouveau silence puis l'Anglais remarqua :

– C'est un peu la même chose, non ?

– Pas tout à fait... C'est à la passion des hommes pour l'or en tant que valeur vénale qu'on semble vouloir s'attaquer. Afin de lui redonner toute sa valeur symbolique. C'est peut-être le sens des messages de ces Compagnons.

– C'est un peu naïf, non ?

– La naïveté, lorsqu'elle en a les moyens, peut être une arme redoutable.

– Vous êtes donc partisan de la thèse de l'irrationnel, dit l'Américain, et cette opération relèverait, selon vous, plus d'un point de vue philosophique ou religieux que d'un point de vue économique ?

– Il n'est pas question d'irrationnel mais de merveilleux.

– Vous voyez une différence ?

– Absolue. Le rationalisme a tué la pensée magique. Il nous a donné le monde dans lequel nous vivons, un monde d'une technologie fabuleuse qui se traduit, sur un plan pratique, par cette nouvelle religion qu'est la consommation. Où est le merveilleux dans cette consommation ?

– En quoi est-ce critiquable ? demanda Verdier. Chacun y trouve son compte. Les uns vivent mieux et les autres en tirent profit. Est-ce si immoral ?

– D'un point de vue matérialiste, non. Mais voilà… Les hommes sont-ils capables de se contenter de biens matériels ?

– Pour la magie, il y a les magiciens, dit *brother* Marcus que tout cela semblait irriter. On en trouve plein les cirques et les music-halls.

– Je ne parle pas de cette magie-là. reprit Beaumont. Ce qui se passe depuis quelque temps ne vous a pas frappé ? Ce nouvel âge, ce *New Age* auquel se réfère toute une génération ne vous inquiète pas ?

– Simple phénomène de mode, dit quelqu'un.

– Et si c'était un moyen de vouloir justement retrouver, à travers une pensée magique, certaine spiritualité ? Les hommes ne peuvent pas vivre sans merveilleux.

– Une nouvelle religion ?

– Je n'ai pas parlé de religion mais de spiritualité.

Il y eut un long silence que l'Anglais rompit enfin.

– Quel rapport avec ce qui nous préoccupe et notamment ces Compagnons ?

– Leur vrai message serait alors celui-ci. Cessez d'adorer le Veau d'or sinon nous le détruirons. Le monde que nous souhaitons est à ce prix.

– Pensent-ils nous convaincre à travers ces étranges messages ?

– À travers ces messages, non. Mais à travers l'effondrement du marché de l'or, oui.

– Et si c'est une fausse piste ? l'interrompit *brother* Luis, l'Espagnol. Pendant que nous causons, quelqu'un, quelque part, finit peut-être de mettre en place le système qui a décidé de nous détruire.

– C'est bien pour cela, répliqua Beaumont, que vous n'avez pas le droit de vous tromper d'adversaire.

– Les religions, quelles qu'elles soient, n'ont jamais été nos adversaires.

Et l'Italien ajouta avec un peu de cynisme :

– Et je suis bien placé pour savoir ce qu'elles nous doivent.

– Malgré les apparences, il y a longtemps que les religions ont fait le choix du rationalisme, dit Beaumont. Le merveilleux est leur ennemi, ils préfèrent la superstition.

– Quel est votre point de vue personnel sur la question ? demanda soudain le Hollandais.

Tous regardaient Beaumont comme s'ils en attendaient quelque révélation.

– Je crois..., dit-il enfin, je crois que les temps ne sont pas encore venus pour l'homme d'adhérer à certaine sagesse.

– J'ai lu je ne sais quelle stupidité à ce propos... que l'âge d'or arrivera lorsque nous quitterons l'ère des Poissons pour celle du Verseau. Vous y croyez, vous, à ces temps idylliques inscrits dans les planètes ?

– Dans le ciel, rectifia Beaumont. Avant d'être des signes astrologiques, ce sont des constellations d'étoiles.

Verdier se manifesta de nouveau.

– Messieurs, messieurs, ne nous égarons pas... Si pour l'instant nous ne pouvons que nous en tenir à des hypothèses, ce n'est pas une raison pour ne pas agir. Et agir, c'est rechercher. Tentons de découvrir qui sont réellement ces Compagnons d'Éleusis et quels sont leurs buts.

– Comment envisagez-vous ces recherches ?

– Je crois, reprit Verdier, que notre action peut être menée sur deux plans. Le premier nous concerne tous. Je m'en voudrais d'insister sur les liens privilégiés que nous avons avec les dirigeants de nos pays respectifs. Ces hommes savent, eux aussi, ce qu'ils nous doivent, et nous, nous savons ce que nous y trouvons en échange. Il faut donc que nous insistions auprès d'eux pour que tout soit mis en œuvre afin d'obtenir les informations qui nous manquent. Ils disposent des moyens d'investigation que nous n'avons pas et nous devons nous en servir.

Il marqua un temps d'arrêt, puis enchaîna d'une voix plus grave :

– Nous sommes peut-être à la veille d'une crise de civilisation sans précédent. Aussi nous nous devons de protéger les bases de notre société. C'est en quelque sorte une mission sacrée. Peut-être le monde deviendra-t-il meilleur un jour, mais je suis de l'avis de notre ami… (Il montrait Beaumont.)… les temps ne sont pas venus. Alors contentons-nous de ce qui est.

L'Anglais, qui avait écouté attentivement, dit :

– Vous avez parlé d'une action sur deux plans ?

– J'y arrive… Il est possible que ces adversaires échappent à des investigations disons… rationnelles. Aussi peut-être serait-il intéressant de lancer une recherche différente qui obéirait à des critères un peu moins… logiques. Si vous avez en mémoire le contenu des messages, vous vous souviendrez que l'un d'eux disait que Paris avait été choisi comme ville-test. Si on laisse de côté l'hypothèse d'une manœuvre venant d'un État, ou d'un bloc quelconque, il faut alors admettre qu'une organisation solide se cache derrière ces Compagnons, une organisation à l'échelon international, comme on a pu le constater, mais qui a peut-être son siège ou ses intérêts à Paris.

– Chercher dans tous les domaines ne peut pas nous nuire, dit l'Italien.

– Je connais, reprit Verdier, un bureau d'enquêtes que j'ai eu l'occasion d'utiliser à plusieurs reprises. L'homme qui le dirige est parfaitement rompu aux mystères de la finance et de l'industrie. Et au mystère tout court. Je pense à ces nébuleuses, ces sectes qui se développent un peu partout.

– Il s'agit, en somme, d'une agence privée ? demanda l'Américain.

– Mieux que ça… Disons que sa zone d'influence n'a guère de limites.

L'Anglais observa ses collègues.

– Quelqu'un a-t-il une objection à faire à cette proposition ?

– Alors, avec votre accord, je vais vous présenter l'homme qui dirige cette agence, dit Verdier.

Il agita une sonnette. Un domestique apparut.

– Introduisez la personne qui attend.

Quelques instants plus tard, celle-ci entra.

Il fut présenté sous le nom de Delvaux. Il offrait un profil très City, donc très rassurant pour tous ces hommes. Visage bien équilibré, lunettes d'écaille, il paraissait très à l'aise dans son costume sobre et de bonne coupe, Image parfaite de ces cadres supérieurs qui commençaient à fréquenter la toute nouvelle cité de la Défense.

– Vous possédez déjà, dit Verdier à Delvaux, un certain nombre d'informations que nous vous avons données. Peut-être serait-il bon que vous posiez quelques questions à nos amis. Il arrive parfois que nous omettions involontairement un détail important.

Beaumont se leva en repoussant sa chaise.

– Messieurs, je vais devoir vous abandonner. Ravi de vous avoir connus.

L'assistance parut surprise de ce départ brutal, mais Verdier commençait à s'habituer à ces disparitions soudaines de Beaumont.

– Je vous raccompagne.

Verdier se tourna vers les autres.

– Messieurs, je vous laisse quelques instants. Le supplice de la question que vous allez subir sera certainement plus agréable que celui qui se pratiquait autrefois dans les caves de ce château...

Quelques invités sourirent.

Verdier prit le bras de Beaumont et l'entraîna hors de la salle à manger. Ils traversèrent le hall et sortirent. Ils firent quelques pas dans la cour d'honneur, puis Verdier demanda :

– Quel est votre sentiment ?

– Je les crois convaincus d'effectuer ces recherches.

– Qui aurait pu soulever une objection ? Nous possédons si peu de renseignements. Malgré cela, ma raison se refuse toujours à envisager l'action d'une espèce de secte. Même si ces messages ne ressemblent à rien de rationnel. Enfin... j'aimerais que vous ayez raison. Une poignée d'illuminés, ça ne doit pas être bien difficile à situer et...

Il lança un regard en coin à Beaumont, ajouta :

– ... à éliminer.

Beaumont sourit.

– Méfiez-vous des gens qui croient à l'utopie. Ce sont les plus dangereux.

Beaumont montra sa Rolls près de laquelle se tenait Renaud.

– Vous voudrez bien m'excuser auprès de vos amis, mais il faut que je sois à Paris ce soir. Et puis, je n'appartiens pas à votre... club.

– Mais mon cher, vous êtes désormais des nôtres. Et j'en suis flatté.

– Merci. Je peux toujours compter sur vous demain soir ?

– Bien entendu. Nous serons nombreux ?

– Non… Il y aura les Duval et les Amaury et… Emmanuelle Vaccari.

– Je ne savais pas que vous aussi, vous vous intéressiez aux antiquités.

Beaumont se pencha vers lui avec un demi-sourire :

– Je vais vous faire une confidence, Verdier… Je ne m'intéresse qu'aux antiquités.

Il prit la main que Beaumont lui tendait, hésita, puis :

– Ce… Delvaux que vous m'avez recommandé… vous êtes sûr de lui ?

– Comme de moi-même, sourit Beaumont.

Verdier suivit du regard la Rolls qui s'éloignait.

Ce type le déroutait vraiment.

Il était un peu moins de 20 heures lorsque qu'une 504 s'arrêta dans le parking d'une auberge tranquille de Beaugency près d'une Rolls en tous points identique à celle de Beaumont. Un homme seul en descendit : Delvaux. Il ferma soigneusement sa portière à clé et se dirigea vers l'entrée de l'auberge.

À une table, non loin de la cheminée, deux hommes étaient attablés : Beaumont et Renaud. Le premier fit signe à Delvaux qui les rejoignit et s'installa à table.

– Alors ? demanda Beaumont. Comment cela s'est-il passé ?

– Fort bien, monsieur, répondit Delvaux.

– Semblent-ils vous faire confiance ?

– J'ai eu un petit entretien particulier avec M. Verdier. Il tient à ce que je lui réserve la primeur de mes informations.

– Je m'en doutais.

– Que devrai-je faire ?

– Vous ferez comme il le désire… mais nous choisirons d'abord ce qu'il convient de lui dire.

– Bien, monsieur.

Le maître d'hôtel s'approchait pour prendre les commandes.

Beaumont sourit à Delvaux :
– Bien entendu, vous nous faites le plaisir de rester dîner avec nous.

Le lendemain soir, Verdier, dans son bureau, parcourait un journal financier en attendant sa fille.

Depuis quand n'avait-il pas sorti un livre de l'importante bibliothèque qui l'entourait ?

Aurait-il su le dire ?

On frappa.

– Entrez.

Julien, le maître d'hôtel, apparut.

– Je suppose que ma fille n'est pas encore…

Verdier se tut en apercevant la lettre qui se trouvait sur le plateau d'argent.

– Eh oui, monsieur, soupira Julien, encore une.

– Laissez-moi. Merci.

Julien se retira et referma la porte.

Verdier regardait la lettre comme si elle risquait de lui exploser au visage. Il se décida enfin à l'ouvrir. Il s'agissait bien d'un message des fameux Compagnons. Le texte en était bref :

> *Vous menez un combat d'arrière-garde. Essayez de nous comprendre plutôt que de nous combattre. Sinon…*
>
> *Les Compagnons d'Éleusis*

Sans lâcher la feuille, Verdier décrocha son téléphone. Mais au moment où il allait composer son numéro, la porte s'ouvrit sur Sophie.

– Voilà ! fit-elle en ouvrant les bras. C'est quand tu voudras.

Verdier se retourna vivement en posant l'appareil. Il froissa la lettre et la jeta dans la corbeille à papier. Sophie le dévisagea, surprise.

– Qu'est-ce qu'il y a ? Tu as des problèmes ?

Il fit un effort pour sourire, l'entraîna vers la porte.

– Non, rassure-toi… Viens vite, sinon nous allons être en retard.

Ils traversèrent le hall.

Julien leur ouvrit la porte en leur souhaitant une bonne soirée. En bas du perron, le chauffeur de la Mercedes tenait la porte ouverte. Verdier s'installa. Sophie était sur le point d'en faire autant lorsqu'elle dit soudain :

– Oh ! J'ai oublié quelque chose… Excuse-moi.

Elle remonta les marches en courant, passa comme une flèche devant Julien effaré, puis, après s'être assurée qu'elle était seule, pénétra dans le bureau de son père dont elle laissa la porte ouverte pour ne pas avoir à allumer.

Très vite, elle sortit la lettre de la corbeille à papier.

Le texte était un peu pâle, mais encore lisible.

Sophie resta un moment songeuse, jeta la feuille et fit demi-tour…

9

C'était une soirée mondaine comme il ne s'en fait plus guère à Paris.

Dernières manifestations d'une époque déjà révolue, ces soirées entreraient bientôt dans la petite histoire au même titre que les concours d'élégance, les premières habillées de l'Opéra et autres bals des Petits Lits Blancs. Déjà, on avait supprimé les vendredis habillés de la Comédie-Française. On essayait encore de croire que rien n'avait changé, que rien ne changerait jamais. Les robes portaient la griffe d'un grand couturier et le smoking était de rigueur. Que serait-il resté s'il n'y avait pas eu cela pour marquer la différence entre une vraie soirée mondaine et une petite sauterie pour cadres dans une résidence ?

Vincent avait souffert pendant tout le dîner.

Outre l'obligation de porter un smoking, il lui avait fallu subir la futilité de la conversation de la quinzaine d'invités de Beaumont. Maintenant, dans le salon, de petits groupes s'étaient formés. Vincent se servit une coupe de champagne. Il appelait ça se donner une contenance.

Sophie le rejoignit et lui dit à mi-voix :

– Tu devrais faire un effort. Tu t'emmerdes et ça se voit…

Vincent haussa les épaules.

Sophie reprit :

– Je t'ai vu parler avec Beaumont. Qu'est-ce qu'il t'a dit ?

– Rien. On a parlé bouffe. Tout à l'heure on parlera cul.

– Ça ne semble pas être son genre.

– Regarde…

Sophie se retourna. Leur hôte parlait à Emmanuelle. Ils souriaient tous les deux.

– Ça marche pour eux, reprit Vincent. Je n'en dirais pas autant pour ton père…

Verdier, qui s'entretenait avec Amaury et sa femme, avait l'œil distrait. En fait, cet œil surveillait Emmanuelle.

– Je crois qu'il est jaloux, murmura Vincent.

– T'es bien un journaliste… la tête pleine de clichés au sujet des banquiers…

– … qui n'en sont pas moins des hommes, plaisanta Vincent.

Duval, qui s'était approché pour prendre une coupe, se tourna vers eux. S'adressant plus particulièrement à Vincent, il demanda :

– Vous êtes journaliste, je crois ?

– Oui.

– Rubrique économique ?

– J'en serais bien incapable. Je ne donne que dans le fait-divers sordide.

– Le sang à la une, en somme ?

– Voilà.

Sophie en profita pour filer.

Duval, bien élevé, se forçait à sourire. Et Vincent regardait en souriant un Duval qui cherchait vainement comment s'éloigner sans paraître incorrect. Emmanuelle s'approchait et Duval lui sourit. Son sourire s'effaça très vite lorsqu'il vit la belle antiquaire prendre le bras de Vincent et l'entraîner un peu à l'écart en disant :

– Eh bien, Vincent, que devenez-vous ?

Dès qu'ils se furent un peu éloignés, elle murmura :

– Remerciez-moi… Ce Duval est mortellement ennuyeux. Il ne connaît que le langage chiffré.

Vincent lui fit face :

– Eh bien… merci.

– Ma question est toujours valable… Que devenez-vous ?

– Que peut devenir un journaliste, à votre avis ?

– Je ne sais pas, il voyage, il…

Là-bas, Sophie venait de se faire embarquer par son cousin.

Vincent soupira.

– Je vous arrête avant que vous me décriviez un de ces héros de films qui sautent d'un avion à l'autre, descendent dans les palaces, séduisent les belles entre deux scotches et accessoirement téléphonent le reportage du siècle à leur journal.

Elle le regarda avec un certain amusement.

– Et c'est moi que vous alliez accuser d'avoir trop d'imagination ?

– Vous savez ce que ne cesse de répéter mon rédacteur en chef ? Un journaliste est un témoin, il ne doit pas avoir d'imagination.

Elle l'observait en souriant, la tête légèrement penchée.

– Je ne vous crois pas.

– Pourquoi ?

– On m'a rapporté que vous étiez un très bon journaliste…

Il s'inclina légèrement, moqueur.

– … mais que, parfois, vous laissiez un peu trop aller votre imagination.

– Qu'en savez-vous ?

– Eh bien… essayez de me prouver que vous ne vous êtes pas laissé entraîner par votre imagination dans cette histoire d'or ?

– Vous avez raison, je n'ai aucune preuve. Mais j'ai mieux que ça…

– Quoi ?

Il posa son doigt sur le bout de son nez, répliqua :

– Ça…

– Et qu'est-ce que votre flair vous a fait découvrir de nouveau ?

– Là, nous arrivons à la seconde règle énoncée par mon rédacteur en chef bien-aimé : un vrai journaliste ne trahit jamais le secret professionnel.

À quelques pas de là, Sophie continuait de subir Lafaurie. Qui disait d'un ton un peu acide :

– Je ne m'attendais pas à trouver Vincent ici ce soir.

– Ce n'est pas moi qui l'ai invité…

– J'avais cru comprendre que Beaumont ne le connaissait pas avant l'autre soir.

– Eh bien, disons qu'il est tombé sous le charme.

– Tu continues à le voir, je suppose ?

– Là, mon cher cousin, vous devenez aussi ennuyeux que mon père.

Depuis quelques instants, Sophie s'irritait de l'attitude de Vincent et d'Emmanuelle. Ils se souriaient trop et elle n'appréciait pas du tout cette apparente complicité qui avait l'apparence de quelque marivaudage.

Beaumont, en parfait maître de maison, allait d'un invité à l'autre, s'attardait un instant auprès d'une jolie femme, veillant à ce que chacun soit à l'aise. Comme Verdier se trouvait seul, il le rejoignit.

– Vous semblez soucieux ?

Montrant Emmanuelle qui parlait toujours avec Vincent, il poursuivit :

– Notre amie Emmanuelle a beaucoup de succès... Trop ?

– Ne vous méprenez pas, Beaumont, répliqua Verdier. Il y a plus grave...

– Quoi ?

– J'ai reçu un autre message juste avant de venir.

– Et que disait-il ?

– Le ton était un peu plus menaçant... Il précisait qu'il était inutile de les combattre. Comme s'il s'agissait d'une réponse à notre réunion d'hier.

– Comment auraient-ils pu être au courant ?

– C'est précisément ce que je me demande depuis.

– Il ne peut s'agir que d'une coïncidence puisque vous êtes sûr de tous ceux qui ont participé à cette réunion.

– Est-on jamais sûr à cent pour cent de quelqu'un ?

Il secoua la tête, reprit en se tournant vers Beaumont :

– J'ai eu cet après-midi une longue conversation avec le Premier ministre... Dès demain, l'Intérieur déclenchera une enquête.

Là-bas, Lafaurie et Sophie s'étaient joints à Vincent et à Emmanuelle. Celle-ci disait en souriant :

– Alors, mon cher Hervé, vous n'avez pas d'autre anecdote à nous raconter sur cette passionnante histoire d'or ?

– Nous n'avons pas, hélas, tous les jours des clients aussi originaux...

– Et vous n'avez toujours aucune idée de l'identité de votre vendeur ?

– Aucune.

Amaury s'approcha en disant :

– Il me semble qu'on parle d'or, non ?

– Les temps ont bien changé, soupira Emmanuelle. Autrefois, c'est le silence qui était d'or…

Beaumont s'approchait en compagnie de Verdier qui dit :

– Vous avez raison. L'or n'est pas un sujet de conversation pour de jolies femmes. À moins qu'il ne s'agisse de bijoux.

– Ne serait-ce pas un propos un peu… machiste, mon cher papa ? dit Sophie avant de s'éloigner.

Elle alla rejoindre Vincent qui était parti poser son verre.

– Tu me raccompagnes ?

Au même instant, Verdier disait :

– Il est tard… Je crois que je vais vous abandonner.

– Moi aussi, fit Emmanuelle.

Puis, s'approchant de Vincent qui s'apprêtait à répondre à Sophie, elle demanda :

– Vincent… Puis-je vous mettre encore à contribution ?

L'œil de Vincent se promena un instant entre Sophie et Emmanuelle.

– Je t'en prie, dit Sophie d'un ton un peu acide. Papa se fera un plaisir de me raccompagner. Nous sommes voisins.

Puis, allant prendre le bras de Verdier :

– On rentre ?

– Mais… quand tu veux, ma chérie.

Beaumont avait noté le bref échange. Emmanuelle aussi sans doute car elle s'approcha de Sophie pour lui demander :

– Vous n'aviez pas de projet avec Vincent ? Parce que si c'était le cas…

– Je vous le laisse, sourit Sophie. Vincent conduit très bien.

Mais se conduirait-il aussi bien ?

L'annonce du départ de Verdier sembla être un signal. Amaury et sa femme prirent à leur tour congé. Puis ce fut le tour de deux autres invités. Vincent avait pris une coupe et la tendait à Emmanuelle :

– Un dernier verre ?

Dehors, Sophie et son père montaient dans la Mercedes.

Vingt minutes plus tard, la voiture pénétrait dans le petit parc de la propriété. Julien était là, près de la porte ouverte, pour accueillir ses maîtres. Ils entrèrent. Sans attendre, Sophie alla jusqu'au salon. Un peu surpris, son père la suivit et s'immobilisa dans l'encadrement.

Sophie ouvrait un petit meuble. Elle se redressa, une bouteille à la main.

– Tu n'as pas assez bu ?

Elle leva son verre dans la direction de son père.

– À la santé des deux cocus de la soirée.

Exactement le genre de langage que Verdier ne supportait pas.

– Bonsoir ! fit-il sèchement.

Tandis qu'il disparaissait, Sophie se laissa choir dans un fauteuil. Elle sirota son verre à petites gorgées, sans réel plaisir. Elle finit même par l'abandonner sur une table. Maintenant, la maison était silencieuse.

Elle se leva et sortit en éteignant la lumière.

Après s'être assurée qu'elle était bien seule, elle poussa sans bruit la porte du bureau de son père. En deux pas, elle fut à la corbeille à papier et en sortit la lettre froissée. Elle la déplia et eut un petit sursaut : la feuille était vierge. Croyant s'être trompée, elle farfouilla dans la corbeille. En vain. De nouveau elle regarda la feuille, l'examina par transparence et finit par la jeter.

Vincent roulait sans hâte dans Paris presque désert.

Emmanuelle tourna la tête, lui dit dans un sourire :

– Sophie m'a dit que vous étiez bon conducteur... C'est vrai. Vous êtes très prudent.

– Vous voulez que j'aille plus vite ?

– Vous me décevriez. Vous avez d'autres moyens de séduction.

– Je ne cherche jamais à séduire.

– Quelle vanité !

– Même pas... Les femmes qui me plaisent n'aiment pas les séducteurs. D'ailleurs je ne saurais pas... Vous me voyez en train de vous dire que vous êtes merveilleusement belle, que votre regard me chavire le cœur, que... que... Vous voyez... je ne suis même pas capable de trouver les mots qu'il faut.

Emmanuelle remarqua, un peu moqueuse :

– Mais vous les avez trouvés.

– Alors, je vous ai séduite ?

– Vous m'avez amusée... C'est déjà beaucoup.

Vincent soupira.

Ils remontaient maintenant la rue de Turenne.

Place des Vosges, Vincent arrêta sa voiture devant le magasin d'Emmanuelle.

Ils s'observèrent un instant. Emmanuelle dit enfin :

– En somme, vous voulez être aimé pour vous-même ?

– J'ai cette prétention-là, oui.

L'éclairage qui tombait d'un lampadaire n'éclairait qu'une partie du visage d'Emmanuelle dont la seule pommette apparente prenait un étrange relief.

– Vous êtes Poissons, n'est-ce pas ?

– Qui vous l'a dit ?

– Personne, je l'ai deviné...

Puis, tournant la tête, elle ajouta presque pour elle-même :

– Dommage...

– Pourquoi ?

– Parce que les Poissons ont le chic pour se fourrer dans des histoires impossibles.

– À quoi pensez-vous ? À ma vie privée... ou à ma vie professionnelle ?

– Mais aux deux.

Lui faisant de nouveau face, elle reprit :

– Sophie vous avait demandé de la raccompagner, n'est-ce pas ?

– C'est possible..., fit-il, mécontent.

– Et pourtant vous êtes là, avec moi. Pourquoi ?

– Eh bien, je...

– Ne cherchez pas, je vais vous le dire. La ligne droite vous paraît d'une effroyable monotonie et vous sautez sur toute occasion de la briser. Montrez-moi votre main.

Il la lui tendit.

Elle la retourna, se pencha pour en étudier les lignes.

– C'est bien ce que je pensais... Que des lignes brisées, que des accidents de parcours. Heureusement, vous avez une ligne de tête assez marquée pour vous en sortir, enfin... si vous vous en servez.

Vincent essaya de plaisanter.

– Astrologue, chiromancienne… Vous tirez aussi les cartes, je l'espère ?

– À l'occasion, oui.

Elle abandonna sa main, le regarda.

– Méfiez-vous, Vincent.

– De quoi ?

– De ne pas vous noyer dans l'eau de votre signe.

– C'est-à-dire ?

– Ne vous laissez pas dominer par vos rêves ou par vos fantasmes.

Comme il détournait la tête sans répondre, elle ajouta :

– Sophie ne l'accepterait pas.

– Qu'est-ce que ça peut vous faire ?

– Je vous aime bien, voilà tout.

– Il y a un mot de trop, murmura-t-il.

Comme elle détournait la tête, il reprit, le bras appuyé sur le dossier de son siège :

– Excusez-moi. (Un silence puis il reprit :) Vous vous trompez… Je sais où je vais et ce que vous prenez pour de la dispersion, c'est simplement un moyen de préserver ma liberté.

– Comme vous êtes jeune ! dit-elle d'un ton attendri. Je vous connais depuis peu et pourtant… Vous risquez de perdre à la fois et Sophie et votre travail.

– Sophie, c'est mon affaire. Quant à mon travail…

– Eh bien ?

– C'est… c'est mon affaire aussi.

Emmanuelle prit son sac, qu'elle avait posé à ses pieds. Elle s'apprêtait à ouvrir la portière lorsque Vincent la retint par le bras.

– Vous partez ?

– Que pourrions-nous dire d'autre ?

– J'ai été maladroit, n'est-ce pas ?

– Ce n'est pas grave… Tenez… Pour vous montrer que je vous pardonne, je vous propose de venir prendre un verre.

– Je voudrais bien, mais…

– … mais quoi ?

– Je… j'ai encore du travail.

– À cette heure ? Ne me dites pas que c'est toujours votre enquête sur l'or ?

Vincent restait silencieux, l'œil perdu sur les arcades de la place déserte.

Des fantômes semblaient se glisser dans l'ombre. Sully, Marion Delorme, les Précieuses… Hugo aussi. La nuit, la place redevenait leur royaume… Au-delà du temps, de muets conciliabules les réunissaient à l'abri des portes cochères. Le silence des passés révolus se tissait entre eux.

Vincent se tourna vers la jeune femme.

– Emmanuelle…

Il détaillait son visage, s'attardait sur un battement de paupière, un frémissement de la lèvre.

– Non, Vincent…

– Non… à quoi ?

– Non à ce que vous alliez dire.

Il leva la main, hésita une seconde, puis caressa la joue d'Emmanuelle.

– Laissez-moi, fit-elle dans un souffle. Je vous en prie, laissez-moi…

Mais comme Vincent se penchait encore un peu plus sur elle, elle se redressa en le repoussant.

– Laissez-moi.

Ils s'affrontèrent un instant, puis Vincent se laissa retomber sur son siège.

Silencieux, ils regardaient la place déserte.

– C'est… c'est à cause de Sophie ?

– Non… mais je ne peux pas vous expliquer.

– Ça serait tellement plus simple de me dire que vous n'êtes pas libre.

– Eh bien… disons cela.

– De toute façon, il faut que je parte.

Emmanuelle le regarda attentivement. Doucement, elle demanda :

– Votre reportage ?

– Oui, mon reportage.

Presque malgré lui, il ajouta :

– Et vous verrez que j'ai raison…
– Qu'avez-vous découvert ?
Il tourna la tête vers elle, hésita.
– La piste de Martin. Elle reprend non loin d'ici et j'ai bien l'intention de la suivre.
Emmanuelle ouvrit la portière et descendit.
Vincent se pencha :
– À bientôt ?
– Non. Je crois que ce ne serait pas raisonnable.
Elle s'éloigna rapidement et disparut dans l'ombre des arcades.
Vincent se redressa, lança son moteur et démarra.
Dans l'obscurité, Emmanuelle regardait la voiture s'éloigner. Elle ouvrit la porte de son magasin, alluma. Puis elle alla jusqu'à un miroir sur lequel elle se pencha pour s'observer. D'une main qui tremblait légèrement, elle examinait son front, ses pommettes, comme si elle craignait d'y découvrir quelque marque…

Ce fut avec une petite pointe d'émotion que Vincent arrêta sa voiture dans la rue Pernelle. Il se dirigea vers la boutique obscure de l'herboriste. Une fois devant, il regarda autour de lui. D'une autre voiture, garée un peu plus haut, quelqu'un surgit. Silhouette juvénile, allure sportive accentuée par un blouson de cuir noir de motard. L'inconnu portait une mallette.
Il se dirigea vers Vincent, s'arrêta à sa hauteur.
– T'as de ces heures, toi, pour fixer des rendez-vous.
– T'es là depuis longtemps ?
– Il n'est jamais que deux heures du matin. Alors ? Qu'est-ce que tu attends de moi ?
Vincent mit un doigt sur ses lèvres et lui fit signe de le suivre.
Il pénétra dans l'immeuble de l'herboristerie en prenant soin de ne pas actionner la minuterie. Il traversa le couloir en s'éclairant seulement d'une petite lampe de poche, poussa la porte de la cour, toujours suivi de François. Une fois devant la porte de l'arrière-boutique, il se pencha vers son ami, murmura :
– Je voudrais que tu me l'ouvres…
– Tu habites ici, maintenant ?

– Non mais…

François l'observa un instant, puis, montrant le smoking que portait Vincent, il dit en rigolant :

– Tu sais, Arsène Lupin, il faisait ça lui-même. C'est une blague ou quoi ?

– C'est très sérieux, je t'assure.

L'autre semblait hésiter. Un peu gêné, il dit :

– Écoute, Vincent… J'ai pas appris la serrurerie pour faire des casses, sinon il y a longtemps que je serais à mon compte. Qu'est-ce qu'il y a là-dedans ?

– Un herboriste, s'impatienta Vincent.

Comme si cela devait suffire comme explication.

Le problème consistait à en dire suffisamment sans en dire trop. Il fallut quand même près de trois minutes à Vincent pour parvenir à convaincre son ami de la pureté de ses intentions. François ouvrit sa mallette et commença à opérer. La conscience professionnelle reprenant le dessus, en quelques secondes la serrure fut crochetée.

– Et voilà. Et ensuite ? Un secrétaire ? Un coffre, peut-être ?

– Rien d'autre. C'est parfait comme ça.

Un petit silence, puis François finit par dire :

– Si je comprends bien, tu n'as plus besoin de moi ?

– Non. Mais merci pour le coup de main.

– Ben voyons, c'est tellement normal. Garde le passe, tu pourras refermer cette porte… et en ouvrir éventuellement d'autres.

Vincent sourit.

– Tu me feras évader de prison, j'espère ?

– C'est ça, oui.

Une dernière poignée de main et il s'éloigna.

Vincent était seul devant la porte tout juste entrebâillée. Lorsqu'il la poussa, il sentit son cœur battre un peu plus vite. Qu'allait-il découvrir exactement ? Il goûtait ce moment intense, cette émotion rare, inconnue de lui jusqu'ici.

La transgression. La faute. Le péché.

Il referma soigneusement la porte et alluma sa lampe.

À mesure que le pinceau lumineux balayait les murs, il découvrait des étagères sur lesquelles se trouvaient des bocaux étiquetés. Quelques planches en couleurs sur la flore. Un descriptif des champignons vénéneux. Dans l'angle, un petit bureau couvert de papiers. Vincent se hasarda jusqu'à la boutique, vaguement éclairée par un lampadaire. Rien d'autre que des rayonnages. Il ne restait donc que la seconde porte de l'arrière-boutique. Vincent l'ouvrit, découvrant ainsi un escalier de pierre qui devait mener à la cave.

Il s'y engagea…

En bas, il déboucha dans un petit local de dimensions moyennes.

Vincent s'assura qu'il était vide de tout occupant et qu'aucune ouverture ne donnait sur l'extérieur. Il alluma. À la lumière crue de l'ampoule nue, la cave perdit de son mystère. Il s'agissait avant tout d'un laboratoire dans lequel l'herboriste devait préparer ses décoctions. Éprouvettes, verres gradués, cornues… Deux becs Bunsen, des mortiers… Au fond, des claies sur lesquelles finissaient de sécher des fleurs et des feuilles. Un petit four électrique, aussi.

En fait, rien de mystérieux.

Un ameublement plus que sommaire. Un grand établi supportant les différents instruments, une chaise dont la paille était à moitié arrachée… Sous le plateau de bois, un tiroir que Vincent ouvrit. Des crayons, quelques papiers sans importance et un trousseau de clés qu'il fit sauter machinalement dans sa main. Appuyé à l'établi, il regardait autour de lui, déçu. Tout cela n'expliquait pas ce qu'avait pu devenir Martin. Vincent imaginait mal qu'il ait pu passer la nuit ici. Sûrement pas sur cette chaise bancale, encore moins dans la vieille malle qui traînait dans un coin… Sur le parquet poussiéreux ? Non. Martin aurait profité des quelques secondes pendant lesquelles il interviewait la concierge pour quitter le magasin ?

Vincent alla jusqu'à la malle pour en examiner le contenu. Quelques paquets de revues soigneusement ficelés étaient entassés autour. Vincent en déplaça deux ou trois… s'immobilisa soudain. Il se pencha, écarta d'autres paquets et repoussa la malle. Quelque chose sauta dans sa poitrine…

L'émotion, l'émotion vraie de la découverte.

Sur l'espace, maintenant dégagé, venait d'apparaître une trappe.

Vincent n'hésita pas.

Il récupéra sa lampe, prit le trousseau de clés qu'il fourra dans sa poche et, attrapant l'anneau de la trappe, tira dessus. Le panneau se souleva sans difficulté. Vincent se pencha. Un autre escalier était à ses pieds, l'invitant à descendre.

Ce qu'il fit sans plus attendre.

Les marches usées étaient grasses, un peu humides. Néanmoins, en les examinant d'un peu plus près, Vincent constata qu'on les avait utilisées récemment. En bas de l'escalier s'ouvrait un couloir voûté, aux parois formées de gros blocs de pierre de taille, suintants d'humidité. Pourtant, il ne régnait pas cette odeur de moisi propre aux caves abandonnées.

Vincent avançait prudemment, tâtant le sol du pied, examinant les murs. Il s'arrêta soudain, se pencha, pointant sa lampe vers la terre noire, tassée comme ces sols en terre battue de vieilles chaumières.

La surface du sol était éraflée comme si quelqu'un avait buté dedans avec la pointe du pied. Vincent tâta la saignée du bout des doigts. Elle semblait récente. Accroupi, il réfléchit un instant. Quelqu'un était passé par là récemment. Martin ? Il releva sa lampe pour examiner le reste du couloir.

À six mètres, sept peut-être, un mur semblait l'arrêter.

Vincent se redressa, parcourut ces quelques mètres pour découvrir que le petit souterrain faisait un coude. Il tourna… et s'immobilisa.

À un mètre de lui se dressait une porte de bois massif. Il s'en approcha, posa la main dessus. C'était du bon chêne, bien solide, bien franc. Mais pas très vieux. À mi-hauteur, une serrure. Vincent essaya de secouer la porte, de la pousser, en vain. Elle ne vibra même pas. Plongeant la main dans sa poche, il en sortit le trousseau de clés. Mais il n'eut même pas besoin de les essayer. Aucune des clés, de fabrication récente, ne correspondait à cette serrure.

Il en était là de son examen lorsqu'un léger bruit le rendit soudain attentif.

Il éteignit sa lampe, écouta… Le bruit se précisa. Une sorte de glissement continu… Et ce bruit venait de l'autre côté de la porte. Vincent se plaqua au mur comme s'il craignait qu'on l'aperçoive. Respiration suspendue, les yeux fixés sur la porte malgré l'obscurité totale, il attendait.

D'abord, il crut à une erreur, mais comme la chose se précisait, force lui fut de l'admettre : sous le bas de la porte venait d'apparaître une lueur incertaine. Vincent sentit le sang lui battre les tempes au point que le bruit lui en parut perceptible. La lueur était maintenant fixe. Il se pencha. Entendit-il réellement une respiration ? N'était-ce pas plutôt le fait de son imagination ?

Plusieurs secondes passèrent ainsi puis la lueur s'atténua, disparut.

Vincent poussa un soupir de soulagement, mais il lui fallut quand même quelques instants avant de pouvoir bouger. Et lorsqu'il passa un revers de main sur son front, il découvrit que celui-ci, malgré l'atmosphère glacée, était couvert de sueur. Rallumant la lampe, il examina de nouveau la porte. Il se pencha, essaya de voir quelque chose par le trou de la serrure. Sans résultat.

Il ne lui restait plus qu'à rebrousser chemin.

Il remonta dans le petit laboratoire et remit soigneusement les choses en place. Profondément troublé, Vincent regagna l'arrière-boutique et sortit dans la petite cour en refermant la porte avec le passe que lui avait remis son ami François. Ce fut seulement en arrivant près de sa voiture qu'il s'aperçut qu'il avait gardé le trousseau de clés. Il hésita un instant. Allait-il le reporter ? Mais à l'idée d'avoir à rouvrir la porte, à redescendre, il renonça. Une fois au volant de sa voiture, il alluma une cigarette. La première depuis le début de son expédition. Finalement, rien n'était résolu, au contraire... Il lança son moteur et commença à remonter la rue déserte.

Pourquoi se serait-il inquiété de la DS noire garée en haut de la rue ?

Pourtant, lorsqu'il eut disparu, à l'intérieur de cette DS, un homme se redressa et décrocha un radiotéléphone...

Il était un peu moins de 11 heures, ce matin-là, lorsque Renaud introduisit Delvaux dans le bureau de Beaumont. Les deux hommes se serrèrent la main et Delvaux s'assit en soupirant dans le fauteuil que lui désignait Beaumont.

– Verdier me téléphone au moins trois fois par jour...

– Que lui avez-vous dit jusqu'ici ?

– Rien, monsieur...

Et se penchant légèrement, il ajouta :

– Rien… parce que je ne sais pratiquement rien.

– Vous n'avez pas trouvé la moindre piste ?

– À peine un commencement. Nous avons eu un coup de chance au bureau de poste de la rue de Grenelle. Martin a présenté sa carte d'identité pour retirer son paquet. Or, la préposée s'est souvenue de son adresse car sa tante habite dans la même rue.

– Et alors ?

– Un de mes hommes s'en occupe.

Mais Delvaux semblait sceptique.

– Pour être franc, reprit-il, je ne crois pas que ça débouche sur grand-chose. Nous avons bien dressé une liste des différentes hypothèses mais… Tout d'abord l'aspect purement criminel puisqu'il ne faut rien négliger. Mais cela ne résiste pas à l'examen. En admettant que cet or ait été volé, on voit mal comment de pareilles quantités auraient été ventilées sans le moindre risque. Il ne fallait tout de même pas négliger cet aspect de la question car il avait au moins le mérite de répondre à une des inconnues.

– Laquelle ?

– Seuls des truands désireux de réaliser le produit d'un vol peuvent accepter de vendre à perte.

Et avec un sourire, il ajouta :

– Les honnêtes gens sont bien trop cupides.

– Vous abandonnez quand même cette thèse ?

– Oui. Même ce fameux casse du siècle n'aurait pas permis d'acheter de telles quantités d'or. Surtout clandestinement. Je pense que nous avons affaire à une organisation totalement structurée et parfaitement cloisonnée. C'est pourquoi je ne crois guère à la piste de ce Martin. En admettant que nous le retrouvions.

– Alors… à quel type d'organisation pensez-vous que nous ayons affaire ?

– Je n'en sais rien. Nous n'arrivons pas à appliquer un schéma connu sur celle-ci. Un seul mot me vient à l'esprit : société secrète. De quel ordre, dans quel but ? Mais peut-être suis-je influencé par leur curieuse signature… Car ces étranges Compagnons vivent avec leur temps. J'ai fait examiner en laboratoire les lettres qui portaient les messages. L'encre utilisée n'a pu être définie. C'est une formule nouvelle, inconnue. On sait seulement qu'elle disparaît à la lumière. Ce qui explique pourquoi les enveloppes sont doublées de noir. C'est une secte qui a les moyens d'un État.

– On connaît certaines prétendues… Églises qui sont plus riches que bien des petits États.

– Oui mais leur finalité est d'être encore plus riches et non de perdre de l'argent. Celle de ces Compagnons échappe à toute analyse.

Beaumont écoutait, songeur.

– Et dans les milieux financiers, les paradis fiscaux ?

– Nous commençons seulement nos recherches, mais cela ne sembla pas être non plus une bonne piste. On s'étonne seulement de ces mouvements sur l'or. Les offres faites aux agents de change, par exemple, n'ont provoqué qu'un petit mouvement de surprise, sans plus. Pour le reste, ils préfèrent croire que ce sont des bruits qui courent. Et puis, eux aussi, ça les arrange.

– Je serai toujours surpris de la cupidité et de la naïveté des gens de la finance. Ils paniquent pour une fausse nouvelle et ignorent les vrais dangers. Étonnez-vous après qu'il y ait quelques effondrements spectaculaires.

– Que dois-je dire à M. Verdier ?

Beaumont se leva en soupirant.

– Faites-le patienter. Nous ferons de nouveau le point dans un jour ou deux.

– Tu te crois dispensé d'assister aux conférences de rédaction, maintenant ?

Tout en parlant, Marin jetait un coup d'œil sur une feuille volante.

– Je me suis couché tard…

Il releva la tête.

Vincent lui présentait un visage sans expression. Un peu fatigué peut-être…

– Je me fous de ta vie privée !

Vincent s'approcha de lui, reprit :

– Je me suis couché tard parce que j'enquêtais. Sur cette affaire d'or qui…

De nouveau Marin l'interrompit :
– Je me fous aussi de cette affaire !
– Quoi ?
– T'as parfaitement compris... (Puis il ajouta :) D'ailleurs, tu pars pour Berlin.
– Pour Berlin ? Quand ?
– Aujourd'hui même.
Comme Vincent semblait hésitant, Marin poursuivit :
– J'espère que tu apprécies... Passage direct du fait-divers à la politique internationale. Il s'agit d'une conférence des deux Allemagne sur la réunification. Pas mal, non ?
– Oui, oui... je te remercie.
Marin l'observait toujours avec attention.
– Ça n'a pas l'air de t'enchanter ?
– Si, si...
– Écoute, vieux... Ça fait des mois que tu me tannes pour avoir un truc de ce genre... Tu l'as. Qu'est-ce que tu veux de plus ? Le Vietnam ? Le Chili ? La Lune, peut-être ?
Vincent sourit enfin.
– Je serai plus modeste. Tu me donnes trois jours en rentrant.
Marin laissa tomber, négligent :
– Pour partir avec Sophie ?
– Oui.
La réponse ne se fit pas attendre.
– Tu me prends pour un con ?
Vincent soupira. Il dit tout de même :
– Je suis sûr d'être sur un gros coup.
– Je t'ai déjà dit que ça ne m'intéressait pas.
– Je t'ai connu plus curieux...
Vincent avait dit cela presque machinalement. L'attitude un peu gênée de Marin retint son attention.
– C'est pas vrai ?
Mais déjà Marin faisait face, visage dur.
– Je te rappelle que ton avion part dans trois heures.
– OK... on reprendra cette conversation à mon retour.
Ostensiblement, Marin ne l'écoutait plus.

C'était à peu près l'heure à laquelle Sophie terminait son émission. Vincent descendit et lui fit signe à travers la vitre qu'il l'attendait dans le studio voisin qui était vide. Lorsqu'elle le rejoignit, il la mit au courant en quelques mots. D'abord de sa promotion inattendue, ensuite de ses découvertes de la nuit passée.

– Alors ? Tu ne trouves pas ça fantastique ?

Sophie semblait plutôt sceptique.

– Ce que je trouve surtout fantastique, c'est ta manière d'interpréter les choses... Qu'est-ce que tu as vu ? Une cave ? Et alors ?

– Et la porte ? Et la lueur ? Hein ?

– Je ne sais pas, moi... Sans doute, le propriétaire de la cave voisine.

– ... qui rangerait ses bouteilles à deux heures du matin ?

– Bon... d'accord. C'était Dracula. Et après ?

Vincent alla s'asseoir sur un coin de bureau et reprit, obstiné :

– Martin est entré dans un immeuble qu'il n'habite pas et il n'en est pas ressorti. Or, il n'y est plus. Conclusion, l'immeuble a une autre issue.

Sophie secoua la tête.

– Si tu pensais plutôt à ton avion ?

Vincent jeta un coup d'œil à l'horloge murale. Sophie l'observait.

– Vincent...

– Oui ?

– Tu... tu es allé seul chez l'herboriste ?

Il la regarda, surpris.

– Évidemment. J'ai d'abord raccompagné Emmanuelle et puis...

Un silence puis Sophie reprit :

– J'ai essayé de te joindre au téléphone, cette nuit...

– Jalouse ?

– Moi ? T'es d'une prétention, mon petit vieux !

– Pourquoi m'appelais-tu, alors ?

– Pour quelque chose qui m'a paru bizarre sur le moment, mais...

Déjà elle semblait regretter d'avoir parlé.

– Raconte quand même...

Elle eut une dernière hésitation, puis :

– Éleusis... ça te dit quelque chose ?

– Éleusis ? Non... non. C'était une religion antique, ou quelque chose comme ça... Non ?

– Et les Compagnons d'Éleusis ?

Sophie raconta alors comment elle avait pris connaissance de la lettre reçue par son père, une lettre dont le texte semblait s'être effacé pendant leur absence. Lorsqu'elle eut terminé, Vincent sourit :

– Et c'est à moi que tu reproches de délirer ?

Un peu vexée de s'être laissée aller, Sophie répliqua :

– Avec toi, on devient facilement parano.

– Tu vas pouvoir faire une cure pendant mes trois jours d'absence…

Ils s'observaient. Sophie murmura :

– Tu veux que je t'accompagne ?

– Non… Les adieux sur les quais de gare, tu sais bien que ce n'est pas notre genre.

Il se pencha, lui effleura les lèvres et sortit.

Sophie se sentait partagée entre le chagrin et la colère. Elle resta seule un long moment, puis, lorsqu'elle se sentit plus calme, elle quitta le studio.

Place des Vosges, Vincent arrêta sa voiture sur un passage clouté, seul emplacement disponible. Une fois sorti de sa voiture, il resta un instant immobile sur le trottoir. D'où il était, il n'apercevait qu'une partie de la vitrine du magasin d'Emmanuelle, le reste étant caché par un pilier.

Au jour, si la place avait toujours le même charme, elle avait perdu de son mystère. En serait-il de même pour Emmanuelle ? Pour Vincent, il n'y avait qu'un moyen de le savoir. Il traversa la rue et entra dans la boutique. Emmanuelle parut à peine surprise.

– J'avais peur que vous soyez partie déjeuner.

– C'est donc si urgent ?

– Oui… je pars pour Berlin tout à l'heure et… je tenais à vous dire au revoir.

– C'est très gentil, dit-elle d'une voix égale.

Vincent, un peu douché par le manque de chaleur de l'accueil, préféra l'ignorer.

– J'avais l'intention de vous inviter à dîner ce soir, mais…

– Je suis très touchée, Vincent, mais je n'aurais pas pu.

– Alors, j'ai moins de regrets. Dès mon retour, je vous appelle et…

– C'est inutile, Vincent, je ne serai pas libre non plus.

Elle se détourna et rectifia la position d'un petit vase votif sur une étagère.

Un peu décontenancé, Vincent demanda :

– Pourquoi ?

– Parce que j'en ai décidé ainsi.

Il s'approcha d'elle.

– Je ne comprends pas… Hier soir, vous m'avez invité à prendre un verre. Ce n'est tout de même pas plus compromettant d'accepter une invitation à dîner ? Non ?

Elle évitait toujours de le regarder.

– La nuit déforme tout, Vincent. Il faut s'en méfier.

– C'est une explication trop facile.

Lui faisant face, elle répliqua :

– Il faudra pourtant vous en contenter.

Il ne l'avait jamais trouvée aussi belle. Pour la première fois depuis qu'il était entré, le visage d'Emmanuelle venait de s'animer, apportant un peu de couleur à sa peau habituellement si pâle.

– De quoi avez-vous peur ? demanda-t-il doucement.

– Vous êtes ridicule.

– Emmanuelle…

Il fit un pas vers elle.

– N'approchez pas ! lança-t-elle soudain.

– Vous voyez que vous avez peur.

– Partez. Je… j'allais fermer mon magasin.

– Très bien. Mais je reviendrai.

Il fit demi-tour et alla jusqu'à la porte. Il s'immobilisa en entendant Emmanuelle l'appeler :

– Vincent…

Il se retourna, prêt à la rejoindre.

– Vous vous trompez.

Il sortit, troublé. Beaucoup moins sûr de lui, avec le sentiment de s'être conduit très maladroitement sans même savoir comment. Et peut-être aurait-il été encore un peu plus déprimé s'il avait vu, derrière les grilles du square, Sophie qui le regardait traverser la place et monter dans sa voiture…

10

Verdier n'avait jamais encore eu l'occasion de pénétrer dans le bureau de Beaumont. En connaisseur, il apprécia l'austérité de la pièce.

– Ainsi, dit-il, c'est ici que vous méditez vos futures O.P.A. ?

– C'est ici que je me recueille, rectifia Beaumont.

Il montra un siège à son visiteur et alla prendre place derrière son bureau.

– Inutile de vous demander si vous êtes au courant des dernières ventes d'or ?

– Inutile en effet. Cette fois, des bruits commencent à courir en Bourse.

– Le fait a même été noté dans deux articles de journaux financiers.

– C'est invraisemblable que l'on ne puisse pas situer ces vendeurs !

– Les lois sont parfois à double tranchant, sourit Beaumont. Cet anonymat que l'on garantit aux vendeurs d'or et qui arrange généralement les établissements se retourne contre eux en cette occasion. Avez-vous eu des échos du côté du gouvernement ?

– Non. Pas encore. Je déjeune tout à l'heure avec le secrétaire d'État à l'Intérieur. Peut-être aura-t-il quelques informations…

Il soupira, reprit :

– S'il s'agit bien de ces Compagnons, quelle que soit l'organisation qui se cache derrière, il faut lui tirer son chapeau. Pas une fuite, pas une trahison. Si on ne peut même plus compter là-dessus, où allons-nous ?

– Si des gens de la finance en font partie, Delvaux finira bien par le savoir.

– Croyez-vous ?

Verdier se leva en consultant sa montre.

– Il faut que je parte. Au fait… Pourquoi ne vous joindriez-vous pas à nous ?

– Je suis désolé, sourit Beaumont en se levant, mais je suis pris, moi aussi. Et je ne peux pas me décommander.

– Alors, c'est qu'il s'agit d'une femme.

– On ne peut rien vous cacher.

Verdier alla jusqu'à la porte où l'accompagna Beaumont. Le banquier hésita, puis demanda sans le regarder :

– Il s'agit d'Emmanuelle, n'est-ce pas ?

– Je peux seulement vous dire qu'il s'agit d'un rendez-vous d'affaires.

Verdier n'en parut pas rassuré pour autant.

Il s'en voulut d'être préoccupé en un pareil moment par des problèmes de ce genre. Il n'avait pas non plus l'habitude qu'on lui résiste. Son expérience l'avait rendu sans illusion sur les femmes, qu'elles soient du monde ou non. La seule différence était dans le prix. Il en revenait toujours là. Quel était celui d'Emmanuelle ? Lui faudrait-il faire de la surenchère sur Beaumont ? Et sur ce petit journaliste ?

Lorsque Verdier entra dans le restaurant où l'attendait le secrétaire d'État, il décida de laisser ce genre de soucis au vestiaire. Le maître d'hôtel le conduisit jusqu'à la table qu'il avait retenue. Là, Verdier eut la surprise de trouver son ami en compagnie d'un autre homme.

Échange de poignées de main et le secrétaire d'État dit :

– Je me suis permis d'amener avec moi M. Lelong qui a bien voulu prendre la responsabilité des recherches que vous savez.

Les trois hommes s'installèrent et passèrent leur commande afin de n'être plus dérangés. Bien qu'il s'agît là d'un déjeuner d'affaires, ils n'en étaient pas moins attentifs au choix des plats. Et des vins. Une fois le maître d'hôtel parti, Verdier dit :

– J'ai préféré que nous nous rencontrions dans un restaurant. Ici nous sommes à peu près sûrs d'être à l'abri des oreilles indiscrètes.

Avec un sourire à l'adresse de Lelong, il ajouta :

– Et des micros.

Aucun de ses deux interlocuteurs ne fit de commentaire.

L'interpénétration du monde des affaires et de celui de la politique ne répond à aucune règle précise. Elle repose sur des affinités et des intérêts communs, des complicités de classe, de carrière, d'éducation, plus rarement d'idéologie. Si Dieu et la droite facilitent les affaires, Dieu et la droite doivent être défendus. C'est une autre forme de placement. Il aurait été naturellement du dernier mauvais goût de le souligner et chacun feignait de croire que le combat devait être mené au nom de la société pour le plus grand bien de tous.

Une fois les apéritifs servis, le secrétaire d'État précisa la raison de la présence de Lelong à leur table.

– Mon cher Verdier, j'ai pensé que vous aimeriez avoir le point de vue d'un spécialiste sur cette bien curieuse affaire.

Il se tourna vers Lelong en ajoutant :

– À vous, mon cher.

Si le secrétaire d'État possédait un petit côté mondain, comme il convenait à un grand serviteur de l'État, Lelong, lui, avait au contraire cette discrétion un peu grise du fonctionnaire de carrière. Il aurait pu sortir de n'importe quel ministère, n'eût été la dureté de son regard qui trahissait le flic. Il parlait d'une voix calme, un peu lente.

– Bien entendu, les recherches ne font que commencer et il est prématuré d'en tirer des conclusions. Un point néanmoins peut être noté : il ne semble pas qu'on ait affaire à une organisation connue. Connue de nos différents services s'entend.

– Comment pouvez-vous en être sûr ? demanda Verdier.

Lelong se permit un léger sourire.

– Notre force, voyez-vous, c'est l'information. Et pour cela nous avons, en dehors de notre personnel, un certain nombre d'informateurs. Ce que la police criminelle appelle des indicateurs. Ils appartiennent à tous les milieux.

– Et vous n'en avez rien obtenu ? questionna le secrétaire d'État.

Lelong secoua la tête.

– Pour l'instant, non. Et pourtant nous touchons des milieux très divers, qui vont de… (Il sourit encore)… la finance aux trafiquants en tout genre. Avec ce que nous savons, nous avons fait une simulation.

Nous en avons conclu que cette organisation réunit obligatoirement un assez grand nombre de gens, que ces gens appartiennent nécessairement à des milieux différents, voire de différentes nationalités, et qu'ils connaissent parfaitement les milieux bancaires, boursiers, ainsi que ceux des agents de change et, en général, tous les milieux concernés par l'utilisation ou la manipulation de l'or sous toutes ses formes.

Verdier écoutait attentivement. Il remarqua :

– Comment se fait-il que nous ne puissions pas situer un seul de ses membres, d'autant qu'ils agissent pratiquement à visage découvert...

– C'est un mystère, répondit Lelong. Cela dit, si demain vous commettez un hold-up en respectant quelques règles de prudence élémentaires et que vous ne recommencez jamais, il y a très peu de chance pour que la police vous découvre un jour. Et savez-vous pourquoi ? Parce que vous n'êtes pas un professionnel du crime. Vous n'êtes donc pas répertorié. Pour nous, c'est un peu la même chose... Le monde dans lequel nous évoluons – je parle de nos services – est finalement un monde clos. Nous nous connaissons pratiquement tous, alliés et adversaires. Et le jeu – si jeu il y a – ne consiste pas tant à détruire qu'à maintenir un certain équilibre.

– Et si quelqu'un cherche à rompre cet équilibre ?

Lelong dit simplement :

– Alors nous agissons.

Un silence. Quelques anges passèrent.

Peut-être les âmes de ces « alliés ou adversaires » malheureux.

– Et selon vous, reprit Verdier, ces Compagnons d'Éleusis n'appartiennent pas à un milieu que vous connaissez ?

– Je ne crois pas, monsieur.

Lelong jouait avec sa fourchette et le secrétaire d'État s'arracha à la fascination qu'elle exerçait sur lui lorsque Verdier demanda :

– Cela est valable pour la France, mais qu'en est-il de l'étranger ?

– Le Sdece s'en occupe. En attendant, nous avons effectué, par le canal des ambassades et du Quai d'Orsay, quelques sondages discrets tant à l'Est qu'à l'Ouest. Sans aucun résultat. Nous nous heurtons à la même perplexité devant ces incompréhensibles ventes d'or.

– Même à l'Est ? insista Verdier.

– Même à l'Est. Quel gouvernement responsable s'aventurerait à jouer ainsi les apprentis sorciers ?

– Un gouvernement responsable, non. Mais il y en a d'autres… La décolonisation en a suscité quelques-uns.

– Qui n'ont pas, Dieu merci, les moyens de s'offrir le luxe de vendre de l'or à perte. Combien d'entre eux ne doivent d'exister qu'aux… libéralités des pays riches ?

– Mais d'autres évoluent, nota Verdier. Les pays producteurs de pétrole, par exemple… Savez-vous ce que va leur rapporter ces hausses sur le pétrole ? Cinquante milliards de dollars de plus que l'an passé ! Prudents, ils préfèrent convertir une partie de ces devises en or.

Le secrétaire d'État hocha la tête.

– Où serait leur intérêt ? S'ils veulent mettre le monde occidental à genoux, il leur suffit de fermer leurs robinets.

– Une attitude aussi radicale appellerait une riposte non moins… radicale.

– Il en est de même pour l'or. Il est des matières stratégiques qu'il ne fait pas bon bousculer. Qui prendrait le risque de déclencher un tel conflit dont l'issue ne serait avantageuse pour personne ? Les mouvements d'or effectués pour le compte de ces États sont connus.

Lelong qui écoutait depuis un moment intervint :

– Il y a dans leur comportement quelque chose de troublant…

Il prit un temps avant d'ajouter :

– … il semblerait qu'ils n'ont rien à perdre.

– Que voulez-vous dire ?

– Eh bien… s'il s'agit d'un complot, il est d'une forme inhabituelle.

Et comme s'il s'agissait d'une chose parfaitement naturelle, il ajouta :

– Nous contrôlons les divers mouvements extrémistes qui existent chez nous. Et nous sommes suffisamment informés sur ceux de l'étranger pour être aussitôt prévenus d'une manœuvre quelconque. Aucun ne correspond à ce schéma.

– De plus, enchaîna le secrétaire d'État, la plupart de ces mouvements, bien que subventionnés, sont assez pauvres.

– C'est vrai, dit Lelong. Il s'agit d'autre chose. Cette organisation semble avoir surgi d'un coup, comme une génération spontanée. Mais si cela fait provisoirement sa force, cela fera tôt ou tard sa faiblesse…

Et se penchant sur Verdier, il ajouta avec une force tranquille :

– … car nos structures sont forcément supérieures aux siennes.

– Et s'ils nous prennent de vitesse ?

– Dans l'état actuel, il nous est impossible de prévoir leur prochaine opération.

– Tout cela semble donner du crédit à l'hypothèse Compagnons d'Éleusis.

– Nous n'avons aucune autre piste. Cette organisation est un ovni.

– Il ne faut pas oublier leur méthode, ajouta le secrétaire d'État. Elle joue sur deux niveaux : matérielle en ce qui concerne les ventes d'or, psychologique à travers leurs fameux messages. C'est plutôt inhabituel lorsque les enjeux financiers sont de cette importance.

– Vaincre et convaincre… c'est très inhabituel, effectivement.

– Il ne reste plus, soupira Lelong qu'à espérer qu'ils commettront une faute.

Ils se turent quand le garçon apporta les plats.

– Eh bien, messieurs, dit le secrétaire d'État après le départ du serveur, malgré cette situation parfaitement irrationnelle…

Il conclut en soupirant :

– … je nous souhaite quand même un bon appétit.

À la même heure, Beaumont et Emmanuelle déjeunaient en tête à tête dans un restaurant d'une rue tranquille du Marais. L'immeuble était du XVIIe et le restaurateur se targuait de servir une cuisine inspirée d'Apicius et notamment sa recette de foies de porcs, engraissés aux figues.

Après qu'ils furent servis, Emmanuelle remarqua :

– Je ne vous imaginais pas en gastronome.

– Mais, ma chère, l'épicurisme est une philosophie.

Ils s'observaient en souriant, mais il ne s'agissait ni de jeu ni de séduction.

– Savez-vous que j'ai fait un jaloux en vous invitant à déjeuner ? dit enfin Beaumont.

Emmanuelle l'observa attentivement.

– Vraiment ?

– Vous ne devinez pas ?

– Non…
– … mais notre ami Verdier.
Emmanuelle parut soulagée.
– Il n'a aucune raison d'être jaloux. Ses vraies préoccupations sont ailleurs.
– Dans les affaires ?
– Naturellement. Dans cette histoire d'or, par exemple…
– Quelle histoire d'or ?
– Ce Durand et ses lingots.
– Pour un banquier, je trouve qu'il a beaucoup d'imagination.
– Pourquoi ? C'est très insolite en soi, non ?
– De votre part, je l'accepte.
– Mon cher, vous devenez insultant. Me croyez-vous donc irréaliste et incapable de lire une rubrique financière ? Voilà qui me déçoit.
– Pardonnez-moi. Je vous imaginais plutôt amoureuse du passé.
– C'est mon refuge.
– Votre seul refuge ?
La conversation était courtoise, souriante, mais à la limite de l'affrontement.
– Je crois plus à la permanence des choses qu'à celle des sentiments.
– C'est un choix, admit Beaumont.
– Il me convient très bien. Dites-moi ce qu'il y a de plus émouvant qu'une terre cuite béotienne du VIe siècle ?
– Ce que vous ne connaissez pas encore, Emmanuelle.
– Quoi, je vous prie ?
Beaumont la regarda un instant en souriant.
– Vous êtes belle. Vous trouverez sans peine.
– L'amour, n'est-ce pas… puisque je suis une femme…
– Est-ce donc si méprisable ?
– Non… Mais le monde actuel a perdu le sens de l'amour et je ne conçois pas l'amour sans un engagement total. Qui en a le temps désormais ?
– Vous êtes bien pessimiste.
– Pour l'instant, oui.
– Vous pensez que cela peut changer ?
– Qui sait ?

Retrouvant son sourire, elle ajouta :

– En attendant, j'aime... les objets qui m'entourent.

– Pourtant vous les vendez.

– Et vous ? Vous n'avez jamais eu envie de cesser de jouer à votre Monopoly géant ?

– Que lui reprochez-vous ?

– L'amour en est absent, justement.

– Il s'agit peut-être de passion.

– Êtes-vous heureux ?

– La question n'est pas là.

– Êtes-vous heureux ? insista-t-elle.

– Je réponds à une fonction nécessaire. Que ferais-je d'autre ?

– Vivre, par exemple...

– C'est-à-dire ?

– Ne pas accepter. Et aimer.

Beaumont ne la quittait pas des yeux. Il semblait fasciné par ce visage qui s'animait, cette flamme intérieure qui semblait l'habiter. Elle disait :

– Nous nous perdons dans de fausses valeurs. Notre quête désormais n'a plus qu'un seul but...

– L'or ? dit-il doucement.

Elle se raidit légèrement. Leurs regards s'accrochèrent. Celui de Beaumont devint étrangement fixe, étrangement lumineux. Une expression de surprise passa sur le visage d'Emmanuelle. Les traits soudain tendus, elle murmura dans un souffle :

– Laissez-moi...

– Qu'avez-vous ?

Beaumont avait détourné la tête. Emmanuelle le dévisageait toujours.

Elle se leva brusquement, un peu pâle.

– Je ne me sens pas bien. Je dois partir.

Beaumont hocha la tête, posa quelques billets sur la table. Il avait voulu connaître ses pensées, mais il s'était heurté à un mur. Comme ils allaient s'éloigner, il dit :

– Vous êtes une femme étrange, Emmanuelle. Et j'aime les femmes étranges.

Dehors, elle lui fit face.
– Je ne désespère pas trouver mon semblable.

La conférence de Berlin devait durer huit jours. Mais le troisième, les deux délégations Est et Ouest bloquèrent les négociations sur un point de procédure. On décida donc de remettre à plus tard la rencontre historique des deux chefs d'État afin de laisser le temps aux experts de régler le point litigieux. Cela pouvait prendre un certain temps. Aussi la presse internationale se désintéressa-t-elle de l'événement, attendant une relance pour se manifester de nouveau. Au matin du quatrième jour, la plupart des correspondants avaient quitté Berlin.

Il était un peu plus de 11 heures lorsque Vincent débarqua de l'avion en compagnie de quelques collègues. Il récupéra sa voiture après avoir refusé de prendre un dernier pot. Peu avant midi, il arriva à la station et il fut reçu un quart d'heure plus tard par son rédacteur en chef.

Comme Marin l'observait d'un œil critique, Vincent dit :

– Hé… je ne suis pour rien dans l'échec de la conférence…

– J'espère que tu ramènes quand même quelque chose ?

Vincent posa sur le bureau un attaché-case qu'il tenait à la main.

– Tout est là-dedans.

Il sortit les bobines du Nagra et les tendit à Marin.

– Content ?

– À toi de juger. J'ai une exclusivité du ministre des Affaires étrangères est-allemand, juste avant son départ. À mon avis, la reprise de la conférence n'est pas pour demain. L'échec rend parfois bavard.

Marin hocha la tête.

Par l'interphone, il demandait déjà à sa secrétaire de s'occuper des bobines.

Puis, revenant à Vincent :

– Tu n'as pas encore bouffé, je suppose ?

– Non. J'arrive tout droit de l'aéroport.

– Alors je t'invite.

– Tu ne préfères pas un autre jour ?

– Pourquoi ? Tu n'as pas déjà un autre rendez-vous ?

– Mais si. Le téléphone existe aussi à Berlin.

– Alors il s'agit d'une fille, je suppose ?

Vincent se contenta de sourire.

– Bon, bon… ça ne fait rien. Mais il va falloir qu'on cause bientôt, toi et moi.

– De quoi ?

– De ton avenir.

Vincent referma sa mallette en demandant :

– Pourquoi ? Il y a un problème ?

– Non, non, mais je crois que le moment est venu de faire un peu le point. Mon boulot, ça consiste aussi à savoir où en est exactement chacun de ceux qui travaillent pour moi.

Il ajouta avec un petit sourire :

– Afin de mieux les exploiter.

Enfoncée dans les coussins, Sophie fumait, l'œil dans le vague.

Debout près d'une étagère, Emmanuelle la regardait.

– Pourquoi avoir attendu trois jours pour m'en parler ?

Sophie se redressa en souriant :

– Et le sens du ridicule ? Qu'est-ce que vous en faites ?

– De toute façon, il n'y a rien entre Vincent et moi. Rien. Et puisque vous étiez là l'autre jour, vous avez pu voir que je n'ai pas mis longtemps à le renvoyer.

– Il est quand même revenu.

– Mais c'est à vous qu'il a téléphoné de Berlin ?

– C'est vrai, admit Sophie.

– Vous voyez. À moi, il n'a donné aucun signe de vie.

Emmanuelle souriait sans la moindre arrière-pensée. Sophie soupira.

– J'espère qu'il aura oublié cette absurde affaire d'or.

– Vincent est journaliste dans l'âme. Un reportage chasse l'autre. Venez. Je vous invite au restaurant…

L'antiquaire allait prendre son sac lorsque le timbre de la porte d'entrée résonna. Elle hésita, eut un geste d'impatience et se dirigea vers la boutique. Sophie en profita pour se pencher sur un miroir afin d'examiner son maquillage et sa coiffure.

Soudain, elle s'immobilisa en entendant une voix dire :

– Bonjour. Vous voyez… je suis revenu comme je vous l'avais promis.

Une voix qu'elle aurait reconnue entre mille : celle de Vincent. Elle bondit, écarta rapidement la tenture qui la séparait du magasin et s'arrêta tout près d'Emmanuelle dont le regard allait de l'un à l'autre. Le sourire s'effaça du visage de Vincent et il chercha en vain le mot qu'il pourrait dire. Sophie sourit, très à l'aise. Elle se retourna vers Emmanuelle en disant :

– On ne peut pas retirer ça à Vincent. Il tient toujours ses promesses. L'ennui, c'est qu'il promet à n'importe qui...

Accentuant son sourire, elle ajouta :

– La preuve. Et merci pour votre franchise.

En s'éloignant, elle passa devant Vincent, lui caressa la joue en disant :

– Bon appétit, Rastignac.

Ce ne fut que lorsque Sophie referma la porte derrière elle qu'il parut réaliser.

– Sophie !

Il se tourna vers Emmanuelle, mais elle ne lui laissa pas le temps de parler.

– Je vous croyais moins maladroit. Qu'attendez-vous pour la rejoindre ?

Furieux, Vincent fit demi-tour et quitta la boutique. Il aperçut Sophie qui s'éloignait rapidement sous les arcades. Il se mit à courir pour la rattraper et arriva très vite à sa hauteur.

– Alors ? T'es contente ? T'as fait ton numéro ?

Il lui avait pris le bras pour la forcer à ralentir.

Elle l'ignorait ostensiblement. Il soupira.

– La conférence a été reportée, on n'avait donc plus rien à faire à Berlin...

– ... et tu t'es précipité chez elle.

– Non. J'ai essayé de te joindre, mais tu n'étais pas là.

Il l'observa du coin de l'œil en se demandant si ça allait prendre. Apparemment, non.

– Alors, je suis passé chez Emmanuelle. À tout hasard.

– Ben voyons... On ne se quitte plus, elle et moi.

S'immobilisant soudain, elle lui fit face, agressive :

– Tu n'espères tout de même pas me faire avaler ça ?

– Pourquoi pas ? sourit-il.
– Et le jour de ton départ, c'est aussi par hasard que tu es passé chez elle ?
Vincent l'observa avec méfiance.
– C'est elle qui te l'a dit ?
– Je n'ai pas eu besoin de ça.
– Tu m'as suivi ?
Elle fouilla dans son sac, en sortit tout un fatras avant de récupérer un papier plié en quatre.
– Tu reconnais ?
Vincent déplia le papier avec des précautions de démineur. Une contravention qui concernait un stationnement sur un passage clouté. Le numéro était celui de sa voiture. Le lieu, la place des Vosges. Quant à la date, c'était celle du jour de son départ. Et l'heure ne laissait aucune équivoque.
– Je l'ai prise sur ta voiture pendant que tu faisais du charme à Emmanuelle.
Il froissa le papier, en fit une boule qu'il envoya rouler un peu plus loin.
– Et alors ? Tu ne m'as pas trouvé dans son lit ?
– Ça ne saurait tarder.
Il se tourna vers elle.
– Je t'ai connue plus décontractée. Tu perds ton humour, ma chatte.
– Confidence pour confidence, toi, tu perds complètement les pédales.
– N'exagérons rien.
– C'est ton instinct destructeur qui prend le dessus ou quoi ?
– Pourquoi ?
– Tu flanques tout en l'air, en ce moment… Moi… ton travail.
– Ce n'est pas ma faute si la conférence a été ajournée, tout de même !
– Je ne parle pas de ça et tu le sais bien.
Elle avait accepté le dialogue, rien n'était perdu.
– Tu penses à cette histoire d'or ? Eh bien, rassure-toi, je laisse tomber. J'ai bien réfléchi, je crois que je me suis fait un peu trop de cinéma.

Comme Sophie ne paraissait pas totalement convaincue, il reprit :

– Et pour te prouver que c'est bien fini, on va y aller, chez l'herboriste. Et au grand jour, encore,

Sans plus tarder, Vincent entraîna Sophie à travers les rues du Marais. Il faisait bon, il faisait beau, et Sophie avait accepté sa main. Il ne leur fallut pas longtemps pour arriver à l'entrée de la rue Pernelle.

– Voilà, dit-il, ça sera ma façon de t'offrir des fleurs... Que préfères-tu ? Bourrache ? Camomille ? Salsepareille ?

Ils arrivaient maintenant à la hauteur de la boutique. Sophie s'immobilisa, força Vincent à lui faire face.

– Embrasse-moi, murmura-t-elle.

Comment aurait-il pu résister ? D'ailleurs, il en mourait d'envie. Il la prit dans ses bras et durant un long moment, tout décor fut aboli autour d'eux. Enfin presque. Sophie sentit-elle quelque chose ? Elle repoussa Vincent :

– Qu'est-ce qu'il y a ?

Le regard de Vincent passait au-dessus de son épaule.

– C'est Dracula qui passe, je suppose ?

Il entraîna Sophie et ne s'arrêta que devant la boutique de l'herboriste.

– Regarde...

Sur la porte de la boutique, il n'y avait pas de bec-de-cane.

Un petit écriteau donnait les heures d'ouverture. 9 heures-midi, 14 heures-18 heures.

Il était près de 15 heures.

– Bizarre, murmura-t-il.

– Pourquoi ?

– Il devrait être ouvert.

Se décidant soudain, il lui dit ;

– Attends-moi un instant.

Il pénétra dans l'immeuble et monta les quelques marches qui menaient à la loge de la concierge. Il frappa. Une sorte de vibration sourde annonça l'arrivée du monstre.

– Ah, c'est encore vous ?

Pour gagner du temps, Vincent sortit un billet de dix francs.

La grosse femme le fit prestement disparaître.

– C'que vous voulez savoir, cette fois ?

– Je n'ai décidément pas de chance. Je voulais aller chez l'herboriste, mais il est fermé.

Un peu soupçonneuse, elle demanda :

– C'que vous lui voulez à c't'homme à la fin ?

– C'est lui que mon ami connaît. Je venais justement de sa part.

Elle le crut ou elle ne le crut pas. Comment lire quelque chose dans ces boutons de bottine perdus dans la graisse de ses paupières ? Le billet qu'elle froissait et dont elle avait déjà fait une chose informe dut la décider.

– L'est pas là. Ça fait bien trois jours maintenant.

– Il ne vous a rien dit ?

Elle secoua la tête, animant ses bajoues d'un curieux mouvement contrarié.

Vincent n'insista pas.

– Merci, dit-il en redescendant les marches.

Elle se pencha, lança :

– À c'prix-là, revenez quand vous voulez.

Dehors, Sophie avait le nez collé à la vitrine. Elle se retourna en entendant Vincent. Elle n'eut pas à l'observer longtemps, soupira :

– Pas la peine de parler... Tu continues, n'est-ce pas ?

Beaumont était installé à son bureau dans une pose qu'il affectionnait. Coudes appuyés sur le plateau de chêne massif, mains jointes par le bout des doigts, il regardait Delvaux.

– Ainsi, votre enquêteur a disparu ?

– Oui, monsieur.

– Depuis quand, exactement ?

Delvaux eut un geste d'ignorance. Il croisait les jambes en prenant bien soin de ne pas casser le pli de son pantalon. Seules, ses mains laissaient deviner sa nervosité.

– Je n'avais plus de nouvelles de lui depuis deux jours. Or, je recommande à tous mes collaborateurs d'appeler le bureau tous les soirs, où qu'ils se trouvent. C'est une discipline à laquelle je tiens et c'est en même temps une sécurité. Il a d'abord envoyé un appel de Nancy, puis de Lyon...

– Un instant. Sur quelle piste était-il ?
– Celle de Martin, justement.
Beaumont lui fit signe de continuer. Delvaux reprit :
– Le dernier appel venait de Marseille.
– Et ensuite ?
– Plus rien... jusqu'à la réception de cette lettre.
Delvaux ouvrit son attaché-case, en sortit un dossier. Il posa une lettre sur le bureau de Beaumont.
– Postée hier à Bordeaux.
Beaumont parcourut le texte assez bref.

Monsieur,
Ne m'en veuillez pas si je renonce à l'enquête que vous avez bien voulu me confier. Pour des raisons qui me sont personnelles, je vous demande aussi de ne plus me compter au nombre de vos collaborateurs.
Je reste votre très dévoué...

Beaumont releva la tête.
– C'est tout ?
– C'est tout, monsieur.
– Et je suppose que vous aviez une entière confiance en lui ?
– Une confiance absolue. Il travaillait avec moi depuis plus de cinq ans pour ma plus grande satisfaction. En outre, chaque collaborateur fait l'objet d'une sélection sévère. Vous comprenez pourquoi cette défection m'inquiète. C'était un homme précis, méticuleux, pour lequel ce métier relevait du sacerdoce. Cette désinvolture ne lui ressemble pas.
– Êtes-vous sûr que la lettre soit bien de sa main ?
– L'expertise graphologique ne laisse aucun doute.
– Qu'en déduisez-vous ?
Delvaux eut un geste vague.
– Rien *a priori*. On peut, bien sûr, penser qu'il a écrit cette lettre sous la contrainte, mais je ne le crois pas. Il aurait résisté plus longtemps avant de céder. En outre, selon l'expert, cette lettre n'a pas été écrite sous le coup d'un déséquilibre quelconque, violence, ivresse ou drogue...

Delvaux se pencha légèrement, ajouta :

– C'est comme s'il avait choisi librement d'abandonner.

– Considérons cela comme un résultat.

Comme Delvaux ne semblait pas comprendre, Beaumont précisa :

– Pour la première fois, nos adversaires ont dû se mettre sur la défensive. Car il ne peut s'agir que de cela. J'ignore comment ils ont pu convaincre votre homme de renoncer, mais c'est sûrement sur leur intervention qu'il l'a fait. Il faut donc accélérer les recherches en ce sens.

– Où ? Nancy ? Lyon ? Marseille ? Bordeaux ?

– Je crois qu'on a surtout cherché à le promener.

– Et peut-être l'ont-ils même liquidé…

– Je ne crois pas. Ces gens sont plus subtils. Et leurs méthodes trop originales pour faire appel à la violence.

Beaumont se leva.

– Continuez. Martin devait être trop important pour qu'on le laisse repérer. Il fallait d'ailleurs que ce soit quelqu'un de confiance pour qu'on le charge d'aller récupérer la clé d'un coffre contenant une telle fortune. Repartez de là.

Delvaux, déjà debout, allait sortir, lorsqu'il s'arrêta.

– Ah… j'oubliais… c'est peut-être sans importance, mais un journaliste semble s'intéresser à ce Martin… Nos itinéraires se sont croisés. Il travaille dans une radio libre.

– Vous connaissez son nom ?

– Oui… je l'ai noté. Il s'appelle Vincent Delamare.

11

À cette heure de la nuit, qui se serait aventuré dans la rue Pernelle ? Tous ses habitants étaient couchés depuis longtemps et les quelques bureaux aux vitres opaques n'avaient pas droit aux femmes de ménage nocturne des grandes sociétés.

Comme il n'y avait aucune place libre, Vincent gara sa Méhari sur un bateau tout proche de l'herboristerie. Il allait prendre sa lampe électrique dans le vide-poches lorsque Sophie lui retint la main.

– Tu tiens vraiment à y aller ?

– Oui… Pour deux raisons. D'abord, je veux te prouver que ce n'est pas de l'affabulation. Ensuite…

Il lança le bras en arrière et récupéra la petite sacoche posée sur un siège, qui rendit un son métallique lorsqu'il la secoua. Il l'ouvrit, en sortit un trousseau de rossignols.

– … ensuite, parce qu'avec ça je devrais pouvoir regarder ce qu'il y a derrière cette fameuse porte. Et je te jure sur la tête de qui tu veux que si on tombe sur une cave toute bête, je renonce à tout jamais.

Sophie hocha seulement la tête.

Vincent ouvrit sa portière, descendit et attendit que Sophie le rejoigne. Ils traversèrent la rue et pénétrèrent dans le couloir que Vincent éclaira de sa lampe. Ils arrivèrent dans la cour. Vincent ouvrit la porte de l'arrière-boutique et fit entrer Sophie en lui prenant la main. Il la sentit frissonner. En refermant, il murmura :

– T'as peur ?

– Excuse-moi… L'effraction n'était pas inscrite au programme du collège.

Il tira la porte qui donnait accès à la cave et commença à descendre, suivi de la jeune femme. Arrivé à la dernière marche, comme un familier des lieux, il envoya sa main en exploration et actionna le commutateur. La petite cave s'éclaira. Mais Vincent n'avança pas. Il resta là, curieusement immobile.

– Eh bien ? Qu'est-ce qui se passe ? demanda Sophie dans son dos.

– Quelque chose de bizarre…

Montrant le sol du doigt, il précisa :

– Cette moquette… Elle n'était pas là l'autre soir. Il n'y avait que du plancher.

Il descendit enfin, méfiant. Sophie murmura, un peu ironique :

– S'ils ont mis de la moquette depuis, ils l'ont eue d'occasion…

Du pied, elle indiquait toutes les traces qui maculaient cette vieille moquette à demi râpée. Vincent alla jusqu'au coin, dégagea les paquets de revues qui étaient toujours là et déplaça la malle afin de pouvoir soulever le coin de la moquette. Il le fit et… resta muet de surprise.

Il n'y avait plus de trappc !

Il n'y avait même plus de plancher, mais un vieux carrelage aux carreaux usés, mal joints. Sophie s'approcha elle aussi, méfiante, mais pour d'autres raisons.

– Eh bien, où elle est, cette trappe ?

– Là… enfin, elle était là !

Il laissa le coin de moquette replié sur lui-même et se redressa, un peu pâle. Devant l'air sceptique de Sophie, il cria presque :

– Puisque je te dis qu'elle était là ! Ici, dans ce coin, sous cette malle et ces revues ! Enfin, bon Dieu, tu te souviens ? Je t'en ai parlé, de cette malle ! Tu te souviens ?

– Oui, mais ça ne prouve rien…

– Si. Ça prouve qu'ils se méfient. Qu'est-ce que tu crois ? Ils ont posé ce carrelage et cette moquette pour camoufler la trappe, voilà tout.

Sophie se pencha à son tour, passa un doigt sur les carreaux et les joints.

Elle se releva :

– Ils sont là depuis au moins trois cents ans, tes carreaux. Regarde toi-même… Ils sont usés, patinés…

– Et les carreaux de récupération, ça n'existe pas ?

– Si. Mais tu ne vas pas me dire que les joints sont eux aussi de récupération ?

– Eh bien, ils les ont vieillis ! Comment tu crois qu'ils font au cinéma ?

Vincent s'essuya le front, dit à la jeune fille qui lui tournait le dos :

– Tu ne me crois pas ?

– Je crois ce que je vois.

Il bondit jusqu'à elle, l'attrapa par les bras et la força à se retourner.

– Il y avait une trappe et je vais te le prouver !

Il la lâcha et chercha autour de lui un instrument qui lui permettrait de faire sauter les carreaux. En vain. De rage, il frappa le sol du pied.

– Elle est là, la trappe ! Là !

Sophie ne l'écoutait même plus. Elle se dirigeait vers l'escalier.

– Je reviendrai ! cria-t-il. Je reviendrai et je ferai sauter tout ce putain de carrelage s'il le faut !

Au pied de l'escalier, Sophie se retourna.

– Tu reviendras… mais sans moi.

Vers 10 heures, le lendemain matin, un taxi s'arrêta en double file.

Emmanuelle en descendit. Une fois sur le trottoir, elle eut une hésitation. Elle regarda la façade d'un immeuble, puis, se décidant soudain, appuya sur la minuterie. Quelques instants plus tard, elle était devant une porte dont elle actionna la sonnette. Il lui fallut insister avant qu'une voix ensommeillée demande :

– Qui est-ce ?

– Emmanuelle.

– Un instant !

Un choc sourd fit sourire la jeune femme.

La porte s'ouvrit. Une pile de livres était tombée. L'image était conforme à ce qu'elle avait imaginé. Vincent, les cheveux en broussaille, avait dû enfiler en vitesse le peignoir de bain dont la ceinture pendait encore.

– Je ne vous dérange pas ? demanda Emmanuelle avec un sourire éblouissant.

– Euh… non… pas du tout. Quelle heure est-il ?

– Dix heures dix.

Il la laissa passer et referma la porte.

Elle entra dans le studio et jeta un coup d'œil circulaire.

– Très artistique, dit-elle.

– Vous voulez sans doute parler de mon désordre ?

Il alla repousser la couverture pour camoufler le divan qui semblait, lui aussi, avoir connu une nuit agitée. Se recoiffant à pleines mains, Vincent dit :

– Vous voulez un peu de café ?

– Non, non, merci…

– Vous permettez ?

Il sortit une Cona, y mit de l'eau, du café, et alluma la petite lampe à alcool avec des gestes qui manquaient encore de précision. Elle s'était assise sur un pouf, les jambes rangées sur le côté. Elle l'observait en souriant. Elle était tellement nette, tellement parfaite qu'il lui en voulut presque de l'avoir surpris ainsi.

– Vous ne me demandez pas ce que je suis venue faire ?

Il sursauta presque, récupéra son paquet de cigarettes, en alluma une.

– Je sais pas… vous excuser ?

– Vous ne manquez pas d'audace… Et pourquoi devrais-je m'excuser ?

– Pour la façon dont vous m'avez reçu hier.

– Vous n'avez pas l'impression d'y être un peu pour quelque chose ?

Il allait répondre, mais Emmanuelle pointa un index élégant en direction de la cafetière.

– Votre café.

Il éteignit la lampe, prit une tasse et se servit.

Il montra la Cona.

– Vraiment, vous n'en voulez pas ?

– Non… D'ailleurs je ne fais que passer.

– Décidément, vous débordez d'activité. Jamais une minute à vous.

– C'est vrai. Je ne m'ennuie jamais.

Appuyé au mur, il buvait son café à petites gorgées. Curieusement, elle ne lui avait jamais paru aussi lointaine qu'ici, dans ce studio. Il avait beau la détailler, s'attarder sur ses jambes, le galbe de la cuisse que dessinait la jupe, sa taille fine, sa poitrine qu'il n'hésitait pas à qualifier d'émouvante, il n'y avait rien à faire... Le déclic ne se produisait pas. Il préférait mettre ça sur le compte du sommeil dont il sortait tout juste.

– Même pas libre pour déjeuner ? hasarda-t-il.

Il avait à peine parlé qu'il le regrettait déjà. Décidément, ce matin, non seulement il se sentait moche, mais aussi stupide que maladroit. Avec cette allure de princesse lointaine qu'elle savait si bien prendre, elle dit :

– C'est pour que les choses soient bien claires que je suis ici.

– C'est-à-dire ?

– Il n'est plus question que nous nous revoyions.

– Pourquoi ?

– À vous de le comprendre.

Il haussa les épaules et alla poser sa tasse sur la table basse.

– Eh bien, je ne comprends pas... On dirait que vous voulez me punir. Mais de quoi ? D'avoir envie de vous voir ? Est-ce donc un crime que de succomber à votre charme ? À moins que vous ayez fait vœu de...

Le téléphone sonna. Vincent soupira et alla décrocher.

– Oui, fit-il sèchement. Ah, c'est toi... Non, non je suis bien réveillé... Oui, oui, je t'écoute... Bon, bon, d'accord... Dans une heure, ça te va ?

Pendant qu'il parlait, Emmanuelle s'était levée. Vincent dit précipitamment :

– À tout à l'heure.

Il raccrocha, alla jusqu'à Emmanuelle :

– Vous partez ?

Elle l'observait, peut-être avec un soupçon d'attendrissement.

– Vous voyez... vous non plus, vous n'êtes pas libre.

– Vous aviez refusé avant.

– Parce que c'est mieux comme ça...

Elle eut une petite hésitation, puis elle lui caressa la joue en disant :

– … croyez-moi.

Il lui prit le poignet au vol.

– Pourquoi ?

Elle hésitait tandis qu'il la tenait toujours.

– Je… je n'ai pas d'avenir, Vincent, et… trop de passé.

– Mais…

– N'insistez pas… je vous en ai dit plus que n'en ai jamais dit à personne.

– C'est une question d'âge ?

Elle se dégagea en douceur et s'éloigna. Elle se retourna avant de sortir :

– C'est Sophie, votre avenir.

Il la vit disparaître dans la petite entrée et ce ne fut que lorsqu'il entendit la porte de l'ascenseur se refermer qu'il réagit enfin. Il regarda l'heure. Marin l'attendait, et ce n'était pas le moment de le mécontenter s'il voulait obtenir de lui une certaine liberté d'action.

Une heure plus tard, il se faisait annoncer chez son rédacteur en chef.

Pour une fois, celui-ci était assis, souriant, presque détendu.

– Assieds-toi, vieux, dit-il aimablement.

Vincent prit place dans l'un des fauteuils, un peu surpris de l'accueil. Un peu penché, Marin le dévisageait avec une attention soutenue.

– T'as passé une drôle de nuit, on dirait…

– Pas assez dormi, répondit Vincent sobrement.

– Bien… dit Marin qui s'en foutait. Je voulais te parler de ton reportage. Et de ton avenir par la même occasion.

Vincent l'observait avec un soupçon de méfiance. Que pouvait bien cacher le sourire de Marin ?

– Ton reportage, chapeau. C'est très bon, tu sais. Très, très bon…

– Mais ?

– Il n'y a pas de mais. L'essai est concluant et j'en suis ravi pour toi. Aussi ai-je décidé d'accélérer le mouvement. Et pour ton premier grand reportage, tu pars pour le Moyen-Orient. Ça te va ?

Vincent ne répondit pas tout de suite. C'était une chance inespérée. *The chance.*

Combien rêvent de ces promotions rapides sans jamais y parvenir ?

– Carte blanche pour me faire quelque chose sur l'homme de la rue, reprit Marin, enfin des rues car tu vas me faire tout le Moyen-Orient, l'Égypte, la Syrie, le Liban… enfin, tu vois. On parle toujours pétrole, fric, émirs mais tout ça c'est abstrait, cliché. Ce qu'il me faut, c'est ce que veut le grand public… le point de vue du pékin… ce qu'il pense de la crise… Pense-t-il seulement ? Souhaite-t-il une transformation radicale de sa vie ? Tu vois ce que je veux dire…

– Je vois…

– Je te gâte, mon vieux… Ta série de reportages passera sur une semaine, peut-être plus… Ça dépendra de la matière. Il me faut de quoi meubler un quart d'heure par jour. Qu'est-ce que tu en penses, mon cochon ?

– Que du bien évidemment… C'est ce que j'ai toujours demandé.

– J'ai attendu cinq ans, moi… Tandis que toi, dès demain… en plein dans le *big* reportage…

Vincent se fit soudain attentif.

– Attends, attends… Tu as bien dit : demain ?

Marin se mit à farfouiller dans ses papiers en disant :

– Une bonne idée, faut toujours la traiter à chaud.

– Et si je te demandais trois ou quatre jours, tu crois qu'elle refroidirait, ton idée ?

Marin redressa la tête.

– Tu pars demain.

– C'est donc ça… Tu me prends vraiment pour un con… Déjà le coup de Berlin ne m'avait pas paru très franc, mais celui-ci, tu vois, je le trouve tout de même un peu gros…

Il se leva, alla jusqu'au bureau de Marin, se pencha au-dessus et reprit :

– Le meilleur scoop du siècle, hein ? Elle ne vaut pas un clou, mon interview… Ce n'est rien… Que dalle ! Du vent ! De la merde ! Et n'essaie pas de me dire le contraire, hein ? Je connais le métier aussi bien que toi… T'as déjà vu un bon reportage, toi, avec un mec qui pratique la langue de bois ?

Marin l'observait, impassible. D'une voix sèche, il dit :

– C'est tout ? Alors, écoute-moi attentivement : ici, c'est moi qui décide, moi qui juge… moi seul. Alors tu pars demain, Sinon…

– Sinon ?

– … je te vire.

Vincent resta silencieux, l'œil fixé sur la moquette. Il se rappela soudain ses débuts à l'antenne, l'émotion de ses premiers reportages, sa première interview… l'ambiance bien particulière de la salle de rédaction… les copains… le bistrot du coin, surnommé l'Abreuvoir…

Il regarda enfin Marin, demanda seulement :

– Pourquoi ?

Marin hésita un instant. Et comme il ne répondait pas, Vincent se pencha de nouveau sur lui, cria presque :

– Pourquoi ?

Marin n'était pas homme à fuir ses responsabilités.

– J'ai reçu des instructions.

– De qui ?

Maintenant, ils évitaient de se regarder.

Vincent s'éloigna du bureau, fit quelques pas, dit enfin, hésitant :

– Peut-être que je fais la plus grosse connerie de ma vie… Mais je ne partirai pas demain.

– C'est ton dernier mot ?

Vincent fit oui de la tête et se dirigea vers la porte.

Dans son dos, Marin dit encore :

– Sophie voudrait te voir…

– Ça ne servira à rien.

Marin s'était trop longtemps contenu.

– Alors fous le camp et ne nous emmerde plus ! T'es viré !

La DS noire se trouvait dans une zone d'ombre, deux immeubles plus haut que celui de l'herboriste. Un homme seul était à l'intérieur. Un peu enfoncé dans son siège, il pouvait néanmoins voir la vitrine de la boutique et l'entrée de l'immeuble. Un bruit de moteur le fit se redresser légèrement. Mais ce n'était qu'une moto qui roulait au ralenti et tourna dans la rue Saint-Martin.

La rue Pernelle retrouva à nouveau son calme.

Vers 1 heure du matin, il y eut un autre bruit de moteur. En prenant bien soin de ne pas se montrer, l'homme jeta un coup d'œil et aperçut la Méhari qui arrivait. Il devint brusquement attentif. Là-bas, une portière s'ouvrait sur Vincent. Il tenait à la main une valise qui semblait assez lourde. L'homme attendit qu'il eût pénétré dans l'immeuble et décrocha son radiotéléphone.

– Le journaliste vient d'entrer…

Il reposa le combiné sur son support.

Dans le sous-sol de l'herboristerie, Vincent était déjà à l'œuvre. Il avait dégagé le coin de la pièce et sorti de sa valise un gros marteau et un burin… Il travaillait avec une sorte de colère froide, attaquant les joints autour des carreaux… Bientôt l'un de ceux-ci commença à bouger et Vincent le fit sauter. Il dégagea les restes de ciment, balaya la poussière du bout des doigts et entrevit une surface bien lisse, patinée : du parquet.

Le premier carreau parti, tout alla plus vite. Un autre carreau sauta, puis encore un autre… Ils n'étaient que sommairement scellés. Un peu de sueur brillait sur le front de Vincent. Il y allait maintenant à grands coups de burin et comme il trouvait que c'était encore trop long, ce fut avec une sorte de barre à mine qu'il fit sauter les derniers carreaux.

Et la trappe apparut, telle qu'il l'avait vue la première fois.

Il se redressa, un peu essoufflé, pensa à Sophie… Repoussant les derniers gravats, Vincent attrapa l'anneau et souleva la trappe. De sa valise, il sortit le trousseau de rossignols et une torche beaucoup plus puissante que sa petite lampe électrique. Il descendit l'escalier, parcourut le petit souterrain et arriva à la porte de chêne. Méfiant tout de même, il éteignit et écouta quelques instants. Comme tout semblait silencieux, il ralluma et posa sa torche de façon qu'elle éclaire la porte.

Il prit un premier passe au hasard et l'essaya sur la serrure. Sans résultat. Posément, il passa au suivant… Sur les conseils de son ami François, il tournait lentement, cherchant à *sentir* la serrure, à deviner comment se situait la pièce qui actionnerait le mécanisme. Ce fut à sa dixième tentative qu'il perçut enfin une résistance. Il insista. Sans mouvements brusques mais fermement, Vincent tournait, forçait, les mains crispées sur le passe. À l'intérieur, quelque chose sembla céder à regret… et lorsque le mécanisme se déclencha, il en fut presque surpris.

Il se redressa, s'essuya le front d'un revers de bras. Il ruisselait malgré la fraîcheur des lieux. Il se pencha pour reprendre sa torche et, après une dernière hésitation, tira sur la porte pour l'ouvrir en grand.

Vincent s'attendait à tout, y compris à une présence quelconque et probablement hostile, mais pas à ça.

Pas à ce mur de pierre de taille qui se dressait juste derrière la porte.

Incrédule, il dut appuyer la main dessus pour en admettre la réalité.

C'était impossible.

L'autre soir, il avait entrevu une lueur sous la porte. Comment une telle lueur avait-elle pu apparaître avec ce mur ? Vincent examina le mur avec attention. C'étaient de bons gros blocs bien taillés et montés en quinconce. Leur régularité était telle qu'il n'y avait pratiquement pas de jour entre eux bien qu'ils ne soient pas scellés.

Ainsi, tout avait été prévu. On savait qu'il reviendrait, que le carrelage posé ne l'arrêterait pas, qu'il descendrait et qu'il chercherait à ouvrir la porte. Que voulait-on lui cacher, qui se trouvait au-delà du mur dressé ? Puis, tout de suite, une autre question, encore plus angoissante, une question qui commença à le glacer.

Comment avait-on su, oui, comment avait-on su ce qu'il allait faire ?

Dans le silence moite du souterrain, Vincent sentit la peur monter en lui. Il se surprit à tendre l'oreille, à épier le moindre bruit. Devait-il éteindre sa torche ou la laisser allumée ? Collé au mur, il regardait en direction de l'escalier comme si quelqu'un allait surgir d'un instant à l'autre. Mais qui ? Une panique soudaine. Et si tout cela n'était qu'un piège ? Si on avait tout prévu ? Si on refermait la trappe ? Qui se préoccuperait jamais de lui ? Qui penserait à venir le chercher ici une fois les carreaux rescellés ?

Dominant sa peur, Vincent bondit dans l'escalier qu'il remonta à toute vitesse. Haletant, il se laissa choir sur la moquette repliée et il lui fallut s'y reprendre à deux fois pour allumer la cigarette qu'il venait de sortir de sa poche.

Peu à peu, le calme revint en lui.

De la boutique aucun son ne parvenait. Sous la lumière crue mais ô combien rassurante du sous-sol, Vincent commençait à trouver sa panique un peu puérile. Il regarda autour de lui ce qui était naguère encore l'univers de l'herboriste. Les plantes qui finissaient de sécher, les mortiers, les éprouvettes…

Il se leva enfin et alla jusqu'à l'évier. Il ouvrit le robinet et se pencha dessous pour boire l'eau glacée qui en sortait. Lorsqu'il se redressa, il sut qu'il était prêt à continuer. Il récupéra la barre à mine et le marteau, redescendit...

Une fois devant le mur, il posa de nouveau sa torche et examina les blocs de pierre pour chercher une faille. Il y enfonça le bout de la barre à mine et essaya de faire pression. Rien ne bougea. Vincent commença à taper avec rage en se servant du marteau. Petit à petit, la barre s'enfonça, se trouvant un chemin entre deux pierres friables. Lorsqu'il pensa qu'elle était suffisamment engagée, il se mit à la secouer... La sueur lui roulait sur le visage. Enfin, une des pierres bougea... Crispé, les mains douloureuses, les muscles noués par l'effort, il secoua, secoua encore...

La pierre bougea de nouveau, se déplaça légèrement.

Comme possédé, Vincent remua la barre, frappa du marteau et lorsque le bloc bascula, il dut s'appuyer au mur, totalement épuisé. Il avait lâché ses outils. Il se retourna enfin, prit sa torche et la passa par l'ouverture qu'il avait pratiquée. Il se pencha pour regarder...

Il fut presque déçu. De l'autre côté, le souterrain continuait et à une dizaine de mètres, semblait faire un coude. L'épreuve n'était donc pas terminée. Il fallut encore plus de dix minutes à Vincent pour faire sauter deux autres moellons afin d'avoir un passage suffisant. Il reprit alors sa torche et passa de l'autre côté. Allait-il trouver quelque chose ? Une dizaine de mètres plus loin, le souterrain faisait bien un coude. Vincent tourna, continua... Près de quinze mètres, cette fois. Le souterrain, voûté, était constitué des grosses pierres grasses et humides. À quand remontait-il ? Au Moyen Âge ? À quoi servait-il et quelles demeures, églises ou cloîtres reliait-il alors ? Saint-Merri toute proche ? Un dernier coude... Cette fois, cette nouvelle partie était plus courte. À peine quelques mètres.

Et puis, au bout... au bout... une autre porte.

Elle se dressait, aussi massive que la précédente. Vincent s'arrêta devant et l'éclaira. Le bois en était relativement récent et elle devait être terriblement épaisse, car lorsque Vincent essaya de l'ébranler, elle ne vibra même pas. Il l'examina avec soin. Aucune faille, aucun trou, aucune fente, rien. Rien qu'une surface bien lisse, dure et hostile qui – Vincent le découvrit avec découragement – ne possédait même pas de serrure.

Il lui aurait fallu de la dynamite pour venir à bout d'un pareil monument. Il chercha quand même un système quelconque qui commanderait l'ouverture mais il ne trouva rien. Et pourtant, on avait voulu l'empêcher de venir jusqu'ici. Pourquoi ? Que pouvait-il faire d'autre que rebrousser chemin ?

Il retourna jusqu'à la première porte, alluma une cigarette. Cette nouvelle porte n'avait rien de commun avec la première. Elle était manifestement faite pour protéger quelque chose de plus important. L'absence de serrure en témoignait. Sortant de sa poche un stylo et du papier, il se mit à relever le plan du souterrain, notant l'orientation des différentes parties, leur longueur depuis l'escalier jusqu'à la dernière porte.

Lorsqu'il eut terminé, il ramassa ses outils. Les moellons étaient trop lourds pour qu'il les remette en place. Il se contenta de repousser la porte et remonta l'escalier. Dans le sous-sol, il referma seulement la trappe. À quoi bon effacer les traces puisque le mur d'en bas prouvait qu'il était passé par là ? Dans la cour, il resta un moment à respirer l'air frais de la nuit.

Puis il quitta l'immeuble pour regagner sa voiture.

Dès qu'il eut disparu, l'homme descendit silencieusement de la DS et entra à son tour dans l'immeuble. Comme un familier des lieux, il longea le couloir sans même allumer et arriva dans la cour. Là, il sortit une clé de sa poche et ouvrit la porte de l'arrière-boutique de l'herboriste...

Le lendemain, Paris vit, à ses carrefours les plus fréquentés, Richelieu-Drouot, Saint-Germain-des-Prés, Saint-Augustin, aux sorties des gares et des principales stations de métro, s'installer de curieux camelots qui faisaient l'article pour un produit non moins curieux...

– ... Approchez, mesdames et messieurs, approchez, disaient-ils. Venez assister à la plus fantastique opération publicitaire du siècle... Rien à acheter, rien à commander... Tout est gratuit, tout est à emporter... Approchez ! Approchez ! Aujourd'hui on fait des cadeaux, rien que des cadeaux... Pourquoi ? me direz-vous, et vous aurez raison ! Eh bien, parce qu'une grande société a choisi de penser à vous avant de penser à elle... Parce que le public commande, parce que le public est le maître… Non, nous ne vous forçons pas la main, non, le cadeau qu'on vous fait ne vous oblige pas à acheter… Nous distribuons pour rien, absolument pour rien ! Qui dit mieux ? Et que distribuons-nous ? Je vous le donne en cent, je vous le donne en mille, et je vous le donne tout court !

Les camelots allaient, allaient gonflant leur baratin de plus belle afin que les groupes s'épaississent autour de leur stand sur lequel une mystérieuse valise restait fermée. Par amusement, par curiosité, petit à petit on commençait à s'agglutiner autour des stands.

– Pour la première fois dans l'histoire de la vente et de la publicité, nous donnons sans contrepartie… Et que donnons-nous ? Un cadeau, naturellement. Le plus merveilleux, le plus fantastique, le plus inattendu de tous les cadeaux… Celui qui fait rêver les hommes depuis la nuit des temps, celui pour lequel on part sur des mers lointaines, celui pour lequel on descend au fond des mines… Non, jeune homme, ce n'est pas le charbon… Il ne s'agit pas de boulets mais de… de… Qui a deviné ? Allez, vous, monsieur. Dites-le nous… ou bien vous, madame… Comment ? Répétez-le bien fort… Eh bien oui, c'est bien ça… Ce cadeau que nous vous offrons absolument gratuitement, c'est… c'est… tout simplement de l'or !

Bien chauffés, les badauds se rapprochaient, curiosité à vif…

Bien sûr, il y avait des sceptiques… Le Parisien ne se laisse pas avoir comme ça… Si c'est gratuit, ça cache forcément quelque chose… Et puis de l'or, tout de même ! Il ne fallait pas exagérer… Mais on regardait, on attendait, on suivait attentivement les gestes du camelot…

Sa valise était entrouverte juste ce qu'il fallait pour y passer une main.

– Et sous quelle forme allons-nous vous offrir cet or ? Non, madame, ce n'est pas un collier ni une gourmette… Un briquet ? Pas du tout ! Encore moins un stylo… Réfléchissez un peu… Sous quelle forme se présente l'or ? Hein ? Mais non, pas une pépite ! Regardez… regardez-moi bien…

Et sous le regard de la foule ahurie, les doigts agiles du camelot surgirent.

Le silence se fit soudain.

Il s'agissait bien de lingots... Pas de ces lingots agréés par la Banque de France, mais des lingots miniatures qui, malgré tout, au dernier cours, devaient aller chercher dans les quatre ou cinq mille francs.

Le scepticisme l'emporta d'abord. Même dorés à l'or fin, ces lingots ne pouvaient être qu'en vulgaire métal. Quelques-uns s'éloignèrent en haussant les épaules, d'autres trouvèrent honteux qu'on se moquât ainsi du monde... Publicité, peut-être... Mais gratuite, c'était vite dit... Qu'est-ce qui était gratuit en ce bas monde ?

Les camelots continuaient leur baratin, présentant le petit lingot sur toutes ses faces. Si ce n'était pas de l'or, c'était bien imité. Arriva enfin le moment attendu de la distribution. Quelques mains crédules, voire naïves, se tendirent... Un lingot à gauche, un lingot à droite... On examinait les premières pièces. On les soupesait, on les grattait de l'ongle, persuadé qu'il ne pouvait s'agir que de métal doré. Plomb ? Cuivre ? Laiton ? Mais dans chaque groupe, où qu'il se trouvât dans Paris, une voix s'éleva au moment psychologique pour proclamer haut et fort que c'était bien de l'or. Le compère qui avait déjà parlé d'or.

De l'or.

Ce fut la ruée, la panique, l'hystérie.

On jouait des coudes, on se bousculait, on se battait, faisant trembler les stands tandis que les camelots avaient bien du mal à poursuivre leur distribution dans ce désordre indescriptible. Et comme la foule attire la foule, les trottoirs se bouchèrent, puis les carrefours... Les automobilistes, immobilisés, s'enquirent, sautèrent de voiture, venant ainsi grossir la masse maintenant hurlante sur laquelle la magie de l'or avait joué une fois de plus...

Mais l'ordre, c'est l'ordre.

Dans une ville aussi bien quadrillée par les forces policières, surtout depuis Mai 68, tout ce qui ressemblait de près ou de loin à une manif ne pouvait durer bien longtemps. Cars de police secours, voitures pie, flics volants, agents de la circulation, tous furent bientôt mobilisés pour dégager la voie publique et enquêter sur ces sauvages mouvements de foule... Mais quand elles apprirent la raison de ces quasi-émeutes, les forces de l'ordre cessèrent de l'être et participèrent au désordre général pour récupérer une part de ce pactole.

C'était tellement humain.

12

Verdier se trouvait dans le bureau de Beaumont qui l'avait écouté attentivement.

– On dirait des extraterrestres.

– Ce qui fait la force de ces Compagnons d'Éleusis, dit Beaumont, c'est qu'ils n'ont aucune attache connue avec des organisations ou des mouvements identifiés.

– Mais comment une telle force a-t-elle pu se constituer sans que personne ne s'en aperçoive ? Vous savez comme moi que l'évolution du renseignement rend de plus en plus difficile la constitution d'un mouvement clandestin. Il y a toujours une fuite, toujours un traître... Alors si ces gens communiquent entre eux et se réunissent en toute impunité, comment se fait-il qu'ils n'aient jamais attiré l'attention ? Et qui les finance ? Des centaines de kilos d'or se promèneraient sur les routes, traverseraient les frontières, ridiculisant polices et douanes ?

Avec un petit sourire, Beaumont répliqua :

– Mais, mon cher, votre question porte sa réponse. Je vous le disais, s'ils sont aussi insaisissables, c'est qu'ils ne correspondent à aucun type de mouvement ou d'organisation connus. Voilà pourquoi la police est en échec : parce qu'elle manque d'imagination.

Verdier l'écoutait avec un soupçon de malaise. Pour un homme aussi positif que lui, ces sous-entendus ne laissaient pas d'être inquiétants.

– Expliquez-vous.

– Toute police, tout service de renseignements travaille sur des normes. Les différents types d'adversaires sont répertoriés, qu'ils soient à l'intérieur ou à l'extérieur. Et pourquoi ? Parce que tous ces gens-là ont un dénominateur commun : le pouvoir. Et que dans ce vaste jeu de gendarmes et de voleurs où chacun est tantôt gendarme, tantôt voleur, les moyens d'accéder au pouvoir sont à peu près les mêmes. Ainsi chacun applique-t-il des schémas connus de l'autre. Dans ce jeu de ping-pong planétaire, aux règles codifiées, il arrive, malheureusement, que certains se trouvent sur la trajectoire de la balle.

– Mais ces Compagnons... dans quel camp les mettez-vous ?

– C'est bien le problème. Eux, ils ne jouent pas au ping-pong, ils...

On frappa à la porte et Beaumont s'interrompit pour dire :

– Entrez !

La porte s'ouvrit sur Renaud qui salua Verdier. Puis, s'adressant à Beaumont :

– Je suis désolé de vous déranger, monsieur, mais j'ai assisté à une scène curieuse et je tenais à vous en informer.

– De quoi s'agit-il ?

– Je passais à Saint-Germain-des-Prés lorsque j'ai aperçu un attroupement auquel la police semblait s'intéresser car cela prenait des allures d'émeute. Il s'agissait en fait d'un camelot qui procédait à une distribution gratuite...

Verdier écoutait distraitement, trouvant sans doute le secrétaire bien léger d'interrompre ainsi leur conversation pour relater un fait divers aussi banal. Beaumont aussi semblait surpris.

Renaud plongea la main dans sa poche, la tendit, paume ouverte :

– ... voici ce qu'il distribuait.

Beaumont se pencha sur le petit lingot que lui présentait Renaud.

– On dirait de l'or.

– C'est ce que prétendait le camelot.

– Un placage, je suppose...

– Non, monsieur. Il s'agit d'or massif. Et ce n'est pas tout. L'opération s'est reproduite dans différents endroits de Paris.

Au mot « or », Verdier était redevenu attentif.

Tout ce qui concernait ce métal le rendait particulièrement nerveux depuis quelque temps. Il se leva pour regarder l'objet en question. Il le prit avec méfiance et l'examina. Il alla même, lui aussi, jusqu'à le gratter de l'ongle.

– On dirait bien de l'or.

Puis, se tournant vers Renaud :

– Ils en ont distribué beaucoup ?

– Cela me semble difficile à évaluer… Quelques centaines, peut-être…

– Merci, Renaud, dit Beaumont.

Comme sonné, Verdier murmura :

– Ils ont osé… Ils ont osé distribuer de l'or gratuitement. Car ce sont eux, n'est-ce pas ? Ce sont eux ?

– C'est plus que probable. Vous comprenez maintenant quand je vous disais qu'ils pratiquaient un jeu dangereux ?

Pour la première fois, son regard n'avait plus sa limpidité habituelle.

– Nous allons en avoir le cœur net… Vous permettez, cher ami, que je téléphone ?

Beaumont montra l'appareil puis s'éloigna discrètement tandis que Verdier composait le numéro.

– M. Lelong, s'il vous plaît. De la part de M. Verdier… Merci.

Tandis qu'il attendait le banquier ne quittait pas le lingot des yeux.

Beaumont regardait par la fenêtre.

– Monsieur Lelong ? Bonjour, cher ami… Comment ? Oui… justement… oui… je vous appelais à ce sujet… Quoi ? Oui, oui, bien entendu… Je vous remercie. Oui, je vous rejoins.

Verdier reposa lentement le combiné sur son socle. Se tournant vers Beaumont, il dit d'une voix sans timbre :

– Une cinquantaine de camelots ont distribué ces lingots d'or dans tout Paris… Trois cents, quatre cents kilos, peut-être plus, ainsi offerts à la foule sous la forme de ces… petits lingots.

Il fit quelques pas, agité, répétant :

– Ils ont osé… Ils ont osé…

– Et ces camelots ? demanda Beaumont.

– La police les interroge.

Verdier retrouva tout son tonus de lutteur.

– Lelong m'a proposé de passer au quai des Orfèvres où il se trouve pour assister à leur interrogatoire… Voulez-vous venir ?

– Non, merci. Mais tenez-moi au courant.

Verdier prit rapidement congé et Beaumont l'accompagna jusqu'à la porte.

Une fois seul, Beaumont se dirigea vers sa bibliothèque.

En bas, le chauffeur sortit de la Mercedes en apercevant son patron. Verdier s'immobilisa en voyant la lettre que l'autre tenait à la main. Il demanda sèchement :

– Qu'est-ce que c'est que ça ?

– Une lettre pour vous, monsieur.

– D'où sort-elle ?

– Je ne sais pas, monsieur. Un gosse me l'a donnée tout à l'heure. J'ai cru à une erreur, mais il y a votre nom dessus.

Le banquier avait reconnu la forme de l'enveloppe maintenant familière. Il la déchira d'un pouce nerveux, en sortit la feuille et put lire :

Êtes-vous maintenant convaincu de notre puissance ?
Choisirez-vous le bon combat avant qu'il ne soit trop tard ?

Et c'était encore une fois signé :

Les Compagnons d'Éleusis.

Verdier froissa la lettre, la fourra dans sa poche et lança à son chauffeur :

– Eh bien ? Qu'est-ce que vous attendez, nom de Dieu ?

Il fallait que Verdier soit bien troublé pour se laisser aller à un tel écart de langage… Le chauffeur ouvrit précipitamment la porte et Verdier monta sans plus attendre. Le chauffeur referma la portière, alla s'installer au volant.

Quai des Orfèvres, la vingtaine de camelots récupérés sur la voie publique avaient été parqués dans un vaste bureau, le préfet ayant reçu ordre de les tenir au frais en attendant l'arrivée de quelques personnages aussi importants que mystérieux.

Dont Lelong.

Pour les flics de la Judiciaire, cela semblait bizarre. Pourquoi retenir ces types qui avaient régulièrement le droit de s'installer sur la voie publique ? Ils auraient troublé l'ordre public ? Pourquoi ce déplacement de pontes ? Le prétexte semblait bien mince.

Des DS débarquèrent des messieurs sérieux et pressés.

Et les interrogatoires commencèrent.

Verdier retrouva Lelong dans une salle attenante à celle où se trouvaient les camelots. Une glace sans tain permettait de les voir et de les entendre. Lelong avait entassé devant lui une vingtaine de petits lingots. Il les montra au banquier :

– Tout ce qui reste.

– C'est bien de l'or ?

– Sans aucun doute…

– Qu'avez-vous pu découvrir ?

– Rien. Regardez-les. Ce sont de vrais camelots. Ils ne savaient même pas qu'il s'agissait d'or. Ils sont malades à l'idée de la fortune qu'ils ont distribuée sans le savoir.

Lelong repoussa la pile de lingots d'un geste irrité.

– Qui les a embauchés ? demanda Verdier.

Lelong haussa les épaules.

– Ils ont répondu à une annonce leur promettant cinq cents francs pour la journée. Un petit bureau de la rue de Provence, loué pour la circonstance par un inconnu. Là, on leur a expliqué qu'on préparait une mystérieuse campagne publicitaire, quelque chose d'inédit… Leur seul travail consistait à distribuer ces lingots. Pour être sûr qu'ils le feraient, l'homme leur a dit qu'il s'agissait de plomb doré. Comment auraient-ils pu imaginer qu'il s'agissait réellement d'or ? On leur demandait seulement de faire croire que c'en était… Vous rendez-vous compte que chacun d'entre eux en a distribué pour huit cent mille francs ! Huit cent mille francs nouveaux !

– C'est incroyable.

– Reste à savoir si cette distribution a un rapport quelconque avec l'affaire qui nous préoccupe.

Verdier se contenta de tendre à Lelong le message qu'il avait reçu. La lettre, remise dans son enveloppe, avait été protégée de la lumière et était encore lisible. Lelong la parcourut.

– C’est bien ce que je craignais.

– Il faut à tout prix éviter d’ébruiter l’existence de ces Compagnons, laisser croire à un coup de publicité hardi dont une grande marque dévoilera bientôt les secrets.

– Nous avons déjà passé des consignes à la presse et à la télévision, mais vous savez comme moi qu’ils n’ont pas tous des raisons de faire un cadeau au gouvernement. Et puis, de toute façon, trop de gens sont au courant… Quand les bénéficiaires vont découvrir que le lingot qu’ils ont reçu est réellement en or, ils n’auront de cesse de savoir qui se cache derrière ces largesses. Et vous pouvez faire confiance aux journalistes pour les aider à savoir. Un coup pareil, c’est pain bénit pour des fouille-merde.

– Après une distribution d’or gratuite, on peut s’attendre à des réactions à la Bourse où des bruits courent depuis quelque temps déjà. On craignait un nouveau coup et il est arrivé. Imparable. Ces gens sont diaboliques.

– Et très imaginatifs, soupira Lelong.

– Et vos autres recherches ?

– Négatives. Cette secte ou société… comment l’appeler… ne semble avoir aucune existence physique.

Verdier alla jusqu’à la fenêtre, écarta un rideau grisâtre. En bas coulait la Seine. Son eau était verte, opaque… Sa surface à peine agitée, comme mourante. Et pourtant, au-dessous, une vie existait encore, monstrueuse peut-être, inquiétante sûrement… Sans se retourner, Verdier dit :

– Il sera question de cette affaire au Conseil des ministres, demain. S’il le faut, vous aurez les moyens nécessaires.

Lelong regarda le dos massif du banquier et, à travers lui, toute la puissance que cela représentait, l’argent, la politique… le pouvoir, quoi. Mais un géant aux pieds d’argile, aux nerfs de diva. L’or baisse et c’est la chute de l’empire. Il soupira et dit, réaliste :

– J’aimerais mieux une bonne piste.

Seulement vêtu d’un vieux jean, Vincent descendit de son divan et recula pour mieux voir la feuille de Canson, format grand-aigle, qu’il venait de fixer au mur par des punaises.

Sur cette feuille, il avait dessiné avec précision la rue Pernelle et les rues avoisinantes. Pour ne pas commettre d'erreur, il était retourné sur place au petit matin mesurer la longueur de ces rues et l'emplacement exact de la boutique de l'herboriste.

Le plan était suffisamment grand pour qu'il ait même pu dessiner le couloir de l'immeuble. Il alluma une cigarette, pensif. Il ne lui restait plus qu'à reporter sur ce plan celui du souterrain en fonction des mesures qu'il avait prises. Un disque tournait en sourdine.

Pour être plus tranquille, il avait décroché son téléphone.

Bien qu'un peu amer d'avoir été lâché en moins de vingt-quatre heures par ceux auxquels il tenait, le sentiment qui le dominait était celui d'une libération. Il n'avait pas dormi de la nuit. S'il avait appelé Marin, celui-ci lui aurait redonné sa chance, il le savait mais, curieusement, Vincent n'en avait pas le désir.

Et Sophie ?

Vincent ne l'avait pas appelée, elle non plus. Il aurait été bien incapable de dire pourquoi il ressentait cette nécessité de continuer. Parce qu'on voulait l'en empêcher ? Il y avait de ça. Pour ramener le reportage de sa vie ? Peut-être. Mais si on lui avait posé brutalement la question, sans doute n'aurait-il su que dire :

– Parce qu'il le faut.

Vincent avait passé un cap et il ne le savait pas encore. Une part de lui-même, plus sensible et plus réceptive, avait détecté le mystère. Et cela ne devait rien à son goût du sensationnel ou de l'événement. En fait, tout se passait comme si Vincent n'avait pas choisi, mais avait été choisi.

Maintenant, il ne pouvait que continuer.

Posant sa cigarette, il prit un feutre rouge et une règle plate. Il remonta sur son divan et commença à tracer l'emplacement du souterrain en consultant ses notes. Cela fut l'affaire de quelques minutes. Lorsqu'il eut terminé son tracé en zigzag, la dernière porte du souterrain se trouvait tout près de la rue des Lombards. En se référant à l'échelle, elle devait se situer sous un immeuble de cette rue... Prenant un petit bout de papier, Vincent nota la distance qu'il y avait du coin de la rue Nicolas-Flamel jusqu'à la hauteur de la porte souterraine. Il ne restait plus qu'à découvrir la nouvelle issue...

Vincent jeta règle et crayon, empocha le petit papier et, sans quitter le plan des yeux, il enfila une chemise, des chaussettes et des bottes. Il attrapa ses clés de voiture et sortit après avoir raccroché le téléphone. Celui-ci se mit d'ailleurs à sonner au moment où il refermait la porte. Après une brève hésitation, il donna un tour de clé et alla jusqu'à l'ascenseur...

Un quart d'heure plus tard, Vincent était rue Pernelle.

Il prit la rue Nicolas-Flamel, puis s'arrêta à l'angle de la rue des Lombards. En s'efforçant de faire des pas réguliers, il se mit à compter, indifférent aux gens qu'il croisait, s'immobilisant pour laisser passer quelqu'un, repartant aussitôt après. Lorsqu'il eut parcouru la distance supposée, il regarda.

Première déception, il se trouvait à égale distance de deux entrées d'immeubles. Pile ou face ? Il opta pour la première. Pas de cour mais un interminable couloir, un escalier boiteux, des murs écaillés. Une plaque signalait un confectionneur pour dames et une autre, à peine lisible, un expert-comptable.

Vincent s'en tint à la loge de la concierge. Celle-ci était jeune, Parisienne de fraîche date qui gardait dans l'œil et dans l'accent quelques parcelles de son terroir. Vincent ajusta son tir en fonction. Il se présenta comme un étudiant préparant une thèse sur le vieux Paris souterrain.

Cela impressionna la petite concierge qui ne put résister au charme du sourire de Vincent. Malheureusement, elle ne savait pas grand-chose. Cela faisait seulement un an qu'elle était ici. Non, les caves n'avaient rien d'extraordinaire. Elles étaient vieilles, bien sûr, tellement vieilles et tellement sales que les locataires ne les utilisaient pratiquement plus depuis qu'ils avaient abandonné le charbon.

Comme Vincent insistait, elle poussa l'amabilité jusqu'à lui proposer d'y jeter un coup d'œil. S'armant d'une petite lampe, elle le précéda dans un escalier qu'aucune compagnie d'assurances n'aurait accepté de garantir. En bas, cela sentait le moisi et le charbon. Par-ci, par-là des tas noirâtres achevaient de se décomposer. Quelques portes s'étaient écroulées, d'autres n'existaient plus. Là, une chaise à trois pieds, ici, une roue de vélo... Tout cela sentait l'abandon, l'oubliette... Au bout, le couloir s'arrêtait sur un mur massif, sans mystère.

La petite concierge se retourna, murmura :

– C'est tout…

Sa voix manqua soudain d'assurance. Il avait semblé à Vincent qu'elle frissonnait. Avait-elle froid ? Ou peur dans l'obscurité avec un inconnu ?

– Qu'avez-vous ? demanda-t-il doucement.

– Rien, rien…

S'écartant soudain du mur, elle vint vers Vincent, tenta de passer devant lui en l'évitant et se tordit le pied sur le sol bosselé. Sa lampe lui échappa des mains, s'éteignit. Elle poussa un petit cri. Vincent se baissa pour retrouver la lampe. Sa main rencontra celle de la jeune femme dont les doigts serrèrent soudain les siens. Ils se redressèrent lentement et le silence était tel qu'il pouvait entendre sa respiration précipitée. Elle se colla à lui et il sentit les pointes dures de ses seins contre sa poitrine, le parfum de paille de sa chevelure. Elle haletait tandis qu'il la respirait. Dans les profondeurs obscures de ce Paris médiéval, furent-ils un instant prisonniers de ses sortilèges ? Leurs visages se frôlèrent… puis leurs lèvres…

Elle s'écarta d'un coup, alluma la lampe et s'enfuit.

Vincent, par miracle, s'en sortit sans anicroche. Elle l'attendait en haut, un peu haletante, évitant son regard. Pour ne pas la gêner, Vincent prit ses cigarettes, en alluma une.

– Excusez-moi, murmura-t-elle.

Elle lui jeta un bref coup d'œil. Regret ? Remords ? De toute manière, le moment était passé. À moins qu'il soit resté dans les profondeurs de la cave. Comment savoir avec les sortilèges ?

– Merci, dit Vincent.

Il s'éloigna. Il était sur le point de sortir du couloir lorsqu'il entendit :

– Monsieur…

Il se retourna. Elle eut un geste, comme pour le retenir.

– Peut-être que ça vous intéresse…

Il s'approcha. Elle avait aux joues ce rose que Paris lui avait fait perdre.

– Dans l'immeuble voisin, il y a une cave très ancienne… Il paraît même qu'elle est historique… Des résistants s'y sont cachés pendant la guerre… Je ne sais pas… Peut-être que…

Vincent lui sourit et elle baissa les yeux. Il s'éloigna, mais elle ne le rappela pas.

Il sortit, brusquement repris par le bruit de la rue, cette vie grouillante, colorée que connaissait encore ce quartier. Il s'appuya un instant à la façade. La vie, c'était ça. Un moment fugitif, une rencontre… Il se sentit bien, libre. Comme soulagé. Et ce fut d'un pas léger qu'il s'apprêta à pénétrer dans l'immeuble voisin.

La façade en était ventrue, prête à accoucher de sa misère. Un gros porche servait d'entrée. Il donnait sur une cour pavée et sombre. Et ce qui se trouvait là ne valait guère mieux. Murs lépreux, fenêtres opaques. À un étage, certaines étaient même condamnées.

Vincent allait et venait dans cet espace quasiment désert. Il finit par trouver la porte donnant accès aux caves mais, curieusement, elle était fermée à clé alors que l'immeuble semblait abandonné. Et comme il n'y avait pas de concierge…

Forcer la porte lui parut plutôt risqué en plein jour. Il revint vers le porche au moment où un homme y pénétrait. Il avait une bonne gueule d'ouvrier qui ne craignait pas d'afficher sa condition. Il tenait une vieille serviette en plastique à la main et il suçotait un mégot qui devait dater de la veille. En arrivant à la hauteur de Vincent, il porta la main à son béret et continua.

Vincent rebroussa chemin et rattrapa l'homme.

– S'il vous plaît ?

L'autre se retourna. Il ôta le mégot de sa bouche, cracha un brin de tabac.

– Oui ?

– Vous habitez ici ?

– Oui… et c'est bien parce que je n'ai pas le choix. Tous les jours je m'attends à prendre l'immeuble sur la gueule. Pourquoi ? Vous n'avez pas l'intention de louer quelque chose dans cette ruine ?

Vincent expliqua qu'il était en train d'écrire une histoire de la Résistance et qu'on lui avait signalé une cave de l'immeuble qui aurait servi pendant la guerre. L'homme considérait le bout de son mégot avec beaucoup de sérieux. Il releva enfin la tête :

– J'ai bien entendu parler de ça… Oui, oui… C'étaient des résistants qui se réunissaient là… À ce qui paraît, hein ? Moi, ça fait seulement deux ans que je suis ici… alors, vous comprenez…

– Peut-être qu'un ancien locataire pourrait me renseigner ?

– Ici, il n'y a pas d'ancien locataire... Dès qu'on a un peu de fric, on se tire... Vous avez vu dans quel état c'est ? La minuterie marche plus, faut aller pisser sur le palier et on risque de se péter la gueule à chaque marche... Un jour, elle va s'écrouler toute seule c'te bâtisse. Tenez... regardez... à c't'étage, c'est même plus occupé tellement c'est pourri...

– Et le propriétaire ?

– Le propriétaire s'en fout... Quand on loue ici, c'est la condition... C'est pas cher, mais faut pas réclamer...

– Il pourrait peut-être me renseigner, lui ?

– Peut-être bien... Seulement, j'sais pas où il habite. J'l'ai même jamais vu. Tout ce que je connais, c'est son nom : Beaucourt.

– Et pour payer votre loyer ?

– On envoie l'argent à un notaire, tous les trimestres...

Vincent sortit ses cigarettes, les tendit à l'homme qui se servit. Il eut quand même un dernier regard pour son mégot qu'il sembla jeter à regret. Vincent lui donna du feu en demandant :

– Vous croyez qu'on peut jeter un coup d'œil sur les caves ?

– C'est pas possible, on s'en sert plus.

– Pourquoi ?

– Sur ordre du propriétaire. Paraît qu'elles sont dangereuses. Ils ont même fermé la porte à clé pour éviter les accidents. Les gosses, vous savez ce que c'est... J'aurais bien voulu vous aider mais, hein ?

Vincent hésita, puis avant de s'éloigner, demanda :

– Peut-être ce notaire pourrait-il me renseigner ?

– Pourquoi pas ? Seulement, il est en province... À Romorantin.

– Et il s'appelle ?

– Maître Germain.

Vincent nota les renseignements. Beaucourt, Germain, Romorantin... Ils se serrèrent la main et se séparèrent. D'un pas égal, l'homme se dirigea vers le petit escalier qui allait l'amener à son taudis. Beau sujet de reportage, pensait Vincent en sortant. Combien de temps mettraient les promoteurs avant de « rénover » la vieille bâtisse pour en revendre ensuite les charmants appartements « de caractère à poutres apparentes » ?

Il allait tourner rue Nicolas-Flamel lorsqu'il entendit :

– Vincent !

Il fit demi-tour et découvrit Emmanuelle à quelques pas de lui. Il la laissa s'approcher sans bouger. Ils s'observèrent un instant, puis il dit :

– Je ne m'attendais pas à vous rencontrer par ici.

Elle sourit.

– Je suis plus près de chez moi que vous ne l'êtes de chez vous...

Elle se tenait devant lui, très naturelle, dans un ensemble de daim roux qui lui allait à la perfection. Elle paraissait attendre quelque chose de lui. Mais quoi ? Il gardait le souvenir de leur dernière rencontre. Poliment, il lui dit :

– Excusez-moi, Emmanuelle, mais je suis très pressé.

Elle souriait toujours, comme si rien ne semblait pouvoir l'atteindre. Elle porta seulement la main au col de sa veste, le refermant comme si elle craignait un quelconque courant d'air...

Elle le regarda s'éloigner, pensive, puis fit demi-tour.

Dans ces petites rues quasi médiévales du Marais, la vie s'arrête tôt. Abandonnées par leurs propriétaires et leurs employés, les boutiques de gros et de demi-gros, confection, articles de Paris ou de voyage, sont obscures. Quant à la population de ce quartier, elle est encore pour quelque temps le reflet de ce petit peuple parisien traditionnel, héritier direct des premiers occupants du Moyen Âge.

Bientôt, les bonnes intentions étant souvent dénaturées par le goût du profit, la rénovation du quartier chassera ces petites gens qui laisseront la place au snobisme de la poutre rustique et du carrelage ancien. Et ce périmètre historique deviendra un quartier-musée, aussi mort qu'une salle du Louvre ou de Versailles.

On y déversera des cars de touristes – culture, culture – qui finiront la journée dans une taverne reconstituée, style *Aux Armes du Roy,* tandis qu'un damoiseau appointé susurrera quelque ballade pseudo-villonesque. Pour l'heure, on résiste encore. Si aux Halles toutes proches, on a vidé le ventre de Paris, le cœur, lui, n'est pas complètement atteint. Et comme jadis, après 22 heures, les artères charrient une vie apaisée

La rue des Lombards n'échappait pas à la règle et, passé minuit, n'eussent été les voitures garées le long des trottoirs, il eût été difficile de dire exactement en quelle époque on se trouvait. Néanmoins, ce soir-là, un promeneur attardé et curieux aurait pu apercevoir dans quatre ou cinq de ces voitures quelques silhouettes immobiles.

Lorsque Vincent arriva dans la rue, tout lui sembla paisible et normal.

Après un dernier coup d'œil, il se glissa sous le porche de l'immeuble de la rue des Lombards. La cour, obscure, paraissait encore plus abandonnée que de jour. Aucune fenêtre n'était éclairée.

Vincent, qui tenait une petite valise à la main, se dirigea vers la porte de la cave. Mais là, une première surprise l'attendait. La porte n'était pas fermée. Tout juste entrebâillée. Il suffisait de tirer dessus pour l'ouvrir. Vincent eut un moment d'hésitation. Il avait sorti une petite lampe de sa poche mais n'osait l'allumer. Arrivait-il trop tard ou bien risquait-il de se trouver, en bas, nez à nez avec quelque mystérieux visiteur ? Alors qu'il pesait encore le pour et le contre, le sort décida pour lui. Une vague lueur apparut au-delà de la porte, laissant deviner la présence d'un escalier. Comme la lueur se précisait, Vincent se rejeta vivement en arrière, regarda autour de lui en quête d'un abri. Il courut jusqu'à l'autre porte qui donnait accès aux étages et s'aplatit contre.

Quelques instants plus tard, un pinceau lumineux balaya les pavés usés, précédant la silhouette d'un homme portant une valise. L'inconnu traversa la cour, passa sous le porche et sortit dans la rue. Vincent attendit un instant, puis il retourna vers l'entrée de la cave. La porte était restée ouverte…

À son tour, il alla jusqu'à la rue.

Là, il regarda à droite et à gauche, mais l'homme à la valise avait disparu. Absorbé par quoi ? Une voiture ? Un autre immeuble ? Allait-il revenir ou non ? Et comment avoir la preuve que tout ceci avait un rapport avec le souterrain de l'herboriste ?

Il n'y avait qu'un moyen de le savoir.

Vincent quitta l'abri du porche, longea les immeubles jusqu'à la rue Nicolas-Flamel et alla jusqu'à la rue Pernelle. Après avoir vérifié qu'il était seul, il fonça dans le couloir de l'immeuble et, une fois de plus, se retrouva devant la porte de l'arrière-boutique de l'herboriste. D'un geste maintenant familier, à l'aide du passe, il l'ouvrit.

En bas, les choses étaient telles qu'il les avait laissées. On n'avait pas éprouvé le besoin de refaire le sol. Il lui était donc facile d'ouvrir la trappe et de descendre dans le petit souterrain. Il retrouva les lieux avec une certaine émotion. Il se souvint de sa peur de la nuit passée, de tous ces obstacles dressés devant lui comme si on avait prévu sa venue. Et pourtant, bizarrement, on le laissait libre d'aller et venir. Comme si cela n'avait plus d'importance.

Derrière la première porte, rien n'avait bougé. Vincent passa par l'ouverture qu'il avait pratiquée dans le mur. Son cœur battait. Après le premier coude du souterrain, il ralentit le pas. Malgré les obstacles, tout cela lui semblait trop facile. Un nouveau piège ? Pourquoi ? Si on avait voulu l'éliminer, il aurait été encore plus aisé de le faire la veille. Second coude... Au bout, la porte était toujours là. Vincent s'en approcha avec lenteur. Dans sa valise, il y avait une petite perceuse et une rallonge d'une vingtaine de mètres pour le branchement.

Faire un trou et voir... voir enfin !

Il était maintenant tout contre la porte et sur le point de se décider à utiliser sa perceuse lorsque quelque chose retint son attention. Il colla son oreille au panneau. C'était bien ça. Il ne s'était pas trompé. De l'autre côté de la porte lui parvenaient quelques bruits, assourdis, indéfinissables tant le bois devait être épais. Il écouta, les nerfs tendus à craquer, mais il n'y avait rien d'autre que ces quelques frottements entrecoupés de silences.

Vincent fit demi-tour.

Il fallait qu'il sache, qu'il ait une preuve avant qu'il soit trop tard... Comme dans un puzzle, tout se mettait en place. Une cave ancienne qui avait servi de lieu de réunion à des résistants, un lieu sûr, pratique... Un lieu à double issue. Mais la guerre était finie depuis longtemps et les hommes de la Résistance comme ceux de la Gestapo étaient entrés dans l'histoire.

Qui leur avait succédé ? Qui ?

Vincent courait maintenant... Il surgit dans la rue Pernelle, fonça dans la rue des Lombards et remonta jusqu'au porche. La cour semblait déserte. Mais Vincent y avait à peine pénétré qu'une lueur apparut à la porte de la cave. Il n'eut que le temps, comme la première fois, de se mettre à l'abri. Ce ne fut pas une mais deux silhouettes chargées de valises qui traversèrent la cour et sortirent. Vincent fut sur le point de les suivre, mais un troisième inconnu surgit de la cave.

Il ne portait rien. Avant de s'éloigner, il ferma soigneusement la porte à clé.

Ces allées et venues étaient claires. Se sentant sur le point d'être découverts, les mystérieux inconnus avaient déménagé leur local. Cet homme qui traversait la cour et que le porche allait absorber bientôt, cet homme portait son ultime espoir d'en savoir plus long. Dès qu'il eut disparu dans le trou noir du porche, Vincent se lança derrière lui.

L'espace d'un instant, il vit sa silhouette se découper dans l'entrée, puis tourner à droite. Vincent se glissa sous le porche... L'homme était là, dans la rue, à une dizaine de mètres de lui, seul et marchant d'un pas tranquille. Il fit encore une vingtaine de mètres puis s'arrêta pour fouiller dans sa poche. Il se pencha... Vincent n'avait toujours pas bougé. L'inconnu ouvrit la portière d'une voiture.

La rue était quasiment déserte, à part deux ou trois attardés qui rentraient sans doute chez eux. Quand il vit l'inconnu pénétrer dans la voiture, Vincent quitta l'abri du porche et s'approcha rapidement. Deux promeneurs arrivaient à sa hauteur. Comme ils prenaient tout le trottoir, Vincent s'aplatit contre la façade pour les laisser passer, l'œil fixé sur la voiture de l'inconnu. Les feux de position étaient allumés. Coup de démarreur... C'est alors que Vincent découvrit avec stupeur que les deux promeneurs n'avaient pas poursuivi leur chemin. Ils étaient là, à deux pas de lui, le dévisageant. Les ignorant, Vincent voulut se rapprocher de la voiture, mais l'un des hommes le retint par le bras.

– S'il vous plaît...

– Qu'est-ce que vous me voulez ?

Le second inconnu se plaça de telle façon que Vincent était solidement encadré.

– Police, dit-il. Vous avez vos papiers ?

Là-bas, la voiture manœuvrait pour quitter sa place. Vincent essaya bien de s'échapper, mais les deux hommes lui barrèrent le chemin. Vincent dut s'immobiliser. Il porta la main à sa poche pour en sortir son portefeuille et le tendit à l'un des policiers qui s'était placé de façon à faire écran entre lui et la voiture.

L'homme examinait posément les papiers à la lumière d'un lampadaire. Là-bas, la voiture, une Alfa Romeo, allait accélérer, disparaître à jamais. Alors Vincent tenta une dernière manœuvre. Il bondit soudain du trottoir jusqu'à la rue. Il savait qu'il n'irait pas loin, mais...

– Rattrape-le ! cria celui qui tenait les papiers.

Conseil inutile. L'homme était déjà sur lui, le ramenant en douceur sur le trottoir. Mais maintenant, Vincent s'en moquait. L'homme à l'Alfa pouvait bien filer. Il avait eu le temps d'enregistrer son numéro d'immatriculation.

Le policier semblait apprendre sa carte d'identité par cœur. Son collègue le regardait, tenant toujours Vincent par le bras. Il demanda enfin :

– Alors ?

– Il est en règle.

Il referma le portefeuille et le rendit à Vincent.

– Vous pouvez aller, monsieur. Excusez-nous.

Vincent les observa. Deux types quelconques dont il était difficile de bien voir le visage dans la semi-obscurité. L'espace d'un instant, il fut tenté de leur demander leur carte. À quoi bon ? Vrais, c'était inutile ; faux, ils avaient certainement dû prévoir cette éventualité. Comme ils ne semblaient pas vouloir bouger, Vincent s'éloigna. Il fit quelques mètres, se retourna. Ils étaient toujours là, à le regarder partir.

Vincent n'insista pas et reprit une fois de plus le chemin de la rue Pernelle.

Il redescendit dans la cave de l'herboriste. Était-il désormais utile de percer la porte ? Pour y découvrir quoi ? Un local vide ? Il regrettait amèrement de ne pas avoir été équipé la nuit précédente pour pouvoir poursuivre ses recherches au-delà de cette sacrée porte. Et... il s'arrêta, saisi.

La porte, la fameuse porte, gardienne d'étranges réunions, cette porte était grande ouverte. Méfiant, il approcha, balayant l'obscurité de sa torche. Il avait deviné juste. C'était une vaste cave voûtée, pouvant contenir aisément une cinquantaine de personnes. Murs de pierre et sol dallé. Il ne restait rien, rien d'autre qu'une très longue table qu'entourait une vingtaine de chaises. Quelques lampes à pétrole servaient d'éclairage. Vincent fit lentement le tour de la cave, s'arrêta devant une petite porte restée entrouverte. Un coup de torche lui permit d'apercevoir un bout de couloir et l'amorce d'un escalier. Il continua son inspection tout en sachant fort bien que cela ne servirait à rien. Il avait presque terminé lorsqu'il remarqua quelque chose qui lui avait échappé. Sur la table, appuyé au pied d'une lampe, il y avait un petit rectangle blanc : une enveloppe. Et sur cette enveloppe, il put lire, tapé à la machine :

Pour Vincent Delamare

Vincent s'en empara et en sortit une simple feuille qu'il déplia. Il lut :

> *Vos recherches s'arrêtent ici. Renoncez. Il est des secrets qu'il est dangereux de vouloir découvrir.*

Et c'était signé :

Les Compagnons d'Éleusis.

Pendant quelques secondes, Vincent ne réagit pas.

Les événements s'étaient succédé à un tel rythme qu'il avait besoin de mettre de l'ordre dans ses idées. Il se laissa choir sur une chaise. Il savait qu'ici il ne risquait désormais plus rien. D'ailleurs, le lieu avait perdu de son mystère. Bien qu'elle n'expliquât rien, la lettre n'y était pas étrangère. Et pourtant, que de questions…

Vincent regardait la lettre posée sur la table. *Les Compagnons d'Éleusis*. Qui lui en avait parlé récemment ? Qui ? Il réfléchit quelques instants. Sophie ! Il se souvenait maintenant. Sophie y avait fait allusion un jour… Un message reçu par son père et qui le menaçait… Une pièce supplémentaire du puzzle venait de se mettre en place. L'information était pour lui d'importance. Elle justifiait ce qu'il avait subodoré. Ces opérations sur l'or cachaient quelque chose d'énorme, il le sentait. Quel but poursuivaient ces étranges Compagnons ? Qui étaient-ils ? D'où venaient-ils ? Qui se cachait derrière eux ?

Ils existaient. Il les avait vus. Il lui fallait rétablir le contact avec eux.

Le numéro minéralogique de l'Alfa Romeo serait-il suffisant pour qu'il puisse remonter jusqu'à eux ? On avait sacrifié ce lieu pour stopper ses recherches. L'herboriste avait disparu, Martin aussi, tout comme Durand. Quelle était donc la puissance de ces gens ? Mais c'était l'ultime question, la plus importante qui faisait frissonner Vincent.

Le laisseraient-ils continuer ?

Vincent était maintenant au-delà de la simple curiosité. Des liens s'étaient créés entre lui et ces mystérieux Compagnons sans qu'il en fût pleinement conscient. Dans le silence de cette cave, Vincent avait atteint un point de non-retour. Et si, à présent, le texte pâlissait, s'effaçait sous ses yeux, c'était presque dans l'ordre normal des choses.

13

Le même soir, un petit dîner intime réunit dans l'hôtel particulier de Neuilly Verdier, sa fille, Beaumont et Emmanuelle. Le repas terminé, ils se retrouvèrent dans le salon. C'était le banquier qui avait suscité cette soirée. Un peu pour Sophie qu'il sentait désemparée depuis deux jours, un peu pour garder le contact avec Beaumont dont il attendait il ne savait trop quel soutien, beaucoup pour Emmanuelle qu'il n'avait pas revue depuis la soirée chez le financier.

Mais l'ambiance n'était pas au rendez-vous et les propos mondains tenaient lieu de conversation. Emmanuelle avait parlé de l'art babylonien et des coloris de ses céramiques émaillées, Beaumont s'était étendu sur l'évolution du Japon moderne. Sophie, elle, n'avait pratiquement pas ouvert la bouche. Tandis que Verdier versait un verre d'armagnac à Beaumont, Emmanuelle s'approcha de Sophie.

– Vous semblez m'en vouloir encore ?

Sophie ne répondit pas et s'éloigna. Emmanuelle n'insista pas, mais la scène n'avait pas échappé à Beaumont. Verdier le quitta pour s'approcher de la jeune femme.

– J'avais espéré vous revoir plus tôt.

– J'ai été très occupée, sourit-elle.

– Une jolie femme ne devrait pas avoir d'autre préoccupation qu'elle-même.

– C'est valable pour les jolies femmes qui n'ont pas à gagner leur vie.

– Non. Toutes les jolies femmes devraient pouvoir s'en dispenser.

– Ça, c'était au siècle dernier.

– Ne me dites pas que cela vous plaît de travailler ?

– Mais j'aime ce que je fais. Et je mourrais d'ennui si je n'avais d'autre préoccupation que moi-même.

La regardant avec insistance, Verdier dit :

– Mais vous ne seriez pas seule.

– Oh, je vois, dit-elle en riant. Un riche mari qu'il faudrait que j'admire et sur lequel je devrais rythmer ma vie…

– Pourquoi admirer ? Aimer suffirait. Et être aimée en échange, naturellement.

Emmanuelle ne répondit pas, l'œil soudain absent.

Verdier l'observait toujours avec attention.

– Avez-vous déjà été mariée ?

– Non.

Emmanuelle ne souriait plus. Évitant toujours le regard du banquier, elle reprit :

– Un jour… il y a longtemps… J'ai choisi.

– Et rien ne vous fera changer d'avis ?

Cette fois, elle plongea son regard tranquille dans celui de Verdier.

– Non.

Lorsqu'elle le regardait ainsi, le banquier perdait ses moyens. Il se sentait maladroit, stupide. Il avait déjà osé aller très loin et il se sentait incapable de continuer à plaider sa cause. Il baissa la tête. Emmanuelle retrouva brusquement son sourire comme s'il ne s'était rien dit.

– J'ai vu que vous n'aviez pas invité Vincent.

– Je ne l'ai pas jugé nécessaire.

Emmanuelle examinait le visage fermé du banquier, sa bouche dure aux lèvres fines, ce regard opaque.

– Vous… jaloux ?

– Vous voyez, soupira Verdier, il n'y a pas d'âge pour être ridicule.

Là-bas, près de la cheminée, Sophie fumait d'un air absent. Beaumont, installé dans son fauteuil, la regardait. Poliment, il demanda :

– Comment va votre ami Vincent ?

– Bien… enfin je suppose… il a quitté Alpha-Radio.

Verdier et Emmanuelle tournèrent la tête. La présence de Vincent semblait soudain avoir rempli la pièce.

– Tu ne me l'avais pas dit, s'étonna Verdier.
– Quelle importance ?
– Dans la mesure où tu t'intéresses à lui, cela ne me laisse pas indifférent. Et qu'a-t-il décidé de faire ?
Sophie dit d'un ton excédé :
– Des recherches.
– Des recherches ? Et quel genre de recherches ?
Elle hésita un instant, troublée par les regards qu'elle sentait posés sur elle. Elle eut un peu le sentiment de trahir Vincent en disant :
– Il est persuadé que l'histoire de ce type aux lingots cache quelque chose.
Elle se tut soudain, sensible à la tension accrue. Verdier était immobile, le cigare en l'air. Emmanuelle avait le regard fixe, impénétrable. Quant à Beaumont, il semblait passionné par le contenu de son verre.
L'œil de Sophie alla de l'un à l'autre. Elle eut l'impression d'être dans un musée de cire.
– Excusez-moi, dit-elle. Je suis fatiguée et je dois me lever de bonne heure…
Verdier la suivit des yeux. Beaumont et Emmanuelle s'observaient.
– Excusez-moi, dit cette dernière.
Elle quitta le salon à son tour. Verdier secoua la tête.
– Ces journalistes, ça ne peut s'empêcher de fouiner partout.
– Quelle importance ? remarqua Beaumont. Et que voulez-vous qu'il sache ? Un type insignifiant a vendu trois cents kilos d'or ? Et alors ?
– Vous oubliez les camelots.
– Si l'on ne possède pas les informations que nous avons, il est difficile de faire un rapprochement.
Emmanuelle retrouva Sophie au pied de l'escalier qui menait au premier.
– Qu'est-ce qui ne va pas ?
– Tout va de travers depuis quelque temps. Il y a eu ce petit bonhomme, cette histoire, puis…
Sophie évitait le regard d'Emmanuelle. Celle-ci dit doucement :
– Et puis moi, n'est-ce pas ?
– De toute façon, c'est trop tard…
– Trop tard ? Ça veut dire quoi « trop tard », quand on a vingt ans ?

Emmanuelle avait parlé durement, et la jeune fille la regarda avec surprise. Elle ne lui connaissait pas ce visage soudain tendu, durci.

– Les gens se perdent dans les mots, reprit Emmanuelle. Ne soyez pas comme eux, sinon le temps vous donnera raison et alors il sera trop tard. Vraiment trop tard.

Elle retrouva soudain sa réserve habituelle, tourna la tête et murmura :

– Le temps, vous ne savez pas ce que c'est.

Sophie l'observait toujours, déconcertée.

– C'est au moment où Vincent a le plus besoin de vous que vous le laissez tomber... Je vous l'ai déjà dit... Il n'y a rien entre lui et moi... et il n'y aura jamais rien.

Sophie hésita, parut vouloir parier, mais elle se contenta de monter l'escalier en silence.

Emmanuelle la regarda disparaître puis, pensive, retourna au salon.

La Rolls pénétra dans la rue Las-Cases obscure et déserte, s'arrêta dans un chuintement soyeux devant l'hôtel particulier. Renaud descendit et ouvrit la portière. Beaumont se pencha. Soudain, un homme surgit de l'ombre. Beaumont eut un instinctif mouvement de défense, mais il se détendit en reconnaissant celui qui venait d'apparaître : Delvaux.

– Vous ? Que se passe-t-il ?

L'enquêteur jeta un coup d'œil dans la rue déserte.

– Il faut que je vous voie tout de suite.

Beaumont lui indiqua sa demeure et le précéda. Delvaux monta les quelques marches en jetant de fréquents regards derrière lui.

Dans le hall, Beaumont lui demanda :

– Que craignez-vous ?

Il l'emmena jusqu'à son bureau et lui montra un siège.

– Alors ? Que se passe-t-il ?

– Je ne sais pas exactement... mais la série continue. Deux de mes enquêteurs sont hors circuit.

– Que leur est-il arrivé ?

Delvaux se trouvait devant une énigme insoluble. Lui, le brillant cadre, d'ordinaire si maître de lui, semblait avoir reçu un choc sévère.

– Je ne comprends pas… Le premier a été arrêté à Lyon en flagrant délit de vol. Quant au second, il a piqué une crise de folie furieuse sur la Canebière et il a fallu l'interner.

– Et, bien entendu, vous étiez sûr d'eux ?

– Comme de moi-même… Mais peut-être vais-je finir par douter aussi de moi-même. Il y a ce message que j'ai reçu. Un message dont le contenu s'est effacé tout seul. On m'y conseille d'arrêter mes recherches. Que voulez-vous que je fasse ?

Beaumont fit quelques pas avant de dire :

– Vous deviez être sur une bonne piste. Sinon, pourquoi s'acharneraient-ils ainsi sur vous ?

Delvaux était en plein de désarroi.

– Ils sont après moi. Je les sens… Ils épient mes moindres faits et gestes. Je ne voudrais pas que vous pensiez que j'ai peur ou que je suis paranoïaque, c'est incompatible avec mon métier, non, c'est plus grave que ça… Comment pourrais-je vous expliquer ? Avez-vous déjà fait ce cauchemar, monsieur Beaumont ? Vous montez un escalier pour échapper à des poursuivants, mais les marches se dérobent sous vos pieds, le danger est là, tout proche… vous le sentez et pourtant quand vous vous retournez, vous ne voyez rien… C'est ça que je ressens… C'est ridicule, non ?

Beaumont l'observait en silence.

– De toute façon, grillé comme je le suis, je ne puis plus vous être d'aucune utilité.

Beaumont regarda la porte qui s'ouvrit, laissant passage à Renaud.

– Raccompagnez M. Delvaux là où il le désire.

Delvaux se leva, regarda le financier et alla rejoindre Renaud. Avant de sortir, il se retourna :

– C'est une affaire qui échappe à ma compétence. Elle est trop… trop…

Il chercha son mot, finit par le trouver :

– … irrationnelle.

Beaumont hocha la tête.

Une fois seul, il resta un long moment songeur, puis répéta pour lui-même :

– Irrationnelle…

Ce fut avec une petite pointe d'émotion que Vincent pénétra dans l'immeuble de la station de radio. Il se souvint du jour où il y était entré pour la première fois. Il se revit montant l'escalier, bien résolu à faire son trou au sein de cette fourmilière. C'était… c'était à des années-lumière.

Il croisa quelques confrères qu'il salua.

Les sourires étaient aimables, mais les regards dérapaient rapidement. L'histoire avait dû se colporter, amplifiée, sûrement déformée. Il avait suffi de peu pour qu'il soit rejeté de la communauté. À la rédaction, il eut la chance de tomber sur celui qu'il venait voir : un copain, spécialiste des faits-divers. L'autre s'étonna de sa présence.

– T'as repris du service ?

Vincent secoua la tête et posa familièrement une fesse sur le coin du bureau.

– Qu'est-ce qu'on raconte exactement ?

– Que tu aurais eu des mots avec Marin.

Il leva l'index et ajouta :

– Information non contrôlée, hein ?

Vincent se pencha vers lui en souriant :

– Je vais te donner un scoop : la vérité sur ce qui s'est passé.

– Sérieux ?

– Et comment ! À un mot près, je devenais rédacteur en chef. J'ai demandé à Marin s'il voulait me céder sa place et il m'a dit non. Il m'aurait dit oui…

– Le jour où Marin dira oui à quelque chose… Tu veux quoi ?

Vincent sortit un papier de sa poche et le posa sur le bureau.

– Toi qui as tes petites entrées à la Préfecture, peux-tu m'obtenir le nom et l'adresse qui correspondent à ce numéro d'immatriculation ?

Comme l'autre semblait hésiter, Vincent ajouta :

– On me propose une Alfa Romeo d'occase et je ne voudrais pas me faire avoir.

Le confrère de Vincent hocha la tête. Il décrocha son téléphone…

Tandis qu'il se renseignait, Vincent jeta par déformation professionnelle un coup d'œil aux journaux qui jonchaient le bureau. Un titre retint son attention.

HUIT CENT MILLE FRANCS D'OR DISTRIBUÉS GRATUITEMENT DANS PARIS

Tandis que son ami téléphonait, Vincent parcourut les différents articles relatant les distributions d'or. Enfin, le rédacteur raccrocha, tendit à Vincent le bout de papier sur lequel il avait noté les renseignements.

– Première main… à peine un an.

La carte grise était au nom de Claude Vergnes.

– C'est le chirurgien du Tout-Paris… Tu le connais ?

Vincent hocha la tête. Information troublante. Son ami l'observait en souriant.

– Dis donc… une Alfa Romeo de l'année… Pour un mec qui vient de perdre son job…

– Tu sais ce qui disent les producteurs de cinéma ? C'est quand les affaires vont mal qu'il faut changer de voiture…

Puis, enchaînant, il montra les articles sur l'or :

– J'ai rien entendu là-dessus aux infos d'hier ?

– Ordre de Marin… Paraît que c'est un truc publicitaire sans intérêt.

Vincent donna une tape sur l'épaule du rédacteur.

– Tu veux que je te dise ? On fait un métier de salauds. Allez, salut !

Vincent arrivait à la hauteur du bureau de Marin lorsque celui-ci en sortit. Ils s'observèrent un instant. Le rédacteur en chef lui demanda :

– Tu me cherchais ?

– Non… je partais.

– Ce n'est donc pas la peine que je te demande si tu as réfléchi ? Ce n'est pourtant pas encore trop tard, tu as toujours ta place ici… une très bonne place, même.

– Tu veux m'acheter… comme on t'a acheté, toi ?

Marin fit un effort et dit seulement :

– T'as encore beaucoup de choses à apprendre avant de te retrouver un jour à ma place.

– Quoi ? La souplesse, par exemple ?

Marin préféra ignorer l'insolence.

– Pourquoi n'as-tu pas parlé de cette distribution d'or ?

– Parce que ça n'a aucun intérêt !

– On distribue huit cent mille francs d'or dans Paris et ça n'a aucun intérêt ?

– Qu'est-ce que tu cherches ? Tu as déjà perdu ton job… et demain ? Qu'est-ce que tu y laisseras, hein ?

– C'est ce qu'on t'a chargé de me dire ?

Marin ouvrit brusquement la porte de son bureau.

– Entre !

Vincent obéit. Marin claqua la porte, lui fit face :

– Écoute-moi, espèce de connard ! Je te croyais assez malin pour savoir qu'il y a des choses dans lesquelles il ne vaut mieux pas fourrer son nez. Surtout quand on est journaliste ! Tu crois peut-être que la démocratie, c'est le contrôle absolu du peuple sur la politique ou la finance ? Tu t'imagines peut-être que les hommes politiques, les P.-D.G. d'entreprises multinationales, les banquiers et je ne sais qui encore tiennent à ce qu'on révèle leurs petits secrets et leurs petites combines ? Ce n'est pas le rôle de radios comme la nôtre.

– Même si on trouve ça dégueulasse ?

– Oui, c'est dégueulasse, mais faut choisir son camp : ou on lutte ou on accepte.

– Et toi, tu acceptes ?

– Je suis là pour faire un tri entre ce qu'il faut taire et ce qu'on peut dire. En trente ans de métier, je vais te dire ce que j'ai découvert : la vérité, c'est le chaos.

– Et le public ?

– Le public ? Quel public ? Mais ça n'existe pas, le public ! Ça n'a pas de forme, le public, pas d'opinion. La masse, c'est con. Quand elle ferme sa gueule, c'est beau, c'est grand, c'est noble… c'est le Peuple. Quand elle la ramène, c'est la racaille… la populace.

– Et le système est là pour veiller à ce que le peuple ne devienne pas populace ?

– Exactement. Tout système quel qu'il soit fonctionne sur le principe double de l'exploiteur et de l'exploité et personne n'y peut rien. Et la justice sociale, c'est de permettre à l'exploité de devenir l'exploiteur de quelqu'un. Du moment que chacun a cet espoir dans la vie, l'équilibre est maintenu.

– C'est simple, en effet.

– Non, ce n'est pas si simple que ça… En fait, les relations entre exploiteur et exploité sont beaucoup plus complexes, beaucoup plus ambiguës… Attaque le premier et tu auras le second sur le dos. La masse aime l'ordre, tu comprends ?

– Je te croyais moins méprisant pour les autres.

Marin haussa les épaules.

– Ce n'est pas du mépris, c'est de la lucidité.

Il parut soudain gêné. Peut-être même regrettait-il de s'être autant livré. Pour la première fois depuis le début de leur conversation, Vincent le regarda bien en face.

– Off micro, tu peux me le dire… que sais-tu de toute cette affaire ?

– Rien et c'est encore trop.

– Pourquoi tu me laisses pas te raconter ce que je sais ? Ensuite, tu jugeras…

Marin hésita un instant, soupira :

– Je t'écoute… mais je te préviens, tu vas avoir du mal à me la vendre, ta salade.

Alors Vincent lui raconta tout. Des neuf cents kilos d'or proposés aux trois banques par Durand jusqu'à la lettre laissée dans la cave par les Compagnons d'Éleusis. Marin écoutait avec une attention soutenue, le visage impénétrable. Lorsque Vincent eut terminé, il garda quelques instants le silence avant de dire :

– Si c'est un feuilleton, j'achète.

– Tu ne me crois pas ?

– As-tu seulement un commencement de preuve ?

– Non… Le texte de la lettre s'est effacé et… Oh, je sais, raconté comme ça, ça a l'air d'une histoire de fou, mais tout ça je l'ai vu, vécu, tu comprends ? Vécu. Et il me reste une piste.

– Le professeur Vergnes ? Un chirurgien mondain qui soigne la moitié du Tout-Paris accusé de faire partie d'une mystérieuse secte ? Non mais tu te rends compte ? Tu me vois diffuser ça, moi ? Mais si je te laissais en raconter le dixième, je me couvrirais de ridicule.

– OK. Alors dis-moi pourquoi on veut m'empêcher de continuer.

Marin s'approcha de lui.

– Je ne suis pas dans le secret des dieux et les mystères d'Éleusis m'échappent à moi aussi. Je suppose que tu as frôlé une combine quelconque, finances ou trafic, peut-être les deux, et qu'on ne veut pas qu'elle soit portée à la connaissance du public.

– Qui : on ?

– Va savoir. Nous sommes dans un monde de voyous. Les plus doués habitent Neuilly, les autres sont à la Santé. Mais les uns et les autres détestent qu'on mette le nez dans leurs affaires.

Et s'énervant soudain :

– Mais bon Dieu, à qui espères-tu vendre une pareille salade ?

Vincent le regardait avec un curieux sourire.

– C'est bizarre... je n'y avais pas pensé.

– Tu vois.

– Non, non, tu n'as pas compris... ce n'est pas pour vendre que je veux continuer, c'est... c'est pour moi. Tu comprends ?

– Non.

Marin s'éloigna comme s'il se désintéressait brusquement de la présence de Vincent. Une fois derrière son bureau, il releva la tête :

– Je t'en ai dit plus que je n'en ai jamais dit à personne...

S'emparant d'une liasse de papiers, il ajouta :

– ... maintenant tire-toi.

Vincent hésita, puis fit demi-tour.

La clinique du professeur Vergnes était installée dans un ancien hôtel particulier de la rue Decamps. L'expansion immobilière n'avait laissé autour qu'une vaste cour qui servait de parking. Un marronnier s'y dressait encore pour rappeler ce qui avait été naguère le parc. Clinique mondaine pour dépressions mondaines, interventions chirurgicales bénignes et autres petits maux d'organismes fatigués par la consommation ou l'ennui.

La clinique Vergnes ne se cachait même pas derrière de hauts murs et le portail était grand ouvert. On y allait et venait sans mystère, et rien ne permettait de penser que le chirurgien se transformait en Mister Hyde la nuit venue.

Vincent était venu là par nécessité, pour respirer l'ambiance de cette clinique, tourner autour, l'examiner afin d'y déceler l'inattendu, l'insolite, voire l'inquiétant. Il resta là le temps d'une cigarette, puis repartit en direction de sa voiture.

Et comme il n'avait pas une âme soupçonneuse de vieux flic de carrière, il n'avait aucune raison de se méfier de l'homme qui se trouvait dans une DS et qui attendit qu'il ait tourné le coin de la rue pour décrocher son radiotéléphone…

Et ce qui devait fatalement arriver arriva.

L'hebdomadaire d'extrême droite *Tout* (*Tout* vous dit tout sur tout) ouvrit le bal. On put lire, en gros titre, le jour de sa sortie :

QUI S'EN PREND À L'OR ?

Les vrais coupables. D'étranges compagnons.

En page trois, l'article donnait des détails :

> *... qui donc s'attaque ainsi à l'or ? Qui donc a intérêt à fausser le jeu économique, à créer un climat de panique sur les principales places internationales ? Il existerait donc encore des spéculateurs assez vils pour oser s'attaquer à l'épine dorsale de notre système monétaire, au risque de ruiner ainsi des milliers de petits épargnants, des milliers de braves gens comme vous et moi qui n'ont commis d'autre crime que de faire confiance aux valeurs éternelles de l'épargne.*
>
> *Aussi devons-nous redoubler de vigilance, dénoncer, dénoncer sans cesse ce monstre qui n'ose pas dire son nom et dont le but inavoué est la destruction de notre société. Mais nous veillons. Nous sommes là pour mettre le public en garde, pour lui crier : DANGER !*
>
> *Regardez autour de vous, soyez sans pitié pour l'ennemi où qu'il se trouve. Dénoncez-le sans crainte et vos enfants vous remercieront plus tard. On parle d'étranges Compagnons qui seraient derrière cette spéculation. Des compagnons, vraiment ? Ne faudrait-il pas plutôt dire : camarades ? Qui téléguide cette opération absurde et dangereuse ? D'où sort cet or distribué ? Ne viendrait-il pas du froid ?*

Mais dans *Pouvoir rouge*, l'hebdomadaire maoïste, le son de cloche était tout différent. Le titre annonçait, si on peut dire, la couleur :

LA GRANDE PEUR DES SPÉCULATEURS

Et l'article n'était pas moins éloquent :

> *L'or monte, l'or crève son plafond... Mais l'or crèvera-t-il un jour ? On peut l'espérer si l'on en juge par la panique qui s'empare un peu plus chaque jour des spéculateurs. Il semblerait même que les loups ne sont plus d'accord entre eux... Les uns vendent, les autres achètent et le marché s'affole... Des milliers de spéculateurs au petit pied, ceux-là même qui votent* raisonnable *vivent dans la hantise de la chute des cours. En quoi, direz-vous, cela nous concerne-t-il, nous qui plaçons nos valeurs ailleurs que dans un métal, aussi précieux soit-il ? Nous nous devons d'être vigilants car cette manœuvre concertée ne peut être le fait que de la finance internationale qui, devant la prise de conscience des peuples, tente de reprendre la situation en main en créant une psychose de peur.*
> *D'ailleurs, qui peut mettre de l'or sur le marché sinon ceux qui le possèdent ? Le vieux monde capitaliste crève de toutes parts, mais la bête est encore dangereuse et nous devrons rassembler toutes nos forces pour l'achever. Le pouvoir espère une fois de plus tirer profit d'une situation de crise en rassemblant une prétendue majorité autour de lui grâce à des élections truquées. Mais nous ne serons pas dupes, camarades. L'ennemi a peur, cette fois. Luttons, luttons fraternellement et nous abattrons cette oligarchie internationale qui croit encore nous tenir en esclavage.*

Le même jour, vers 11 heures, une messe commémorative remplissait l'église Notre-Dame-des-Champs. Assistance nombreuse, réunie là pour la circonstance et qui ne se retrouverait pas avant un an.

Dans les derniers rangs, sobrement vêtu d'un costume gris, Beaumont assistait à l'office. Il le suivit ainsi, impassible, jusqu'au moment du sermon. Là, une fois assis, il s'isola de la cérémonie qui se déroulait, oublia le prêtre qui parlait à tous ces nantis d'amour et de charité et se concentra pour entrer en contact avec d'autres assistants disséminés dans l'église.

– *Appel de Veilleur numéro un.*

– *Veilleur numéro trois.*

– *Veilleur numéro cinq.*

Ils étaient ainsi huit qui allaient se faire reconnaître tour à tour et Beaumont leur demanda l'état de leurs recherches. Négatives dans l'ensemble. Seul l'un d'eux communiqua :

– *Une vente doit avoir lieu demain à Versailles. Il s'agit d'un bas-relief de divinités éleusiniennes. Mais peut-être cela n'a-t-il aucun rapport...*

Beaumont réfléchit un instant, puis :

– *Intensifiez les recherches. Vous avez été placés dans des sphères d'influence. Sondez ceux qui vous entourent. Allez aussi loin que vous pourrez mais ne courez jamais le risque d'être découverts. Intéressez-vous aussi à un jeune journaliste de radio qui s'appelle Vincent Delamare.*

Pendant quarante-huit heures, nuit et jour, Vincent revint rôder autour de la clinique sans rien déceler d'anormal. Il suivit même Vergnes jusqu'à son domicile, à quelques centaines de mètres de là.

En vain.

Un peu découragé, il reprit le chemin de son studio. Vergnes devait se méfier et ne bougerait pas avant un certain temps. Et puis il lui était tellement facile de communiquer grâce à sa clinique. Qui prouvait en effet que celui qui y entrait était réellement malade ?

Il avait lu les articles des hebdos. Polémique, appel au meurtre ou au peuple, tout sauf de l'information. En montant chez lui, Vincent se demandait si ce qu'il avait cru être une bonne piste n'était pas en fait une impasse. Il ouvrit sa porte et s'immobilisa.

À ses pieds, une enveloppe portait seulement son nom tapé à la machine.

Il l'ouvrit rapidement.

Il en sortit une feuille ordinaire sur laquelle, il put lire :

> *Demain jeudi à 10 heures à la salle des ventes Muller à Versailles, il sera proposé aux enchères un bas-relief de divinités éleusiniennes. Comment pourriez-vous rester insensible à cette vente, vous qui vous intéressez aux mystères d'Éleusis ?*

Le texte n'était pas signé.

14

La salle des ventes Muller, à Versailles, était spécialisée dans des objets d'art se rapportant à l'Antiquité, qu'elle soit grecque, égyptienne ou étrusque. Quelques siècles de pillage trouvaient là des amateurs qui étaient sinon éclairés du moins fortunés. Sculptures, céramiques, terres cuites, plus rarement des bijoux. Elle n'était fréquentée que par une petite clientèle d'initiés, parmi lesquels une majorité d'antiquaires. Les prix garantissaient une sélection sévère.

Il était un peu moins de 10 heures lorsque Vincent y pénétra.

La vente n'était pas encore commencée et il n'y avait qu'une quinzaine de personnes présentes. Les objets étant exposés depuis la veille, les jeux étaient presque faits. Vincent regarda autour de lui, un peu dérouté. Il n'avait guère l'habitude de ce genre de lieu. Les amateurs parlaient entre eux, semblant dans l'ensemble se connaître. Soudain, Vincent sursauta. Là-bas, derrière un groupe, une silhouette lui parut familière. Il s'approcha. Il ne s'était pas trompé. Emmanuelle était là, parlant avec un inconnu.

Peut-être sentit-elle son regard car elle se retourna.

Elle eut l'air surpris mais se reprit et sourit.

– Décidément, dit-elle, nous sommes faits pour nous rencontrer.

– J'en suis ravi... mais... que faites-vous ici ?

– Mon métier, tout simplement. Auriez-vous oublié que je suis antiquaire ?

Elle abandonna l'homme avec qui elle parlait et l'entraîna. Ils s'observaient du coin de l'œil, chacun restant sur une certaine réserve.

Ils s'arrêtèrent et Emmanuelle lui fit face :

– Et vous ? Vous avez quitté le journalisme pour passer au commerce des objets d'art ?

– Pas encore, sourit Vincent. Je ne suis qu'un simple amateur.

– Ça se voit…

– Tant que ça ?

– Vous n'avez même pas le catalogue de la vente.

Elle lui tendit quelques feuillets reliés qui constituaient le catalogue en question. Tandis que Vincent le consultait, elle l'observait. Est-ce cette insistance qui alerta Vincent ? Il releva la tête, comme surpris, et leurs regards se captèrent. Elle murmura :

– Qui vous a parlé de cette vente ?

– J'adore l'ambiance des salles de vente.

– Et vous achetez ?

– Je vous l'ai dit : je ne suis qu'un simple amateur.

– Et qu'est-ce qui attire l'amateur, aujourd'hui ?

Vincent referma le catalogue sur le second feuillet duquel était présenté un fragment de bas-relief datant du Ve siècle avant Jésus-Christ. Y figuraient des divinités éleusiniennes. Venant donc de la mystérieuse ville d'Éleusis. Qui tenait à ce qu'il assiste à cette vente ? Et pourquoi ?

– Vous ne m'avez pas répondu, dit Emmanuelle. Qui vous a parlé de cette vente ?

– Je l'ai vue sur un prospectus.

La vente commençait.

Vincent observa la jeune femme qui suivait, maintenant, la vente d'un œil paisible. Tout se passait dans le calme, sans émotion apparente chez les participants. Les enchères se succédaient, rapides, et il fallait l'œil d'un expert pour ne pas rater le signe discret d'un éventuel acheteur.

On apporta enfin le bas-relief.

De dimensions modestes, il représentait deux personnages aux poses souples et gracieuses. Corps d'éphèbes soulignés par le drapé des vêtements. L'art du sculpteur était tel qu'on semblait voir les corps par transparence. Les visages avaient malheureusement moins bien supporté les atteintes du temps. Il ne restait d'eux que des ovales délicats d'où avaient disparu bouche, nez et yeux. Des extrémistes d'un nouveau culte, comme c'était arrivé ailleurs, avaient encore sévi en mutilant ces représentations divines. Une pièce unique, commentait le commissaire-priseur, dont l'état expliquait la modicité de la mise à prix : mille francs.

– Seulement ? murmura Vincent.

Aujourd'hui, les vrais amateurs étaient rarissimes. Maintenant, on en voulait pour son argent. On exigeait de beaux objets, susceptibles d'être revendus. Avec bénéfice, de préférence. Sans doute était-ce l'avis général, car un silence suivit la mise à prix. Vincent, fasciné, regardait l'objet. Et soudain, il s'entendit dire :

– Mille cent.

– Mille cent à gauche, répercuta le commissaire-priseur.

Vincent aurait été bien incapable de dire à quelle impulsion il avait obéi. Emmanuelle, surprise une seconde, l'observa, puis fit un signe discret que le commissaire-priseur sut interpréter.

– Mille deux cents, encore à gauche, qui dit mieux ?

– Mille trois cents, lança Vincent.

Sa surenchère fit hésiter la jeune femme. Elle le regarda de nouveau. Comme il souriait, elle leva un doigt.

– Mille cinq cents.

– Mille six cents, annonça Vincent.

– Deux mille, dit Emmanuelle à voix haute.

Vincent, un instant surpris de la découvrir adversaire, lança :

– Deux mille cent !

Ce qui avait commencé comme un jeu semblait maintenant tourner à l'affrontement. Quelques têtes s'étaient tournées vers eux. On semblait s'étonner de ces enchères. Deux ou trois marchands firent un signe discret à Emmanuelle, lui demandant ainsi si elle voulait qu'on l'aide à éliminer l'amateur obstiné. Elle eut un petit mouvement négatif et lança :

– Trois mille.

Vincent se tourna vers elle en souriant, dit :

– Trois mille cent.

Emmanuelle s'irrita de son insistance.

– Ne soyez pas stupide.

– Qui l'est ?

Il n'eut pas le temps d'en dire plus. Déjà, elle annonçait :

– Sept mille !

Dans la salle, on se tut. On suivait ces curieuses enchères sans trop bien comprendre. Emmanuelle s'était tournée vers Vincent avec un petit air de défi. Vincent grimaça, secoua la tête. Il renonçait.

Alors que la dernière enchère semblait acquise, du fond de la salle une voix s'éleva pour dire :

– Neuf mille !

Emmanuelle se retourna comme si quelque chose la menaçait. Elle examina l'homme qui s'inclinait vers elle en souriant. Et sa surprise fut telle qu'elle n'entendit pas le commissaire-priseur égrener les fatidiques :

– ... deux fois... neuf mille, trois fois... Adjugé pour neuf mille à monsieur.

Emmanuelle réalisa au moment où s'abattait le marteau. Elle avait bien levé la main, mais il était trop tard. La vente était terminée. Déjà on passait à autre chose.

– Nous voilà départagés, remarqua Vincent.

Emmanuelle ne l'écoutait pas. Elle regardait s'approcher l'inconnu qui avait emporté la vente.

– Je suis navré d'avoir manqué de galanterie, mais je tenais beaucoup à cette pièce.

Emmanuelle s'efforça de sourire.

– Bien entendu, vous n'accepteriez pas de me la céder ? Votre prix serait le mien.

– Non, madame. À aucun prix.

Elle ouvrit son sac et en sortit une de ses cartes qu'elle tendit à l'homme.

– Au cas où vous changeriez d'avis.

L'homme prit la carte et y jeta un rapide coup d'œil avant de la glisser dans sa poche.

L'air contrarié, Emmanuelle se tourna vers le jeune homme.

– Venez.

Ils quittèrent la salle et se retrouvèrent dans la rue sans avoir échangé un mot. Ils marchèrent ainsi un moment, puis Vincent finit par demander :

– Pourquoi n'êtes-vous pas restée jusqu'à la fin ?

– Ça ne m'amusait plus.

– Vous y teniez tant que ça, à ce bas-relief ?

– Oui.

– Pourquoi ?

Elle s'arrêta et le regarda.

– Je voulais vous l'offrir pour… pour me faire pardonner.

Il l'observait sans comprendre.

– Me l'offrir ? Mais… pourquoi avez-vous surenchéri sur moi ?

Avec un sourire désarmant, elle répliqua :

– Où serait la valeur d'un cadeau s'il ne coûtait rien ?

Il lui rendit son sourire et, lui prenant le bras, il dit en se remettant à marcher :

– Ce cadeau, vous me le faites en étant là. Je me suis conduit comme un imbécile, l'autre jour. Ce n'était ni poli ni gentil. Vous ne m'en voulez pas trop ? D'ailleurs j'ai une excuse…

Il lui lança un bref regard, enchaîna :

– Je tiens beaucoup à vous.

Elle ne répondit pas et continua de marcher, l'air un peu absent.

– Vous ne dites rien ?

– Que devrais-je dire ?

– Eh bien, je ne sais pas, moi. Qu'il fait beau… Que vous êtes bien… et que vous êtes absolument ravie de déjeuner avec moi.

Elle s'arrêta et dégagea son bras.

– Parce que nous déjeunons ensemble ?

– Vous ne le saviez pas ?

Il ne lui laissa pas le temps de répondre, enchaîna :

– Ne me devez-vous pas un cadeau ?

Elle sourit et il sut qu'elle ne dirait pas non.

Ils trouvèrent un restaurant paisible avec une clientèle d'habitués dont on gardait la serviette et la bouteille de vin d'un repas à l'autre. Les nappes étaient en papier et le menu écrit à la main. L'unique serveuse leur fit un sourire complice et les emmena jusqu'à une table à l'écart, contre une fenêtre isolée de la rue par des rideaux à petits carreaux rouges et blancs. Cuisine familiale avec comme plat du jour du lapin à la moutarde.

Vincent et Emmanuelle, face à face, s'observaient.

L'intimité du restaurant semblait soudain être une gêne entre eux. Vincent sentait la jeune femme sur ses gardes, aussi inaccessible que si elle se trouvait de l'autre côté d'une paroi de verre. Il essaya de la faire parler d'elle et n'obtint que des réponses évasives comme si elle craignait de se livrer ou de s'abandonner.

La serveuse vint prendre la commande.

Lorsqu'elle s'éloigna, Emmanuelle en profita pour faire basculer la conversation.

– Et si vous me parliez plutôt de vous ?

– Que pourrais-je en dire ?

Comme des milliers d'autres, il était venu de province poursuivre ses études et il lui avait été impossible d'en repartir. Alors, il s'était lancé à l'assaut de la capitale…

– Comme Rastignac ? sourit-elle.

La réflexion frappa Vincent. C'était la seconde fois en vingt-quatre heures qu'on évoquait ce personnage à son propos. Était-ce donc l'image qu'on retenait de lui ? Celle d'un arriviste ?

– Je crois que je vire plutôt au Rubempré.

– Vous ? Je n'en crois pas un mot. Vous semblez avoir plutôt bien réussi jusqu'ici. Non ?

Pour atténuer l'image qu'elle semblait se faire de lui, Vincent choisit la dérision pour lui raconter sa jeune carrière à Paris, son passage dans la publicité, ses débuts peu glorieux dans le journalisme… Il mimait, chargeait le trait, finissait par ridiculiser les autres et lui-même à tel point qu'Emmanuelle éclata de rire.

Vincent joua la surprise et en profita pour lui prendre la main.

– Vous avez ri !

Son visage était plus coloré, plus animé, beaucoup plus doux aussi.

– Cela m'arrive, vous savez…

– Non, non… Pas comme ça. Pas comme vous venez de le faire… Bien sûr, vous souriez, vous êtes aimable, mais vos yeux restent tristes… Cette fois, ils ne l'étaient pas.

Il y avait en effet beaucoup de douceur dans le regard qu'Emmanuelle posait sur Vincent. On pouvait même penser qu'elle avait fini petit à petit par céder au charme du jeune homme. Néanmoins, elle retira sa main de la sienne et prit son verre.

Elle but en regardant par la fenêtre. Vincent l'observait, perplexe.

– La parenthèse est déjà refermée ?

Elle tourna la tête vers lui.

Elle souriait toujours, mais l'invisible paroi se dressait de nouveau.

– Continuez, murmura-t-elle.

– Quoi ?

– Vous me parliez de vous...

– C'est tout. Il n'y a rien d'autre à en dire.

Vincent était déconcerté. L'espace d'un instant, il y avait eu une véritable intimité entre eux. Pourquoi se refermait-elle de nouveau sur elle-même ? Il ne s'agissait pas de coquetterie. Avait-elle peur ? Mais de quoi ? Et lorsqu'elle lui demanda pourquoi il avait quitté la station de radio, il se contenta de hausser les épaules.

– C'est à cause de cette histoire d'or, n'est-ce pas ?

Comme il ne semblait pas décidé à répondre, elle ajouta :

– C'est Sophie qui me l'a dit.

– Vous a-t-elle dit aussi que c'était fini entre elle et moi ?

Emmanuelle hocha la tête, mais cela n'alla pas plus loin.

– Et si vous me racontiez tout ?

Vincent hésita. Mais au point où il en était... Il parla un long moment sous l'œil attentif d'Emmanuelle.

– Maintenant, vous en savez autant que moi.

Emmanuelle secoua la tête.

– Vous avez beaucoup d'imagination... Un peu trop, peut-être ? En admettant que vous ayez découvert quelque chose, croyez-vous qu'on vous laissera aller plus loin ? Que savez-vous de ceux qui vous ont signalé cette vente ?

Il eut l'air surpris.

– Ces Compagnons ont peut-être changé d'avis.

– Qui vous dit qu'il s'agit des Compagnons ? Vous m'avez dit que ce billet n'était pas signé. Cela ne vous a pas étonné ? Jusqu'ici, ces Compagnons ont toujours signé leurs envois. Méfiez-vous, Vincent, ne vous aventurez pas sur un terrain interdit.

– Ils avaient les moyens de m'éliminer... ils ne l'ont pas fait. Ils savent bien que je ne leur suis pas hostile...

– Ça ne leur suffit peut-être pas, Vincent.

– Qu'est-ce qu'il leur faut de plus ? Que je sois initié, peut-être ?

Il fut surpris du silence d'Emmanuelle, de l'expression de son visage.

– Eh bien quoi ? Qu'est-ce que j'ai dit ?

– Vous employez des mots dont vous ne connaissez pas le sens.

– Ne croyez pas cela... Quand je dis initié, c'est bien initié que je veux dire.

Il se pencha vers elle, baissant légèrement la voix :

– S'ils signent « Compagnons d'Éleusis », ce n'est pas par hasard... Je me suis renseigné sur Éleusis, c'est une ville de Grèce. Cinq cents ans avant Jésus-Christ, le sanctuaire qui s'élevait là avait déjà une réputation universelle, On venait de partout pour s'y faire initier... On dit même qu'Éleusis a été la clé de voûte de toute la civilisation antique pendant plusieurs siècles, C'est Plutarque qui parle de livres cachés que tous les mortels n'ont pas le droit de connaître.

– Où voulez-vous en venir ?

– Je ne sais pas... Je cherche. J'essaie d'additionner des choses qui n'ont apparemment pas de rapport entre elles, Éleusis... des gens qui distribuent de l'or, la déesse Déméter... un chirurgien mondain...

– Et trois ratons laveurs, fit soudain Emmanuelle en se levant.

Vincent lui prit le poignet, l'immobilisa. Ils s'affrontèrent un instant.

– Qu'est-ce que j'ai dit de mal ?

– Vous risquez votre vie pour rien et ça m'énerve.

– Ça a donc de l'importance pour vous ?

– Je pensais à votre travail, à... Sophie...

Il la lâcha, se leva à son tour.

– Pour les leçons de morale, Emmanuelle, vous arrivez un peu tard.

Il fit signe à la serveuse qui lui apporta l'addition. Il paya, attendit la monnaie. Ils étaient silencieux, évitant de se regarder. La serveuse revint, repartit. Vincent se tourna vers Emmanuelle.

– Ça ne vous arrive jamais de sortir de votre armure ?

Elle eut un soupçon de sourire.

– Si vous me voyiez telle que je suis, vous seriez très déçu.

– Faites voir ?

Elle parut s'irriter de ce jeu et s'éloigna. Vincent la rejoignit pour lui ouvrir la porte.

Bientôt, la Méhari quitta Versailles.

De temps en temps, Vincent jetait un coup d'œil à Emmanuelle, silencieuse. Depuis le restaurant, ils n'avaient pas échangé un mot. Ils traversèrent Viroflay, puis Chaville... À la sortie de cette dernière banlieue, un panneau indicateur accrocha soudain le regard de Vincent.

Meudon.

Il ralentit brusquement et Emmanuelle s'étonna.

– Que se passe-t-il ?

Vincent ne répondit pas et continua de rouler au ralenti.

Meudon.

Il se revit suivant Durand et sa camionnette. Le mur de la propriété, le garage... Il n'y était pas retourné et c'était sûrement une erreur. Peut-être y avait-il quelque chose à trouver, un indice, un début de piste...

– Où allez-vous ? demanda Emmanuelle.

– Vérifier quelque chose...

Elle l'examina avec une certaine méfiance mais s'abstint de tout commentaire. Vincent monta la côte qui mène à Bellevue puis continua sur Meudon. Après avoir hésité, il arriva place Rabelais. À partir de là, il se repéra plus facilement et, quelques minutes plus tard, il retrouva la petite rue et le haut mur de la propriété. Il arrêta sa voiture à la hauteur du garage, s'appuya sur le volant.

Emmanuelle se tourna vers lui.

– Vous pouvez m'expliquer ?

Du menton, il lui montra le garage.

– C'est là que j'ai perdu la piste de Durand.

– Et alors ?

– C'est peut-être là que je la retrouverai...

– Mais, vous me l'avez dit vous-même, cette propriété est abandonnée depuis des années...

– Justement. Pourquoi est-elle abandonnée ? Et l'est-elle réellement ?

De sa boîte à gants, il sortit un trousseau de clés et ouvrit sa portière.

– Où allez-vous ?

Il montra le garage.

– Vous venez ?

Elle s'installa dans son siège pour bien marquer son intention de ne pas bouger.

Vincent n'insista pas.

La rue était déserte. Il se baissa et essaya la première clé du trousseau. La seconde tentative fut la bonne. La clé tourna et le rideau de fer se souleva. Comme il continuait de relever la porte, Emmanuelle descendit de voiture et vint le rejoindre.

Elle l'attrapa par le bras et le força à s'arrêter.

– Maintenant, ça suffit. Ramenez-moi, je suis pressée.

Mais rien ne pouvait arrêter Vincent qui avait entrevu l'avant de la camionnette. Il se libéra sans brutalité et finit de repousser le rideau de fer.

– Regardez… C'est là-dedans que Durand a transporté l'or. Suis-je toujours fou ?

– Prouvez-le-moi et je vous croirai.

Vincent l'abandonna pour examiner le véhicule. Il pénétra à l'intérieur, mais il ne trouva rien, rien d'autre que des papiers prouvant qu'il s'agissait d'une camionnette de louage.

Emmanuelle lui tournait le dos.

Dans le garage, il n'y avait même pas un vieux pneu ou un quelconque bidon d'huile, quelque chose qui permît de croire qu'on l'utilisait de temps à autre. Au fond, une petite porte de fer que Vincent poussa. Elle s'ouvrit difficilement, en grinçant. Au bruit, Emmanuelle se retourna et cria :

– Vincent !

Comme s'il n'avait pas entendu, il franchit la porte qui donnait dans le parc.

Ç'avait été sûrement un très beau parc du temps où un jardinier s'occupait de ramasser les feuilles mortes, de nettoyer les allées et de tondre le gazon… Mais sous les arbres centenaires, tout était à l'abandon.

Vincent avançait toujours, vaguement angoissé par ce silence à peine troublé par le cri des oiseaux. Les feuilles des années passées s'étaient accumulées, finissant par faire une épaisse couche d'humus, élastique sous le pied.

Derrière un rideau d'arbres, la maison apparut.

Une grosse demeure bourgeoise, faite de brique patinée et de pierre de taille noircie. L'ensemble était un peu lourd, un peu chargé avec ses balcons de pierre trop travaillés, ses écussons sculptés et son toit à quatre pans surmonté de deux girouettes rouillées. Au rez-de-chaussée comme aux étages, les volets étaient soigneusement clos. Un perron en pierre s'ouvrant en éventail menait à l'entrée principale, protégée elle aussi par de solides vantaux. La maison ressemblait à une vieille dame un peu démodée qui se serait assoupie au milieu des souvenirs de sa vie.

C'était à la fois paisible et triste.

Vincent s'apprêtait à se diriger vers le perron lorsque le cri d'Emmanuelle l'immobilisa. Il se retourna. La jeune femme était appuyée contre un arbre, pâle, presque défaillante. Vincent courut jusqu'à elle et la prit par les épaules.

– Emmanuelle... Qu'avez-vous ?

Elle ouvrit enfin les yeux.

– Je vous en prie... Ramenez-moi... ramenez-moi vite.

Vincent hésita un instant, eut un regard de regret pour la maison.

La soutenant, il entraîna Emmanuelle vers la sortie et ils se retrouvèrent bientôt dans la rue, Vincent referma la porte tandis que la jeune femme s'installait dans la voiture. Il la rejoignit et elle lui dit :

– J'ai été stupide. Vous m'en voulez ?

– Je ne vous reprocherai jamais d'avoir eu besoin de moi.

Il sortit une cigarette, en alluma une, l'œil fixé sur le garage.

– J'aimerais connaître le nom du type qui néglige une pareille propriété. Un notaire me renseignerait sûrement... Une commerçante m'avait bien donné un nom, mais je ne l'ai pas noté... Attendez-moi un instant.

Comme il s'apprêtait à descendre, Emmanuelle le retint.

– N'y allez pas.

– Pourquoi ?

– Ramenez-moi, il faut que j'ouvre mon magasin.

– Juste cinq minutes.

Sans attendre, il courut jusqu'à la vieille épicerie. La propriétaire le reconnut aussitôt.

– Alors ? Vous avez fait affaire ?

Elle paraissait le souhaiter. Vincent lui expliqua qu'il avait égaré le nom du notaire. La vieille femme le lui redonna bien volontiers et Vincent la remercia brièvement. Mais lorsqu'il revint à la voiture, il la trouva vide.

Emmanuelle avait disparu.

Il s'installa au volant. Dans la voiture flottait encore un parfum léger. Brusquement, l'aventure lui parut manquer de charme. Il aurait aimé continuer à avoir la jeune femme près de lui, remonter la piste, la convaincre. Il s'arrêta place Rabelais où se trouvait l'étude du notaire. Quelques instants plus tard, il insistait pour être reçu par lui.

Le notaire, bien que jeune, avait cette dignité un peu grise inhérente à sa charge. Il écouta poliment Vincent lui expliquer qu'il avait appris qu'une propriété était inoccupée et qu'il serait éventuellement acquéreur.

– C'est précisément moi qui m'en occupe, expliqua le notaire. Mais elle n'est pas à vendre.

– Peut-être pourrais-je convaincre le propriétaire ?

– Eh bien, cher monsieur, je ne l'ai jamais rencontré. En fait, cette maison appartenait à un ingénieur décédé maintenant depuis pas mal d'années…

– Il devait avoir des héritiers, je suppose ?

– À vrai dire, je n'en sais trop rien. Deux fois par an, je reçois…

Le téléphone sonna et le notaire s'interrompit.

– Excusez-moi.

Il décrocha, écouta un instant.

– Pardon ? Ah, oui, oui, très bien… Comment ? Non… Oui… Oui… Oui, je comprends…

Tout en répondant, le notaire jetait de petits coups d'œil à Vincent qui attendait patiemment.

– … mais parfaitement… Il en sera fait selon vos désirs. Je vous en prie. Comment ? Ah, bon… Eh bien… euh… au revoir.

Le notaire reposa son appareil et le remit en place avec un soin maniaque.

– Donc, vous disiez…, commença Vincent.

Le notaire consulta sa montre, eut une petite exclamation et regarda Vincent d'un air désolé.

– Cher monsieur, je vais devoir m'excuser, j'ai un important rendez-vous.

Et se levant, il ajouta :

– Je ne peux rien vous dire de plus au sujet de cette propriété… puisqu'elle n'est pas à vendre.

Vincent se leva en hochant la tête. Il demanda néanmoins :

– Comment s'appelle son propriétaire ?

– Puisqu'il est mort, cela ne vous serait d'aucune utilité. Mais laissez-moi votre nom et votre adresse. On ne sait jamais…

Ils étaient à la porte. Le notaire lui tendit la main.

– Navré, cher monsieur. Je reste à votre disposition.

Toutes les pistes finissaient sur une impasse.

Ces Compagnons étaient des gens qui prenaient leurs précautions.

15

Le lendemain, pour la première fois depuis des semaines, l'or cessa de monter.

Cela aurait dû signifier une légère amélioration du marché mais ce ne fut pas le cas. La Bourse avait toujours la fièvre et le manque de confiance qu'elle affichait s'était, cette fois, étendu à l'or. Fallait-il y voir un effet des articles de presse, amplifiés par des bruits incontrôlables qui circulaient dans les milieux boursiers ? Les observateurs n'osaient pas encore se prononcer. On s'attendait à un certain essoufflement du marché. L'or ne pouvait certes pas continuer de monter ainsi indéfiniment. Mais les plus pessimistes se posaient des questions : ces rumeurs qu'on colportait en se les chuchotant à l'oreille, qui en était à l'origine ?

Parmi les pessimistes, on pouvait compter Verdier, qui semblait vivre dans l'attente d'une catastrophe imminente, guettant les moindres signes d'affolement dans les milieux d'affaires... Ses divers correspondants ne s'étaient pas montrés très optimistes. Ce midi-là, lorsqu'il apprit que le marché allait sans doute fermer sur un léger fléchissement de l'or, il n'y tint plus et appela Beaumont à son domicile.

– Alors, cher ami ? Vous êtes au courant ?

– À propos de quoi ?

– De l'or, évidemment ! Pour la première fois, le lingot et le napoléon ont été cotés à leur valeur d'hier. On parle même de baisse...

– Cela devait arriver un jour ou l'autre, le marché était en surchauffe et une baisse semble plutôt bienvenue, non ?

– Certainement, mais pas dans ces conditions-là. Les transactions sont tellement médiocres que l'or aurait dû en bénéficier… Au-delà de cette baisse de l'or encore faible, c'est l'aspect psychologique de cette affaire qui m'inquiète. Même en affaires, la rumeur est toujours la plus forte…

– Que dit cette rumeur ?

– Elle affole les places financières. On ne parle plus que d'une offensive d'envergure contre l'or.

– Et vous… que croyez-vous ?

– Que l'offensive est déjà commencée.

– Conclusion ?

– Je me fous de ce qu'on raconte dans les couloirs de la Bourse. Je suis cartésien. Si ces fameux Compagnons sont derrière tout ça, il faut absolument les trouver, savoir quels sont leurs buts et les combattre sinon les détruire. Autrement la rumeur risque d'avoir encore de beaux jours devant elle. Inutile de préciser que nos amis partagent ce point de vue.

– Cette rumeur ne fait que reprendre quelques articles de presse. Rien de bien sérieux.

– Vous connaissez comme moi les milieux boursiers et leur tendance à s'affoler au moindre signe inquiétant. Si l'or continue de baisser, nous devrons faire face à une véritable panique. Et ce sera la crise.

– Le krach de 1929 a servi de leçon. On sait maintenant comment réguler les marchés pour éviter une crise grave.

– Lorsque nous sommes entre partenaires raisonnables, oui. Mais ici, nous ne savons même pas à qui nous avons affaire. C'est cela qui fait peur. On manipule l'opinion publique.

– Vendez, plaisanta Beaumont.

– Vraiment, j'admire votre sang-froid. Nous sommes pourtant tous dans la même galère et ce qui me touche vous atteint aussi.

– Vous avez quelque chose à proposer ?

– Je… Écoutez, Beaumont, j'ai une idée, mais je ne sais pas trop ce qu'elle vaut. Alors je vous en reparlerai si elle se révèle positive…

Beaumont essaya d'en savoir plus, mais Verdier se refusa à parler.

Il promit de tenir le financier au courant.

Dans son bureau, Beaumont, songeur, raccrocha. Il prit une carte de visite posée sur son bureau. Dessus était imprimé le nom d'Emmanuelle Vaccari. Et juste en dessous, quelqu'un avait ajouté un prénom à la main : celui de Vincent. Beaumont reposa la carte et son regard alla se poser sur un objet placé dans un fauteuil.

Un bas-relief représentant deux divinités éleusiniennes.

11 heures.

Allongé sur son divan, Vincent rêvait. Ce coup d'arrêt dans sa vie était une sensation nouvelle. Il découvrait que depuis des années il n'avait cessé de courir. Mais après quoi ? La réussite, la gloire, l'argent ? Un peu tout ça et un peu autre chose. En fait, il participait à un vaste mouvement collectif, à cette frénésie des années soixante fondées sur la sacro-sainte expansion.

Tout à coup, cela lui sembla vain, dérisoire même. Un effet pervers de Mai 68 ? À l'inverse de Sophie, encore étudiante, qui s'était muée en pasionaria, il avait vécu, lui, cette période à travers ses débuts dans la presse. Sans être hostile aux idées qui étaient dans l'air, il y avait surtout vu prétexte à reportages.

Et voilà que pour la première fois depuis longtemps il goûtait le plaisir du temps qui passe, du temps qui se perd... Les préoccupations d'argent viendraient plus tard. En marge du monde normal qui, lui, ne se préoccupait que d'argent, des inconnus avaient choisi de s'attaquer aux valeurs traditionnelles de la société et à ce qui la symbolisait : l'or.

Tout cela le troublait.

Quels étaient les buts de ces Compagnons ? Quelles réactions voulaient-ils provoquer et ne risquaient-ils pas de jouer les apprentis sorciers ? Et toujours la même et éternelle question : qui pouvait s'offrir le luxe de pareils moyens ?

Il mit un disque de musique ancienne. *Les Villanelles*, de Kapsberger.

Pendant que le luth à dix cordes et la flûte traversière accompagnaient la voix de soprano de la chanteuse, il s'approcha du plan qu'il avait dessiné et qui se trouvait toujours fixé au mur. Tout cela lui parut soudain lointain, presque irréel. Avec un peu de chance, il aurait pu surprendre les secrets de ces mystérieux distributeurs d'or dans cet étroit périmètre du Marais. Rue des Lombards, rue Saint-Bon, rue Pernelle, rue Nicolas-Flamel…

Alors qu'il était là à regarder le plan en tirant machinalement sur sa cigarette, ce fut le choc.

Une intuition absurde, une idée idiote, invraisemblable, insensée…

La sonnerie du téléphone le fit sursauter.

Il s'arracha difficilement à la contemplation du plan et alla décrocher l'appareil.

– Vincent ? C'est Emmanuelle.

Vincent sourit et se laissa aller dans son divan. D'un ton cérémonieux, il demanda :

– Comment allez-vous, chère madame ? Êtes-vous bien rentrée ?

– Vous m'en voulez, n'est-ce pas ?

– Moi ? Mais pas du tout. C'est à moi de m'excuser de ne pas avoir compris les dures nécessités du commerce.

Il l'avait touchée, il le sentit.

– C'est de la méchanceté inutile. Je pensais vous faire plaisir en appelant, mais puisque vous le prenez ainsi…

Elle était capable de raccrocher, aussi dit-il très vite :

– Pardon…

– Alors ? On fait la paix ?

– Comme ça ? Par téléphone ?

– Vous préférez qu'on se voie ?

Il le désirait et bien plus qu'il ne l'imaginait. Au téléphone, elle avait la voix de quelqu'un de fragile, de vulnérable, de quelqu'un qu'on avait envie de prendre par les épaules, de protéger… Oui, il voulait la voir, il en avait besoin et rien ne lui semblait plus important. C'était comme une angoisse qu'il lui fallait absolument effacer.

– Oui, dit-il enfin. Quand vous voudrez.

– Je ferme ma boutique pendant l'heure du déjeuner…

– Vous voulez que je passe vous prendre ?

Son œil tomba sur le plan et il reprit très vite :

– Ou plutôt non… Ça ne vous ennuie pas qu'on se retrouve ailleurs ?

– Pas à Meudon, j'espère ?

– Non, sourit-il. Dans le square de la tour Saint-Jacques.

Elle dut être surprise car elle ne répondit pas tout de suite.

– D'accord, dit-elle enfin. Dans une heure.

Vincent raccrocha. Sans bouger, il cherchait à retrouver le visage d'Emmanuelle, le son de sa voix, la chaleur de sa main... Il découvrit une émotion nouvelle : le plaisir différé de l'amour. Chercha quelque comparaison avec ses aventures ou ses amours passées. En vain. L'évolution des mœurs avait aboli cette lente approche d'un autre être, sa découverte progressive... Le plaisir de la présence, l'émotion d'un mot, d'un geste, la communauté d'une idée... Ces liens impalpables qui se tissent... La sensation rare d'être deux ensemble. Non, jamais personne ne lui avait laissé pareille impression. Pas même Sophie. Avec elle, cela s'était passé avec une simplicité biblique. Un jour, ils s'étaient retrouvés corps contre corps, souffle contre souffle et ils s'étaient aimés. Non. Ils avaient fait l'amour. Ils avaient toujours fait l'amour. Et seulement ça.

Vincent se leva.

De sa fenêtre, il découvrait les toits des immeubles voisins, de ces îlots en sursis sur lesquels s'étendait déjà l'ombre des futures résidences.

Rastignac avait tort. Il s'était trompé de conquête.

Emmanuelle, assise sur un banc, regardait les pigeons picorer à ses pieds.

Plus loin, trois ou quatre clochards se partageaient un litre de vin.

Vincent, immobile, un peu à l'écart, observait la jeune femme. Elle avait l'air d'une étudiante sage qui vient réviser au soleil entre deux cours. Vincent aurait voulu fixer ce tableau, en garder à jamais le souvenir.

Il s'approcha enfin d'elle, annoncé par l'envol des pigeons effarouchés.

Emmanuelle releva la tête vers lui :

– Vous leur avez fait peur.

Il se pencha légèrement.

– Et vous ? Vous avez peur ?

Elle se leva.

Un à un, les pigeons commençaient à revenir.

Emmanuelle fit deux ou trois pas en leur distribuant à nouveau des miettes.

Dans son dos, Vincent dit :

– Je me demande si j'arriverai à savoir un jour qui vous êtes... ce que vous détestez... ce que vous aimez...

Comme elle ne répondait pas, il s'approcha d'elle et lui immobilisa le poignet alors qu'elle s'apprêtait à jeter d'autres miettes. Montrant le pain, elle dit un peu moqueuse :

– Vous en voulez ?

Il entra dans le jeu, sourit à son tour :

– Je ne mange pas de ce pain-là.

– Dommage...

Elle se dégagea, s'éloigna en disant :

– ... j'aime les pigeons aimables... pas difficiles et surtout... surtout... raisonnables...

Elle se retourna.

Ils s'observèrent par-dessus quelques oiseaux redevenus familiers.

– Je crois que vous allez être déçue...

Il s'avança au milieu des pigeons, reprenant :

– Vous savez ce que j'ai appris chez le notaire, hier ?

Elle écoutait, attentive.

– Rien... Rien du tout.

Il s'approcha encore, murmura presque :

– Mais ce matin, il m'est venu une idée... une drôle d'idée...

Attentive, elle en oubliait de distribuer son pain. Vincent lui tendit la main.

– Venez, ce n'est pas loin.

Ils s'arrêtèrent bientôt à l'angle des deux rues. Vincent montra une des plaques.

– Qu'est-ce que vous lisez ?

– Rue Nicolas-Flamel... Qu'est-ce que ça a d'extraordinaire ?

Il lui fit tourner l'angle de la rue et lui montra l'autre plaque.

– Et là ?

– Rue Pernelle.

– Pernelle... qui était l'épouse de Nicolas Flamel.

– J'ai lu ça quelque part, en effet. Et alors ?

Soudain, Vincent perdit de son assurance. Il regarda la plaque, puis Emmanuelle et encore la plaque.

– Je vous l'ai dit, je n'ai aucune certitude... ce n'est... qu'une intuition... Ou plutôt une sorte d'association d'idées... peut-être complètement idiote...

– Nous ne sommes plus à ça près, alors expliquez-vous.

– Voilà... L'essentiel de mes découvertes, je l'ai fait dans ce secteur du Marais. Ici notamment, où ces fameux Compagnons tenaient il y a peu leurs réunions. Pourquoi ici ?

– Pourquoi pas ici ? Ils avaient besoin d'un local assez vaste à double issue et ils ont trouvé celui-ci qui avait servi pendant la guerre.

– Non. Ça remonte encore plus loin... L'immeuble de l'herboriste et celui où se trouve la seconde issue appartiennent au même propriétaire. Est-ce seulement un hasard ?

– Je ne vois pas où vous voulez en venir...

– Je sais, tout cela est confus, mais... Je vais essayer de m'expliquer... Partons de l'hypothèse que ce lieu est un lieu particulier, qu'il n'a pas été choisi au hasard... Il y a donc une raison, une raison importante.

– Ça me semble évident.

– C'est alors que m'est venue l'idée... Je cherchais un dénominateur commun à tout ça et... et je l'ai trouvé...

– Et c'est quoi ?

– L'or, naturellement.

Elle le regardait avec une attention soutenue.

Vincent alluma une cigarette. Les idées s'entrechoquaient dans sa tête et il lui fallait avancer à petits pas, faire le tri avec précaution.

– On a mis des quantités d'or sur le marché et personne ne sait d'où il vient, alors je me suis demandé si on ne l'avait pas trouvé, cet or...

– Trouvé ? Et vous croyez que des gens qui auraient trouvé une telle quantité d'or, ce qui est déjà invraisemblable, l'auraient vendu à perte, voire distribué ?

– Je me suis mal expliqué : on l'a peut-être redécouvert.

Il montra encore la plaque portant le nom de Nicolas Flamel.

– C'est peut-être ça, la clé... La légende veut que Flamel ait été alchimiste. Ce qui est certain, c'est qu'il avait acquis durant sa vie une véritable fortune. Comment ? On n'en sait rien. En tout cas, à sa mort, on n'a rien retrouvé… On peut très bien imaginer qu'il l'avait soigneusement cachée et qu'elle a été mise au jour… Si mes souvenirs sont bons, Flamel habitait quelque part dans ce quartier. Il devait y avoir une cave sous sa maison…

– Dix sur dix pour l'imagination. Votre hypothèse est amusante, mais je vous repose la question. Croyez-vous que le découvreur de ce trésor l'aurait vendu à perte, ou même distribué ?

– Tout dépend qui l'a trouvé. Les Compagnons d'Éleusis ne sont pas des gens ordinaires. Qui vous dit qu'ils ont découvert ce trésor par hasard ? Peut-être connaissaient-ils son existence, peut-être que cet or attendait qu'on… ?

Il se retourna vers Emmanuelle qui n'avait pas bougé.

– Je vais poursuivre mes recherches dans ce sens. Demain, j'irai à la Bibliothèque nationale vérifier un certain nombre de choses sur Flamel.

Emmanuelle s'était remise à marcher.

– Et puis ?

– Si j'ai vu juste, j'irai plus loin… Je chercherai du côté de l'actuel propriétaire de ces maisons que personne n'a jamais vu, et peut-être cette piste me mènera-t-elle à ces Compagnons d'Éleusis…

Ils étaient maintenant rue de la Verrerie.

Vincent s'arrêta.

– Je voudrais que vous compreniez. Ce n'est pas une affaire comme les autres… Depuis le début, je le sens… Ce nom qu'ils ont choisi… Tout cet or qu'ils mettent sur le marché, ces lettres étranges… Je veux savoir ce que ça cache, quels sont leurs buts et qui ils sont…

Plus loin, dans la rue du Roi-de-Sicile, Emmanuelle lui dit :

– Et une fois que vous saurez, que ferez-vous ?

– Je ne sais pas encore… Tout dépendra de ce que j'aurai découvert.

– Serez-vous bon juge de ce qu'il conviendra de faire ?

Il la regarda en hésitant.

– Bon juge ? Que voulez-vous dire ?

– Pourquoi cherchez-vous ?

Il s'arrêta et l'obligea à lui faire face.

– Quelque chose me pousse à continuer, je ne sais pas exactement quoi… C'est en moi et je n'y peux rien. Mais je voudrais que vous le sachiez, Emmanuelle… Je ne cherche pas la gloire ou l'argent dans cette aventure.

Ils approchaient de la place des Vosges. Ils devaient marcher ainsi, silencieux, jusqu'au magasin de la jeune femme. Là, ils s'arrêtèrent devant la porte. Mais Emmanuelle ne l'invita pas à entrer.

– Vous me faites peur Vincent.

– Pourquoi ?

– Parce que je vous vois exalté, prêt à partir à l'assaut de je ne sais quels moulins…

Il sourit.

– On fait tous ça un jour ou l'autre. Pour quelque chose… ou pour quelqu'un.

– Si vous saviez comme c'est idiot.

– Qu'est-ce qui est idiot ? De s'attacher à quelqu'un ? D'avoir envie de lui prouver qu'on… qu'on peut l'aimer ?

Emmanuelle ouvrit son sac, en sortit les clés du magasin.

Dans son dos, Vincent reprit :

– Pourquoi est-ce que je vous fais peur ?

Il la força à se retourner.

– Pourquoi m'avez-vous téléphoné ? Pourquoi avez-vous accepté de me revoir ?

– Est-ce donc si difficile de n'être que des amis ?

La secrétaire entra et Verdier releva la tête, interrogateur.

– Excusez-moi, monsieur. Il y a là quelqu'un qui dit avoir rendez-vous avec vous.

– Qui est-ce ?

– Vincent Delamare.

– Faites-le entrer.

La secrétaire parut quelque peu surprise et Verdier comprit pourquoi lorsque Vincent entra. Il n'avait fait aucun effort particulier pour s'habiller, et peut-être même l'avait-il fait exprès. Jean, blouson de cuir et chemise sport quasiment ouverte jusqu'au nombril. Mais Verdier avait décidé d'être aimable. Aussi se leva-t-il de son siège pour aller au-devant du jeune homme auquel il tendit une main qui se voulait amicale.

– Comment allez-vous ? J'espère que ce rendez-vous un peu précipité ne vous a pas trop dérangé ?

Verdier lui désigna un fauteuil et alla reprendre sa place.

– Un peu surpris, peut-être ?

– Un peu, je l'avoue.

Verdier hocha la tête. Il offrait le spectacle d'un homme profondément ennuyé.

– Ce n'est pas le banquier qui vous a prié de venir, mais le père.

Vincent l'observait avec une certaine méfiance. Ce genre d'introduction ne ressemblait guère à ce qu'il savait de Verdier. Il garda donc un silence prudent, attendant que l'autre se découvre un peu plus.

Verdier, qui attendait une réaction, se vit donc contraint de poursuivre.

– En fait, il s'agit de Sophie.

– Comment va-t-elle ? demanda Vincent poliment.

Verdier l'observa, indécis. Ce petit jeune homme serait-il en train de se foutre de lui ?

– Il est possible que je sois en train de me mêler de ce qui ne me regarde pas, mais, voyez-vous, je suis un peu vieux jeu… Peut-être l'aviez-vous remarqué ?

Vincent se garda bien de formuler une opinion qui fâche sur ce délicat sujet.

– Je suis veuf depuis longtemps déjà, poursuivit Verdier, et je me suis habitué à la présence de ma fille à mes côtés. Je me disais bien qu'un jour elle rencontrerait quelqu'un et qu'il lui faudrait me quitter… Mais vous savez, ce sont des choses qu'on imagine comme ça, sans trop y croire. Puis le temps passe…

Verdier s'approcha encore, ajouta :

– … et Sophie vous a rencontré. Je ne vous cache pas que de prime abord la chose m'a déplu. Vous n'étiez pas visé personnellement, mais vous étiez l'homme qui… enfin, vous me comprenez…

Vincent l'écoutait, surpris. Où le banquier voulait-il en venir ?

– Comme je suis un homme raisonnable et un père, je crois, compréhensif, passé ce petit moment d'humeur, je me suis rés… enfin j'ai accepté la situation. Je me devais de ne pas être égoïste et de faire avant tout le bonheur de Sophie. D'ailleurs, je vous ai reçu bien volontiers.

– Et je vous en remercie, dit Vincent avec un soupçon de sourire.

Verdier eut un petit geste de la main et alla jusqu'à la fenêtre. Il écarta le rideau puis fit demi-tour.

– Il se trouve donc que son avenir est aussi le vôtre. Non ?

– Je ne sais pas… Il se trouve aussi que nous sommes un peu fâchés…

– Je sais. C'est ce que j'ai fini par lui faire avouer. En fait, elle m'a tout raconté et… je n'ai pu que lui donner tort.

Qu'est-ce que Sophie avait bien pu lui raconter ?

– À votre place, j'en aurais fait autant… Le rôle d'une femme doit être d'aider, de soutenir… (Se penchant :) Car vous êtes dans un moment difficile, n'est-ce pas ?

– C'est ce qu'elle vous a dit ?

– Je sais que vous avez eu des problèmes avec votre rédacteur en chef et que vous avez dû quitter la station de radio.

– J'avais le choix.

Verdier l'observait d'un œil critique. Il émit un « ouais » sceptique, puis :

– Vous savez, quand on a des relations, il n'y a pas de situation qui ne puisse s'arranger.

– Je sais, sourit Vincent.

– Mais ça, c'est un autre aspect du problème dont on reparlera plus tard. Sophie m'a tout raconté, tout… Vos recherches, la filature de Durand, de Martin, l'herboriste, le souterrain, vous voyez, on peut parler à cœur ouvert, je sais tout…

C'était le père qui parlait, mais c'était l'œil du banquier qui restait posé sur lui.

– De vous à moi… Ces découvertes, vous y croyez vraiment ?

– Oui, sourit Vincent. Et je crois bien être le seul.

– Il est certain que les faits que Sophie m'a rapportés sont troublants… s'ils sont réels.

– Je ne peux rien prouver. Et Sophie n'a pas voulu me croire.

– Mettez-vous à sa place…

– Il lui suffisait de me faire confiance… J'y suis retourné, dans ce souterrain. Et j'ai trouvé.

– Quoi ?

– L'endroit où se réunissaient les Compagnons d'Éleusis.

Verdier cessa de regarder Vincent. Il prit son coupe-papier et se mit à le tripoter. Si le jeune homme avait mieux connu son vis-à-vis, il aurait su que le petit ordinateur personnel du banquier fonctionnait à plein régime. Mais Vincent n'était pas un homme d'affaires et il avait en face de lui un vieux requin. Un requin qui se contenta de dire d'une voix neutre :

– Vraiment ?

– Malheureusement, je suis arrivé trop tard.

Verdier releva la tête avec juste ce qu'il fallait de scepticisme dans son sourire.

– Quel dommage…

– Je ne vous demande pas de me croire… C'est comme ça.

– Mais je voudrais bien vous croire, mon cher Vincent… Je ne demanderais pas mieux, même. Croyez-vous que je ne sois pas préoccupé par la situation actuelle ? On cherche à flanquer notre économie en l'air. Qui ? je l'ignore…

Il soupira et laissa tomber :

– … mais ça m'étonnerait que la solution se trouve dans une cave du Marais.

Verdier faisait partie de ces gens sûrs d'eux qui marchent drapés dans la Vérité et qui d'un seul sourire savent vous ramener plus bas que terre, dans la masse des crétins. Et il l'avait, ce sourire qui irritait Vincent, cet air de dire : « *Qu'est-ce que tu sais de la vie, toi ? Moi, je suis quelqu'un d'important, moi, je suis dans le secret des dieux, moi seul suis bon juge…* »

Vincent s'installa dans une sorte de dignité offensée, mais il n'était pas de taille. L'œil de Verdier enregistrait la moindre de ses réactions. Et il en avait vu d'autres, cet œil. Tous ces bons messieurs souriants qui cherchaient à le posséder à longueur d'année, il connaissait. C'était un jeu dont il maîtrisait parfaitement les règles, jusque et y compris dans les coups tordus. Surtout les coups tordus. Aussi fut-ce d'un ton bien paternaliste qu'il reprit :

– Je ne mets pas en doute votre bonne foi… Mais vous savez, on laisse parfois aller son imagination, on extrapole… surtout dans votre métier. Croyez-vous vraiment que cela vaille la peine d'être fâchés, Sophie et vous ?

Vincent aurait bien voulu lui dire qu'il pouvait s'abstenir de jouer les entremetteurs, mais il n'y arriva pas. Comme il aurait aimé le bousculer, l'humilier. L'humilier, surtout. L'atteindre dans sa bonne conscience et ses certitudes bourgeoises. Finalement, il ne put que dire :

– C'est à Sophie de choisir. Moi, je ne renoncerai pas.

C'est ce qu'attendait Verdier.

– Continuer ? Mais en admettant que vous ayez trouvé une piste, vous m'avez dit vous-même que vous étiez arrivé trop tard, non ? Qu'avez-vous *réellement* découvert dans cette fameuse cave ?

– Rien, Rien d'autre qu'un message.

– Des Compagnons d'Éleusis ?

– Oui. Me demandant de renoncer à mes recherches.

– Et… vous l'avez, ce message ?

– Non… Il s'est effacé… Comme celui que vous avez reçu, d'ailleurs.

Vincent venait de marquer un point et Verdier sentit qu'il ne devait pas aller trop loin.

– C'est exact. Et quoi d'autre ? Comment pouvez-vous savoir qu'ils se réunissaient là ?

Vincent hésita.

– Parce que je les ai vus.

Verdier releva seulement la tête.

Vincent, piégé, sut qu'il ne pouvait faire autrement que d'aller jusqu'au bout. Quelle importance au fond ? Sa vraie piste, il n'en parlerait pas. Il imaginait la tête que ferait Verdier s'il lui parlait de Nicolas Flamel et de sa fortune.

– Je me suis peut-être trompé et je ne sais pas si ça me mènera bien loin. Je crois que l'un des hommes que j'ai vus ce soir-là était le professeur Vergnes.

– Celui qui a une clinique dans le XVIe ?

Vincent hocha la tête.

Verdier reposa son coupe-papier, se leva encore une fois.

– Qu'allez-vous faire ?

– Je vous l'ai dit : continuer.

Vincent se leva à son tour. Verdier lui mit la main sur l'épaule.

– À votre place, je laisserais tomber. Tout ça ne vous mènera à rien.

– C'est possible…

– Songez à ce que je vous ai dit au sujet des relations. À notre époque, on peut le déplorer, mais ça compte bien plus que le mérite. Les conseils d'administration sont pleins d'imbéciles bien placés et moi, je suis bien placé pour le savoir.

Vincent sourit. Arrivé à la porte, il dit :

– Je m'en voudrais de prendre leur place.

La porte était à peine refermée que Verdier était déjà à son bureau. Il avait perdu son sourire. Il réfléchit un instant, consulta son répertoire téléphonique et composa un numéro.

– Voudriez-vous me passer M. Lelong, je vous prie…

16

À la Bibliothèque nationale, les places sont limitées, donc chères.

Entre les vieux chercheurs qui sont quasiment là à l'année, les étudiants et les consultants temporaires, il est difficile d'y obtenir une table. Heureusement, à la veille des vacances, les étudiants se font rares et le temps des recherches est terminé en ces périodes d'examen. Quant aux vieux habitués, ils préfèrent se réchauffer au soleil, se réservant de retourner à la Bibliothèque lorsque l'hiver sera venu.

En qualité de journaliste, Vincent obtint sans peine accès à ce temple des écrits où se côtoient le plus rare des incunables et le plus récent des romans à la mode. Après avoir consulté le fichier, il demanda qu'on lui remette, dans un premier temps, trois ouvrages susceptibles de lui fournir les quelques renseignements qu'il cherchait.

C'est ainsi qu'il s'installa à un pupitre avec la *Description de la ville de Paris*, de Guillebert de Metz, un ouvrage de 1407, imprimé en 1855, l'*Histoire critique de Nicolas Flamel et de Pernelle, sa femme*, de l'abbé Villain, publié à Paris en 1761, et un livre de Léo Larguier intitulé *Le Faiseur d'or Nicolas Flamel*, de 1936.

Ce qui intéressait avant tout Vincent, c'était le Nicolas Flamel quotidien, l'aspect alchimiste restant secondaire pour lui. Il apprit ainsi que Flamel avait fait des études pour devenir bachelier ès arts avant de s'installer comme écrivain public dans une échoppe jouxtant le cimetière des Innocents.

Il resta là jusqu'à environ 1348, époque où la peste noire, venue d'Asie, ravagea l'Europe. À Paris, cinquante mille personnes furent emportées en quelques mois et le cimetière des Innocents, transformé en charnier, devint un dangereux foyer de contagion. Flamel, ainsi que bon nombre de ses confrères, décida alors de s'éloigner de ce lieu pestilentiel et émigra dans le quartier Saint-Jacques-la-Boucherie, qu'il ne devait plus quitter.

Au flanc de l'église, de petites loges avaient été construites à l'usage des écrivains publics. Flamel en loua d'abord une, puis deux pour y installer un commis. En cette période troublée, les écrivains publics ne chômaient pas. La guerre, les épidémies favorisaient les testaments et les successions. Il faut croire que les affaires étaient prospères puisque quelques années plus tard, aux environs de 1356, Flamel décida d'acheter une maison à l'enseigne de la Fleur de lys, maison reproduite en tête de l'ouvrage de l'abbé Villain. Elle se tenait à l'angle de deux rues appelées alors : rue des Écrivains et rue des Marivaux. Là, Flamel ouvrit une boutique de libraire, puis un atelier de reliure...

Vincent nota les renseignements pratiques qu'il avait recueillis.

L'église Saint-Jacques-la-Boucherie n'existait plus. Son emplacement était marqué actuellement par la tour Saint-Jacques qui, d'ailleurs, n'était qu'une reconstitution, due à Louis XII, du clocher primitif. Les rues actuelles qui portaient les noms de Flamel et de Pernelle se trouvaient donc à proximité de la tour Saint-Jacques.

Le quartier avait bien changé depuis le XIVe siècle et Vincent aurait aimé savoir à quoi correspondaient maintenant les rues des Écrivains et des Marivaux. Cela lui aurait permis de situer l'emplacement de la maison à la Fleur de lys où avait vécu Flamel.

Depuis quelque temps déjà, un vieux bonhomme était venu s'installer près de Vincent. Vêtu à la diable, le cheveu blanc vaporeux et fou, l'œil vif, il avait l'allure de ces rats de bibliothèque pour qui les parchemins n'ont plus de secrets. Cela faisait déjà un moment qu'il observait Vincent, qu'il se penchait indiscrètement pour jeter un œil sur les ouvrages et qu'il s'agitait comme s'il voulait attirer son attention.

Vincent, tout à ses recherches, n'y prenait pas garde.

Le vieil homme n'y tint plus et s'approcha.

– Je vois que vous vous intéressez au vieux Paris…

Vincent sourit et l'autre sembla prendre ça pour une invite.

– Ah, Paris… Paris… ce trésor de l'Histoire, ce merveilleux livre ouvert pour qui sait le lire… Si vous saviez comme ça me fait plaisir de voir qu'il existe encore des jeunes pour s'intéresser au passé.

Sans plus attendre, il tendit la main à Vincent en ajoutant :

– Mafle, libraire.

Vincent se présenta. Comme l'autre restait là, interrogateur, il se vit contraint d'ajouter :

– Je fais des recherches pour écrire un roman. Un roman qui se passe au Moyen Âge.

Mafle en parut soudain tout excité.

Plein d'exubérance, mais parlant bas pour ne déranger personne, il dit :

– Mais c'est passionnant ! J'espère que vous allez mettre en pièces toutes les bêtises qu'on a pu dire sur cette étonnante époque. Une époque qui a duré tout de même près de sept cents ans et dont la période la plus aboutie est le haut Moyen Âge. Pour ne s'en tenir qu'aux XIIe et XIIIe siècles, comment cette époque, qui a vu les bâtisseurs de cathédrales, pourrait-elle être celle de cet obscurantisme dont on a voulu nous persuader ? C'est absolument faux ! Jamais époque n'a connu une pareille liberté d'esprit… Les chercheurs et les philosophes de toutes origines ou de toutes confessions pouvaient vivre au grand jour sans craindre la répression… Vous voulez que je vous dise ? Tout s'est gâté à la Renaissance… Savez-vous que l'Inquisition n'a jamais été aussi violente qu'à la Renaissance… la Renaissance…

Il secouait la tête.

Vincent le regardait, amusé.

– … la naissance d'un véritable obscurantisme, oui, reprit Mafle… le début de la décadence… l'ordre… la poésie qui marche au pas sur ses douze pieds… Descartes et bientôt le fameux siècle des Lumières avec la langue qui se fige… les idées qui se codifient… Et voilà où nous en sommes ! Le magique a disparu, le merveilleux s'est volatilisé au profit de la sacro-sainte raison ! Si vous aimez le Moyen Âge, croyez-moi, jeune homme, il faut détruire les idées reçues, piétiner l'enseignement officiel…

Soudain inquiet, il observa Vincent avant de reprendre :

– C'est bien ce que vous allez faire, n'est-ce pas ?

– Mon héros est Nicolas Flamel, sourit Vincent.

Dans leur dos, deux trois « Chut ! » énergiques s'élevèrent.

Mafle proposa à Vincent de sortir.

Ils rendirent leurs ouvrages et quittèrent la bibliothèque.

Aussitôt, Mafle reprit :

– Je suis un spécialiste du vieux Paris et si vous avez besoin de quoi que ce soit, vous pouvez me consulter.

Montrant la Bibliothèque nationale du pouce, il précisa :

– Ici, il y a tout, absolument tout… Encore faut-il savoir où le chercher…

Après tout, si le libraire pouvait lui faire gagner du temps, pourquoi pas ?

– Je cherche à situer l'emplacement exact de la maison de Flamel. Les rues citées dans l'ouvrage que j'ai consulté n'existent plus.

– Vous voulez parler de la maison dite à la Fleur de lys ?

– Oui.

– Hélas, elle a disparu ! Elle a été détruite au siècle dernier lors de la rénovation du quartier.

– Et les rues ?

– Si mes souvenirs sont bons, la rue de Rivoli passe sur l'emplacement de la rue des Écrivains. Quant à la rue des Marivaux, eh bien… elle porte aujourd'hui le nom de Flamel, justement.

Le libraire semblait, en effet, bien connaître la question.

– Pourquoi ne viendriez-vous pas un jour jusqu'à ma boutique ? J'ai là-bas tout un tas de vieux plans de Paris qui pourraient vous être utiles.

Ils continuaient de descendre la rue de Richelieu vers le Palais-Royal. Le petit libraire marchait en sautillant, véritablement monté sur ressorts. Son œil aussi était sans cesse en mouvement. Soudain, il s'exclama, montrant l'immeuble qui portait le numéro 40 :

– Regardez ! C'est ici qu'habita Molière la dernière année avant sa mort… Malheureusement, la maison n'existe plus.

Il signala encore une maison à pignon, l'hôtel reconstruit pour Mme Poisson, mère de la Pompadour. Vincent écoutait en souriant son compagnon étaler une érudition qui n'était jamais ennuyeuse. Et ils arrivèrent enfin au Palais-Royal.

Montrant le métro, Mafle dit :

– Je préfère les transports en commun. Vous passez me voir un jour ?

Vincent promit.

– Vous trouverez facilement ma boutique... rue au Maire.

Vincent se retrouva seul, un peu étourdi.

Il traversa la rue de Rivoli, pénétra dans le jardin des Tuileries.

Et ce fut le calme, le silence. La paix.

Les bruits de la circulation étaient bien au-delà des rideaux d'arbres. On pouvait entendre de nouveau les oiseaux. Des gosses tiraient de gros camions en plastique aux couleurs vives. Des couples d'amoureux passaient dans les allées latérales. Un touriste japonais prenait des photos.

Vincent se laissa choir sur une chaise, alluma une cigarette. Il lui avait fallu deux heures pour consulter trois ouvrages et n'obtenir que de maigres renseignements. Ici, en plein jour, il sentit le découragement le gagner. Tout ce qui concernait les Compagnons d'Éleusis lui parut soudain irréel. Qui le croyait, d'ailleurs ? Il se souvint d'un mot du marquis de Sade qui lui avait particulièrement plu : *Si le monde entier ne pense pas la même chose que toi, c'est le monde entier qui a tort.*

N'est pas Sade qui veut et il n'est pas facile d'avoir raison contre tous.

Il en avait encore fait l'expérience le matin même dans le bureau de Verdier. À vrai dire, il n'attendait pas du banquier qu'il le croie. Et pourtant, lui aussi avait reçu un message de ces Compagnons. Vincent gardait une sensation de malaise de sa rencontre avec le banquier. Étrange sollicitude paternelle. Ou bien Sophie était-elle trop orgueilleuse pour revenir d'elle-même ? Cela ne lui ressemblait guère. Et si c'était seulement la jalousie de Verdier qui était en cause ?

Sophie risquait de réapparaître rapidement et Vincent ne se sentait pas du tout préparé à la recevoir. Et puis, il y avait Emmanuelle, la déroutante Emmanuelle, qui ne semblait se livrer que pour mieux se reprendre. Comme ses recherches. Il lui fallait néanmoins poursuivre et, pour cela, Vincent voulait être seul.

Dans l'hôtel particulier de Neuilly, Verdier et sa fille dînaient en tête à tête, séparés par toute la longueur de la table. Cela manquait totalement d'intimité, mais Verdier tenait à ce cérémonial. Il détestait les réceptions à l'américaine, les petits sandwiches et autres canapés. On s'en fourrait plein les doigts et on se bourrait sans se nourrir. C'était la mort de la cuisine traditionnelle. Dans ce domaine précis, il se croyait aussi investi d'une mission de préservation.

Ce ne fut qu'au fromage que Verdier se décida à aborder le sujet.

Sur le ton de la conversation, il dit :

– J'ai vu ton ami Vincent aujourd'hui... Il est passé me voir à la banque.

De surprise, Sophie resta le couteau en l'air.

– Qu'est-ce qu'il voulait ? Te demander ma main ?

Verdier préféra ignorer l'ironie.

– Pas encore... mais je le crois très amoureux de toi.

– Tu te fiches de moi ou quoi ? Tu sais très bien qu'on a rompu.

Verdier fit un petit geste pour bien montrer qu'il ne fallait pas dramatiser.

Sophie tendit son verre d'un geste volontairement ostentatoire.

Julien s'empressa de venir la servir. Verdier reprit :

– En somme, ce que tu lui reproches le plus, c'est d'avoir quitté la radio ? Tu sais... un bon journaliste retrouve toujours à se caser. Surtout s'il a des relations comme je peux en avoir.

Sophie s'apprêtait à boire. Elle arrêta son geste, observant son père avec perplexité.

– Il t'a eu au charme ou quoi ?

– Il en faut plus pour... m'avoir, comme tu dis si bien. Je trouve qu'il a des qualités, voilà tout.

– Il en a au moins une : il est têtu comme une bourrique.

– Ce n'est déjà pas si mal dans cette époque où tout le monde démissionne, se drogue, ne pense qu'à chanter, qu'à... prendre la route, comme ils disent... niant toutes les valeurs traditionnelles... le travail...

– … la famille… la patrie…, acheva Sophie, ironique.

Verdier aurait bien aimé répliquer, car il était plutôt chatouilleux sur ces sujets, mais son intérêt lui commanda d'éviter tout accrochage avec sa fille. D'ailleurs, celle-ci enchaînait :

– À t'entendre, on dirait que tu veux me vendre Vincent… alors qu'il n'y a pas huit jours, tu lui faisais encore la gueule. Faudrait savoir !

– Tu ne vas tout de même pas me reprocher de penser à toi.

Sophie l'observait avec un demi-sourire.

– À moi seulement ? Pas un tout petit peu à… je ne sais pas, moi… à… à Emmanuelle, par exemple ?

Comme son père restait silencieux, elle poursuivit :

– Si je revois Vincent, Emmanuelle est de nouveau libre… libre pour ceux qu'elle intéresse.

Verdier eut un mouvement d'irritation. C'était le genre de sujet qu'il détestait aborder devant les domestiques. D'un geste, il fit signe à Julien de sortir. Et, prenant sur lui-même pour ne pas faire de remarque désagréable, il dit seulement :

– Je te mentirais en te disant que je n'ai pas pensé à Emmanuelle… Mais avant tout, c'est à ta situation que je pense, et…

Sophie l'interrompit vivement.

– Ma situation, c'est moi que ça regarde et c'est justement pour ça que je ne revois plus Vincent…

Comme son père paraissait surpris, elle expliqua, un peu moins brutalement :

– Eh oui… c'est comme ça… je ne peux pas vivre sans une certaine sécurité. (Elle sourit.) Question d'éducation, sans doute… Tu devrais être content ?

– Avec l'héritage de ta mère, dit Verdier en haussant les épaules, ça m'étonnerait que tu connaisses un jour des fins de mois difficiles.

– Alors, tu n'as rien compris. D'abord, Vincent n'est pas du genre à se faire entretenir… Et puis réussir, ce n'est pas forcément être bourré de fric… Si Vincent laisse tomber son job de journaliste, il est fichu…

Regardant son père bien en face, elle ajouta d'un ton net :

– … et ça, je ne pourrai pas le supporter.

Pendant un instant, Verdier cessa de tout mettre en équation.

– Tu tiens à lui ?

Comme Sophie ne répondait pas, il enchaîna :

– ... alors il faut que tu l'aides.

Sophie repoussa son assiette d'un air excédé, posa sa serviette sur la table avec l'intention manifeste de se lever. Alors, chez Verdier, le banquier revint au galop.

– C'est notre intérêt à tous les deux.

Sophie s'était immobilisée.

– C'est-à-dire ?

– Tu ne crois peut-être pas à ses recherches, mais moi, elles m'intéressent.

Sophie se laissa aller contre le dossier de sa chaise.

– Eh bien, nous y sommes... Le rôle de banquier te va beaucoup mieux que celui de père.

Ils s'observèrent un instant sans hostilité, peut-être même avec une certaine tendresse.

Verdier demanda enfin :

– Mais comment me vois-tu donc ?

– Comme quelqu'un qui a choisi il y a bien longtemps d'être... ce que tu es. Et ne prends pas ça pour un reproche... Je sais bien que tu te fiches de Vincent... d'Emmanuelle... et dans une certaine mesure, de moi aussi...

Comme il allait pour protester, elle l'arrêta d'un geste.

– Non, non, ne dis rien... c'est trop tard. Je suis ta fille... tu es mon père... c'est-à-dire rien de plus que quelques années de cohabitation...

Verdier regardait fixement son assiette. Il murmura :

– Le temps passe vite... on doit faire face à des responsabilités... et puis...

Il regarda sa fille.

– ... les grandes démonstrations, ce n'est pas tellement mon fort...

Sophie sourit avec une certaine tendresse.

– C'est le moins qu'on puisse dire...

– Tu m'en veux beaucoup ?

Elle réfléchit un instant, comme si la question était importante. Un peu surprise, elle dit :

– Non, même pas... et pour te le prouver, je vais revoir Vincent.

Verdier semblait ne pas bien comprendre.

– Non, je n'ai pas l'impression de le trahir, reprit Sophie. Au contraire.

Sophie se leva. Verdier la suivit des yeux, pensif.

– On n'aura jamais autant parlé, toi et moi…

Elle se tourna vers lui :

– Oui… mais dix ans trop tard. Dommage.

Le professeur Vergnes ne recevait évidemment que sur rendez-vous, et encore s'agissait-il de clients privilégiés, d'autres médecins attachés à l'établissement le déchargeaient du reste de la clientèle. Mais ce matin-là, lorsque sa secrétaire lui annonça peu avant midi que M. Amaury était arrivé, il lui demanda de l'introduire immédiatement.

Si on jugeait Vergnes uniquement sur les apparences, on pouvait penser qu'il s'agissait d'un de ces médecins mondains dont l'art consiste surtout à savoir ramasser une solide fortune. Or, Vergnes n'avait rien d'un toubib de charme. C'était un personnage austère, assez froid et qui aimait la médecine. Seules les circonstances l'avaient amené à choisir cette clinique. Des circonstances bien particulières.

Lorsque le banquier Amaury entra, il se leva pour aller l'accueillir.

– Et bien, qu'est-ce qui ne va pas ?

– Le cœur, comme d'habitude et puis… et puis un problème d'ordre plus intime.

En même temps, il glissa un œil vers l'assistante du professeur qui venait de sortir la fiche du malade. Vergnes hocha la tête, se tourna vers la jeune femme :

– Laissez-nous un instant, mademoiselle.

L'assistante n'insista pas. Encore un type qui avait des problèmes sexuels.

Une fois la porte refermée, Vergnes retourna à son bureau en demandant, plutôt mécontent :

– Que se passe-t-il donc ? Vous aviez reçu la consigne de ne plus venir ici.

– Je sais mais il faut que je vous parle.

Amaury s'installa dans son fauteuil.

– Est-ce si urgent ?

– Que craignez-vous puisque j'étais votre client avant ?

Vergnes soupira.

– Si vous voulez tout savoir, je crains qu'on m'ait identifié après notre départ de la rue des Lombards. Ce qui veut dire qu'on me surveille peut-être et, par voie de conséquence, ceux qui me rendent visite.

– Vous en êtes sûr ? s'inquiéta Amaury. Qui nous aurait découverts ?

Vergnes eut un geste vague.

– Si vous me parliez plutôt de ce qui vous amène ?

– Eh bien, je suis en train de me demander s'il ne s'agit pas de la même chose… C'est au sujet de Verdier.

– Je vous écoute.

– Je sors de son bureau et je l'ai trouvé particulièrement euphorique.

– La Bourse s'améliore ?

– Non, il ne s'agit pas de cela. Verdier nous a laissé entendre qu'il était sur une piste…

– Vous dites : nous. Qui y avait-il d'autre ?

– Beaumont, le financier.

– Continuez.

– Donc, Verdier est resté très discret sur ce qu'il a découvert mais, d'après lui, il se pourrait bien qu'il ait du nouveau avant peu…

– Il ne vous a pas donné d'autres précisions ?

– Non. Il veut avoir une certitude avant de nous annoncer la bonne nouvelle, comme il dit.

– Je ne comprends pas bien… Qu'est-ce qui vous inquiète dans tout cela ?

– Je connais Verdier. C'est le contraire d'un imaginatif et d'un enthousiaste. Il faut donc prendre au sérieux ce qu'il dit. Il a peut-être des réseaux que nous ignorons.

Vergnes se leva et fit quelques pas dans son bureau.

– Il ne peut rien découvrir.

– Qu'en savez-vous ?

– Vous avez pu le constater, il n'y a pas de traîtres chez nous. Ensuite, aucune piste valable ne peut être trouvée.

– Mais pourtant, vous venez de me dire que vous aviez peut-être été découvert ?

– Je ne suis pas une piste valable, sourit Vergnes. Jamais on ne pourra aller plus loin que moi.

Il posa sa main sur l'épaule du banquier en un geste qu'il voulait rassurant.

– Vous êtes Amaury, banquier. Continuez à l'être jusqu'au jour J.

Amaury se leva en soupirant.

– Vous avez sans doute raison… Mais depuis cette affaire de la rue des Lombards, je me méfie de tout le monde. Tenez… Beaumont, par exemple… Eh bien, je ne peux pas m'empêcher de le trouver étrange. Tout à l'heure, nous sommes repartis ensemble et il s'est mis à me poser un tas de questions. J'ai failli en avoir la migraine…

Il eut une sorte de frisson avant de poursuivre :

– Il me regardait d'un air bizarre, comme si… comme s'il voulait que je lui avoue quelque chose.

– Allons, allons, dit Vergnes, ce n'est que du surmenage… À votre place, je laisserais tout tomber et je partirais me mettre au vert deux ou trois jours.

Il le raccompagna jusqu'à la porte, l'ouvrit et lui serra la main.

– Rien de grave, mon cher. Suivez mon traitement et tout rentrera dans l'ordre.

Vergnes, souriant, le regarda s'éloigner. Puis il referma la porte en même temps qu'il perdait son sourire. Il resta un instant à réfléchir, s'approcha du téléphone, posa la main dessus, puis l'abandonna… Il appuya sur l'interphone.

– Mademoiselle… annulez tous mes rendez-vous et mon déjeuner.

Quelques instants plus tard, il était dans l'ascenseur menant au garage en sous-sol. Il le traversa pour se rendre jusqu'à son Alfa Romeo. Il s'y installa, mais il avait à peine lancé le moteur que quelqu'un s'approcha et ouvrit la portière côté passager.

– Professeur Vergnes ?

– Oui, mais…

L'homme prit place sur le siège voisin et referma la portière.

– Allez-y, professeur, je vous indiquerai le chemin.

– Qui êtes-vous ?

– Ça n'a pas d'importance, soupira l'inconnu. Si vous faites ce que je vous dis, il ne vous arrivera rien de grave.

Vergnes tendit la main vers sa boîte à gants.

– Vous permettez ?

Aussitôt, un pistolet se matérialisa dans la main de l'homme.

– Je vous ai dit d'être sage.

– Je voulais simplement prendre un médicament. Je suis malade du cœur.

L'inconnu hésita un instant, l'œil méfiant. Il ouvrit enfin la boîte à gants.

– Où se trouve-t-il ?

– Le petit tube blanc, à droite.

L'homme le prit et l'ouvrit. Il en fit tomber quelques petites pilules blanches qu'il renifla. Il les remit dans le tube en demandant :

– C'est quoi ?

– Un tonicardiaque.

L'inconnu lui tendit enfin le tube en disant :

– Bon, ça va... on a assez perdu de temps comme ça.

– Je suis prêt, dit Vergnes d'une voix douce. Maintenant, nous pouvons aller où vous voulez.

Dans son étrange pièce tendue de noir, Beaumont était en contact avec son mystérieux correspondant.

– *... il semble donc acquis que le banquier Amaury appartient à cette association des Compagnons d'Éleusis... Lorsque je l'ai sondé, un nom semblait plus particulièrement le préoccuper : Vergnes. C'est celui d'un professeur qui dirige une clinique très connue. Amaury paraissait désireux de le rencontrer au plus vite. Nous allons donc porter nos efforts de ce côté-là.*

– *Serait-ce la piste sur laquelle se trouve Verdier ?*

– *Il faudrait admettre, dans ce cas, que les gens du ministère de l'Intérieur français ont découvert quelque chose. Malheureusement, il m'est interdit de prendre le risque de sonder Verdier. Vous savez comme moi ce qu'il représente. Cela va bien au-delà de sa puissance financière.*

– *Il semblait jusque-là vous faire confiance ?*

– *Je le crois. Seulement l'échec de Delvaux n'a pas arrangé les choses.*

– Avez-vous noté que les Compagnons d'Éleusis observaient une certaine discrétion depuis quelque temps ?

– Oui. Il peut y avoir deux raisons. Ou les Compagnons préparent une ultime offensive, ou ils ont cessé d'agir en raison des recherches dont ils sont l'objet.

– Si Delvaux n'a pas réussi à les inquiéter, il faut croire que quelqu'un d'autre a trouvé leur piste.

– Verdier, peut-être. Ce n'est pas à exclure. Je penche pour la seconde hypothèse car en analysant leurs actions à travers les ventes et les messages, on voit qu'ils ne veulent pas seulement détruire le mythe de l'or, mais aussi faire pression sur les intéressés... Comment comptent-ils s'y prendre, je l'ignore. Collectivement ? Individuellement ? Il serait intéressant de le savoir. À mon avis, un homme comme Amaury ne peut être qu'une recrue récente. Donc, ils noyautent certains milieux influents. Il faudra intensifier les recherches de ce côté.

– Et cette vente de Versailles... Qu'a-t-elle donné ?

– Je ne sais trop comment l'interpréter. La présence du jeune journaliste, Vincent Delamare, n'a rien donné sinon qu'il a voulu acheter le bas-relief. Il connaît donc bien l'existence de ces Compagnons d'Éleusis. Mais s'il s'intéresse de près à cette affaire, j'ignore ce qu'il a pu découvrir. Peu de chose sans doute, sinon les Compagnons l'auraient déjà neutralisé. Quant à l'antiquaire, Emmanuelle Vaccari, c'est une femme étrange. Sa présence à cette vente était justifiée puisqu'elle est antiquaire. Et pourtant... J'ai voulu la sonder un jour, et je me suis heurté à un barrage psychique. Depuis, elle m'évite.

– Que pourrait-elle en conclure ? Vous savez bien que nous ne sommes pas imaginables.

– Je sais. Mais seuls les initiés sont capables d'une telle protection. Comment pourrait-elle l'être sans que nous le sachions ?

– Ne négligez aucune piste. Quelque chose a échappé à notre vigilance. Quelque chose de grave que nous devons découvrir.

La librairie de Mafle, rue au Maire, se trouvait presque en face de la rue Volta. Elle était flanquée à droite d'un bistrot arabe et à sa gauche d'une échoppe de cordonnier. Il était assez surprenant de trouver pareille boutique dans cette rue assez pauvre. Non pas que sa façade fût plus luxueuse que celle de ses voisines, mais on imaginait mal des amateurs de vieux ouvrages se perdant dans ce quartier.

Vincent regardait la peinture marron craquelée, la vitre doublée d'une poussière grasse, le rideau de fer qui apparaissait sur quelques centimètres, rouillé, certainement hors service. Au-dessus, une inscription presque illisible signalait sobrement : LIVRES. Collé à la porte, un petit carton manuscrit donnait cette dernière indication : « Louis Mafle, Libraire ». Vincent se décida enfin à pousser la porte, déclenchant une sonnerie enrouée. Mafle surgit aussitôt de son arrière-boutique, sautillant, les mains dessinant des arabesques dans l'espace.

– Ah ! que c'est gentil de ne pas avoir oublié mon invitation. Entrez, entrez…

Vincent sourit, se laissa pomper la main tandis qu'il regardait autour de lui.

Si on en jugeait par les reliures, Mafle était spécialisé dans les ouvrages anciens. De vieux cuirs patinés, des dos nervurés aux dorures un peu ternies voisinaient avec des reliures plus anciennes encore, en parchemin. L'ameublement était plus que sommaire. Un petit bureau qui devait servir de caisse, une grande table carrée permettant de consulter les ouvrages, deux ou trois chaises. Le tout posé sur un parquet gris de poussière.

– Alors ? reprit Mafle. Où en êtes-vous de vos recherches ?

– C'est long, très long, soupira Vincent.

Le libraire l'écoutait, la tête un peu penchée, l'œil plein de malice.

– Alors, on a pensé au bon papa Mafle qui pourrait vous faire gagner du temps ?

Vincent sourit et Mafle enchaîna :

– Eh bien, je suis à votre disposition, jeune homme… Que voulez-vous savoir exactement ?

– En premier… situer la maison qu'occupait Nicolas Flamel. Cette maison à la Fleur de lys…

– Alors pour ça, il n'y a que les plans qui nous renseigneront utilement… Attendez un instant.

Sautant d'un pied sur l'autre, le libraire disparut dans son arrière-boutique pour revenir aussitôt en portant quelques rouleaux sous son bras.

– Je pensais bien que je vous reverrais. Alors je les avais préparés.

Il repoussa d'un revers de bras les ouvrages qui étaient sur la table et y déposa les plans.

– Voyons, dit-il, lequel nous renseignera le mieux.

Il commença à dérouler l'un des plans, l'observa d'un air critique.

– Plan dit de la tapisserie... Aucun intérêt. Voyons plutôt celui-ci... C'est le plan de Mathieu Mérian, il date de 1615...

Il maintint le rouleau ouvert en posant des livres aux quatre coins.

Vincent se pencha.

C'était un plan bâti du Paris de l'époque, sur lequel on distinguait nettement les deux enceintes primitives de Paris, celle de Philippe Auguste, flanquée de ses nombreuses tours, et celle de Charles V. Les églises, disproportionnées par rapport aux maisons, permettaient de situer les quartiers.

Mafle posa son doigt sur l'une d'elles.

– Saint-Jacques-la-Boucherie. C'est là que Flamel a ouvert sa première échoppe... et voici la rue des Marivaux... La maison à la Fleur de lys était à l'angle...

– Et c'est la rue de Rivoli qui passe à la place maintenant ?

– Oui...

– Vous croyez qu'on pourrait dessiner le tracé de la rue de Rivoli sur ce plan pour connaître l'emplacement actuel où se dressait la maison ?

Mafle fit la grimace.

– Ça me semble difficile... L'artiste qui a dressé ce plan n'avait peut-être pas la rigueur d'un géomètre. Est-ce donc si important ?

– Pour écrire ce livre, j'ai besoin de sentir l'ambiance de cette époque. Même si le quartier a changé, il n'en reste pas moins imprégné du passé.

Le libraire semblait de son avis.

– Moi qui suis un vieil amoureux de Paris, il m'arrive parfois de rêver dans quelque rue ancienne et d'y voir glisser silencieusement un seigneur du temps jadis... Mais j'ai peut-être ce qu'il vous faut...

Réenroulant le premier plan, il passa à un autre qu'il déplia à demi.

– Ça, c'est celui de l'abbé de La Grive... Ça n'ira pas non plus. Ah ! celui-ci, peut-être... Regardez... regardez cette petite merveille...

Il date de 1732… C'est le plan de Turgot. Un des plus précis, un des plus clairs et on y trouve pratiquement tous les noms des rues. C'est aussi un plan bâti, véritable chef-d'œuvre de patience. Non seulement les monuments y sont dessinés avec précision, mais dans chaque rue, chaque maison y est détaillée avec son nombre d'étages, ses portes, ses fenêtres et ses chiens assis sur les toits. Quelle merveille, n'est-ce pas ? Regardez… Là… la place de Grève… l'Hôtel de Ville… Saint-Jacques-la-Boucherie… Et tout à côté, les rues qui vous intéressent… et là, là… cette maison… c'est celle de Flamel ! Voyez-vous, chaque fois que je me replonge là-dedans, c'est le même choc. Derrière ce plan figé, c'est Paris qui vit, Paris qui bat, Paris qui grouille… Là, les boutiques des changeurs sur le pont au Change… ici, toutes les échoppes… l'épicier apothicaire… le drapier… l'oiseleur… le barbier… Tenez, regardez ces pèlerins qui passent sous l'œil placide des gens d'armes… Un portefaix s'approche. Il sourit à la marchande d'oublies… Là, un jongleur attire la foule avec d'étranges animaux qui sont des singes… Les rues sont étroites et souvent boueuses, mais qu'importe… Le seigneur passe à cheval… deux bourgeois chevauchent la même mule… et lorsque la nuit sera tombée, on verra rôder dans l'ombre truands et ribaudes malgré le couvre-feu tandis que le veilleur de nuit passera en poussant son cri : « *Dormez, Parisiens, dormez…* »

La passion de Mafle n'était pas feinte. Vincent l'observa. L'espace d'un instant, le petit libraire l'avait plongé au cœur du Paris médiéval et il regretta presque d'avoir à le tromper. Regardant toujours le plan, il dit :

– Si je me base sur l'emplacement de la tour Saint-Jacques, en comparant avec le clocher de l'église dessinée ici, la maison de Flamel serait sur la portion de la rue de Rivoli qui longe le square et dans l'axe de la rue qui porte actuellement son nom ?

– C'est à peu près cela.

Vincent se redressa, déçu. Entre l'emplacement supposé de l'ancienne maison de Flamel et le souterrain de l'herboriste, il devait bien y avoir une centaine de mètres. C'était peu, mais trop tout de même pour justifier son hypothèse. Et puis, le percement de la rue de Rivoli au siècle dernier avait dû tout bouleverser, rendant vaine toute recherche.

Mafle l'observait attentivement.

– On dirait que quelque chose vous chagrine ?

– Non… Je pensais à Flamel, à sa fortune qu'on n'a jamais retrouvée.

– Ah… sa fortune… En a-t-elle excité des convoitises, en a-t-elle provoqué des recherches !… Rendez-vous compte… Pendant près de deux cents ans, on va s'arranger pour venir fouiller sa maison sous les prétextes les plus divers… on bouleversera tout, y compris les caves, sans jamais rien trouver. Au XIXe siècle même, avant qu'on abatte la maison, un entrepreneur la sondera de la cave au grenier, examinant chaque mur, chaque poutre… En vain.

Se penchant brusquement, le petit libraire demanda :

– Et savez-vous pourquoi ? Parce qu'il n'y avait rien à trouver, rien.

– Vous pensez que Flamel n'a pas réussi à fabriquer de l'or ?

– Faut pas parler de ça. Il n'y a pas de preuves… Il n'y a jamais eu de preuves.

– Pourtant, il était riche ?

– On l'a dit, oui, mais si c'est vrai, il a emporté son secret avec lui.

– Peut-être avait-il caché sa fortune ?

– Où ?

Se décidant soudain, il ajouta :

– Venez, je vais vous montrer quelque chose…

Il roula ses cartes en vitesse, les posa dans un coin et se dirigea vers la porte.

– Venez…

Intrigué, Vincent le rejoignit. Ils sortirent du magasin et le libraire ferma la porte à clé.

Vincent s'étonna. Mafle haussa les épaules :

– Bah… je ne risque pas de perdre des clients… Qui se passionne encore pour ces vieilleries ? On achète les bibliothèques au mètre, maintenant. Les gens ne savent plus voir, goûter les choses… Vous rendez-vous compte que la rue où nous sommes date de 1280 ? C'était l'artère principale d'un bourg qui s'appelait Saint-Martin-des-Champs.

Il entraîna Vincent vers la rue Volta qui s'ouvrait, toute proche.

– Regardez cette maison… C'est probablement la plus vieille de Paris. Elle doit dater de la fin du XIIIe siècle… [1]

Vincent regarda avec curiosité.

1. Depuis, une nouvelle datation l'a rajeunie de quelque cent ans.

C'était une vieille maison à pignon qui portait encore ses colombages. Au rez-de-chaussée, les échoppes étaient restées telles qu'elles étaient au Moyen Âge, avec leur margelle de pierre s'ouvrant sur la rue et sur laquelle se rabattait le volet qui servait d'étal.

– C'était, dit-on, la maison du bailli, expliqua Mafle. Pour moi, elle est un symbole… Elle s'écroule comme notre passé et tout le monde s'en fout ! Admirez-la bien avant que quelque promoteur la mette à bas. Ah ! monsieur, Victor Hugo avait raison quand il criait déjà : halte aux vandales !

Le petit libraire était un amoureux exigeant et la transformation de Paris risquait de lui offrir de plus en plus d'occasions de se désoler. De son même pas sautillant, il entraîna Vincent. Ils remontèrent la rue Beaubourg et tournèrent bientôt dans la rue de Montmorency. Là se dressait encore une autre vieille maison…

– Maison dite du Grand Pignon, construite en 1407 pour Nicolas Flamel [1].

– Elle a appartenu à Flamel ?

– Oui, mais il ne l'a jamais habitée. Il y hébergeait gratuitement de pauvres laboureurs… Les temps ont bien changé et il serait difficile de trouver pareille générosité actuellement. Vous imaginez un employeur faisant construire un immeuble et y logeant des travailleurs immigrés sans leur faire payer de loyer ?

Vincent détaillait la façade un peu ventrue, la pierre patinée. Pour la première fois peut-être depuis qu'il avait commencé ses recherches, il ressentit physiquement le choc du passé. Depuis près de six cents ans, des générations et des générations s'étaient succédé entre ces murs, les marquant, les imprégnant de leurs joies et de leurs peines, et cette façade blessée, creusée comme un visage de vieillard était plus émouvante que bien des glorieux monuments. Au-dessus des fenêtres du rez-de-chaussée, il y avait une inscription en gothique et les jambages des portes et fenêtres étaient couverts de sculptures.

– Lisez…, murmura Mafle avec émotion, lisez… bien qu'elle ait été restaurée… ce qu'on a inscrit sur la façade à sa construction…

1. Cette maison est actuellement considérée comme la plus vieille de Paris.

Le texte en gothique disait :

Nous hômes et fèmes laboureurs demeurans au porche de ceste maison qui fu fée en l'an de grace mille quatre cens et sept : sommes tenus chacû en droit sou dire tous les jours une pastrenotre et un ave maria en priant dieu q de sa grace face perdô aux poures pescheurs trespassez, amen.

Pour Vincent, ce fut comme une révélation.

Comment, oui, comment un simple libraire avait-il pu faire construire des maisons en pierre à son usage ou et *a fortiori* à l'usage de pauvres laboureurs ? Comment avait-il pu être propriétaire de terres labourables dans le Marais, comment avait-il pu faire tout ce bien qu'on lui prêtait sans posséder une énorme fortune ? Dès lors, une question se posait avec acuité.

D'où Nicolas Flamel tenait-il cette fortune ?

Où était la réponse ?

– Tout de même mieux que la tour Montparnasse, ricanait Mafle. D'ailleurs, le gigantisme, c'est bien connu, c'est le début de la décadence.

Vincent s'arracha enfin à la contemplation de la maison et se tourna vers le libraire.

– Pourquoi m'avez-vous amené ici ?

Mafle le prit familièrement par le bras et l'entraîna.

– Pour vous prouver qu'il n'y a pas de mystère, que c'est le temps qui les crée… Flamel avait une quinzaine de maisons dans Paris. Il ne reste plus que celle-ci et, vous avez vu… C'est devenu un relais gastronomique… Si la maison à la Fleur de lys existait toujours, peut-être y aurait-il un antiquaire dans la boutique et tout le monde passerait devant, indifférent…

– Ça n'explique pas d'où Flamel tenait sa fortune, lui qui était parti de rien…

Mafle soupira. Il regarda Vincent bien en face :

– Il n'y a pas de mystère. Rien que des légendes. Alors, il faut rêver, mais ne pas croire. Surtout ne pas croire. Flamel était sans doute un habile homme d'affaires. Il y avait beaucoup de prêteurs dans ce quartier, des usuriers...

– Flamel, un usurier ?

– Je n'ai pas dit ça... je ne sais rien de plus.

Ils se remirent à marcher et ils restèrent silencieux jusqu'à ce qu'ils soient de nouveau devant la porte de la petite librairie. Ils s'arrêtèrent. Mafle examina Vincent avec attention, hésita puis :

– Ce qu'il vous faudrait, c'est un spécialiste de Flamel.

– Il en existe ?

– Oui, j'en connais bien un... mais c'est un vieux fou qui se prétend alchimiste. Je l'ai eu quelques fois comme client.

– Vous croyez qu'il accepterait de me recevoir ?

– C'est possible. Mais je vous mets en garde. Il croit posséder je ne sais quels secrets et il va essayer de vous embarquer dans ses délires.

– Où puis-je le trouver ?

– Je vous aurai prévenu. Venez, je vais vous donner son adresse.

17

Il était un peu moins de 16 heures lorsque Verdier sortit de sa banque.

Il remonta tranquillement jusqu'à la station de taxis de la place Saint-Augustin et se fit conduire à l'entrée de l'avenue de Breteuil, devant les Invalides. Là, après avoir regardé autour de lui, il s'engagea dans l'avenue d'un pas de flâneur. Curieusement, alors que le trottoir était assez large, il marchait sur la bordure. Il avait peut-être fait trois cents mètres lorsqu'une DS noire s'arrêta à sa hauteur. Deux hommes étaient à l'intérieur : l'un à l'avant, l'autre à l'arrière. Ce dernier ouvrit la portière et se pencha.

C'était Lelong.

Verdier s'installa rapidement près de lui et la voiture redémarra.

– Ne m'en veuillez pas de ces précautions, expliqua Lelong, mais dans ce genre d'affaire, on n'est jamais trop prudent. Je voulais avoir la certitude que vous n'étiez pas suivi.

Verdier appréciait les qualités de Lelong. C'étaient les siennes. Lelong ne faisait pas un métier, il accomplissait une mission. D'une voix égale, il reprit :

– J'ai deux ou trois petites informations… Vous savez qu'il existe au ministère de l'Industrie et du Commerce un service spécialisé pour vérifier les mouvements du marché de l'or à travers le monde…

– Oui, je sais.

– Bien entendu, les opérations de ces derniers temps ne leur ont pas échappé. Indépendamment de ce que nous savons déjà, et qui concerne les quelques places financières que nous connaissons, ils ont découvert un fait intéressant... D'assez fortes quantités d'or ont été proposées à des pays riches du Moyen-Orient, c'est-à-dire ceux qui produisent du pétrole...

– Savez-vous à quel cours ?

– Au plus bas, celui qui est resté officiel bien qu'il ne veuille plus rien dire : quarante-deux dollars l'once.

Verdier lui jeta un bref coup d'œil.

– Est-ce utile que je vous demande qui étaient ces vendeurs ?

– Non, bien entendu... Aucune trace d'eux. Et vous pouvez compter sur le mystère dont aiment s'entourer les Arabes pour ne rien en tirer même s'ils savent quelque chose.

– Cela élimine une hypothèse : celle d'une manœuvre de ces pays. Quoi d'autre ?

– J'ai mis une équipe après cet herboriste du Marais. Sans résultat. Il a littéralement disparu. Ça fait plus d'une semaine que nul ne l'a revu à sa boutique ou à son domicile. Nous avons fouillé son passé sans rien y trouver de particulier. Il n'est même pas fiché. Célibataire, aucune opinion politique, un homme paisible, sans histoire.

– Et le souterrain ?

Lelong haussa les épaules.

– Nous l'avons trouvé, ainsi que cette cave. Malheureusement, ça ne prouve rien. Quelques planches sur des tréteaux, des chaises. Tout ça datant peut-être du temps où la cave hébergeait des résistants... Nous avons passé l'herboristerie au peigne fin sans résultat. Elle servait de seconde issue à l'autre cave. Si l'herboriste n'avait pas disparu, je me demanderais si tout ça a un quelconque intérêt. Nous avons interrogé des voisins, sans résultat. Ah, si... j'ai découvert une information, mais que vaut-elle ?

Verdier se tourna vers lui, intéressé. Lelong reprit :

– Aux environs des années vingt, il existait dans ce quartier une société secrète, une société luciférienne...

– Si je croyais au diable, je finirais par croire que c'est lui qui est derrière tout ça.

Lelong haussa les épaules.

– Nous vivons dans un monde de cinglés… N'importe qui est prêt à croire n'importe quoi… Guérisseurs, astrologues, gourous… je ne sais quoi encore…

Verdier s'enfonça dans son siège en soupirant.

– Je me tue à répéter que tout le monde démissionne… Nous avons pourtant tous les garde-fous qu'il nous faut… Une religion, un système politique qui en vaut bien d'autres et… (Il sourit)… et le pouvoir de les utiliser. Alors ?

Lelong tourna la tête vers lui,

– Vous savez ce qui ne va pas ? On veut que tout le monde soit intelligent… on fait tout pour ça… le lycée, la faculté, des livres à bon marché… Vous verrez… cette prétendue culture qui est censée libérer l'homme, c'est elle qui nous perdra.

La voiture roulait maintenant sur les quais en direction du pont de Sèvres. Après un silence, le banquier soupira.

– Espérons que des informations nous attendent…

Puis, baissant le ton :

– Qui avez-vous prévenu ?

Lelong eut un moment d'hésitation. Il dit enfin :

– Personne… l'opération est délicate et je ne suis pas sûr que le ministre l'aurait cautionnée.

– Vous ne craignez pas une fuite ?

– Non, répondit Lelong avec un mince sourire. Les hommes que j'ai choisis pour cette affaire sont, en quelque sorte, des… extras.

– Quand arriverons-nous ?

– Dans peu de temps… Nous allons à Ville-d'Avray.

Verdier parut apprécier la sobriété de son voisin. C'était un homme efficace qui ne s'embarrassait pas de faux scrupules. Chez lui, le devoir primait le droit. On n'arrivait pas à un poste comme le sien en ayant encore quelques illusions. Il savait trop de choses sur trop de gens. Aussi avait-il choisi de servir selon une éthique qui lui était propre, même si pour cela il devait se salir les mains. Comme Verdier, il était sincère. Il ne défendait pas ses intérêts ou ceux des autres, mais, et c'était bien plus grave, ce qu'il pensait être l'intérêt général.

La DS s'arrêta devant une villa bien isolée dont la grille s'ouvrit toute seule.

Avant de descendre, Lelong retint Verdier.

– Ces locaux n'ont rien d'officiel... Vous me comprenez ?

Verdier fit signe que oui et suivit Lelong. Un homme avait ouvert la porte de la villa et lorsque le banquier passa près de lui, il put voir sous le veston ouvert la crosse d'un automatique. La villa était très sommairement meublée. Table, chaises, quelques lits de camp. Un homme allongé sur l'un d'eux se leva à l'arrivée de Lelong. Celui-ci demanda :

– Alors ?

– Rien du tout... Mais il devrait bientôt craquer. On lui fait du chantage avec son médicament.

– Attention, prévint Lelong, n'allez pas trop loin sinon je vous rends responsable.

L'homme hocha la tête et dit avant de sortir :

– Je vais donner des ordres.

Verdier ne se sentait pas trop à l'aise. Il savait que tout cela existait, mais dans son milieu, il n'en percevait même pas les échos. Lelong semblait réfléchir. Pour rompre le silence, le banquier demanda :

– Où est-il ?

– À la cave. Venez.

Lelong entraîna Verdier.

Sous l'escalier qui menait au premier, il y avait une petite porte qu'il tira. Un autre escalier descendait au sous-sol. Lelong s'y engagea, mais à mi-parcours, Verdier demanda :

– Vous croyez qu'il est prudent que je me montre ?

– Vous ne risquez rien.

Ils arrivèrent en bas dans une petite pièce sans ouverture où un homme veillait, assis sur une chaise. Il jeta sa cigarette et se leva. Verdier découvrit l'installation avec un certain effarement. Un circuit fermé de télévision et plusieurs écrans permettaient de contrôler aussi bien l'extérieur que l'intérieur de la villa.

Lelong montra l'un des écrans. Verdier se pencha. Dans une autre pièce identique, un homme était assis sur une chaise, la tête chancelante. Il semblait assez mal en point.

– Le professeur Vergnes, murmura Lelong.

En face de lui, deux autres hommes le harcelaient, tournant autour de lui. Lelong ouvrit le bouton du son. Les voix sortirent soudain d'un petit haut-parleur.

– Nous ne renoncerons pas, professeur... Nous tiendrons le temps qu'il faudra... des heures, des jours... mais vous ?

Vergnes leva une tête aux traits tirés par la fatigue et la souffrance.

– Je... je ne sais rien... rien...

Il ne portait aucune trace apparente de coups, mais pourtant on le sentait épuisé physiquement et moralement, vidé.

Verdier se détourna brusquement. Il détestait la violence, il n'en supportait pas la vue. Il plongea la main dans la poche intérieure de son veston et en sortit un étui à cigares. Il en alluma un avec des gestes qui manquaient de sûreté.

La voix de Vergnes, déformée par le haut-parleur, le secoua soudain.

– Je ne sais rien... je vous... vous le répète... Rien...

– Allons, professeur... Vous vous esquintez inutilement... On sait que vous faites partie des Compagnons d'Éleusis... On le sait. Alors ? Ça vous avance à quoi, tout ça ?

– ... sais rien... rien...

– Baissez le son ! fit soudain Verdier.

Lelong obéit et l'interrogatoire ne devint plus qu'un murmure. Le banquier se tourna vers lui.

– Excusez-moi, mais je n'ai guère l'habitude... Dites-moi... Et... après ?

– Après quoi ?

– Quand il aura parlé ?

Lelong se tourna vers les écrans de télévision et Verdier sentit un frisson lui glacer le dos. Vergnes devint soudain une réalité, un homme, un être humain, un semblable. En outre, le professeur appartenait au même milieu privilégié que lui et c'était d'autant plus choquant. Lelong se pencha soudain sur l'écran en disant :

– Il ne faudrait tout de même pas qu'ils le tuent.

Vergnes, inconscient, était à moitié tombé de sa chaise. Un des hommes le relevait par les cheveux. Vergnes avait les yeux entrouverts, ses lèvres bougèrent... Lelong monta le son.

– ... parler... mais avant... mon médicament... le cœur...

Lelong prit un micro :
– Donnez-le-lui.
Un des hommes se retourna vers la caméra et hocha la tête. Il alla dans un coin de la pièce et ramassa un veston posé par terre. Il fouilla dans une poche et en sortit un petit tube. À côté, Vergnes avait le visage crispé. Il semblait respirer difficilement, les mains appuyées sur sa poitrine, présentant tous les symptômes d'un malaise cardiaque. L'homme lui tapa sur l'épaule et lui montra le tube. Vergnes le prit et l'ouvrit. Au moment où il le portait à sa bouche, Lelong réalisa soudain, cria dans le micro :
– Non ! Empêchez-le !
Mais le temps que les hommes réagissent, il était trop tard. Vergnes avait avalé le contenu du tube. Son visage s'apaisa soudain, son œil brilla... puis il s'écroula d'une masse aux pieds de ses tortionnaires stupéfaits.
Mort.
Lelong posa le micro, se retourna d'un bloc, le visage de marbre.
– Ah, le salaud... le salaud.

La rue était bordée de petits pavillons à peu près tous identiques. Devant la plupart, une petite cour dans laquelle certains propriétaires s'efforçaient de faire pousser un résineux anémique afin d'« avoir du vert toute l'année ». Derrière, on trouvait parfois un jardin, potager dans certains cas, « résidentiel » dans d'autres, de ces pelouses que l'on tond religieusement d'avril à octobre. Mais de tout cela, il ressortait une impression de tristesse, de solitude. Ni ville ni campagne, c'était la banlieue anarchique des années vingt et trente, quand la loi Loucheur avait permis d'accéder à la propriété en se sacrifiant toute une vie pour ces clapiers.
Vincent avait laissé sa voiture à l'entrée de la rue.
À cette heure de la journée, il ne restait que quelques vieux dans les maisons. Les jeunes adultes travaillaient, et ne rentreraient que le soir. Les plus jeunes étaient à l'école, ils mangeraient à la cantine et, après les cours, ils traîneraient en groupe ou feraient des gymkhanas en mobylette.
Le pavillon qui intéressait Vincent n'était ni mieux ni pire que les autres. Un peu plus sale, peut-être. La grille plantée dans le muret était

couverte de rouille et la porte qui donnait sur la cour, entrouverte une fois pour toutes.

Vincent remonta l'allée de ciment, grimpa les trois marches d'un perron latéral et frappa. Au bout d'un petit moment, des bruits bizarres se manifestèrent à l'intérieur. Quelque chose tomba, puis grinça...

Enfin la porte s'ouvrit.

Vincent eut un instant d'hésitation face au vieil homme qui se tenait devant lui. De quelle poubelle avait-il pu sortir les vêtements qu'il portait ? Un pantalon couleur du temps, une chemise au col crasseux et élimé sur laquelle se boutonnait, par un seul bouton, un gilet arraché à un autre ensemble. Et pour couronner le tout, malgré la chaleur, un long cache-nez pisseux faisait deux fois le tour du cou décharné de son propriétaire. La tête ne déparait pas l'ensemble. Une peau un peu jaune, collée aux os, des joues creusées par une dentition déficiente, une barbe rare et mal rasée et, luisant sombrement dans cet ensemble, deux yeux mobiles, trop mobiles, aux paupières rougies par un manque de sommeil évident.

– Monsieur Constant ? demanda enfin Vincent.

– C'est moi, mais je n'ai besoin de rien.

Il était sur le point de rentrer, mais Vincent ajouta aussitôt.

– C'est M. Mafle qui m'envoie...

– Mafle ? Le libraire ?

– Il m'a conseillé de m'adresser à vous. Je cherche des renseignements sur Nicolas Flamel.

– Pour quoi faire ?

– J'écris un livre sur lui.

Constant était toujours accroché à la porte, prêt à la refermer. À cause des dents qui lui manquaient, les mots sortaient de sa bouche avec un curieux chuintement. L'œil était plein de méfiance. Après un temps de réflexion, Constant proposa enfin à Vincent d'entrer.

Vincent avait à peine fait deux mètres dans la maison que l'odeur le prit à la gorge. Une odeur de fauve et de poussière. Dans l'entrée, à gauche, il entrevit la cuisine. Première vision de cauchemar. Plus loin, Constant poussa une porte.

– Allons dans mon cabinet de travail.

L'expression était aimable pour définir le capharnaüm. Deux éléments semblaient avoir essentiellement droit de cité dans cette pièce : les livres et les chats. Les uns et les autres étant d'ailleurs intimement mêlés. Des chats de gouttière, des tigrés, des noirs, des tachetés comme des vaches bretonnes, tous gros et gras, placides, regardant Vincent d'un œil lourd d'ennui.

Quant aux livres, ils s'empilaient, s'entassaient un peu partout, noyant la table, les sièges, remplissant un fauteuil éventré. Constant s'affairait, bousculant un chat qui se déplaçait avec une lenteur calculée, faisait s'écrouler une pile de livres, repoussait à pleines mains des paquets de feuilles volantes couvertes d'une fine écriture et, d'un ultime coup de pied, envoyait dans l'oubli un bol qui traînait là. De cette lutte sans merci, deux sièges sortirent, libérés.

– Asseyez-vous, dit Constant cérémonieusement.

Vincent se laissa aller dans un fauteuil qui l'absorba tout entier. Le dernier ressort vibra longuement. Constant s'assit en face de lui, fébrile.

– Ainsi, c'est ce vieux cochon de Mafle qui vous envoie ici ?

Il se mit à rire sans raison, secoua la tête comme s'il s'agissait d'une bonne farce, puis, sérieux tout à coup, reprit :

– Que voulez-vous savoir ?

– La vérité sur Flamel.

– Rien que ça… Comme vous y allez… Qui saura jamais cette vérité ?

– Mafle m'a laissé entendre que vous faisiez des recherches alchimiques ?

– Tout ça, c'est de l'histoire ancienne… J'ai tout lu, tout tenté… et puis… et… regardez où j'en suis. Croyez-vous que je vivrais dans ce taudis si je savais fabriquer de l'or ? Je n'ai rien trouvé. Pas même la sagesse et encore moins la jeunesse éternelle.

– Et Flamel ? Il avait bien réussi, lui ? Non ?

– Qui peut le dire ?

– Mais toute cette fortune qu'il avait accumulée ?

Jamais l'œil de Constant ne se posait sur Vincent. Il allait d'un coin à l'autre de la pièce, comme s'il guettait l'arrivée de quelque élément hostile. Les chats, eux, s'étaient déjà rendormis. Sauf un noir, assis sur une pile de livres, bien raide, la queue rangée, impénétrable.

– Sa fortune, sa fortune..., reprit Constant, il y a plusieurs moyens de l'expliquer... On sait que Flamel prêtait de l'argent. Peut-être pratiquait-il des taux usuraires... On a dit aussi qu'il avait profité de l'expulsion des Juifs pour s'approprier leurs biens...

– Ça ne cadre guère avec ce que l'on sait de lui. C'était un homme généreux qui a fait le bien durant toute sa vie.

– Quand on avait besoin de renflouer des caisses vides, on s'en prenait aux Juifs. L'État donnait l'exemple. Mais on a dit aussi que dame Pernelle avait de la fortune...

– Pas au point de faire construire ou d'acheter des maisons, de doter des églises et des hôpitaux, de recevoir gratuitement des pauvres et j'en oublie...

Constant haussa les épaules.

Vincent le trouvait bizarre, plein de réticences. Avait-il peur de dévoiler des secrets ? Jusqu'ici, il ne lui avait pas dit grand-chose qu'il ne sût déjà et qu'on ne pût trouver dans maints ouvrages.

L'homme soudain lui demanda :

– Et vous ? Qu'en pensez-vous ?

– Je n'ai pas d'idée préconçue. Je suis prêt à croire à tout, mais j'ai besoin de preuves.

– C'est quand on n'a pas de preuves qu'il est important de croire.

– Je n'en suis plus là, sourit Vincent.

Il en eut brusquement assez de cette ambiance étouffante, de ces odeurs, de ces chats immobiles et silencieux, de cette grisaille dans laquelle semblait se fondre petit à petit Constant. Il se leva.

L'autre cria presque :

– Vous partez déjà ?

Constant lui avait pris la main, le retenait.

– Restez encore un instant ! Attendez... je vais vous faire un peu de café...

– Non, merci, il faut que je parte.

Vincent pensa en frémissant à ce qu'il avait vu de la cuisine.

Mais Constant l'immobilisait toujours.

– Restez encore un peu... je n'ai jamais de visites... Je vis seul... Je sais bien ce qu'ils pensent, dehors. Ils me prennent pour un fou ! Si...

si… Pensez, je m'habille n'importe comment et j'achète des livres au lieu d'avoir une voiture !

Vincent se dégagea doucement et dit pour être tranquille :

– Je reviendrai un jour…

Il était déjà en bas du perron lorsque le vieil homme lança :

– Attendez ! Attendez ! Je ne vous ai pas tout dit.

Vincent se retourna. Constant avait descendu les marches. Implorant presque, il reprit :

– Je ne vous ai pas tout dit… Il y a une autre explication.

– À la fortune de Flamel ?

– Oui.

– Laquelle ?

– Venez, venez…

L'homme semblait si fragile, si désarmé, que Vincent en eut pitié. Il suivit Constant et se retrouva dans le fauteuil. Le chat noir n'avait pas bougé. Sans son œil qui se plissait de temps à autre, on aurait pu le croire empaillé.

– Alors ? demanda Vincent, cette explication ?

Constant regarda autour de lui comme s'il craignait qu'on surprenne sa confidence, et murmura :

– Flamel n'a jamais fabriqué d'or. Sa fortune… sa fortune… il l'a trouvée !

– Trouvée ?

Quelle que soit l'explication, elle méritait d'être écoutée.

– Vous voulez parler d'un trésor caché ?

– C'est ça… C'est ça même… Un trésor fantastique, un trésor fabuleux, le plus fabuleux de tous… Vous voyez ce que je veux dire, hein ?

Vincent chercha un instant sans trouver. Il l'avoua et Constant parut déçu.

– Voyons ! Ce trésor vainement cherché par Philippe le Bel et bien d'autres encore…

– Vous voulez parler du…

– … du trésor des Templiers !

Vincent regardait, effaré. Constant continuait, impavide :

– Écoutez… Philippe le Bel a fait arrêter les Templiers en 1307 et Flamel est devenu riche en 1382… Tout juste soixante-quinze ans après !

– Ce n'est pas une preuve. Et puis, comment aurait-il pu réussir là où toutes les recherches du roi de France avaient échoué, malgré les moyens dont il disposait ?

– Les moyens ne suffisent pas… Encore faut-il avoir la clé. On n'a rien trouvé au Temple au moment de l'arrestation, rien du tout. C'est bizarre et logique. Bizarre parce que le Temple était une banque et logique car les Templiers n'ignoraient rien des intentions du roi… Ils avaient donc pris leurs précautions.

– En mettant leur trésor en lieu sûr ?

Constant eut un petit rire muet qui lui découvrit les gencives.

– Non, justement non… Le roi les faisait surveiller, vous pensez bien… Ils étaient bien plus forts que ça… Leur trésor, il n'a jamais bougé de place.

– Mais puisqu'on ne l'a pas retrouvé ?

– C'est ce que je vous disais, ils étaient très forts… Seuls des initiés pouvaient accéder au trésor.

– Et Flamel aurait réussi, lui, à découvrir cette clé ?

– Oui… Le grand maître du Temple, Jacques de Molay, ne pouvait pas courir le risque de révéler à un seul, voire à plusieurs, le secret… Ils pouvaient tous par malchance être victimes de Philippe le Bel et il fallait donc que le secret se transmette et puisse parvenir de façon sûre aux survivants. Et à eux seuls. Pour cela, il n'y avait qu'un texte. Et c'est ce texte que Flamel a eu un jour entre les mains. N'oubliez pas qu'il était libraire et relieur et qu'il a vu ainsi défiler chez lui quantité d'ouvrages… C'était aussi un lettré, donc capable de deviner ce que pouvait cacher un texte en apparence anodin…

– Un texte unique qui aurait échappé aux Templiers et qui se serait retrouvé chez Flamel ?

Constant secoua la tête. Maintenant, son œil luisait d'excitation.

– Non, non… Un texte unique, c'était trop risqué. Aussi, il a dû y avoir un certain nombre de copies et c'est l'une d'elles que Flamel a eue.

– Admettons. Dans ce cas, il faudrait admettre que les Templiers possesseurs des autres exemplaires n'ont pas touché au trésor ?

– C'est ce qui est vraisemblablement arrivé. Après l'exécution du grand maître et de ses compagnons, en 1314, l'Ordre a été interdit…

Il y avait donc grand risque pour les Templiers survivants à revenir à Paris et encore plus de risques à vouloir récupérer un tel trésor... Comment seraient-ils passés inaperçus ? D'autant que les Templiers dans le secret devaient être importants dans l'Ordre, donc aisément reconnaissables.

– Et ils n'auraient touché à rien ?

– Non... Puis le temps a passé. Ils ont vieilli, ils sont morts sans approcher du trésor, préférant emporter leur secret avec eux plutôt que de le livrer à n'importe qui. Ils ne laissaient derrière eux que des textes parfaitement anodins pour qui ne savait pas les interpréter. Jusqu'au jour où...

– ... Flamel en a eu un en main.

Constant hocha la tête.

Vincent trouvait l'hypothèse séduisante, ingénieuse. Mais fragile.

– Quel dommage, soupira-t-il, que l'on ne puisse pas le prouver...

– Mais on peut ! On peut !

Vincent le regardait, persuadé de sa folie. Il pouvait le prouver et n'en avait jamais rien dit ?

– J'ai la preuve là, vous allez voir... Sur le papier !

Il jaillit soudain de son siège et plongea dans son incroyable fatras. Un chat gronda parce qu'on le dérangeait, un autre éternua à cause de la poussière. Constant émergea enfin, tenant une petite chemise en carton fort. Il s'approcha de Vincent en l'ouvrant.

– Regardez... regardez... La voilà, l'explication !

Il sortit un morceau de parchemin craquelé, jauni, mangé sur les bords et couvert d'une pâle écriture gothique que Vincent trouva totalement illisible.

– C'est quoi ?

– Ça remonte à bien des années, à une époque où je croyais réaliser un jour le Grand Œuvre... Je voulais tout savoir, lire tout ce qu'avaient écrit les grands alchimistes... Il m'a fallu courir, courir partout pour réunir toute cette documentation... Des manuscrits comme *Le Livre des figures hiéroglyphiques*... *Le Sommaire philosophique*, les œuvres de Grosparmy, Valois et Vicot.., des ouvrages comme le *Traité du soufre*, du Cosmopolite... Le *Mutus Liber* et j'en passe des dizaines d'autres... Et puis un jour, dans une bibliothèque particulière en province, je suis tombé sur un ouvrage ayant appartenu à Flamel… Imaginez mon émotion en découvrant son nom à l'intérieur… En fait, l'ouvrage n'avait qu'un intérêt médiocre. Il s'agissait d'un *Traité des religions*. Mais j'ai néanmoins fait une découverte… Fixé sous la couverture de l'ouvrage, il y avait ce bout de parchemin… Cela m'a intrigué et je me suis mis à le déchiffrer. Comprenez… Le propre de l'alchimiste est de transmettre sa science sous forme ésotérique… Peut-être avais-je là une indication laissée intentionnellement par Flamel. En fait, le parchemin comportait la description d'une commanderie de Templiers… Pourquoi ce texte ? Quelle était son importance et quel était son rapport avec Flamel ? Alors, une fois de plus, je me suis mis à chercher…

Cette fois, Vincent était sérieusement accroché. Constant reprit :

– … et j'ai découvert que cette commanderie n'avait jamais existé. Étrange, non ? Il fallait donc chercher plus loin encore. C'est ainsi que j'appris dans quelques vieux textes qu'il y avait eu plusieurs exemplaires d'un ouvrage contemporain des Templiers qui portait description des principales commanderies. C'était pour le moins curieux de dresser pareil inventaire alors que le procès battait son plein. Et s'il s'agissait bien d'un feuillet de l'ouvrage, pourquoi la commanderie décrite n'existait-elle pas ? J'ai mis longtemps à comprendre… Les Templiers étaient passés maîtres dans l'art des cryptogrammes et ce document était un message chiffré. Réservé aux initiés. La commanderie imaginaire était là pour attirer leur attention.

– Et vous avez réussi à traduire ce texte en clair ?

Constant se redressa en soupirant.

– Oui… Il m'a fallu longtemps, bien longtemps avant de trouver la clé.

– Et cette traduction ?

Constant sortit une feuille de papier d'écolier, un peu sale, qu'il la donna à Vincent.

– Voilà. le résultat de bien des efforts, bien des veilles, bien des moments de découragement…

Vincent prit la feuille et lut :

Les deux y sont priés
Mais point n'y reposent
Sous l'ormeteau point y prient
Mais moult y disposent
Afin que profaner nul n'ose
Vois Montsalvat la Commanderie

Pour Vincent, ça paraissait à peine plus clair que le texte gothique.

– Et ça, c'est le texte en clair ?

– Pour le comprendre, ça n'a été qu'un jeu d'enfant... En fait, c'est l'ormeteau qui m'a donné la clé. L'ormeteau, c'est-à-dire l'orme... Il a de tout temps existé un orme sacré... Devant l'église Saint-Gervais, à deux pas de l'endroit où s'élevait le premier Temple... D'ailleurs, la tradition se maintient puisqu'il y a toujours un orme devant cette église...

– Qui vous prouve qu'il s'agit de cet orme-là ?

– *Moult y disposent*... Cet orme était un lieu traditionnel de rendez-vous, notamment pour les compagnons maçons et tailleurs de pierre qu'on y engageait... Notez au passage qu'une maison des Compagnons du Devoir s'élève de nos jours à l'emplacement exact où était le vieux Temple... Tout se tient, vous savez... tout se tient... Prenez maintenant le premier vers : *Les deux y sont priés*. C'est bien la preuve qu'il s'agit de Saint-Gervais. Car cette église est dédiée en réalité à saint Gervais *et* saint Protais, les jumeaux martyrs, et ça depuis l'an 387. Donc on y vient prier les deux saints... *Mais point n'y reposent*, ça, c'est très clair, les deux frères ont été martyrisés sous Néron à Milan... Donc, pour simplifier, c'est sur l'église qu'on veut attirer notre attention...

– Et le reste ? demanda Vincent.

– Ah ! le reste... le reste... Les Templiers étaient bougrement méfiants. Vous allez voir... *Afin que profaner nul n'ose* se passe d'explication. Si on veut accéder à un certain lieu, il faut donc s'inquiéter de Montsalvat la Commanderie.

– Imaginaire, je suppose ?

– Exactement. Mais elle donne une clé, celle qui m'a permis d'avancer cette explication... Montsalvat a une autre signification. Dans le roman des Chevaliers de la Table Ronde, qui est en fait un ouvrage ésotérique, Montsalvat est le château mystérieux où aurait été déposé le Graal, objet de la recherche des douze chevaliers. Et le Graal est le symbole de la connaissance, de la pierre philosophale et aussi d'un trésor.

Constant recula d'un pas, assez satisfait de sa démonstration. Vincent était troublé. Cela semblait très simple et très mystérieux à la fois.

– En somme, le message laisserait entendre que le trésor des Templiers était caché dans l'église Saint-Gervais ?

– Exactement ! Êtes-vous convaincu ?

– Votre démonstration se tient, admit Vincent. Mais ce n'est pas une preuve.

– Pour cela, il faudrait l'autre partie du message.

– Quelle autre partie ?

– Dans le livre d'où vient ce document, il y a certainement sur une autre page un texte concernant la commanderie de Montsalvat. Et c'est elle qui, une fois correctement traduite, doit pouvoir nous mener au trésor… Ou à ce qu'il en reste.

Toute l'éducation cartésienne de Vincent se révoltait. Ce petit bonhomme aurait non seulement résolu l'une des plus grandes énigmes de l'histoire mais saurait où trouver le trésor des Templiers… Et il vivrait là, comme un clochard, au milieu de ses chats et de ses paperasses ?

Vincent se leva et reposa le document sur une pile de livres. Peu convaincu, il dit :

– Et ce… trésor ? Il serait où ? Dans une crypte ?

– Il y a bien une crypte sous l'église, mais elle est interdite. Je doute que les Templiers aient tout de même laissé leur trésor aussi accessible.

Constant l'observait, comme inquiet. Vincent demanda enfin :

– Revenons à cet ouvrage… Vous l'avez cherché ?

– Partout ! Il n'est pas à la Bibliothèque nationale, ni aux Archives, ni à la bibliothèque de l'Arsenal… J'ai couru dans tellement d'endroits, en province, à l'étranger, même… J'ai fouillé des bibliothèques officielles et privées… en vain.

– En avez-vous parlé à Mafle ?

– Il me prend pour un fou, dit Constant en haussant les épaules.

Vincent n'était pas loin de partager le point de vue du libraire. Bien sûr, l'exposé de Constant était séduisant, mais n'avait-il pas quelque peu arrangé les faits pour qu'ils cadrent avec son hypothèse ?

– Avec tous ces éléments, vous auriez dû trouver quelqu'un qui s'y intéresse, qui vous aide…

Constant était une réponse vivante.

Il suffisait de le regarder, minable, crasseux, le regard enfiévré… Quel crédit aurait-il pu rencontrer ? Vincent imaginait les sourires, les haussements d'épaules, voire les sarcasmes qu'avaient dû susciter ses affirmations… Quel titre pouvait-il présenter pour avoir une chance d'être cru ? Les savants officiels n'aiment pas les francs-tireurs, les chercheurs de petite bête, les fouilleurs de tombes qui filent la truffe au vent, à l'intuition, exhument, bousculent, contestent… Non, les savants officiels ne les aiment pas.

Parce qu'il leur arrive d'avoir raison.

L'ordre établi d'abord. Une certaine hiérarchie des idées, des faits et des grands hommes, la grande Histoire et ses dates trompe-couillons, 732… 1515… 1789… ses mots d'auteur… *Tout est perdu fors l'honneur*… et tous ces édifiants tableaux de famille… Saint Louis et son chêne séculaire… Henri IV et sa poule au pot… Louis XIV et son soleil… Mirabeau et sa grande gueule… Napoléon enfin… Napoléon, l'homme des majuscules… La Gloire, la Victoire, la Patrie, le Peuple… l'homme qui suscita des générations de grognards prêts à se faire tirer l'oreille avant de se faire tirer comme des lapins sur tous les champs de bataille de la connerie humaine… Que pouvait-il, ce vieux fou, contre cette écrasante galerie de portraits cautionnée par les distingués membres des instituts et autres académies ?

« Rien », pensait Vincent qui commençait à prendre conscience que le refus de la facilité, c'est le début de la solitude, de la méfiance, voire de la répression. Et bizarrement, le voilà qui se prenait à être solidaire de ce type paumé, plus proche de lui que de ceux qu'il côtoyait hier encore…

Peut-être Constant avait-il senti qu'un contact s'était enfin établi entre eux.

– Pourquoi ne chercheriez-vous pas, vous ? Vous… vous qui êtes jeune… on vous croirait.

Vincent tenait une cigarette entre ses doigts. Il ne songeait pas à l'allumer. Chercher ? La tâche lui parut insurmontable. Il n'était pas préparé pour ce genre de quête. Il le dit à Constant.

– Mafle peut vous aider, répliqua le vieil homme.

– Il a refusé de le faire pour vous… et puis, vous l'avez dit vous-même, cet ouvrage n'existe peut-être plus…

Mais Constant tenait à son idée.

– Mafle a des clients, des gens qui ont des bibliothèques fabuleuses auxquelles personne ne peut avoir accès… Pour vous, il accepterait peut-être de leur en parler, de leur demander de vous recevoir…

Vincent s'étonna d'une telle insistance.

– Que savez-vous donc de plus ?

Constant baissa la tête.

– Mafle sait où l'on peut consulter cet ouvrage…

Puis, attrapant soudain Vincent par le bras :

– Ça ne vous plairait pas de vérifier avec moi si j'ai raison ? Même s'il n'y a plus de trésor ?

Vincent réfléchit. Et si par hasard… oui, par hasard, elle était là, l'explication qu'il cherchait ? Si cet or distribué récemment provenait du fabuleux trésor des Templiers ? Cela expliquerait le côté société secrète, l'aspect quasi mystique de l'opération. Vincent se souvint avoir lu quelque part que les Templiers avaient des vues politiques bien en avance sur leur temps. Ils avaient une vision du monde sous forme d'États unis dont ils auraient été les maîtres à penser. Quelqu'un ne chercherait-il pas à imposer cette vision, commençant par assainir la situation en détruisant le mythe de l'or ?

Et quoi de plus logique pour cela que d'utiliser précisément le trésor des Templiers ?

– Alors ? questionna Constant, fébrile.

– Je vais essayer, dit enfin Vincent. Oui, je vais essayer…

Comme s'il était enfin rassuré, le chat noir se coucha et ferma les yeux.

18

Verdier tapotait sur son bureau tout en écoutant sa fille à l'autre bout du fil.

– Et il n'est toujours pas rentré ?

– Non… Et c'est bizarre parce que tout est resté en place comme s'il n'avait pas remis les pieds chez lui depuis deux jours.

– Comment le sais-tu ?

– Parce que… parce que j'ai une clé de son studio.

Verdier soupira. En d'autres temps, il aurait exigé des explications. En d'autres temps.

Il se contenta de dire :

– Ah, bon.

Sophie reprit :

– Je me suis renseignée partout, à la radio, auprès de ses copains, personne ne l'a vu.

– Que comptes-tu faire ?

– M'installer chez lui et attendre qu'il rentre.

Cette solution ne plaisait guère à Verdier. Elle choquait son sens des convenances.

– Tu crois que…, commença-t-il.

– Tu vois une autre solution ?

– Non, bien sûr, non… Enfin, fais pour le mieux.

Verdier reposa le combiné avec l'impression de patauger, de s'engluer.

La mort de Vergnes l'avait choqué. Ils étaient donc capables d'aller jusque-là ? De se sacrifier pour une idée ?

Sa secrétaire se manifesta par l'interphone.

– Une lettre vient d'arriver pour vous, monsieur. Je vous l'apporte ?

Le banquier sentit son cœur battre un peu plus vite. Une lettre, une seule, à cette heure ?

Quelques instants plus tard, la secrétaire entra.

Verdier reconnut tout de suite l'enveloppe qui ne portait que son nom tapé à la machine. À quoi bon demander qui l'avait apportée… Une fois seul, il déchira l'enveloppe doublée de noir et sortit la feuille manuscrite qui était bien signée des Compagnons d'Éleusis. Il lut :

> *Nous n'appliquerons pas la loi du talion, mais nous vous atteindrons dans ce que vous avez de plus cher : votre puissance. Vous n'aurez pas longtemps à attendre.*

Verdier froissa brusquement la lettre et la jeta dans sa corbeille à papier. Était-ce une allusion à Vergnes ? Probablement. Donc, ils savaient… Malgré les précautions de Lelong, ils savaient. Dix minutes plus tard, sa secrétaire l'appela de nouveau.

– M. Delamare est ici. Pouvez-vous le recevoir, monsieur ?

– Faites-le entrer.

Vincent était là. Lui apportait-il quelque chose de nouveau ? Depuis l'échec de Lelong, il était prêt à se raccrocher à la moindre information. Il quitta son siège et, sourire aux lèvres, alla au-devant de Vincent.

Il ne voulut pas s'attarder sur son allure bizarre mais se demanda où était passé l'élégant journaliste que sa fille lui avait présenté un soir. Il ne voulut pas non plus voir l'œil plus dur dans un visage qui semblait s'être rétréci. Il préféra dire d'un ton aimable et finalement sincère :

– Je suis très heureux de vous voir, mon cher Vincent… Savez-vous que Sophie vous cherche depuis deux jours ?

Vincent paraissait ne pas avoir entendu. S'écartant de Verdier, il alla jusqu'au bureau et déplia dessus le journal qu'il tenait à la main. Le banquier s'approcha et se pencha sur l'article que désignait du doigt le jeune homme. On pouvait lire :

Le professeur Vergnes, le chirurgien bien connu, a été trouvé mort hier...

Une photo accompagnait le texte, Verdier se redressa enfin.

– Eh bien ?

– C'est l'homme dont je vous avais parlé.

– Et alors ?

– Vous ne trouvez pas curieux qu'il disparaisse au moment même où il est découvert ?

– Qu'est-ce que vous voulez que je vous dise, moi ? Il s'est suicidé, non ?

– Ça, c'est ce que dit le journal.

Puis, faisant face à Verdier :

– Drôle de coïncidence, tout de même.

– Vous m'ennuyez. Qui vous dit qu'il n'a pas été éliminé par ses propres compagnons parce qu'il devenait dangereux ?

Vincent secoua la tête. Il sortit ses cigarettes et Verdier s'empressa de lui donner du feu,

– Je ne sais pas grand-chose de ces Compagnons, mais la violence, ce n'est pas leur style.

– Alors il faut en revenir à la version du journal : il s'est suicidé.

Vincent eut un mince sourire :

– Ce ne serait pas la première fois qu'on suiciderait quelqu'un... Il y a des précédents célèbres...

– Et qui l'aurait fait ?

Vincent hésita. Dans le bureau du P.-D.G. de la banque Verdier, il devenait soudain plus difficile d'accuser son occupant de meurtre. Verdier l'observait, semblant l'évaluer. Il devina l'hésitation, dit, légèrement soulagé :

– Vous allez continuer vos recherches ?

– Vous croyez donc toujours à toute cette histoire ?

Verdier resta un moment silencieux, puis, se penchant sur son bureau :

– Écoutez-moi, Vincent... Écoutez-moi bien... Certaines données du problème peuvent vous échapper et c'est normal... Seulement, je voudrais vous mettre en face de vos responsabilités. Si nous n'y veillons pas, demain il peut arriver n'importe quoi…

– Par exemple ?

– Une crise… Une crise sans précédent où chacun laissera des plumes… riches comme pauvres. Et Dieu sait sur quelles violences, sur quel chaos une crise comme celle-là pourrait déboucher… Regardez ce qui se passe autour de vous, bon Dieu… En Extrême-Orient, en Orient, en Amérique du Sud… et même tout près de chez nous…

Vincent haussa les épaules.

– C'est un langage trop abstrait pour moi… Je me fous du devenir de notre société. Et vous savez pourquoi ? Parce que je la crois condamnée. Quoi qu'on fasse, je la crois condamnée.

Verdier observait Vincent. Il représentait bien tout ce qu'il détestait. Le rejet des valeurs à travers une espèce de nihilisme affiché à moins qu'il s'agisse d'une insupportable utopie à la Fourier. Que disait Vincent avec son insupportable demi-sourire ?

– À moins que… à moins que les Compagnons d'Éleusis aient un remède à nous proposer.

– Un remède ? Vraiment ? Vous appelez ça un remède, vous ? Imaginez que quelqu'un se soit mis dans la tête de faire sauter Paris pour… je ne sais pas, moi… pour faire des espaces verts puisque c'est tellement à la mode en ce moment… Il se trouve que vous avez des informations sur ce type… Vous les garderiez pour vous ? Même si vous avez un faible pour l'écologie ? Car je suppose que vous avez *aussi* un faible pour l'écologie ?

– Je chercherais d'abord à savoir ce que ce type a dans la tête.

– Et si tout saute avant ?

Vincent écrasa sa cigarette dans le cendrier à pied disposé près d'un fauteuil.

Verdier le suivit du regard, dit dans son dos :

– Ce n'est pas un jeu, Vincent… Écoutez-moi… Je peux vous offrir ce que vous voulez… Je suis assez bien placé pour ça… Il vous suffit de demander.

Vincent lui fit face :

– Vous voulez m'acheter, quoi ?

C'en était trop. Verdier s'énerva soudain.

– Mais, bon Dieu, pour qui vous prenez-vous ? Pour Zorro ? Pour Dieu le Père ?

Vincent secoua la tête.

– On ne parle pas la même langue, monsieur Verdier... et on ne parle pas de la même chose, non plus.

Incrédule, Verdier le regarda aller jusqu'à la porte. Il pointa l'index vers lui.

– Vous êtes prévenu maintenant. Plus question de jouer les innocents. Fini. Terminé.

Vincent sortit sans même se retourner.

– Petit con, grinça Verdier.

Vincent était encore en haut de l'escalier central lorsqu'il aperçut Beaumont qui finissait de monter. Le financier s'arrêta à sa hauteur, aimable :

– Comment allez-vous ? Je demandais justement de vos nouvelles, l'autre soir...

– Je suis très occupé en ce moment.

– Un reportage ?

– En quelque sorte.

Comme Beaumont restait là, l'œil interrogateur, Vincent se crut obligé de préciser :

– En fait, il s'agit plutôt d'un roman.

– Et quel en sera le thème ?

Sans trop savoir pourquoi, Vincent répondit :

– L'or, monsieur Beaumont. Le mythe le plus dangereux.

– Après Dieu, peut-être, sourit Beaumont. Mais un beau sujet, en vérité.

Il s'éloigna.

Vincent commença à descendre l'escalier. Soudain, il fit la grimace, s'immobilisa en portant les mains à ses tempes comme s'il éprouvait une douleur soudaine. Il se retourna. Beaumont était toujours en haut de l'escalier, qui lui souriait. Il lui fit un petit signe, s'éloigna. La douleur disparut aussi rapidement. Vincent se força à bouger, mal à l'aise.

Pourquoi Beaumont lui semblait-il bizarre, lui aussi ?

Dix minutes plus tard, il arrivait place des Vosges. Mais lorsqu'il se rendit au magasin d'Emmanuelle, il trouva porte close. Il repartit en direction de la rue au Maire. Comment fallait-il présenter la chose au libraire ? Loin de Constant, de son ambiance, plus rien ne semblait évident. S'il mentionnait le récit de Constant, jamais Mafle n'accepterait de l'aider.

Celui-ci l'accueillit comme le fils prodigue, débarrassa une chaise en le questionnant, dévoré de curiosité.

– Alors ? Vous êtes allé voir Constant ?

– Oui, oui...

– Comment cela s'est-il passé ?

– Pas trop mal. Au début, il se méfiait, mais il a fini par parler.

– Il vous a donné les renseignements que vous attendiez ?

– En partie seulement.

Vincent soupira, reprit :

– À vrai dire, je découvre petit à petit que je me suis embarqué dans une affaire bien complexe. Ce que vous m'avez dit l'autre jour m'a fait réfléchir...

– Ah propos de quoi ?

– Du Moyen Âge en général, de cet état d'esprit qui régnait alors... Je crois que je commettrais une erreur en me cantonnant trop étroitement à la vie de Flamel. Il y a mieux à faire.

Un coude sur la table, un peu penché vers lui, le petit libraire l'écoutait d'un air ravi.

– Ah... Vous êtes en train d'attraper le virus... Attention... c'est une chose dont on ne guérit pas. Alors ? Dites-moi tout. Comment voyez-vous la suite ?

Vincent hésitait. Il lui allait falloir improviser et faire de l'équilibre dans un domaine qui ne lui était pas spécialement familier.

– Eh bien, je pense qu'il faut faire une fresque beaucoup plus vaste, recréer la vie quotidienne, montrer les mœurs, les coutumes... Ce qu'était la sensibilité des gens à l'époque, leur façon de penser, de percevoir les événements... Tenez... Flamel, par exemple, pour nous c'est un personnage légendaire, mais pour ses concitoyens, il n'était guère plus mystérieux que votre boucher ou votre boulanger... Il faut démythifier le personnage. Pour cela, il faut d'abord le replacer dans son environnement et montrer en même temps que l'alchimie n'avait pas que ce côté fabuleux ou dérisoire qu'on lui prête maintenant.

Mafle écoutait. Il ne remuait pas un cil.

Vincent poursuivit :

– Il faut donc expliquer l'époque, le siècle même… Je me suis replongé dans ma documentation. Un fait important s'est passé au début de ce siècle-là : l'arrestation et le procès des Templiers. C'est ce point de départ que j'ai envie de prendre. D'autant plus qu'on a soupçonné les Templiers de connaître le secret du Grand Œuvre et d'avoir même fabriqué de l'or. Qu'en pensez-vous ?

– Bravo, dit seulement Mafle.

Et son admiration n'était pas feinte. Vincent hocha la tête et soupira une fois de plus.

– Seulement voilà… Cela va me demander une telle documentation qu'il va me falloir des années pour la réunir…

– Mais ne suis-je pas là pour vous aider ? Ah, si seulement j'avais su écrire… Que vous faut-il exactement ? En avez-vous une idée ?

– Eh bien, autant commencer par le commencement… Il faut que je me fasse une idée précise de la puissance du Temple à cette époque-là. Après deux cents ans d'existence, les Templiers avaient accumulé énormément de biens… Malheureusement, les ouvrages que j'ai consultés ne s'étendent guère là-dessus. Ils se contentent de citer quelques chiffres et c'est un peu sec, à mon avis.

Mafle hocha la tête.

– Ils avaient des biens un peu partout… des centaines de commanderies… des châteaux… Seulement, pour en trouver la liste…

Vincent sortit une cigarette et l'alluma posément. Le moment était venu.

– D'après ce que j'ai lu, il en existe bien un inventaire mais dans un ouvrage introuvable.

– Ah, je vois ce que vous voulez dire… Cet inventaire des commanderies établi par un Templier au moment du procès ?

– Oui. Quelque chose comme ça.

Vincent n'osait pas relever la tête et regarder Mafle de peur que celui-ci ne le devine.

– Effectivement, cet ouvrage est introuvable… Même la Bibliothèque nationale ne le possède pas.

– Dans ce cas, ne vaudrait-il pas mieux que je renonce ?

Le libraire s'était redressé. Il semblait réfléchir, hésiter, peser le pour et le contre.

– Je me souviens avoir entendu parler d'un exemplaire de cet ouvrage, dit-il enfin.

– Qui existerait encore ?

– Oui. Si mes sources sont bonnes, il serait chez un particulier.

– Que vous connaissez ?

– J'ai toujours soupçonné un de mes anciens clients de le posséder.

Constant n'aurait donc pas menti. L'ouvrage existerait bien.

Il se retrouvait de nouveau plongé dans l'aventure. Il fallait qu'il sache, qu'il aille jusqu'au bout. Qu'il découvre si Constant n'était qu'un illuminé affabulateur ou s'il avait mis le doigt sur un fabuleux secret.

– Vous croyez que je pourrais lui demander de le consulter ?

– Ça m'étonnerait qu'il accepte. C'est un amateur passionné, jaloux de ses trésors. À moins que… que quelqu'un en qui il aurait une totale confiance le lui demande.

– Vous pensez à qui ? demanda Vincent qui avait déjà la réponse.

Mafle ne semblait guère enthousiaste à l'idée d'avoir à faire une telle démarche.

– Êtes-vous certain de ne pas pouvoir vous passer de cet ouvrage ?

– Quel intérêt d'écrire sur un sujet mille fois traité si on n'apporte pas quelque chose de nouveau ?

Mafle soupira.

– Je veux bien essayer d'être aussi convaincant que vous l'êtes… mais je ne vous promets rien.

Beaumont faisait une fois de plus le point avec son étrange correspondant.

– J'ai réussi à faire quelques recoupements, mais je ne suis guère plus avancé. Premier point : Amaury est allé voir ce professeur Vergnes. Le lendemain, nous apprenons le suicide de celui-ci. Pourquoi ? Relation de cause à effet ? Cela reste un mystère. D'autant que depuis sa visite, Amaury a échappé à notre surveillance et a disparu. De qui se méfie-t-il ? Je crois néanmoins qu'on peut dire que Vergnes, comme Amaury, faisait partie des Compagnons d'Éleusis.

– En ce qui concerne Vergnes, s'agit-il réellement d'un suicide ?

– D'après l'enquête, oui. Vergnes a été retrouvé dans sa voiture, sur les quais de la Seine, à Saint-Cloud. Il tenait encore un petit tube à la main. Son assistante se souvient avoir vu ce tube dans sa boîte à gants.

– Pas de trace de sévices ?

– Non.

– Quel est votre sentiment ?

– Je ne sais pas... Lorsque je suis allé rendre visite à Verdier, il avait sur son bureau un journal grand ouvert rapportant la mort de Vergnes. Il s'agissait d'un quotidien que Verdier ne lit jamais. Par ailleurs, Vincent Delamare, le jeune journaliste dont il a déjà été question, sortait du bureau de Verdier, ce qui me semble curieux car les deux hommes ne s'apprécient guère. Je l'ai donc sondé. Il pensait que Verdier était responsable de la mort du professeur.

– Pourquoi ?

– Il serait intéressant de le savoir. D'autant plus que ce jeune homme devient intéressant à plus d'un titre. Il est allé rendre visite à Constant, ce vieil alchimiste qui poursuit vainement ses recherches sur le Grand Œuvre. Que lui voulait-il ?

– Voyez-vous un rapport avec toute cette affaire ?

– Je n'ose y croire...

– Comment cela nous aurait-il échappé ?

– Je commence à penser que Vincent Delamare a découvert quelque chose d'important. Peut-être a-t-il eu l'imprudence de s'en ouvrir à Verdier. Celui-ci m'avait parlé d'une piste. Lorsque je le lui ai rappelé, il est resté muet. Ce qui peut s'expliquer s'il espérait tirer quelque chose du professeur.

– Aucun autre résultat par ailleurs ?

– Non. Sauf négatifs. Emmanuelle Vaccari, la jeune antiquaire, semble avoir aussi disparu. À croire qu'ils se terrent tous en attendant qu'un danger soit passé.

– Nous devons être plus vigilants et encore plus prudents que jamais.

– Je vais m'attacher à ce journaliste. Il peut nous être utile s'il découvre la vérité.

Durant deux jours encore, Vincent, craignant de rencontrer Sophie, resta à l'hôtel.

Il passait son temps à faire la navette entre la librairie de Mafle et sa chambre. Mais le libraire restait évasif, disant qu'il s'en occupait, que ce n'était pas facile… Il ne lui restait plus qu'à attendre ce signe du destin qui ne pouvait qu'apparaître tôt ou tard.

Ailleurs aussi, le temps semblait s'être suspendu, figé.

Sophie ne quittait plus son studio et la boutique d'Emmanuelle restait obstinément close, Verdier semblait attendre du fond de son bureau d'improbables nouvelles tandis que Beaumont paraissait avoir fait retraite dans son cabinet de travail. Aucun message nouveau n'avait été envoyé et les cours de l'or avaient même repris leur progression. Quant à la presse, une actualité chassant l'autre, elle avait déjà oublié l'incident. Marin pouvait donc s'agiter tranquillement au milieu de ses téléphones…

Un après-midi, Vincent débarqua chez Mafle qu'il trouva tout agité.

– Ah, enfin… Je ne savais comment vous joindre.

– Que se passe-t-il ?

– Il nous attend

– Vous avez réussi ?

Vincent nota que le petit libraire avait fait un effort vestimentaire en enfilant une chemise blanche sur laquelle ressortait une cravate noire qui l'apparentait à un garçon de café partant au travail.

– Ça n'a pas été sans mal, dit le libraire. Enfin, il s'est laissé convaincre.

– Où est-ce ?

– En dehors de Paris, dans le Vexin. Il nous attend.

Durant tout le trajet, Mafle allait entretenir Vincent de l'homme qui les attendait. Il s'appelait Philippe de Beauchamp, un personnage curieux, solitaire. Un grand seigneur.

– Vous avez de la chance, vous savez… Jamais un homme comme Beauchamp n'aurait accepté de recevoir ce vieux fou de Constant… Mais je lui ai parlé de vos ambitions et cela a paru le séduire.

Ils arrivèrent au cœur du Vexin. C'était la campagne. Au milieu d'une petite départementale, Mafle montra des barrières blanches qui marquaient l'entrée d'une allée cavalière ouvrant entre deux rideaux d'arbres.

– Tournez là.

Vincent roulait maintenant sur le chemin empierré et après quelques centaines de mètres, il aperçut la demeure qui se découpait dans l'ogive de la voûte des arbres. C'était une agréable gentilhommière noyée au milieu des bois et à laquelle une vaste pelouse donnait l'aération nécessaire.

Vincent arrêta sa voiture devant le perron sur lequel se tenait un homme qui les attendait.

Mafle et lui descendirent de la Méhari.

Philippe de Beauchamp vint à leur rencontre. Il était tel qu'on imagine les aristocrates, grand, mince, racé... Le visage long et fin d'un grand d'Espagne, la main longue, presque maigre, il portait avec élégance un costume de velours qui à d'autres aurait donné des allures de garde-chasse. Il reçut les deux hommes avec une courtoisie un peu distante, puis les pria d'entrer. Il traversa le hall et les fit pénétrer dans un petit bureau confortablement meublé. Vincent regarda autour de lui. Il n'y avait pas de livres.

Beauchamp parut deviner sa surprise car il précisa :

– Ma bibliothèque est au premier, mais j'ai pensé que vous seriez mieux ici... J'ai préparé l'ouvrage qui vous intéresse.

– Je vous remercie.

Beauchamp se méfiait-il au point de refuser de montrer les richesses de sa bibliothèque ?

Vincent s'approcha, fasciné par l'ouvrage posé sur le bureau. La reliure en était grossière, en très mauvais état.

Leur hôte ajouta :

– La reliure n'est pas d'époque mais je vous garantis l'authenticité du contenu.

Puis dans un sourire :

– Ainsi vous vous intéressez à l'ordre du Temple ?

Vincent hocha la tête. Il préférait éviter une discussion sur un sujet que, finalement, il possédait fort peu. Heureusement, Beauchamp n'insista pas.

– Eh bien, nous allons vous laisser travailler... Je vais en profiter pour montrer mes dernières acquisitions à mon ami Mafle. Avez-vous tout ce qu'il vous faut ?

Depuis deux jours, il promenait un Minox dans sa poche. Mais il ne le dit pas. Une fois seul, Vincent s'approcha du bureau. Ainsi c'était là l'ouvrage tant cherché par Constant. Il ne parvenait pas à y croire. Cela s'était fait si simplement. Il avait suffi qu'il en parle à Mafle et...

Pauvre Constant, victime de son apparence.

Vincent s'assit devant le bureau et prit l'ouvrage d'une main hésitante.

Il l'ouvrit.

À l'intérieur, les feuillets craquaient sous ses doigts. À première vue, ils ressemblaient à celui que lui avait montré Constant. C'était la même calligraphie gothique que Vincent s'efforçait en vain de déchiffrer. Comment retrouver celle qui mentionnait la commanderie de Montsalvat ? Avec émotion, Vincent commença à tourner les pages. Six siècles s'abolirent soudain devant lui. Il imaginait le copiste penché sur son écritoire, remplissant les parchemins d'une écriture appliquée à la maigre lueur d'une chandelle ou d'une lampe à huile. À qui appartenait cette main qui avait dû ainsi reproduire chaque texte en plusieurs exemplaires ? À un templier, certainement, mais où se situait-il dans la hiérarchie ? Était-il conscient de l'importance du travail qu'il effectuait ? Était-il dans le secret des Maîtres ?

Vincent ignorait combien de temps lui laisserait Beauchamp. Alors il se pencha sur chaque feuillet, étudiant péniblement l'écriture et essayant de lui arracher son secret. Puis, soudain, un mot retint son attention. Il l'examina lettre après lettre, suivant celles-ci du doigt comme quelqu'un qui sait à peine lire.

Montsalvat.

Cela ne pouvait faire aucun doute, c'était dans ce feuillet que l'on parlait de cette fameuse commanderie imaginaire. Alors, très vite, Vincent sortit son Minox, disposa le manuscrit sous le meilleur éclairage et commença à photographier...

Mafle et Beauchamp ne revinrent que vingt minutes plus tard.

– Cet ouvrage a-t-il pu vous être utile ? demanda Beauchamp.

– J'ai pris quelques notes, dit Vincent. Mais il faudrait beaucoup plus de temps pour l'étudier.

– Vous reviendrez.

Simple formule de politesse ? Beauchamp souriait. Mafle aussi. Tous deux semblaient le regarder avec une sorte de sympathie condescendante. Vincent eut la brusque sensation qu'ils n'étaient pas dupes. Peut-être même complices. Mais complices de quoi ?

Il tendit la main à Beauchamp.

– Il me reste à vous remercier. J'ai apprécié votre invitation à sa juste valeur.

Beauchamp les raccompagna jusque sur le perron. Il salua Mafle, puis, se tournant vers Vincent :

– N'oubliez jamais : l'Histoire est une belle fille. Elle aime qu'on lui fasse des enfants. Mais pas des bâtards.

Beaumont, penché sur son bureau, regardait la feuille de papier sur laquelle il avait jeté quelques mots. Il les relut à mi-voix, comme pour lui-même :

– ... Mafle... une librairie... un château dans le Vexin... Constant...

Debout, de l'autre côté du bureau, Renaud l'observait. Beaumont releva la tête vers lui.

– Comme tout cela est étrange...

– Vincent Delamare est allé rendre visite à un de ses amis qui travaille dans un laboratoire de photographie.

– Il ne faut pas le perdre de vue. Je sens qu'il va se passer quelque chose d'important.

Vincent s'arrêta devant le pavillon de Constant.

Tout cela lui semblait tellement fantastique qu'il en était venu à douter même de l'existence du vieil homme. Aussi fut-ce avec soulagement qu'il vit la porte s'ouvrir sur un Constant égal à lui-même, c'est-à-dire crasseux et la paupière rouge. À le voir, on aurait pu croire qu'il ne s'était pas couché depuis la précédente visite de Vincent. Un gros chat roux l'avait accompagné et se frottait contre ses jambes.

– Ah, c'est vous ? dit-il seulement.

Vincent fut déçu par l'accueil.

Constant avait déjà fait demi-tour. En s'éloignant, il jeta :

– Eh bien... entrez puisque vous êtes là.

Vincent retrouva pêle-mêle, les odeurs, les chats et les bouquins. Le gros chat noir occupait le fauteuil et Constant lui parla doucement en le caressant. Le chat consentit enfin à quitter sa place.

– Il est très susceptible, expliqua le vieil homme.

Vincent était resté dans l'encadrement de la porte, perplexe. Constant semblait mal à l'aise, il allait et venait au milieu des livres, procédant à de bizarres rangements et évitant soigneusement de regarder son visiteur. Vincent alla jusqu'à lui, l'attrapa par un bras et l'obligea à le regarder.

– J'ai le texte que vous avez tant cherché.

Les paupières de Constant battirent un peu plus vite. Il ouvrait et fermait la bouche comme un poisson prisonnier au fond d'un bocal sans eau.

– Vous entendez ? Je l'ai ! cria soudain Vincent. Qu'est-ce que vous avez, bon Dieu ?

– Rien, rien, excusez-moi… Je n'ai pas dormi… Ça va aller mieux, je vous le promets.

Il avait l'air suppliant, à deux doigts de pleurer, et il sortit du bureau comme s'il prenait la fuite. Vincent s'essuya le front et se laissa choir dans le fauteuil en allumant une cigarette. L'absence de Constant ne dura pas plus de cinq minutes et, lorsqu'il revint, il semblait avoir retrouvé son calme.

– Vous voulez vraiment aller jusqu'au bout ?

Vincent était perplexe devant l'attitude pleine de contradictions de Constant.

– Vous avez cherché ce texte pendant des années et vous n'êtes pas curieux de le voir ?

Il lui mit presque de force dans les mains les photos du parchemin.

Constant hésita, finit par les prendre. Il secouait la tête pensivement.

– Rabelais avait raison… Science sans conscience n'est que ruine de l'âme.

Vincent le regarda s'éloigner jusqu'à sa table de travail où il balaya d'un revers de bras tout ce qui l'encombrait. Et sans que Vincent eût même ouvert la bouche, il ajouta, agressif :

– Et fichez-moi la paix ! J'ai besoin de silence.

Du temps passa.

Le chat noir était venu s'installer sur les genoux de Vincent. Était-ce un signe d'amitié ou bien était-ce pour qu'il soit bien entendu que ce fauteuil était le sien ? Parfois, Constant avait une brève exclamation. Myope, il se penchait sur sa feuille pour écrire. Vincent fuma une autre cigarette, puis encore une autre…

Bientôt, il fut midi.

De l'extérieur parvenaient les cris étouffés de quelques gosses, le ronronnement soudain d'une mobylette… Sur une pile de livres, un chat blanc bâilla. Vincent caressa le noir qui releva la queue et se mit à ronronner. Il avait maintenant la gueule de bois à force de fumer et sa nuit blanche commençait à lui tomber sur les paupières… Les bruits s'estompèrent, se confondirent… Le décor passa au flou…

Soudain, Vincent sursauta.

Constant était devant lui qui s'agitait en brandissant une feuille de papier.

Vincent se redressa, vaseux, puis tout lui revint en mémoire.

– Ça y est ! Je l'ai traduit. Regardez… mais regardez donc !

Constant lui tendait la feuille sur laquelle se détachaient quelques lignes d'une écriture fine.

Il put lire :

De Salomon comprends le signe
De la croix dessous rends-toi digne
Avance si ton cœur est pur
Sans risque chutera le mur
Alors par la porte d'orient
Trouveras lumières d'occident

Une fois de plus, il resta perplexe devant ce texte sibyllin. Il regarda Constant :

– Qu'espérez-vous tirer de ça ?

– Tout ! Mais il faut comprendre, interpréter. Qu'attendiez-vous donc ? Que le message vous dise clairement comment vous rendre jusqu'au trésor ? Non, non tout ça est un langage fait par des initiés pour des initiés. Et je m'attends à d'autres difficultés. Les Templiers devaient prendre toutes les précautions pour que leur trésor ne tombe pas entre des mains impures…

Au mot « trésor » Vincent ressentit de nouveau cette impression d'irréalité. Ils étaient là, au XXe siècle, dans un petit pavillon de banlieue et ils parlaient d'un fabuleux trésor, un trésor qui serait pratiquement à portée de leur main…

Le trésor des Templiers.

Constant dut sentir ses doutes.

– On dirait que maintenant vous avez peur ?

Vincent prit une nouvelle cigarette, la fit tourner entre ses doigts sans l'allumer.

– Et si ce trésor existe… que ferez-vous ?

Constant se redressa, l'œil trop brillant, perdu au loin, bien au-delà des murs de sa maison. D'une voix qui tremblait un peu, il dit comme s'il s'adressait à quelque interlocuteur invisible :

– Je pourrai reprendre mes recherches… le Grand Œuvre… la pierre… la pierre philosophale… la Connaissance…

Le vieil homme rêva encore quelques instants, puis retrouvant toute sa fébrilité, il se pencha sur Vincent et le secoua par l'épaule.

– Il faut y aller… y aller tout de suite !

– Où ?

– Mais à l'église Saint-Gervais ! C'est là que nous trouverons.

– Vous en êtes sûr ?

– La solution est là-bas.

Constant était toujours penché sur lui, plein d'impatience.

Vincent hésitait.

– Je me suis documenté sur Saint-Gervais… On ne trouvera rien.

– Pourquoi ?

– L'église actuelle a été commencée en 1494… Près de deux cents ans après la disparition de l'ordre du Temple… Flamel a pu, lui, avoir une chance de trouver quelque chose en 1382 dans l'ancienne église… mais nous ?

Cela ne parut guère émouvoir Constant.

– Si l'ancienne église avait été rasée, je serais de votre avis, on n'aurait aucune chance. Mais ce n'est pas le cas. De cette église-là, il reste quelque chose. Une partie de l'ancien clocher qui a été intégré à l'architecture nouvelle. Et on peut se poser la question… Pourquoi a-t-on gardé les deux premiers étages de ce clocher qui, en outre, ne vont pas du tout avec le style de la nouvelle église ? Hein ? Pourquoi ? Il n'y a qu'une explication : les architectes du nouvel édifice étaient dans le secret. Mais quel secret ? Pourquoi pas celui d'une entrée cachée, seulement accessible à celui qui possède ça.

Constant agita la feuille de papier tout en reprenant :

– L'église antérieure a été construite du temps où les Templiers et les compagnons maçons étaient encore voisins... Les uns et les autres étaient des initiés, ayant donc des rapports étroits. En outre, Saint-Gervais était sur les terres du Temple. N'oubliez pas que celles-ci allaient de la Seine jusqu'à l'actuel square du Temple... On peut donc fort bien imaginer que les Templiers ont demandé aux compagnons de leur ménager quelque passage secret... Cela se faisait beaucoup à l'époque. Le passage secret, le souterrain c'était l'ultime possibilité de se ravitailler ou d'échapper à l'assaillant lorsqu'on était enfermé dans son château...

– Et ce secret se serait transmis jusqu'à la construction de la nouvelle église ?

– Oui.

– Sans qu'on découvre cette cachette ?

– L'Histoire n'est faite que de secrets perdus... Combien de rites se perpétuent alors qu'on en a depuis longtemps oublié l'origine première ? Je pense qu'il a dû se passer quelque chose de ce genre... Les compagnons initiés savaient qu'il y avait là un secret à conserver, à protéger, quelque chose d'essentiel... mais ils ne savaient pas quoi. Voulez-vous une preuve de leur présence dans toute cette affaire ?

Vincent écoutait, de nouveau fasciné. Avec Constant, tout s'expliquait, devenait clair, et l'incroyable était tout à coup possible – mieux : probable.

– Regardez... Elle est là la preuve, dans la première ligne de ce texte... *De Salomon comprends le signe...*

– Ce qui veut dire ?

– Mais tout simplement que c'est ce signe qui va nous guider. Cela peut signifier deux choses : soit l'étoile à six branches, dite sceau de Salomon, soit le pendule à Salomon, ce qui me semble plus vraisemblable… Ce pendule était un pentacle symbolique qui servait précisément de marque aux compagnons maçons du Moyen Âge.

Constant alla jusqu'à sa table et crayonna quelques instants sur un bout de papier qu'il tendit à Vincent en disant :

– Regardez… C'est ça, le pendule à Salomon.

– Et ce n'est pas tout, reprit Constant, fébrile. De quoi est composé ce signe ? De deux croix… Or la croix est un des plus vieux symboles… Le soleil, les étoiles… Des rayons se dispersant autour d'un foyer central… en un mot : la lumière ! Donc le symbole de l'illumination et par voie de conséquence de la révélation ! Tout se tient, je vous dis, tout… Autre chose encore… Cette croix, ce X, c'est la lettre grecque qui symbolise la lumière manifestée… Or, par un curieux hasard, cette lettre, c'est aussi l'initiale de trois mots grecs… Vous connaissez le grec ?

– J'en ai fait…

– Alors, regardez…

Sur le papier portant le pentacle, Constant inscrivit les trois mots suivants :

Χώνη
Χρυσος
Χρόνος

– Ces trois mots signifient : creuset, or et temps… autrement dit, pour les initiés, les éléments du Grand Œuvre. Rappelez-vous qu'on a dit que les Templiers étaient alchimistes… Ce signe est adressé d'initié à initié pour bien savoir ce qu'il est permis de trouver… C'est la double révélation, à la fois spirituelle et matérielle…

Et posant son doigt sur le pendule à Salomon, Constant ajouta :

– Voilà la clé qu'il nous faudra trouver.

19

Commencée en 1494, l'église Saint-Gervais ne fut vraiment terminée qu'en 1657, ce qui explique la différence de style entre le corps même de l'église qui relève du gothique flamboyant et sa façade d'inspiration nettement plus classique où se côtoient les colonnes ioniques et corinthiennes.

Tout près se dresse un orme entouré de bornes de pierre reliées entre elles par des chaînes. Il rappelle le fameux orme historique, plusieurs fois séculaire, qui fut abattu pendant la Révolution de 1789 pour faire des affûts de canon.

Vincent et Constant, tout près de cet orme, regardaient l'église.

– Quelle idée d'avoir flanqué une église gothique d'une façade pareille. Et Voltaire qui la trouvait admirable ! On se demande bien à qui il voulait encore plaire, celui-là.

Constant montra l'orme, puis un bâtiment qui se trouvait à la gauche de l'église.

– La tradition est toujours la plus forte. Toujours. Là-bas, c'est la maison des Compagnons du devoir, héritiers directs des compagnons du Moyen Âge… et de plus loin encore peut-être…

Comme s'il voulait prévenir une objection de Vincent, il ajouta :

– Ne me dites pas que c'est un hasard… Souvenez-vous ce qu'a dit Freud : il n'y a pas de hasard dans l'inconscient. Finalement, ce qu'on appelle hasard, c'est ce qu'on ignore. Ou ce qu'on ne peut expliquer.

Il fit un vaste geste circulaire.

– Il suffit de savoir lire. Et de percevoir. Regardez comme ce périmètre est paisible au milieu de cette vie folle… Vous n'y êtes pas sensible ?

Se penchant vers Vincent :

– Est-ce qu'il n'y aurait pas quelque barrière invisible et protectrice ? Aussi loin qu'on remonte dans l'histoire humaine, on tombe sur un souvenir attaché à ces lieux… On y a retrouvé des vestiges d'un culte à Isis datant d'une époque où il n'existait aucune liaison entre l'Égypte et la Gaule… Tenez… La rue François-Miron, là… C'est une ancienne voie romaine qui menait de Lutèce à Sens… Et comme les Romains n'enterraient pas leurs morts dans les villes, elle était bordée d'un cimetière gallo-romain… Et savez-vous ce que dit la tradition ? Que c'est tout près de cet ancien cimetière qu'auraient été enterrés les maîtres d'œuvre de Notre-Dame…

Constant entraîna Vincent en direction de l'église. Au bas de la volée de marches, le vieil homme prit le bras de son compagnon, l'arrêta un instant pour préciser :

– La première chapelle dédiée à saint Gervais et saint Protais a été édifiée en 387… Qu'en reste-t-il ?

Ils pénétrèrent dans l'église. À la grande surprise de Vincent, Constant se signa. Le monument était pratiquement désert. Au bas de la nef, Constant marqua un temps d'arrêt. D'une voix chuchotante, il dit :

– Qu'y a-t-il de plus admirable que le gothique… même si celui-ci n'est pas de la plus grande époque ?

Il jeta un bref coup d'œil à Vincent.

– Et savez-vous pourquoi ? Parce que le gothique n'est pas seulement une architecture… c'est aussi un espace… un espace invisible… une musique… (Puis, dans un murmure :) et surtout un langage… un langage qu'il faut savoir déchiffrer… Le Verbe, peut-être…

Ils remontaient la nef en direction du chœur. De part et d'autre de celui-ci, se faisant face, des stalles de bois sculpté.

– Un lieu initiatique…, chuchota Constant. Regardez…

Du doigt, il montrait les sculptures des stalles. Toutes étaient différentes.

– Ces sculptures sont aussi un langage… Tenez, là… une salamandre couronnée de flammes… et là… ce maçon avec sa truelle…

là encore… la nef d'un naute… et tenez… là… là… l'ultime preuve… tellement évidente…

Il avait posé le doigt sur une des sculptures représentant trois croissants entrecroisés. La voix de Constant n'était plus qu'un murmure à peine audible. Il jeta même un coup d'œil circulaire avant d'ajouter :

– C'est le symbole de la triple Hécate… tout le savoir caché de l'humanité… le secret mortel… un croissant pour la cabale… un autre pour la magie… et le dernier… le dernier enfin pour l'alchimie…

Se redressant, il conclut :

– Vous voyez que la tradition est toujours la plus forte.

Vincent écoutait, regardait, découvrant petit à petit à travers les explications de Constant un monde secret, ignoré, fabuleux, qui faisait éclater la réalité quotidienne. Mais Constant ne semblait pas tenir en place. À peine avait-il fini de montrer les stalles au jeune homme qu'il était déjà reparti.

Ils firent ainsi le tour du chœur, revinrent par le collatéral de gauche, bordé de chapelles. Au milieu de celui-ci, Constant s'arrêta sous une sorte de voûte formée par quatre gros piliers massifs qui ne faisaient pas loin de deux mètres cinquante de diamètre…

– Ce qu'il reste de l'ancien clocher, chuchota Constant, c'est par ici qu'il va falloir chercher…

Vincent examina les piliers. Et, une dernière fois, sa raison se révolta. Comment un tel secret aurait-il pu se transmettre durant des siècles sans jamais avoir été découvert ? Et si la belle histoire de Constant n'était qu'une belle histoire, une somme de coïncidences ?

– Vous doutez toujours ? murmura Constant.

Vincent le dévisagea. Un petit bonhomme souffreteux, prisonnier de ses rêves, n'ayant jamais aucune chance d'être cru. Et ce fut peut-être pour cela que Vincent resta. Il ne voulut pas grossir le lot des incrédules auxquels Constant s'était heurté toute sa vie.

Il dit seulement :

– Tout cela paraît si simple…

– Simple ? Cela vous semble simple *maintenant*… Mais si vous aviez possédé ce livre, en auriez-vous trouvé la clé ? Y auriez-vous seulement pensé ? Vous oubliez aussi le temps qu'il m'a fallu pour arriver au premier texte, le décrypter, en saisir le sens… Regardez ces piliers… Pourquoi, si on reconstruit une nouvelle église, pourquoi garder une partie de clocher de l'ancienne ?

Vincent hocha la tête. Peut-être son sentiment venait-il précisément de ce qu'il n'avait pas connu l'émotion de la recherche, de la découverte faite pas à pas… Comme s'il ne l'avait pas méritée.

Constant lui prit le bras.

– Ne perdons pas de temps… Allez vous installer là-bas, au milieu…

– Pourquoi ?

Constant regarda autour de lui. Sa voix devint quasiment imperceptible.

– Qui sait ? Un tel secret a peut-être encore ses gardiens…

L'église semblait déserte. Là-bas, une vieille femme se dirigeait vers la sortie. Le long du collatéral de droite, un homme agenouillé priait, la tête dans les mains.

– Surveillez aussi les prêtres. Ils nous ont toujours détestés.

– Et si quelqu'un s'approche ?

– Prévenez-moi s'il s'agit d'une soutane. Et seulement dans ce cas.

– Pourquoi ?

– C'est un secret d'initiés. Moi, je ne risque rien. Mais il peut ne pas en être de même pour vous.

– Pourquoi m'avez-vous amené ?

– Vous m'avez aidé. Je vous fais partager ma découverte.

Puis, plongeant son regard dans celui de Vincent, il demanda :

– Et vous ? Que ferez-vous de ce que vous aurez découvert ?

– Je ne sais pas…

Vincent était sincère. Non, il ne savait pas. Tout était allé trop vite. Ce qu'il avait appris s'insérait-il dans un tout ou n'était-ce qu'une simple péripétie ?

– Allez, maintenant… et ne bougez pas avant que je vienne vous chercher.

Un peu à regret, Vincent se retrouva dans une rangée de chaises et s'y installa. De cette place, s'il pouvait observer les allées et venues dans l'église, il lui était malheureusement impossible de regarder ce que faisait Constant.

Il se passa un certain temps.

Ils n'étaient plus que deux. Lui et l'homme en prière.

Un prêtre apparut, mais de l'autre côté, dans le collatéral de droite. Un toussotement le fit soudain sursauter. Au bout de la rangée, Constant était là, lui faisant signe de le rejoindre. Vincent quitta sa place en bousculant une chaise et le bruit se répercuta dans la nef, ne troublant même pas celui qui priait.

– J'ai trouvé. Venez ! Venez vite !

À partir de cet instant, il allait suivre Constant et vivre toute l'aventure dans une sorte d'état second. Les deux hommes étaient tellement préoccupés par leur affaire qu'ils ne virent même pas l'inconnu qui priait relever enfin la tête et quitter discrètement sa place…

Constant emmena le jeune homme jusqu'à un des quatre gros piliers. Celui qui était à l'angle du collatéral et d'une chapelle dédiée au Sacré-Cœur. Haute d'un peu plus de deux mètres, une boiserie bordée d'une moulure épousait la forme du pilier et se prolongeait derrière l'autel de la chapelle. Dans la partie qui masquait la base du pilier, la moulure dessinait la forme d'une petite porte. Cela ne semblait être apparemment qu'un motif décoratif. Rien ne permettait de supposer qu'il y avait là une ouverture.

Vincent se tourna vers Constant.

Celui-ci alluma la torche électrique qu'il avait emportée et éclaira le pilier au-dessus de la boiserie, dans sa partie la plus sombre. Et Vincent vit… Le signe était usé, à demi effacé mais en l'éclairant en lumière frisante, il prit un soudain du relief. C'était bien le pendule à Salomon. Le fameux pentacle. La marque des compagnons maçons. Le symbole que cherchait Constant. Celui-ci avait le visage tordu par un sourire.

Vincent s'arracha à regret à la contemplation du signe.

Son cœur battait. Tout devenait possible. Aussi s'étonna-t-il à peine lorsque Constant s'approcha de la boiserie et poussa du plat de la main la fausse ouverture dessinée par la moulure. Dans le rayon de la lampe, Vincent aperçut les premières marches d'un escalier de pierre qui descendait en spirale dans l'épaisseur du pilier.

– Vous y croyez maintenant ?

Une dernière fois, la raison de Vincent se révolta.

– Et ça s'est ouvert, comme ça, après des siècles ?

– Après des siècles ? Qu'en savez-vous ?

Et sans plus attendre, il le poussa dans l'escalier et s'y engouffra derrière lui. Ils n'avaient pas descendu trois marches que l'ouverture se referma silencieusement. Vincent s'immobilisa, à demi retourné.

– Ne vous inquiétez pas, dit seulement Constant.

Sa voix était curieusement étouffée, sans écho, absorbée par la pierre. Vincent continua de descendre. L'atmosphère devenait glaciale et des profondeurs montait une odeur de moisi. Les marches glissaient un peu et lorsque le jeune homme posa sa main sur le mur, il trouva une surface désagréablement humide. Combien descendirent-ils ainsi de marches tournant et tournant toujours ?

Quarante ? Plus ?

Ils progressaient, l'un derrière l'autre, éclairés tant bien que mal par la torche. Puis il n'y eut plus de marches. Vincent s'arrêta, aussitôt rejoint par Constant qui balaya de sa torche l'endroit où ils venaient d'arriver. C'était une toute petite salle voûtée, taillée dans la pierre elle aussi. À trois mètres, face à l'escalier, se trouvaient deux ouvertures, comme deux entrées de couloir, séparées par une sorte de pilier.

– Nous sommes sur le bon chemin, murmura Constant.

– Lequel des deux ? demanda Vincent en montrant les deux ouvertures.

– *De la croix dessous rends-toi digne*, sourit Constant. Souvenez-vous…

Il éclaira le pilier de séparation. Tout en haut, apparut un Christ sommairement taillé dans la pierre et juste dessous une série de croix à huit pointes…

– Les croix templières, murmura Constant, ému. Vous voyez, la route est tracée par les Templiers eux-mêmes.

Vincent le regardait sans comprendre et Constant reprit :

– Je vous ai dit que les Templiers étaient des spécialistes de la cryptographie… Cette série de croix constitue en fait un nouveau message.

– Que vous pourrez interpréter ?

– Je l'espère.

Constant se déplaça pour éclairer les croix d'une certaine façon.

– Regardez… Vous voyez ? Ces croix ont un relief différent, comme une écriture avec des pleins et des déliés. Chaque figure qui se dessine ainsi entre les pointes correspond à une lettre. Il suffit de connaître les équivalences…

Constant donna la torche à Vincent pour qu'il continue d'éclairer sous le même angle. Il sortit du papier de sa poche et commença à transcrire les signes. Vincent frissonna. Un peu à cause du froid, beaucoup par ce qu'il découvrait. Quand ce lieu avait-il été violé pour la dernière fois ? Par qui et pourquoi ? Cette cache secrète apporterait-elle une réponse ? Auraient-ils d'autres révélations qu'ils ne soupçonnaient même pas ?

– C'était simple, dit enfin Constant en se redressant. Voilà ce que dit le message : *À droite du Seigneur. Vraie richesse est là.*

– C'est donc le souterrain de droite, dit Vincent.

Il s'y dirigea sans plus attendre, mais Constant n'avait pas bougé.

Vincent se retourna :

– C'est bien celui-là, n'est-ce pas ?

– Les mots peuvent dissimuler des pièges mortels et celui qui ne prend pas le temps de réfléchir s'y précipite…

– Quels pièges ? demanda Vincent.

– Vous ne me croyez pas ?

– Qui vous prouve qu'il ne s'agit pas de ce souterrain ?

Constant se décida enfin. Il rejoignit Vincent en disant :

– Très bien… Allons voir.

Il prit la lampe des mains du jeune homme, ajouta :

– Avancez… Je vous éclaire.

Tout de même un peu méfiant, Vincent s'engagea dans l'étroit boyau creusé en pleine terre. Le rayon de la lampe tremblotait sur la paroi compacte. De temps à autre, des ossements, un fémur, un bout de crâne, apparaissaient dans sa gangue terreuse. Impressionné, Vincent avait ralenti. Une fois ou deux, il se retourna vers Constant mais il n'arrivait pas à voir le visage du vieil homme derrière le halo de la lampe. Puis, brusquement, le souterrain parut finir en cul-de-sac. Constant se déplaça légèrement et Vincent vit alors que le boyau tournait. Il s'apprêtait à s'engager dans cette nouvelle voie lorsque Constant cria dans son dos :

– Arrêtez !

Vincent s'immobilisa. Le vieil alchimiste le rejoignit. Le rayon de la torche balaya le sol... ou ce qui aurait dû être le sol. Car, tout de suite après le tournant, un trou noir, sans fond, s'ouvrait à leurs pieds.

Vincent murmura :

– Comment le saviez-vous ?

– Je m'attendais à quelque chose de ce genre...

Du pied, il poussa une petite pierre. Un silence, puis le bruit d'un léger clapotis leur parvint enfin.

– Tout ce quartier n'était jadis qu'un vaste marécage, dit Constant. À proximité de la Seine, le sous-sol en garde encore le souvenir...

Il fit demi-tour et Vincent le suivit après un dernier regard à l'oubliette. Avait-elle absorbé quelques victimes de la quête de l'or ? Combien ? Quand ? Il s'imaginait, tournant sans regarder, sentant le sol se dérober sous lui... Il frissonna et ne commença à respirer que lorsqu'il se retrouva au pied de l'escalier.

– Le message est pourtant explicite, fit Constant. La droite du Seigneur...

Il éclaira le Christ qui surmontait les croix templières :

– À *sa* droite, à *lui*.

Comme Vincent hésitait, Constant sourit.

– Allez-y... Cette fois, c'est le bon.

Toujours suivi par Constant qui l'éclairait, Vincent s'engagea dans le second boyau. Il était à première vue identique, à cette différence près qu'il était recouvert de larges dalles en pierre...

– Et le reste du message ? demanda Vincent.

– Nous saurons bientôt comment l'interpréter...

Toujours en tête, il avança de quelques mètres. Il lui sembla que le souterrain s'élargissait un peu. Mais très vite, il se heurta à un nouvel obstacle. Quelques mètres plus loin, le boyau finissait lui aussi en cul-de-sac. Vincent pivota vers le vieil homme. Celui-ci s'était immobilisé deux mètres en arrière.

– Je crois qu'on n'ira pas plus loin, remarqua Vincent.

– Avancez... avancez quand même.

Vincent hésita. Une sorte de malaise s'était emparé de lui, comme s'il avait brusquement conscience d'un danger tout proche. Constant n'avait pas bougé. Alors Vincent reprit sa marche. Il fit un mètre, puis deux... Un grincement métallique, suivi aussitôt d'un fracas énorme.

Vincent se figea puis se retourna... pour découvrir qu'une lourde herse métallique venait de s'abattre entre Constant et lui. Il se précipita sur la grille, la secoua vainement d'une main.

– Constant ! Que s'est-il passé ? Faites quelque chose, bon Dieu !

Mais l'autre reculait et Vincent aperçut soudain dans le halo de la lampe, juste aux pieds de Constant, une trappe ouverte. Angoissé, Vincent cria :

– Constant ! Où allez-vous ? Vous entendez ?

Alors, la voix assourdie du vieil homme lui parvint récitant comme une litanie :

– *Avance si ton cœur est pur... Sans risque chutera le mur... Avance si ton cœur est pur... Sans risque chutera...*

Et puis, ce fut le silence, l'obscurité. La voix s'était éteinte et Vincent dut constater avec une stupeur incrédule que Constant s'était enfui, l'abandonnant derrière cette herse qu'il se mit à secouer en hurlant :

– Constant ! Constant ! Espèce de vieux salaud !

Il resta ainsi un moment appuyé au fer glacé, épiant vainement un bruit, une quelconque manifestation de vie. Des minutes allaient ainsi passer avant que Vincent se rende à l'évidence. Il était seul, bien seul dans un piège contre lequel il ne pouvait rien. Il lâcha alors la herse, fouilla dans sa poche et en sortit son briquet. La maigre flamme lui permit d'avoir une idée fugitive de sa prison. Aucune issue, rien. Collé à la paroi, du fond, il n'y avait que les restes de deux squelettes auxquels adhéraient encore quelques fragiles morceaux de tissu...

Serait-il le troisième ?

Dans l'église, l'homme, qui avait peut-être beaucoup à se faire pardonner, priait toujours. Lorsqu'il aperçut Constant, seul, qui redescendait le collatéral vers la sortie, il se leva, s'assura que le vieil alchimiste avait bien quitté l'église, puis s'approcha des piliers de l'ancien clocher qu'il observa longuement...

Vincent avait fumé toutes ses cigarettes.

Son briquet n'était plus qu'une flamme symbolique. Il avait essayé d'attaquer la maçonnerie sur le côté de la herse, mais sans instruments, il avait à peine pu l'entamer tant elle était dure, semblable à du granit. Il avait somnolé mais le froid l'avait empêché d'avoir plus longtemps un moment de répit. Et maintenant, c'était la faim et la soif. La soif surtout…

Assis à même le sol, le blouson bien fermé, il grelottait.

Un instant, il avait espéré que Constant était parti chercher du secours, des outils, mais maintenant il savait que l'autre l'avait abandonné. Et cette question qui le torturait depuis le départ du vieil homme. Pourquoi ? Voulait-on l'empêcher d'accéder à d'autres secrets ? Était-il donc si près de la vérité ? Mais pourquoi l'avoir emmené jusqu'ici ? Fallait-il qu'en vertu de quelque règle secrète la sentence soit appliquée ?

À tâtons, Vincent chercha un de ses mégots mais le briquet se refusa à fonctionner. Du temps passa encore… Vincent sombra dans une sorte de rêverie. La mort ressemblait-elle à cet état semi-léthargique ?

Une ultime révolte le jeta une dernière fois contre la herse, puis il renonça, épuisé, avec le sentiment aigu que c'était fini, qu'il allait crever là et que personne ne saurait jamais ce qu'il était devenu. Il pensa à sa vie, au concours de circonstances qui l'avait amené là, à Sophie, à Emmanuelle… Il dut faire effort pour retrouver leur visage, leur voix, leur chaleur…

Un sursaut soudain. N'avait-il pas entendu un bruit ?

Un rat, peut-être…

Vincent en vint à souhaiter sa présence. Quelque chose de vivant, n'importe quoi… tout sauf ce silence épais. Il se redressa. Aurait-il été entendu ? Cette fois, il l'avait nettement perçu, ce nouveau bruit. Avant même qu'il ait eu le temps de se lever, au bout du boyau apparut une vague lueur.

Une hallucination ?

Non. Cette lueur se précisait, dessinait la voûte du souterrain.

Alors Vincent se leva, oublia ses courbatures, sa peur… Il en aurait presque pleuré. Quelqu'un était là qui venait, s'approchait, invisible derrière le rond de sa torche. Constant était revenu. Par remords ? Qu'importait, il n'était plus seul. Agrippé à la herse, il cria :

– Constant ?

Là-bas, l'homme s'était arrêté près de la trappe toujours ouverte. Il tourna la torche vers lui pour s'éclairer. Ce n'était pas Constant. Avec stupeur, Vincent reconnut Philippe de Beauchamp. Celui-ci s'approcha enfin. D'une voix calme, presque mondaine, il dit :

– Vous êtes un jeune homme obstiné… D'autres ont eu la même curiosité que vous…

Éclairant les ossements qui se trouvaient derrière Vincent, il ajouta :

– … voyez ce qu'il en reste.

– Qui vous a dit ? demanda Vincent. Constant ?

Beauchamp haussa les épaules.

– Ce vieux fou n'a aucune importance… Ce qui compte, c'est votre entêtement… et cela me fait hésiter. Si je vous laisse ici, vous ne nous ennuierez plus et nul ne saura jamais ce que vous êtes devenu…

– Un meurtre, en somme ?

– Un oubli tout au plus. Un… oubli de l'Histoire.

Il s'approcha un peu plus.

– Mais je pourrais aussi satisfaire votre curiosité… si j'étais sûr qu'elle n'ira pas plus loin. Vous cherchez l'origine de tout cet or mis sur le marché, n'est-ce pas ? Eh bien, l'explication est là. À votre portée.

Il éclaira la trappe ouverte.

– Cette trappe s'ouvre lorsque la herse s'abaisse. Ainsi l'imprudent peut-il contempler jusqu'à sa mort l'issue désormais inaccessible.

La torche revint frapper Vincent en plein visage. D'une voix sèche, Beauchamp dit :

– Renoncez à nous découvrir. En échange, je vous donne l'explication que vous cherchiez. En prime, je vous laisse la vie.

Vincent hésita, finit par dire :

– D'accord.

Beauchamp recula jusqu'à la hauteur de la trappe et fit un geste que Vincent ne put pas voir. La herse remonta enfin en grinçant. Vincent soupira. Malgré le froid humide, il avait maintenant le front couvert de sueur. Il rejoignit Beauchamp.

Celui-ci demanda :

– Vous tiendrez votre promesse ?

– Si vous tenez la vôtre…

– Alors, venez.

Il éclaira la trappe restée ouverte et Vincent aperçut un autre escalier.

Les deux hommes commencèrent à descendre et après une vingtaine de marches aboutirent dans une curieuse petite salle octogonale. Dans chacun des huit pans en plein cintre, il y avait une porte en bois massif. Les panneaux, bien que mangés en surface, semblaient encore solides. Beauchamp les éclaira les uns après les autres en commentant :

– L'octogone des Templiers. Le dernier piège… Sept de ces portes mènent à la mort. Seule la huitième, la porte de l'orient selon le texte, est la bonne… Sauriez-vous la trouver ?

Vincent regardait les portes les unes après les autres. En hésitant, il désigna l'une d'elles.

– Celle-ci ? L'est est bien par là, non ?

– Essayons, dit Beauchamp. Il suffit de la pousser…

Vincent s'apprêtait à le faire, mais Beauchamp l'arrêta d'un geste.

– Non… Écartez-vous.

De Beauchamp se colla au mur, tendit le bras pour appuyer sur le panneau. Celui-ci pivota lentement, découvrant une cavité sombre… Vincent allait s'en approcher lorsque de Beauchamp cria :

– Attention !

En même temps, quelque part, quelque chose tremblait, vibrait…

Et ce quelque chose apparut soudain, surgissant de l'ombre. Un énorme pieu de fer qui jaillit de la cavité à hauteur d'homme. Vincent n'eut que le temps de faire un saut en arrière pour éviter d'être embroché. De Beauchamp posa une main sur le pieu désormais immobile.

– Chaque porte cache un piège différent, un piège à chaque fois mortel.

– Alors comment découvrir la bonne ?

– En réfléchissant… et en observant.

Beauchamp promena sa torche d'une porte à l'autre tout en commentant :

– Regardez, regardez bien chaque porte… Vous ne remarquez rien ?

Le détail sauta aux yeux de Vincent… d'autant plus que la torche de Beauchamp s'attardait dessus. Chaque porte possédait, à hauteur des yeux, une petite sculpture, une sorte de symbole… Vincent se retourna vers Beauchamp, qui disait :

– Elle est là, la clé que nous cherchons : dans l'un de ces symboles. Vous ne voyez pas ?

Vincent les examina les uns après les autres. En vain.

– Vous voyez qu'il vous manque bien des choses avant de nous rejoindre, remarqua Beauchamp. Il s'agit évidemment de signes pour initiés mais combien élémentaires… Regardez.

Il éclaira l'un des symboles.

– Que voyez-vous ?

– On dirait… on dirait une sorte de caducée… C'est l'emblème de la médecine, non ?

– Pensez-vous qu'il puisse désigner la bonne porte ?

Pourquoi Beauchamp jouait-il ainsi ? Il était évident qu'il connaissait la bonne ouverture. Alors ? Comme s'il pouvait lire en Vincent, il ajouta :

– L'initiation est une longue marche… Et vous, vous avez brûlé les étapes.

Puis, montrant de nouveau le symbole :

– Alors ? Ça ne vous rappelle rien d'autre ?

– Attendez…

Il réfléchit un instant, hasarda :

– Le dieu Mercure ?

De Beauchamp hocha la tête.

– On approche… La porte nous donne donc un mot : mercure… Mais de quel mercure peut-il bien s'agir si ce n'est pas le dieu ?

Des souvenirs de lycée remontèrent dans la mémoire de Vincent. Le mercure… le mercure des philosophes… Qu'était-ce donc déjà ? Quelque chose qui aurait un rapport avec l'alchimie ? En hésitant, il proposa l'explication à Beauchamp qui sourit.

– Tout à fait. En langage hermétique, le mercure s'appelle aussi orient… Dans les deux cas, il s'agit du même élément permettant de parvenir au Grand Œuvre. La porte de mercure ou la porte d'orient. Vous pouvez l'ouvrir, c'est la bonne.

Vincent se dirigea lentement vers cette porte. Comme les autres, elle ne possédait pas de serrure. Il suffisait de la pousser. Le cœur battant,

Vincent appuya la main dessus, mais elle résista. Il accentua sa pression et le lourd panneau commença enfin à pivoter…

Beauchamp s'était approché de lui et, lorsque la porte fut complètement repoussée, il éclaira ce qu'il y avait de l'autre côté. Vincent, saisi, découvrit alors un spectacle extraordinaire. Incapable de faire un pas, il contemplait, gorge serrée, le décor que la puissante torche venait de faire surgir.

C'était une crypte, de dimension imposante, semblable à ces chapelles qu'on édifiait dans les premiers siècles de la chrétienté, avant que ne surgissent les premiers édifices romans. Relevant de l'art paléochrétien, l'architecture en était relativement sommaire. Des piliers carrés, lourds, surmontés de chapiteaux pauvrement ornés. Les arcs en plein cintre manquaient d'envolée et l'ensemble avait une lourdeur un peu écrasante. Le sol était en terre. Çà et là, des pierres que le temps avait détachées des voûtes. Sur les côtés, quelques cercueils mérovingiens…

Vincent avait tout enregistré d'un coup, mais ce fut ailleurs que son œil se fixa. À l'emplacement de la nef, entre les piliers, là où se trouvaient… Combien pouvait-il y en avoir de ces énormes coffres en métal ? Trente ? Plus, peut-être… Ils étaient rangés les uns à côté des autres comme autant de cercueils.

Curieusement, ils semblaient avoir à peine souffert des atteintes du temps. Bardés de larges bandes rivetées, ils prenaient un relief étonnant au milieu de la pierre noircie, rongée, qui s'effritait sous le doigt.

Dans le dos de Vincent, Beauchamp expliqua :

– C'est la crypte d'une des premières chapelles… v^{e}… vi^{e} siècle peut-être… Tout le monde l'avait oubliée. Sauf les Templiers. Lors de la construction de la première église, en 1214, ils s'en sont souvenus. Cette nouvelle église se trouvant sur leurs terres, ils ont donc demandé aux compagnons maçons et tailleurs de pierre, leurs voisins, de leur aménager cet endroit secret. Sans doute devait-il même exister un souterrain menant à la Seine, la seule voie qui leur permettait de fuir au cas où on fermerait les portes de la ville. Plus tard, un autre souterrain a sans doute relié cette crypte au nouveau Temple. Mais Philippe le Bel n'a pas réussi à le découvrir…

Vincent se décida enfin à bouger.

Il descendit dans la crypte et se dirigea avec émotion vers les coffres.

– C'est étrange, dit-il, ce métal ne s'est pas oxydé… ce serait de l'or ?

– Non.

Il se tourna vers Beauchamp.

– Vous n'avez jamais entendu parler de l'orichalque ?

Ce mot disait vaguement quelque chose à Vincent, comme associé à une légende.

– Pour savoir ce qu'était l'orichalque, reprit Beauchamp, il faut remonter à la Grèce ancienne, à l'époque crétoise plus exactement. Les Crétois de l'époque minoenne possédaient le secret d'un métal inconnu, que rien ne pouvait attaquer, ni les hommes ni le temps, un secret que l'on a cru longtemps disparu avec leur civilisation. Mais il en est comme des mystères qui se perpétuent et se transmettent au fil des siècles.

– Les mystères d'Éleusis, par exemple ?

– Ne cherchez pas à percer des mystères qui vous dépassent. Contentez-vous du merveilleux.

Il alla jusqu'au premier coffre, en caressa la surface.

– À quoi cela vous servirait-il d'en savoir plus ?

Vincent se pencha sur le premier coffre.

Au centre du couvercle, une petite figure en relief : deux chevaliers montant un même cheval. Le sceau des Templiers. L'ultime réponse était donc là, et il suffisait d'un simple geste pour la connaître. Il se pencha et prit le couvercle à pleines mains. Il s'arc-bouta, mais le panneau métallique, à sa grande surprise, s'ouvrit sans difficulté.

– Une autre des qualités de ce métal indestructible est sa légèreté.

Lorsque l'ouverture fut enfin assez grande, Vincent l'éclaira.

Le coffre était vide.

Il laissa retomber le couvercle et se retourna vers Beauchamp, mystérieux messager derrière le halo de sa lampe.

– Ouvrez les autres si vous voulez. Ils sont vides, eux aussi.

Vincent regarda encore une fois les coffres, en caressa un du bout des doigts et revint vers Beauchamp, qui reprit :

– Voilà le secret de Flamel… et aussi le nôtre.

– C'était donc ça, le fameux trésor des Templiers ?

Beauchamp sourit.

– Vous êtes bien naïf… ou bien mal informé. Croyez-vous que les richesses des Templiers se réduisaient à ces quelques coffres, eux qui avaient des milliers de châteaux et de commanderies à travers l'Europe, eux qui étaient les banquiers de l'Occident et même de l'Orient ? On oublie trop l'importance de la présence des Templiers en Orient…

Le rayon de sa lampe passa du coffre à Vincent.

– Le vrai trésor des Templiers est ailleurs, quelque part…

Sa voix baissa d'un ton.

– Peut-être le retrouvera-t-on un jour… Et ce qu'on y découvrira sera bien plus précieux que l'or.

– Quoi ? demanda Vincent.

Beauchamp ne parut pas avoir entendu la question. D'une voix redevenue normale, il expliqua en montrant les coffres :

– Ce n'était là que des réserves… une sorte de fond de caisse puisqu'ils étaient banquiers. L'ouvrage falsifié a été rédigé pour faire savoir aux frères éparpillés que l'Ordre avait les moyens de prendre un nouveau départ… Dieu ne l'a pas permis et Nicolas Flamel a découvert un jour leur secret. L'affaire était encore trop récente et risquait de faire grand bruit. Flamel a préféré faire croire qu'il était alchimiste… Et comme c'était un honnête homme, il a choisi de faire le bien avec cet argent qui ne lui appartenait pas, n'entamant d'ailleurs qu'une faible partie du trésor.

– Et vous avez découvert ce qu'il en restait ?

Beauchamp eut un léger sourire en guise de réponse.

Vincent hocha la tête. Il se retourna pour regarder encore une fois la crypte.

– Vous semblez déçu ? demanda Beauchamp. Vous regrettez l'or ?

– Je ne sais pas ce que je regrette… D'en savoir trop… ou pas assez ?

– Nous vous avions prévenu. Combien aimeraient avoir soulevé ce coin de voile ?

Vincent n'arrivait pas à s'arracher à la contemplation des coffres.

– Attendez.

Ils s'observèrent un instant, puis Vincent reprit :

– Pourquoi Constant m'a-t-il abandonné ici s'il est des vôtres ?

– Il n'est pas des nôtres. Nous avions confié une mission à Constant. Il a trahi notre confiance. Mais nous veillions car nous connaissons, hélas, la faiblesse de la nature humaine.

– Il a cru que l'or était encore là ?

– Peut-être… Constant accédait à un secret qu'il voulait garder pour lui seul.

– Que va-t-il lui arriver ?

– Rien… si ce n'est qu'il ne percevra pas la… récompense promise.

Ils remontèrent et le compagnon de Vincent repoussa la trappe.

Lorsqu'ils arrivèrent au pied de l'escalier qui menait à la sortie, Beauchamp s'arrêta.

– Vous allez attendre ici dix minutes, puis vous sortirez. Si vous ne respectez pas ce délai, vous resterez ici et je ne pourrai plus rien pour vous.

Vincent le regarda disparaître. Passé le délai, il monta à tâtons.

En haut, la porte était tout juste entrouverte. L'église paraissait déserte.

Vincent la traversa et sortit.

Et Paris, le Paris du XXe siècle, le Paris du bruit et de la lumière l'envahit, le bouscula. Comme un somnambule, il descendit les marches de l'église avec l'impression de revenir de très loin, du fond des âges…

Au centre de son étrange pièce, assis sur l'unique fauteuil, Beaumont était en « contact ».

– *… Les Compagnons d'Éleusis pouvaient sans danger amener Vincent jusqu'à cette crypte connue depuis longtemps des initiés. Il faut donc admettre que le journaliste a frôlé la vérité sans le savoir. La manœuvre de diversion est habile.*

– *Comment quelqu'un a-t-il pu accéder au Secret sans que nous le sachions ?*

– *Nous avons maintenant assez d'informations pour que nous puissions découvrir la vérité. Les recherches obstinées de Vincent les ont obligés à sortir de l'ombre, donc à prendre des risques. Maintenant qu'ils se croient débarrassés du jeune journaliste, ils vont reprendre leur action sans tarder.*

– *Il faut les en empêcher.*

– Est-ce souhaitable ? Je les crois sans illusions sur les appuis qu'ils peuvent trouver dans le monde politique ou financier. Il s'agit tout au plus d'une mise en condition. Leur véritable but est ailleurs.

– Qui serait ?

– Je pense qu'ils cherchent à provoquer une réaction de notre part.

– Que peuvent-ils savoir de nous ?

– Rien, je pense... Ils nous espèrent seulement.

– Nous ne ferons donc rien... si généreux que soient les sentiments qui les animent. On ne doit même pas soupçonner notre existence, sinon jusqu'où pourraient-ils aller ?

– Comment pourraient-ils jamais connaître toute *la vérité ?*

– Agissons comme il a été fait de tout temps en favorisant ceux qui se dressent contre eux.

– Puis-je vous avouer que cela pose un problème de conscience ?

– Je sais... Il en a été débattu. Mais les temps ne sont pas venus. Il faut leur barrer la route.

– J'ai découvert une faille chez eux... leur seule faiblesse.

– Alors agissez sans tarder.

20

Le jour allait bientôt se lever.

Un camion de lait descendait la rue et Sophie se réveilla en sursaut. Elle frissonna, se dressa sur un coude pour regarder autour d'elle. Ce qu'elle devinait du studio de Vincent lui parut hostile, sinistre.

En s'installant ici pour cette troisième nuit, elle avait espéré le retour de Vincent.

Un nouveau frisson la sortit du lit et elle alla jusqu'à la porte-fenêtre qui donnait sur la terrasse. Entièrement nue, elle resta quelques secondes derrière la vitre à regarder les toits qui commençaient à se détacher sur le ciel plus pâle, du côté de l'est.

Un premier rayon surgit, la frappa. Elle ferma les yeux.

Elle revint enfin jusqu'au divan et s'enroula dans un drap après avoir hésité à allumer une cigarette. Elle resta ainsi plusieurs minutes. Elle était sur le point de s'allonger lorsqu'un bruit léger l'immobilisa. Un son qui venait de la porte. Son cœur se mit à battre plus vite.

Une clé dans une serrure, une porte qui s'ouvre…

La moquette étouffait tout bruit de pas, mais elle sentit qu'on approchait, qu'on allait pénétrer dans le studio… Elle se pencha, alluma… Vincent se tenait dans l'encadrement de la porte. Elle détailla son visage amaigri, durci par une barbe naissante, ses vêtements sales, froissés et surtout… surtout son regard trop pâle, trop fixe.

– Tu as une tête de déterré…

– Tu ne crois pas si bien dire…

Il avança enfin et se laissa tomber sur un tas de coussins, épuisé. Il avait marché des heures dans le Paris nocturne avant de se décider à rentrer. Elle s'approcha de lui, toujours enroulée dans son drap, et posa la main sur son épaule.

– Vincent… qu'est-ce qui se passe ?

Il se pencha pour prendre la bouteille de scotch. Sophie arrêta sa main.

– Tu ne préférerais pas du café ?

Elle l'observa encore un instant puis, se décidant, elle rejeta le drap et, nue, traversa la pièce jusqu'à la salle de bains. Vincent prit ses cigarettes, en alluma une et se laissa aller en arrière. Sophie revint enveloppée d'un peignoir et se mit à préparer le café en silence. Elle attendait que Vincent parle tout en redoutant cet instant. Elle remplit deux tasses, revint vers le jeune homme.

– J'ai trouvé, dit-il enfin.

– Quoi ?

– D'où vient tout cet or.

Et il commença à lui raconter ses recherches, sa rencontre avec Mafle, puis Constant qui l'avait amené jusque chez Beauchamp avant de le larguer dans une crypte de l'église Saint-Gervais.

– C'est Beauchamp qui m'a sorti de là.

Sophie l'écoutait sans le quitter des yeux, le visage sans expression.

– Il n'était donc pas le complice de ce Constant ?

– Non. Quand je me suis retrouvé dans l'église, il n'y avait plus personne. La porte extérieure n'était pas fermée. Dehors, il faisait nuit. Alors, j'ai marché, marché, parce que je n'arrivais pas à réaliser…

Lorsqu'il se tut, elle prit les tasses vides et se dirigea en silence vers la cuisine.

– Tu ne me crois pas ?

Vincent se leva, ôta son blouson et commença à déboutonner sa chemise…

Sophie revint.

Comme elle s'apprêtait à ranger la bouteille, il l'attrapa par le poignet.

– Alors ?

– Je ne sais pas… tout ça est tellement… tellement incroyable.

– Je sais.

Se décidant soudain, il reboutonna sa chemise, récupéra son blouson.

– Viens.

– Où ça ?

– Là où tu trouveras les preuves dont tu as besoin.

Elle se dégagea un peu sèchement.

– Tu permets que, moi au moins, je fasse un peu de toilette ?

Il était un peu plus de 10 heures lorsqu'ils se retrouvèrent devant l'église Saint-Gervais. Vincent prit Sophie par la main et l'entraîna. Au pied des marches, elle marqua un temps d'arrêt. Il l'observa, surpris.

– Qu'est-ce qu'il y a ?

– Je ne sais pas… Je préfère te croire sur parole.

– Pourquoi ?

– Si tu m'as dit la vérité, tu leur as promis de ne plus jamais t'occuper d'eux.

– Mais je ne risque rien. Je veux t'apporter une preuve. C'est tout.

– Et après ?

– Il n'y aura pas d'après, dit Vincent en haussant les épaules. Je te le promets.

Encore un peu réticente, Sophie monta les marches derrière Vincent. Il poussa la porte et fit entrer la jeune fille. Il y avait peu de monde et Vincent se dirigea aussitôt vers le collatéral de gauche. Il fit quelques pas et s'arrêta soudain.

– Qu'est-ce qu'il y a ?

Il s'approcha encore un peu en montrant le pilier dans lequel se trouvait l'ouverture dérobée. Un échafaudage avait été monté devant, en interdisant l'approche. Dessus, des ouvriers travaillaient, nettoyaient… des bâches étaient tendues, notamment devant les boiseries. Même le pendule à Salomon était invisible.

– C'est là… Mais cette nuit encore, il n'y avait pas de travaux.

Pour la première fois, il perdit sa belle assurance.

– Tu me crois, n'est-ce pas ? Tu me crois ?

Sophie tourna la tête vers l'échafaudage, puis abandonnant Vincent, elle remonta le collatéral jusqu'aux travaux. Il la vit échanger quelques mots avec un ouvrier. Puis elle revint. Elle jeta un coup d'œil à Vincent, continua jusqu'à la sortie.

Un peu surpris, il la suivit. Une fois dehors, il demanda :

– Alors ?

Elle lui fit face :

– Ça fait trois jours qu'ils sont là... trois jours que l'échafaudage est en place.

Vincent s'irrita. Son regard se balada de Sophie à l'église pour s'arrêter enfin sur la façade de celle-ci.

– Les salauds... S'ils s'imaginent m'avoir avec ça... Tu veux la preuve qu'ils existent ? Eh bien je vais te la donner, cette preuve !

Et il l'entraîna sans lui laisser le temps de répliquer.

Ils arrivèrent à Sartrouville peu après 11 heures. Vincent arrêta la Méhari devant le pavillon de Constant. Il sortit de voiture et courut presque jusqu'à la porte d'entrée de la maison. Il sonna et comme personne ne venait, il insista plus longuement.

Là-bas, Sophie regardait par la vitre.

Il ne voyait d'elle qu'un ovale à peine dessiné. Il allait appuyer pour la troisième fois sur la sonnette lorsqu'il s'aperçut que la porte n'était pas fermée. Vincent hésita et entra. Un chat sortit de la cuisine, miaula et vint se frotter contre ses jambes.

La maison était silencieuse.

– Monsieur Constant ?

Vincent alla jusqu'au bureau. Rien ne semblait avoir bougé autant qu'il était possible d'en juger à travers un pareil fouillis. Deux ou trois chats ouvrirent un œil. Un autre se dressa en s'étirant.

Constant n'était pas là.

Vincent fit demi-tour et revint jusqu'à la cuisine. Il arrêta un robinet qui coulait. Sur la table, il y avait encore le couvert de la veille. Vincent ressortit, appela encore :

– Monsieur Constant ?

Dans le couloir, une petite fenêtre donnait sur le jardin. En approchant il aperçut une porte entrouverte derrière laquelle il y avait de la lumière. Il passa la tête. Un escalier descendait à la cave.

– Monsieur Constant ?

Après une dernière hésitation, Vincent s'y engagea.

La cave était assez spacieuse. Éclairée elle aussi. Et à l'aplomb de l'ampoule, Vincent aperçut Constant. Il ne répondrait plus jamais, le vieil alchimiste. Il était allongé sur le dos, les mains repliées sur sa poitrine, les yeux grand ouverts, fixes.

Vincent s'approcha.

Constant était mort, bien mort avec un drôle de rictus qui donnait à son visage une expression désespérée. Il avait terminé sa quête du Graal. Peut-être savait-il maintenant si ses recherches avaient été vaines ou non. Il ne portait aucune blessure apparente, rien. Dans sa chute, il avait entraîné avec lui quelques tubes à essais et des éprouvettes. Il semblait avoir été foudroyé.

Vincent détacha enfin son regard de Constant. Il découvrit alors ce qui l'entourait.

La cave-laboratoire, les mortiers, les ballons de verre, les flacons de toutes sortes, remplis d'étranges liquides verts, rouges, bleus… Le four en terre réfractaire dont la porte était entrebâillée, puis des papiers accrochés çà et là, couverts de chiffres, de formules mystérieuses, de signes cabalistiques… Il flottait une odeur un peu acide, désagréable.

Vincent sursauta soudain.

Le chat noir, sorti on ne sait d'où, venait de le frôler. Vincent le chassa et le chat se retourna pour le regarder avec reproche. Il se dirigea vers le corps de Constant, se frotta contre lui. Un bras glissa et Vincent faillit sursauter. Mais quelque chose retint son attention. Il s'approcha, s'agenouilla près du corps. Il ne s'était pas trompé. Il y avait un bout de papier dans la main de Constant.

Il le prit et lut :

> *Visite l'intérieur de la terre et, en rectifiant, tu trouveras la pierre cachée.*

Vincent fourra le papier dans sa poche et remonta en courant. Après avoir traversé la petite cour, il jeta un coup d'œil dans la rue, s'assura qu'elle était déserte et sauta dans sa voiture. Il démarra.

– Qu'est-ce qui se passe ? demanda Sophie.

– Il est mort !

– Quoi ?

– Je l'ai trouvé en bas, dans son laboratoire.

Lorsqu'il se fut suffisamment éloigné, Vincent arrêta la voiture et resta un moment les mains sur le volant. Il le lâcha enfin pour prendre ses cigarettes.

– Bien entendu, tu ne me crois pas.

Comme Sophie ne répondait pas, il alluma sa cigarette, reprit :

– Ils se sont servis de lui pour m'éloigner de mes recherches... Ils lui ont permis d'accéder à un secret qu'il cherchait depuis longtemps, celui de l'or des Templiers, mais il n'a pas joué le jeu. Il m'a abandonné afin de le garder pour lui seul. Je m'explique maintenant son attitude bizarre... comme si quelque chose le travaillait... sa conscience, peut-être. Quelle était cette récompense qu'il devait recevoir et qu'ils ne lui ont pas donnée ? Quel secret espérait-il d'eux ?

Il plongea la main dans sa poche, en sortit le bout de papier caché.

– Je suis sûr qu'il a écrit ça pour moi... pour se venger... et pour que je sache.

– Que tu saches quoi ?

– La vérité, peut-être... Je pense qu'il s'est suicidé.

Il démarra tandis qu'elle lui demandait :

– Où allons-nous ?

– Demander des comptes.

Une demi-heure plus tard, une fois de plus, Vincent s'enfonçait dans le Marais, là où tout avait commencé. Il s'arrêta rue Beaubourg et fit signe à Sophie de descendre.

– Où va-t-on ?

– Chez le libraire. Cette fois, je tiens à ce que tu sois avec moi.

Vincent attrapa Sophie par la main et l'entraîna dans la rue au Maire.

Ils arrivèrent à la hauteur de la boutique et Vincent poussa la porte. Il fit deux pas et s'arrêta, saisi. C'était bien le même magasin, les mêmes meubles mais que pouvait-il donc bien y avoir de changé ?

Il réalisa soudain.

Les livres ! Disparus les incunables, les reliures patinées, les vieux traités, les ouvrages en latin, les manuscrits reliés en parchemin... Sur les rayonnages, d'autres livres les avaient remplacés dont Vincent s'approcha, incrédule. Des romans policiers, des ouvrages de science-fiction d'occasion... Il n'eut même pas le temps de réagir.

Un homme venait de surgir de l'arrière-boutique.

Mais ce n'était pas Mafle.

Bien qu'il eût à peu près le même âge, impossible de les confondre. Le vieil homme se tenait devant eux, les mains dans les poches de la blouse grise, le sourire aimable. Vincent s'approcha de lui.

– Où est Mafle ?

– Je vous demande pardon ?

– Où est Mafle ? répéta Vincent. L'homme qui tenait cette boutique il y a quelques jours encore.

Le vieux libraire semblait tomber des nues. Il regarda Sophie d'un air incertain puis :

– Je ne comprends pas… c'est moi qui tiens cette librairie. Cela va faire bientôt vingt ans.

– Et vous ne la quittez jamais ?

– Pour aller où ?

– Ces derniers jours, insista Vincent. Vous ne vous êtes pas absenté ? Vous n'avez pas laissé votre magasin à la garde de quelqu'un ?

– Mais non, monsieur, jamais.

– Des livres anciens, ça vous dit quelque chose ?

Le libraire sourit, secoua la tête.

– Oh, non… Je vous remercie. Moi, je ne fais que du roman populaire. Vente et location. Mais vous trouverez sûrement. Êtes-vous allé voir sur les quais ?

Vincent se tourna vers Sophie. Elle était près de la porte et regardait la rue.

Furieux, Vincent attrapa le libraire par les revers de sa blouse et lui dit d'une voix contenue :

– Constant est mort… Dites-le à vos amis s'ils ne sont pas encore au courant. Et dites-leur aussi que je ne le leur pardonne pas.

Le libraire se débattait, mais il n'était pas de taille.

– Vincent ! Ça suffit !

Il lâcha le libraire, presque à regret.

– Dites-le à vos amis.

Sophie tirait Vincent par le bras et l'entraîna dehors.

Ils marchèrent en silence pendant quelques instants, puis Vincent s'arrêta.

– Tu me crois fou, n'est-ce pas ? Eh bien, viens... On va voir si un château peut disparaître, lui aussi.

– C'est inutile, Vincent.

– Pourquoi ?

– Si tu as dit la vérité, ils auront pris leurs précautions. Et si...

Comme elle hésitait, cherchant ses mots, il acheva pour elle :

– N'aie pas peur de le dire... si je délire, je ne trouverai rien non plus. Il ne me reste que cette chance de te convaincre et je ne peux pas la négliger.

Sophie haussa les épaules et le suivit, résignée.

Ils se retrouvèrent de nouveau en voiture et une fois de plus, ils quittèrent Paris.

Dans le Vexin, il lui fallut un bon moment pour retrouver le chemin et ce fut presque par hasard qu'il tomba sur la petite route d'où partait l'allée cavalière. Il reconnut les barrières, les arbres... Puis le château apparut comme la première fois, cerné par la voûte des arbres. Il arrêta la voiture devant.

Sophie remarqua :

– Ça semble inhabité...

– Ça ne l'était pas il y a deux jours.

Il descendit de la Méhari, grimpa les quelques marches et sans même frapper essaya d'ouvrir la porte. Mais elle résista. Il la secoua en vain. Trois serrures en interdisaient l'accès. Sophie était descendue, et le regardait, appuyée contre l'aile de la voiture.

Face à la demeure, Vincent en examinait la façade.

À gauche, la première fenêtre devait correspondre au bureau dans lequel il avait consulté l'ouvrage. S'aidant d'une corniche, il se glissa jusqu'à la fenêtre. Un rétablissement et il put enfin voir... Il n'y avait rien, rien d'autre qu'une pièce vide assez sinistre. Même les rideaux avaient disparu.

Vincent se laissa glisser jusqu'au sol. Là, il s'appuya contre le mur et alluma une cigarette. Pour la première fois, il se sentit réellement angoissé. Toute la fatigue accumulée lui tombait d'un coup sur les épaules.

Sophie s'était approchée de lui. Presque gentiment, elle lui demanda :

– Il n'y a rien, n'est-ce pas ?

Sans doute fut-elle touchée par son désarroi, car elle le prit par le bras et l'emmena jusqu'à la voiture.

– Je vais conduire... Tu as besoin de te reposer.

Il accepta sans réagir.

Il resta ainsi jusqu'à la première maison qu'ils rencontrèrent.

– Arrête-toi, fit-il soudain.

Elle freina, mais elle n'eut même pas le temps de lui poser la moindre question. Il était déjà dehors et frappait à la porte de la maison. Une femme vint ouvrir avec laquelle il discuta quelques instants. Puis il revint. Il s'installa dans le siège, s'y enfonça en fermant les yeux.

– On peut rentrer maintenant... Le château est en vente depuis plusieurs mois.

Debout sur le perron de son château de Thieux, Bernard Duval regardait arriver les unes après les autres les voitures de ceux qui allaient participer à cette nouvelle conférence. Le sourire aux lèvres, la main tendue, il accueillait tous ces *brothers*, Américains, Anglais, Hollandais, Suisses, Italiens, Brésiliens et même Japonais. Ils précédaient Amaury, sorti de sa retraite pour cette occasion.

Beaumont arriva un peu plus tard suivi de près par Verdier.

Enfin au complet, ils passèrent dans la grande salle où ils s'étaient déjà réunis une première fois. Cette conférence ayant été improvisée, Duval n'avait eu que le temps de prévoir quelques rafraîchissements.

Ils s'installèrent autour de la table et là, il se passa quelque chose d'extraordinaire. Chacun parut attendre que son voisin prenne la parole. Il y eut ainsi un petit moment de silence gênant, puis *brother* Marcus réagit le premier. Regardant Verdier, il dit :

– Eh bien, cher ami, puisque vous avez tenu à nous réunir, dites-nous au moins quel est l'ordre du jour ?

Verdier l'observa, surpris.

– Mais c'est à notre hôte qu'il faut le demander.

– Comment ? protesta ce dernier. C'est *brother* Luis qui m'a prévenu de cette réunion...

Ce fut au tour d'Amaury de ne sembler rien comprendre.

– Moi ? Mais je n'ai prévenu personne. Je n'ai fait que répondre à l'invitation de *brother* Billy.

Il y eut un silence soudain. Puis, l'autre Américain explosa, exigeant des explications sur cette plaisanterie qu'il n'appréciait guère. Il était venu spécialement de New York, bousculant tout son emploi du temps…

Chacun se mit alors à parler dans la plus extrême confusion sans que personne puisse savoir quel était le vrai responsable de cette curieuse réunion. Beaumont, lui, observait. Un mot de Duval l'avait amené là. On en était là lorsqu'on frappa à la porte.

Duval alla ouvrir et découvrit son jardinier qui tenait un paquet à la main.

– Qu'est-ce qu'il y a ? Je ne veux pas être dérangé

– Je prie monsieur de m'excuser… mais on m'a demandé de vous remettre ceci lorsque vous seriez avec vos amis.

Duval regardait le paquet d'enveloppes que tenait le jardinier.

– Qui vous a remis ça ?

– Un monsieur qui est passé ce matin… Il a ajouté : votre patron comprendra.

Là-bas, autour de la table, le silence s'était fait.

Duval renvoya son jardinier, puis revint lentement vers les autres en regardant les enveloppes. Chacune portait un nom. Il y en avait autant que d'hommes réunis. Duval commença la distribution dans un climat soudain lourd, tendu. Il reprit sa place en ouvrant la lettre qui lui était destinée.

– Eh bien, voyons ce qu'on nous veut…

Cela ne faisait de doute pour personne. Les Compagnons d'Éleusis se manifestaient de nouveau. Verdier avait déjà décacheté son enveloppe d'un geste sec. Comme les autres, il put lire :

> *Nous avons tenu à vous réunir afin de vous mettre en face de vos responsabilités. Nous savons tous ce que vous représentez tant sur le plan économique que sur le plan politique. Votre influence actuelle est grande et, si vous acceptez de nous rejoindre, vous pourrez éviter le chaos et participer à l'élaboration d'un monde nouveau. Si vous*

refusez, demain, l'or sera détruit, vous sombrerez avec lui et ce monde nouveau se fera sans vous. Ne cherchez pas à nous découvrir, c'est trop tard. Vous devez choisir aujourd'hui même. Quelle que soit l'issue de votre réunion, nous la connaîtrons en même temps que vous.

Les Compagnons d'Éleusis

– Détruire l'or..., murmura quelqu'un. C'est ridicule.

– Et puis comment ? fit un autre.

Verdier, qui regardait toujours la lettre, releva enfin la tête.

– Ils bluffent.

– Qu'en savez-vous ? demanda Samperi. Nous avons déjà vu ce qu'ils étaient capables de faire. Et comme nous ignorons qui se trouve derrière eux...

– Ils bluffent, répéta Verdier.

Dooley l'observa avec attention. Se penchant, il demanda :

– Qu'est-ce qui vous permet de l'affirmer ?

Verdier semblait tellement sûr de lui que chacun maintenant le regardait, attendant ses explications. Après un léger silence, il commença :

– Je sais d'où ils sortent tout cet or.

L'auditoire devint plus qu'attentif. Dooley demanda :

– Qui le leur fournit ? Une puissance de l'Est ?

– Non. Cet or provient d'un trésor qu'ils ont eu la chance de mettre au jour, c'est tout.

Verdier se tut. On devinait la déception, voire l'incrédulité chez les autres. Dooley haussa les épaules. Il sortit un cigare d'une boîte posée sur la table, en coupa le bout avec un petit instrument nickelé.

– Vous avez une preuve de ce que vous avancez ? demanda-t-il, sceptique.

– Mon informateur a vu l'endroit d'où provenait cet or.

– Et ce sont ces... Compagnons qui le lui ont obligeamment montré ?

– Oui... Mais inutile de rêver, toutes leurs précautions étaient prises pour qu'on ne puisse pas les retrouver.

– Et comment se fait-il que votre informateur ait réussi là où toutes les recherches officielles ont échoué ?

– Disons qu'il a bénéficié d'un concours de circonstances heureux…

– Du genre : aux innocents les mains pleines ? ironisa Dawson.

– Quelque chose comme ça.

Dooley avait enfin allumé son cigare.

– Admettons que cette information soit fiable… Qu'est-ce qui vous fait dire que ces gens-là bluffent ?

– Un simple calcul… D'après mon informateur, l'or mis sur le marché correspond à peu près à celui qu'ils ont trouvé. Ça veut dire qu'ils n'en ont plus. En prétendant vouloir détruire la valeur marchande de l'or, ils bluffent…

Un léger temps, puis il laissa tomber :

– … car ils n'en ont plus les moyens.

L'argument sembla porter.

Quelqu'un pourtant ne paraissait pas entièrement convaincu. Beaumont, qui dit :

– En êtes-vous bien sûr ?

– Oui… Voilà comment j'imagine l'affaire. Dans un premier temps, ces Compagnons mettent massivement de l'or sur le marché tout en nous inquiétant avec leurs fameux messages. Une mise en condition pour nous faire croire que leurs moyens sont illimités et nous faire ainsi accepter le marché qu'ils nous proposent. Ils ont bien failli réussir, puisque la Bourse a accusé le coup il y a quelques jours. Heureusement, le marché s'est repris et ils n'ont pas su profiter du climat psychologique qu'ils avaient créé pour nous manœuvrer. C'était pourtant plus facile qu'aujourd'hui. Qui peut dire quelle aurait été notre réaction si nous avions été convaincus que d'autres quantités d'or aussi importantes étaient susceptibles d'être mises sur le marché ?

– C'est vrai, admit Dawson. Nous aurions sans doute été amenés à traiter pour éviter une catastrophe. Dans un moment comme celui que nous vivons, si l'or cessait d'être une référence, ce serait effectivement le chaos. Mais pourquoi n'ont-ils pas profité de leur avantage ?

– Parce qu'il y a eu un imprévu, répliqua Verdier. Les recherches d'une personne ont abouti et il leur a fallu la neutraliser.

– Ils l'ont éliminée ?

– J'ai dit neutralisé, pas éliminé. Disons qu'ils exercent sur lui un chantage moral.

– Et si c'était de l'intox ?

– Mes sources sont fiables et ils ignorent que nous sommes informés. Maintenant qu'ils croient le danger écarté, ils attaquent de nouveau. Mais cette fois, messieurs, nous ne marcherons pas. Parce que nous savons qu'ils bluffent.

Pendant quelques instants, chacun analysa la situation.

– Alors, messieurs ? demanda Verdier impatient. Sommes-nous tous d'accord ?

– Un instant.

Tous les regards convergèrent vers Beaumont, qui dit d'une voix calme :

– Une phrase de leur lettre m'intrigue… Elle laisse entendre qu'ils connaîtront notre décision en même temps que nous.

– Eh bien ?

– Comment est-ce possible…, sourit Beaumont.

Qui laissa tomber :

– … s'ils n'ont pas un informateur parmi nous ?

Verdier haussa les épaules.

– C'est ridicule. Si nous avons créé ce Cartel, c'est bien parce que nous avons la plus totale confiance les uns envers les autres. Prétendre le contraire reviendrait à dire qu'il y a un… traître parmi nous. Mais en admettant même que cela soit vrai, quelle importance. (Il sourit.) Comme ça, ils sauront que nous ne sommes pas dupes.

La réflexion de Beaumont avait créé un malaise.

Personne ne pouvait admettre que l'un d'entre eux pût avoir partie liée avec ces Compagnons, mais… quelque chose changea dans le climat. Maintenant chacun semblait avoir hâte de conclure cette étrange réunion.

Dooley donna le signal du départ en se levant.

Après réflexion, il partageait entièrement le point de vue de Verdier. D'ailleurs, cela ramenait l'affaire à ses vraies dimensions. La tentative de fanatiques, d'un groupuscule d'extrémistes espérant perturber l'économie du monde occidental.

Un à un, les financiers quittaient la salle tout en poursuivant la conversation par petits groupes. Beaumont finissait de ranger quelques papiers dans un attaché-case. Verdier, qui s'apprêtait à sortir, s'arrêta, observant le financier. Il hésita, puis dit enfin :

– Pourquoi avez-vous semé le doute parmi eux ?

Beaumont releva la tête en souriant :

– Parce que je suis persuadé qu'un Compagnon était ici aujourd'hui… et il vaut mieux que tout le monde le sache.

– Vous savez qui ?

– Bien sûr que non.

Verdier avait du mal à regarder Beaumont en face. Mal à l'aise, il reprit :

– Eh bien, comme ça, ils sauront que nous ne sommes pas décidés à nous laisser faire.

– S'ils bluffent… vous avez raison.

– Mais ils bluffent !

Beaumont refermait son attaché-case. Il le prit, sourit à Verdier.

– Espérons-le.

Verdier ne lui laissa pas faire deux mètres. Il lança soudain :

– Beaumont…

Le financier se retourna. Pourquoi avait-il toujours cet irritant petit sourire ? Dans une situation pareille, c'était presque inconvenant.

– Que savez-vous de plus ?

– Je vous l'ai dit : rien. Rien du tout.

– Vous ne croyez pas qu'ils bluffent. Pourquoi ?

Beaumont parut réfléchir un instant. Il revint vers la table, y posa son attaché-case, puis s'approcha du banquier :

– Réfléchissez, Verdier… Voilà des gens qui distribuent de l'or… beaucoup d'or… Croyez-vous que l'idée leur en soit venue parce qu'ils ont mis la main sur un trésor ? Allons ! Tout ça fait partie d'un plan préparé de longue date. Et ces gens qui ont déjà sacrifié des tonnes et des tonnes d'or à une idée renonceraient maintenant parce qu'ils n'en auraient plus les moyens ? Vous y croyez sérieusement ?

Un instant troublé, Verdier réagit selon son tempérament.

– Il n'y a que deux choses qui intéressent les gens : la puissance et l'argent.

– La puissance et l'argent ? Mais c'est ça qu'ils veulent détruire. Croyez-vous qu'ils ont choisi Éleusis comme symbole par hasard ?

Verdier l'observait avec une certaine perplexité. Jamais il n'avait vu Beaumont se livrer autant. Était-ce parce qu'il était troublé, lui aussi ? Il n'en donnait pourtant pas l'impression. D'ailleurs, ne parlait-il pas comme quelqu'un qui semble parfaitement au courant de tout, comme quelqu'un qui… ? Verdier chassa le soupçon qui voulait s'installer en lui.

– Où voulez-vous en venir ?

– À vous faire comprendre que l'or ne représente rien pour eux… rien d'autre qu'un moyen.

– Quelle importance s'ils n'en ont plus ?

– En êtes-vous vraiment sûr ?

Cette fois, Verdier ne répliqua pas. De plus en plus mal à l'aise, il alla jusqu'à la fenêtre.

Dans son dos, Beaumont demanda :

– C'est Vincent, votre informateur ?

Verdier se tourna lentement, surpris.

– Indirectement… oui. En fait, c'est à ma fille qu'il a tout raconté.

– Et vous l'avez crue ?

– C'est difficile à avaler, je l'admets mais comme nous vivons dans un monde de fous… Vincent a réussi à trouver leurs traces et, comme il devenait trop curieux, ils ont pris les devants en lui révélant la vérité.

Manifestement, c'était ce que Verdier s'efforçait de croire en évitant de prononcer certains mots comme « trésor » qui lui donnaient de l'urticaire.

– C'est bien ce qu'ils espèrent faire croire, dit Beaumont.

Il se pencha sur la table :

– Écoutez-moi, Verdier… Même Vincent fait partie de leur plan… Ils ne l'avaient pas prévu, mais ils s'en servent… Croyez-vous qu'ils ignorent vos relations avec lui à travers votre fille ? Ils s'en servent pour vous endormir, tout simplement…

Il se redressa en concluant :

– … et je crois bien qu'ils ont réussi.

Verdier dut convenir que le point de vue de Beaumont paraissait plus conforme à la réalité. Presque pour la forme, il dit :

– Vous croyez donc qu'ils ne bluffent pas ?

– J'en suis persuadé... Ils ont d'autres moyens et nous n'avons plus beaucoup de temps devant nous...

– Que suggérez-vous ?

Beaumont retrouva son petit sourire :

– Ils croient avoir éliminé Vincent ? C'est à nous maintenant de nous en servir. De Vincent... mais aussi de votre fille.

21

Pendant deux jours, Vincent erra, désœuvré dans Paris.

Il retourna dans le Marais, mais cela ne fit qu'aviver ses regrets de n'avoir pu mener ses recherches jusqu'au bout. Il se rendit rue Pernelle. Sur la vitrine de l'herboriste, un calicot disait : CHANGEMENT DE PROPRIÉTAIRE. Des ouvriers s'affairaient, nettoyant, peignant, réaménageant…

À Saint-Gervais aussi, d'autres ouvriers œuvraient toujours. Place des Vosges, le magasin était toujours clos… Plus que tout le reste peut-être, Vincent ressentait l'absence d'Emmanuelle maintenant qu'il n'avait même plus ses recherches pour lui servir de dérivatif. Il errait, disponible, trop disponible, sans personne à qui se confier.

Emmanuelle était devenue un personnage quasi mythique, inaccessible et son souvenir le rongeait comme celui d'un vieil amour perdu. Avait-elle disparu définitivement, elle aussi ? Il n'était pas loin de le penser lorsqu'une fois de plus, le second jour, il se retrouva place des Vosges. Il ne se serait même pas étonné de ne plus y voir de boutique.

Et pourtant, elle était là.

Lorsqu'il s'approcha, ô miracle, les vases, les statuettes, les terres cuites étaient sortis de l'ombre, semblant suspendus dans l'espace grâce aux savants éclairages de quelques spots judicieusement disposés.

La gorge sèche, Vincent posa sa main sur la poignée.

Et le second miracle se produisit : la porte s'ouvrit.

Puis Emmanuelle apparut.

L'image un peu floue qu'il conservait d'elle redevint nette. Il put détailler l'ovale de son visage, ses pommettes un peu hautes, cette bouche sensuelle qui sourit légèrement en l'apercevant. Vêtue d'une jupe longue en toile indienne et d'un chemisier de grand-mère à broderie anglaise, elle avait l'air d'une jeune fille sage. Tout chez elle était élégance, finesse, race. Le moindre de ses gestes portait en lui une grâce mystérieuse, intemporelle, et il semblait que sa peau fût faite d'une matière rare, hors des atteintes du temps.

– Vous m'avez manqué..., murmura-t-il, ému.

– Je suis contente de vous revoir, sourit-elle.

Trois mètres les séparaient toujours et, comme Vincent ne se décidait pas à les parcourir, elle tendit légèrement la main en ajoutant :

– Venez.

Sans lui lâcher la main, elle l'entraîna dans l'arrière-boutique et Vincent la suivit, comme envoûté. Il ne pouvait détacher son regard de ce corps qui semblait se déplacer dans l'espace en échappant aux lois de la pesanteur. Un mot lui vint à l'esprit : liane. Elle en avait la souplesse, la grâce et la légèreté. Elle dut l'inviter à s'asseoir pour qu'il songeât enfin à se laisser choir sur le divan. Elle l'observa un instant.

– Vous avez l'air fatigué...

Il avait beaucoup changé depuis leur dernière rencontre. Vincent avait définitivement abandonné sa peau de brillant journaliste bien parisien. Vieux jean, chemise à carreaux et blouson constituaient maintenant sa base vestimentaire. Mais la différence se situait au-delà de l'apparence, au-delà de ce visage amaigri, plus dur, dont une barbe naissante accusait les traits. Elle se situait même au-delà de l'œil, à l'intérieur de lui-même, là où son moi avait subi une irréversible transformation.

– Où étiez-vous ? demanda-t-il enfin.

– Mais... à Londres tout simplement. À une vente proposant quelques pièces uniques ayant appartenu à un vieil archéologue. Regardez...

Emmanuelle prit sur une étagère un vase en céramique dont le haut était entouré d'une série de petits vases.

– Ça s'appelle un kernos, expliqua-t-elle. Un vase à offrandes, très représentatif de l'art des Cyclades. Une pièce unique. J'ai failli me ruiner pour l'avoir.

Elle le reposa délicatement à sa place primitive. Dans son dos, Vincent dit :

– Vous m'avez manqué.

Elle parut mettre un temps infini à ranger le vase. Elle se retourna enfin, présentant un visage lisse, sur lequel aucune émotion ne semblait avoir prise. Vincent se sentait malheureux. Malheureux et ridicule. Pour se donner une contenance, il sortit ses cigarettes et en alluma une. Elle s'approcha enfin et s'assit près de lui.

– Qu'est-ce qui ne va pas, Vincent ?

– Tout… oui tout.

Elle l'observa un instant, puis demanda :

– Vous avez continué vos recherches ?

– Oui…

Il se laissa aller en arrière en soupirant, l'œil fixé au plafond.

– Qu'avez-vous découvert ?

– Que je suis fou…

– Racontez-moi.

– Ah, non… Fou, d'accord ; ridicule, jamais.

Emmanuelle se pencha vers lui, créant ainsi une intimité qui accentua son trouble. Comment résister à ce visage proche, trop proche, à cette bouche qui vous priait avec tant de charme ? Vincent se décida enfin et commença son récit, d'abord en hésitant, épiant sur le visage de la jeune femme le moindre signe d'ironie ; puis il poursuivit, pris de nouveau par l'aventure étonnante qu'il avait vécue. Lorsqu'il termina par son échec pour retrouver Mafle et de Beauchamp, Emmanuelle ne souriait toujours pas. Elle resta même un instant songeuse.

– Je crois que vous avez eu beaucoup de chance, Vincent.

– Vous me croyez donc ?

– Il y a tant et tant de choses qui se passent et qu'on ignore… Quelqu'un a bien voulu soulever un coin du voile pour vous, c'est fantastique, non ?

– Ce n'est pas suffisant.

– Que voulez-vous donc de plus ?

– Tout savoir. D'où ils viennent, qui ils sont, quels sont leurs buts exacts…

– Vous êtes terriblement exigeant.

Vincent se redressa. Leurs visages étaient tout proches.

– Pourquoi se méfient-ils de moi ? Pourquoi ? S'ils m'avaient expliqué, j'aurais pu comprendre, devenir l'un des leurs, peut-être…

– Vous n'êtes pas de ceux qu'on embrigade… Vous aimez voir, pas participer. C'est une question de foi. À quoi croyez-vous, Vincent ?

– Je ne sais pas. Non, je ne sais pas… Je commence seulement à découvrir ce à quoi je ne crois plus.

– Alors, ils ne pouvaient pas vous offrir plus.

Vincent se laissa de nouveau aller en arrière. Il murmura :

– Pensaient-ils que je les trahirais ?

– Qui sait ?

– Et vous ? M'en croyez-vous capable ?

– Non… à condition que vous soyez convaincu du bien-fondé de leur action.

– Et si je continuais quand même ? Si j'essayais d'aller jusqu'au bout, de savoir ?

– Vous n'avez donc rien compris ? fit-elle, irritée. Ils vous ont épargné une fois, croyez-vous qu'ils vous ménageront dans l'avenir ? Vous jouez avec le feu, Vincent, vous ignorez tout des forces auxquelles vous vous heurtez…

– Et vous ? Qu'en savez-vous ?

– Je les devine… et j'ai peur.

– Peur, vous ?

– Oui, pour vous.

Vincent baissa la tête. Emmanuelle leva la main, comme pour lui caresser la joue mais elle retint son geste. D'une voix douce, elle reprit :

– Vous ne savez rien, Vincent… et ce n'est pas votre faute. Vous êtes… (Elle hésita)… vous êtes comme ces passants qui traversent la place des Vosges tous les jours en ignorant tout d'elle.

Il la regarda, surpris.

– Qu'a-t-elle de si particulier ?

– Même si je vous le disais, vous ne seriez guère plus avancé… À quoi cela vous servirait de savoir qu'elle est une des dernières manifestations solaires de la science pythagoricienne, qu'elle a été conçue à partir du nombre neuf qui est le symbole de l'Ennéade antique… Pour qui sait la lire, cette place, comme bien d'autres lieux, est une source d'enseignements à la fois scientifiques et philosophiques…

Poussant un soupir, elle ajouta :

– En perdant cette Connaissance, nous avons perdu l'essentiel. La science seule n'a su nous fabriquer qu'un monde d'accessoires.

– Et les Compagnons penseraient qu'on ne peut retrouver cette Connaissance qu'en se dépouillant de cet accessoire qu'est l'or ?

– Peut-être…

– C'est de l'utopie. L'or est un mythe et un symbole.

– Vous voyez bien… vous n'avez pas la foi.

– Et vous ?

Ils se regardaient comme ils ne l'avaient jamais fait peut-être encore, comme si chacun cherchait à deviner l'autre en allant au plus profond de lui-même… Combattants d'un amour qui ne s'avouait pas, ils s'affrontaient en silence, intensément. Emmanuelle rompit la première. Son œil avait perdu de sa belle impassibilité et ce fut à son tour de se laisser aller en arrière, comme perdue.

– Moi, murmura-t-elle, moi…

Vincent se pencha sur elle, dit à mi-voix :

– Moi, je crois à la vie, je crois à l'amour… Je crois à toi qui es là, si proche… Je crois à ta bouche, à tes yeux, à tes cheveux… Je crois à ton corps… Je te voudrais nue et pauvre et je viendrais à toi, nu et pauvre… Et nous serions riches, mon amour, de tout cet amour…

Elle semblait recevoir chaque mot comme un coup et se mit à trembler. Elle dit dans un souffle :

– Laisse-moi… Je t'en supplie, laisse-moi…

– Je t'aime, Emmanuelle. Je t'aime.

Violer d'abord son « moi » avec des mots.

Chacun d'eux comme un projectile destiné à détruire la paroi invisible derrière laquelle elle se cachait depuis trop longtemps. Le temps des jeux était fini. Vincent parlait, bien conscient du choc de son tutoiement. Il l'épiait, la regardait se désunir un peu plus après chaque mot. Il crut enfin avoir gagné quand ses lèvres effleurèrent celles d'Emmanuelle… Elle le repoussa soudain et quitta le divan.

– Non !

Il pouvait deviner son émoi au tremblement de ses épaules.

Il murmura :
– Je voulais seulement t'embrasser…
Faisant un violent effort sur elle-même, elle se leva.
Il voulut s'approcher d'elle, mais elle secoua la tête.
– Va-t'en…
Vincent s'arrêta.
L'œil fixé au sol, il semblait en attendre une quelconque réponse.
– Je t'attendrai, dit-il enfin.
Elle lui tournait toujours le dos.
Vincent hésita, puis fit demi-tour.
Emmanuelle le regarda traverser le magasin et sortir. Une fois seule, elle s'approcha d'un miroir et se pencha dessus. L'image qu'il lui renvoya était floue. Était-ce à cause des larmes… ou pour une tout autre raison ? Brusquement, elle prit une statuette et en frappa le miroir qui s'étoila et lui renvoya une Emmanuelle déchirée.

Allongé sur son divan, l'œil au plafond, Vincent fumait, enfermé dans son silence. Sophie l'avait trouvé ainsi dans la matinée et depuis il n'avait rien dit d'autre que « J'en ai marre. »…
Sophie décida de faire une nouvelle tentative.
– Ainsi, tu auras tout sacrifié pour rien ? Écoute-moi… J'ai bien réfléchi à toute cette histoire. Si ça s'est passé comme tu le dis, on a essayé de t'avoir.
Il eut un sourire amer.
– Mais on m'a eu… et plus que tu ne le crois.
– Et tu es content ? Ça te suffit ? Enfin, ça saute aux yeux… toute cette histoire a été montée pour que tu renonces à trouver la vérité.
– Il n'y a pas d'autre vérité sinon ils ne se seraient pas donné autant de mal.
– Les aurais-tu crus s'ils étaient simplement venus te dire : venez, on va vous montrer d'où vient l'or ?
– Je ne sais pas… non évidemment.
– Tu vois… Il fallait que tu trouves tout seul, mais difficilement afin que tu sois bien en condition pour accepter leur explication. Ils t'ont pris par la main depuis le début pour que tu ne découvres pas la vérité. Une vérité que tu as frôlée.

Vincent se leva et l'observa.

– Attends… c'est toi qui me demandes de continuer ? Je t'ai connue plus sceptique. Qu'est-ce qui t'a fait changer d'avis ?

Elle hésita puis :

– Eh bien, disons… disons que je préfère que tu coures après des chimères plutôt que de rester vautré sur ton divan à longueur de journée.

– Malheureusement, je ne vois pas ce que j'ai pu découvrir de dangereux pour eux.

Sophie parut réfléchir un instant.

– Et… cette maison de Meudon ?

– Inoccupée depuis des années, répondit-il en haussant les épaules. Je suis entré dans le parc, tout est à l'abandon. Je suis même allé voir le notaire…

Vincent s'arrêta soudain, songeur.

– À quoi penses-tu ?

– Oh, à un truc… mais tu vas encore dire que je vois des complots partout.

– Dis toujours.

– Ce notaire… ça m'était sorti de la tête… Quand je suis allé le voir, il semblait prêt à me donner tous les renseignements que je voulais, puis il a reçu un coup de fil et après… plus rien. Il a prétexté qu'il était pressé, enfin je ne sais plus quoi… Avec toute cette histoire, j'avais complètement oublié.

– Et tu crois que c'est à cause du coup de fil qu'il a refusé de parler ?

– Peut-être…

– Alors, il faut que tu suives cette piste. À qui appartient cette maison ?

– Je n'en sais rien.

Vincent alla jusqu'à la baie vitrée, regarda un instant dehors. Sophie sentait que des rouages s'étaient remis enfin en marche. Mais ils ne s'étaient pas retrouvés pour autant. Elle regretta un instant d'avoir relancé le processus. Qui serait broyé par cet implacable mécanisme que tous espéraient contrôler ? Elle pensa à son père. Lequel aurait-il fallu qu'elle trahisse ? Mais il était trop tard. Vincent se retournait, Vincent avait pris une décision.

– OK... Je tente ce dernier coup et si ça ne donne rien, je laisse tomber définitivement.

Quelques minutes plus tard, ils roulaient en direction de Meudon. Et il était un peu plus de 2 heures lorsque la Méhari s'arrêta devant la mairie de Meudon. Vincent entraîna Sophie jusqu'à la salle du cadastre.

– Ce que le notaire n'a pas voulu me dire, je dois le trouver ici.

Ses recherches ne durèrent pas très longtemps.

Soudain, il s'exclama :

– C'est là ! Regarde...

Sophie se pencha sur le registre.

Au-dessus de l'index de Vincent, il y avait un nom : Roger Beaucourt. Elle se tourna vers Vincent sans comprendre. Celui-ci sortit son portefeuille de sa poche. Il prit un papier qu'il plaça sur le registre. Sophie lut les deux lignes manuscrites avec surprise :

Roger Beaucourt
Me Germain, notaire à Romorantin

– Beaucourt..., murmura-t-elle. Tu avais son nom et tu ne le savais pas ?

– J'ignorais jusqu'à maintenant que le propriétaire de l'immeuble de l'herboriste était aussi celui de la maison de Meudon. Finalement, tout se tient.

Il referma le registre et ils sortirent de la mairie.

– C'est bizarre, tout de même... À Paris, personne n'a jamais vu ce Beaucourt. Or, il n'a pas mis les pieds à Meudon depuis des années... Les locataires envoient leur loyer à ce maître Germain, à Romorantin. Pourquoi à Romorantin et pas à Meudon ? Parce qu'il habite là-bas ou... parce qu'il s'y cache ?

– Pourquoi se cacherait-il ?

– Je n'en sais rien... L'ancien propriétaire de la maison abandonnée est mort depuis longtemps et le notaire de Meudon ne connaît pas ses héritiers. Il ne peut s'agir que de ce Beaucourt. Mais pourquoi s'entoure-t-il de tout ce mystère ?

– Tu penses qu'il serait lié aux Compagnons ?

– Pourquoi n'en serait-il pas le chef ? Sous un autre nom, celui de Beauchamp, par exemple ?

Ils arrivaient à la voiture. Appuyé à la carrosserie, Vincent reprit :
– Il faut que je sache.
– Comment ?
– En allant à Romorantin tout simplement.
Ils s'installèrent dans la voiture. Sophie le regarda allumer sa cigarette.
Finalement, elle aimait ce qu'il était devenu.
– Tu m'emmènes avec toi ?
– Je fais juste un aller et retour.
– Tu pars seul ?
Le ton était négligent mais l'allusion grosse comme une maison.
Vincent secoua la tête, soupira :
– C'est fini avec Emmanuelle… fini avant même d'avoir commencé.
Il se tourna vers elle, un peu agressif.
– Satisfaite ?
Elle préféra éviter l'affrontement et se contenta de dire :
– Dépose-moi à la banque… J'ai promis à mon père de passer le prendre.

Le lendemain, à 10 heures, Vincent se trouvait à pied d'œuvre à Romorantin.

Une première déception l'attendait. Malgré toute son insistance, Me Germain, le notaire, refusa de lui fournir le moindre renseignement sur Roger Beaucourt. Vincent s'était présenté comme un éventuel locataire de l'immeuble de la rue Lombards. Mais le notaire, déjà réticent, s'était complètement fermé lorsque le jeune homme avait abordé la question du propriétaire. Me Germain était habilité à traiter en son nom car il ne voulait en aucun cas apparaître dans les transactions.

Vincent se retrouva donc dans Romorantin avec une curiosité accrue.

Dans un premier temps, il chercha le nom de Beaucourt dans l'annuaire de la ville. Sans résultat. Il se rendit à la mairie, mais il n'était pas question de consulter le cadastre sans le moindre élément de recherche.

Grâce à l'amabilité d'une employée, il put enfin obtenir un renseignement.

Il existait dans la région une propriété au nom de Beaucourt.

À quelques kilomètres de Romorantin,

Vingt minutes plus tard, Vincent arrivait dans un petit bourg. Cette fois, il choisit un bistrot comme source de renseignements. Après lui avoir servi un coup de blanc, le patron consentit à répondre à sa question.

– Le domaine Beaucourt ? Oui, je connais...

– C'est loin d'ici ?

– Non... un kilomètre, peut-être.

Interrogateur, il regardait deux hommes qui consommaient assis à une table. L'un d'eux, aux allures de garde-chasse, confirma :

– Oui... guère plus. Puis, curieux : ça serait-y qu'ils la mettent enfin en vente, des fois ?

– On me l'a signalée, dit Vincent, prudent. Elle est habitée ?

Les trois hommes se mirent à rire en se lançant des clins d'œil complice.

– Par les corbeaux, p't-être...

– Il n'y a personne ?

Le patron se pencha vers lui :

– Nous, on n'est pas là pour décourager les gens... Vaut mieux vous faire une idée par vous-même.

– C'est un beau domaine, fit le garde-chasse, y a pas à dire. Du bois, de la plaine...

Intrigué, Vincent s'enquit du chemin.

Complaisant, le garde-chasse l'accompagna jusqu'à la porte.

– ... et quand vous aurez fait un kilomètre, vous verrez un chemin à main gauche... Vous pouvez pas vous tromper.

Vincent démarra.

Loin des nationales, il s'enfonça dans la Sologne des grandes chasses privées, des domaines interdits où l'on a bradé au privé même les chemins communaux, empêchant ainsi le flâneur ou l'amateur de champignons d'accéder au moindre sous-bois.

Il était loin le temps des raboliots, ces gagne-petit du braconnage.

Les choses s'étaient organisées depuis. Quadrillée comme un quartier de Paris par un promoteur immobilier, la Sologne s'était vendue par « actions » aux industriels du massacre, qui venaient traquer là le faisan d'élevage et le lapin myxomatosé sous la protection quelque peu servile de ces pseudo-flics appelés pudiquement gardes-chasses.

Vincent arriva enfin à la hauteur du chemin qu'on lui avait indiqué. Comme à l'entrée de bien d'autres domaines, un écriteau précisait qu'il s'agissait d'une propriété privée et que l'accès en était interdit sous peine de poursuites.

Il s'y engagea néanmoins mais au bout de deux cents mètres, une grille se dressa devant lui. Il arrêta sa voiture et descendit. La grille était à moitié mangée par la rouille et n'avait pas dû servir depuis bien longtemps. De part et d'autre, un mur d'enceinte de deux mètres de haut environ.

Des ronces avaient poussé le long, en rendant l'accès difficile.

Vincent commença néanmoins à le longer, armé d'une branche afin de débroussailler à mesure qu'il avançait. Puis, enfin une surprise agréable, un éboulement qui lui permit d'accéder au parc.

Végétation intense, anarchique qui l'obligea à revenir vers la grille afin de retrouver le chemin qui devait se poursuivre au-delà. Il était là en effet, à moitié envahi par les mauvaises herbes bien qu'il eût été jadis empierré. Vincent le remonta entre deux masses d'arbres. De temps à autre, il devait enjamber une grosse branche morte, arrachée par un orage.

Brusquement, il découvrit la demeure... ou ce qu'il en restait.

Stupéfait, il regardait les pans de murs qui se dressaient devant lui, ces ruines calcinées qui livraient un combat sans espoir aux plantes et arbustes qui poussaient autour et au milieu. Curieuses ruines qui ne semblaient pas avoir été victimes du temps mais plutôt d'une violente explosion suivie d'un incendie.

Un peu partout, on entrevoyait au milieu des herbes des blocs de pierre, des briques qui paraissaient avoir été projetées par un souffle puissant. Vincent fit quelques pas, perplexe. La personnalité de ce Beaucourt était pour le moins étrange. Voilà un homme qu'il était impossible de rencontrer et dont les demeures étaient louées, abandonnées ou en ruine !

Que pourrait lui apprendre ces tas de pierres ?

Il était sur le point de faire demi-tour lorsque quelques craquements l'immobilisèrent. Il se retourna et aperçut un homme qui sortait d'un fourré. Mal rasé, vêtu d'un vieux costume de velours, il avait l'allure de ces bracos, tantôt gibier, tantôt chasseur, selon qu'ils ont affaire à un garde-chasse ou à un lièvre.

Il regardait Vincent en souriant. Il finit par dire en montrant les ruines :

– Vous êtes acheteur ?

– Gros travail de restauration, répondit Vincent en lui rendant son sourire.

L'homme alla s'asseoir sur un tas de pierres et commença à se rouler une cigarette.

– Remarquez, reprit-il, moi j'aime autant que ça soit pas vendu... Ici, je peux braconner tranquille, y a pas de garde pour me tomber dessus...

– Personne ne vient jamais ici ?

– Personne... Tout est resté dans cet état-là depuis l'accident.

– Quel accident ?

L'homme donna un coup de langue pour coller la feuille de cigarette et sortit son briquet. Il prit le temps d'allumer sa cigarette avant de répondre.

– Oh, c'est bien vieux tout ça... Pensez, c'est arrivé pendant la dernière guerre. On n'a jamais trop su ce qui s'était passé. Une nuit, tout a brûlé après une sorte d'explosion... Quand les pompiers sont arrivés, c'était fini.

– Et M. Beaucourt, le propriétaire ?

– Oh lui, il était mort avant la guerre, presque en même temps que sa femme. C'est leur fille, Rose Beaucourt qui était venue s'installer là... en 40, je crois.

– Qu'est-elle devenue ?

– Elle est morte... dans l'incendie justement.

– Elle avait des enfants ?

– C'était pas le genre... elle était même pas mariée.

Vincent regardait les ruines.

Ces pans de murs mangés par le lierre avaient quelque chose d'un décor de fin du monde pour film fantastique. Comme une idée de mort qui se dressait haut dans le ciel. Il frissonna et sortit ses cigarettes.

– Il y avait des héritiers ?

– Sans doute... seulement personne ne les a jamais vus.

– Pas même à l'enterrement ?

– Non... Peut-être à cause de la guerre. De toute façon, Rose Beaucourt n'a pas été enterrée ici. Ça a bien étonné un peu les gens, mais la volonté d'une morte, c'est sacré, non ? Elle voulait être avec ses parents dans leur caveau de famille au cimetière Montparnasse, à Paris... Dans le fond, elle était pas vraiment d'ici.

Le braco secoua la tête, poursuivit :

– C'était une femme bizarre... Dans le pays, on se méfiait un peu d'elle. Dans les campagnes, vous savez ce que c'est... On voit facilement des loups-garous les nuits sans lune... Et elle, elle vivait beaucoup la nuit. Pourtant, elle recevait jamais personne, jamais...

– Qu'est-ce qui faisait peur aux gens ?

– Oh, des choses... Tenez, par exemple, y avait toujours du feu... été comme hiver. Le jour, on voyait la fumée et la nuit, y avait parfois de drôles de lueurs... Et c'est bizarre, ça sortait pas de la cheminée.

Racontars, histoires de bonne femme, reprises, enjolivées, déformées par le temps et les conteurs successifs ou récit d'inquiétantes et mystérieuses pratiques d'une jeune femme solitaire ? Tandis que l'homme parlait, devant ces ruines noircies, Vincent sentait monter en lui une étrange angoisse.

À quels travaux s'adonnait Rose Beaucourt ?

L'homme haussa les épaules. Il se leva et fit signe à Vincent de le suivre. Ils firent difficilement quelques mètres à travers les ruines. Près de ce qui avait été l'un des pignons de la maison, le braco montra quelque chose. Vincent s'approcha encore.

Tout était calciné, noirci, éclaté comme si on se trouvait à la source de l'explosion.

– On dirait un four, murmura Vincent.

– Quelque chose comme ça... Mais c'était tout de même pas du pain qu'elle faisait cuire la nuit, cette fille ?

Un pied posé sur le tas de pierres, Vincent rêvait, le regard perdu.

– Une femme vraiment bizarre, cette Mlle Beaucourt, disait l'homme. Un exemple... Y en a qui l'ont vue au petit matin qui traînait un drap dans les champs couverts de rosée. Peut-être bien qu'elle était folle... La seule qu'aurait pu le dire, c'est la petite bonne qui venait lui faire son ménage, seulement...

– Seulement ?
– … après l'incendie, on ne l'a jamais revue.
– Brûlée, elle aussi ?
– C'est ce qu'on a pensé d'abord, mais on n'a rien retrouvé. Et puis, elle ne couchait jamais ici… elle préférait les granges et les quelques mâles qu'il y avait encore au pays. On a dit qu'elle était responsable de l'incendie, qu'elle avait pris peur et filé… Peut-être bien… Peut-être aussi qu'elle a rencontré un sadique, ça arrive… Et puis y avait les filles qui partaient avec les Allemands. Allez savoir…

Vincent écoutait chaque mot comme s'il avait sa place dans un gigantesque puzzle.

Il hésita, puis :

– Et… et si c'était elle, la victime de l'incendie ?

Le braco le regarda avec une certaine surprise.

– C'est pas possible… C'était bien Rose Beaucourt… On pouvait pas tellement la reconnaître, la pauvre, mais c'était bien ses vêtements, ses bijoux aussi… Une petite chaîne qu'elle ne quittait jamais. Et puis où serait-elle passée ? Elle avait aucune raison de disparaître…

Vincent jeta son mégot de cigarette et l'écrasa soigneusement du bout du pied.

L'autre ajouta :

– Vous savez, elle était bizarre mais brave… Elle allait à la messe et elle était très généreuse. Seulement, elle savait pas se faire aimer. Jamais un sourire, tout juste un mot… Et toujours l'air de penser à autre chose.

– Comment était-elle ?

L'homme haussa les épaules. Il regarda sa cigarette éteinte.

– C'est loin… Elle faisait démodé, un peu vieille fille quoi. Je crois qu'elle aurait été jolie si elle s'était arrangée autrement…

Retrouvant son sourire, il questionna :

– Alors, vous êtes acheteur ?

– Ça demande réflexion, répondit Vincent.

Il sourit au braco, sortit un billet de sa poche et le lui tendit.

– Merci pour les renseignements. Je crois que vous serez encore tranquille un moment.

L'homme le remercia. Il resta à le regarder s'éloigner, puis disparaître. Une fois seul, il regarda le billet qu'il tenait toujours et sourit.

Un sourire fugitif qui disparut en même temps que le billet. Se passa alors cette chose étrange. Le braco s'assit sur le tas de pierres et, fermant les yeux, se prit la tête entre les mains.

Quelques instants plus tard, il avait établi, le « contact ».

– *Veilleur numéro sept... Le journaliste vient de partir. La mission est accomplie.*

22

Un peu du passé avait été dévoilé, mais le présent restait toujours aussi mystérieux. Vincent passa le reste de la journée à Romorantin et dans les environs afin d'obtenir d'autres renseignements sur la famille Beaucourt et leur domaine.

Curieusement, pour tous ceux qu'il interrogeait, l'histoire des Beaucourt semblait s'arrêter à cette étrange explosion d'une nuit de 1942. Personne ne savait rien, on ne s'étonnait même plus de ces terres laissées en friche. Tout cela était bien loin, beaucoup de témoins étaient morts et les survivants n'avaient plus qu'un souvenir vague, souvent déformé de cette époque. Et Vincent ne put rien apprendre de plus sur les bizarreries de feu Rose Beaucourt.

Tard dans la soirée, plutôt découragé, il reprit la route de Paris.

La petite rue de Constant était égale à elle-même : sinistre et déserte, Vincent avait laissé sa Méhari à l'entrée. Il était venu là sur une impulsion. Depuis trois jours, le texte trouvé dans la main du vieil alchimiste lui trottait dans la tête.

> *Visite l'intérieur de la terre et, en rectifiant, tu trouveras la pierre cachée.*

Quelle indication ce texte pouvait-il apporter à Vincent ?

Constant, il en était persuadé, l'avait écrit à son intention. À la hauteur du petit pavillon, il s'arrêta, hésitant. Après avoir vérifié qu'il était bien seul, il poussa la porte de la courette.

Que venait-il chercher là ? Il eût été incapable de le dire.

Il monta les marches du perron.

Devant la porte, Vincent marqua un temps d'arrêt, surpris. Elle n'était pas fermée. Il la poussa, jeta un coup d'œil, méfiant. Le couloir était vide… comme l'était la cuisine, maintenant débarrassée du fouillis habituel de Constant.

Quelque chose l'intriguait.

Mal à l'aise, il regarda autour de lui et découvrit : il n'y avait plus de chats.

Vincent alla jusqu'à la porte du bureau et entra, persuadé que la maison était déserte.

Il sursauta.

Un homme d'un certain âge l'observait, au milieu de caisses de livres.

Sans chats et presque sans bouquins, le bureau était sinistre. On voyait sur le papier peint pisseux la trace des rayonnages. Une poussière légère flottait dans l'air.

L'homme se releva en souriant.

– Vous cherchez quelqu'un ?

– Oui… M. Constant.

L'autre parut désolé.

– Hélas… Mon pauvre ami est mort il y a quelques jours…

Montrant les caisses de livres :

– … il m'a légué sa bibliothèque. Je m'appelle Massalis. Vous étiez un ami de ce pauvre Constant ?

– Oui… mais de fraîche date.

Il ne lui restait plus qu'à prendre congé sans avoir l'air de fuir comme un voleur.

Son regard fut attiré par une gravure encadrée qui était posée sur une des caisses. Elle représentait un lion vert, assis, qui tenait dans sa gueule un visage entouré de mèches flamboyantes, ainsi qu'on représente naïvement le soleil. Du sang coulait de la gueule du lion. Audessus se déployait une banderole qui portait un texte que Vincent ne put déchiffrer.

– Je suis celui qui fut le Lion vert et doré, en moi est enfermé tout le secret de l'art.

Vincent se retourna vers Massalis, surpris. Le vieil homme expliqua :

– C'est le texte de la banderole. Il s'agit, en fait, d'une allégorie alchimique… Le lion représente le minerai d'Hermès… le mercure indispensable pour la réussite du Grand Œuvre.

Vincent écoutait, attentif. Pourquoi cette émotion, comme s'il était sur le point de faire une importante découverte ? Massalis ne lui apprenait rien. Il était normal de trouver une telle gravure chez Constant.

– Vous faites aussi des recherches alchimiques ?

L'homme eut un sourire évasif.

– Je suis un curieux… donc un chercheur.

– Qu'est-ce qui vous intéresse dans la bibliothèque de Constant ?

– Mais… tout ! La plupart des ouvrages qu'il possédait sont aujourd'hui introuvables… Ils vous intéressaient aussi ?

Vincent haussa les épaules.

– À titre de curieux… seulement de curieux.

– Si vous voulez en consulter quelques-uns, ils sont à votre disposition.

Et soudain, il ajouta :

– … entre curieux, n'est-ce pas ?

Vincent s'était penché pour prendre un livre qu'il feuilletait machinalement.

– Qu'est-ce qui pourrait satisfaire votre curiosité ?

– Constant m'avait parlé de ses recherches alchimiques…

– … qui n'ont, hélas, jamais abouti.

– Il semblait pourtant tout savoir. Il avait tout lu, tout consulté, tout compris apparemment… Qu'est-ce qui lui a manqué ?

– Selon les Adeptes du Grand Œuvre, il faut que beaucoup de conditions soient réunies… Il faut avoir la foi, d'abord… et puis être patient, très patient… La notion de temps est primordiale…

– Pourquoi ?

– Être alchimiste, ça ne consiste pas à trouver le moyen de faire de l'or… La transmutation des métaux n'a que valeur de test, pour savoir qu'on est sur la bonne voie… L'alchimie, voyez-vous, c'est une démarche spirituelle, philosophique… La vraie transmutation, c'est au niveau de l'âme qu'elle se fait… Il est bien évident que cela ne peut pas s'accomplir du jour au lendemain…

Vincent écoutait, l'œil fixé sur son livre. Il murmura :

– Science sans conscience…

– Que dites-vous ?

Il releva la tête en souriant :

– Je pensais à Constant… Il avait consacré sa vie à ses recherches… N'est-ce pas cela, la foi ?

– Dans cette double démarche à la fois spirituelle et matérielle, tout est lié… Tenez… Prenons la base… la matière première… La matière, c'est quelque chose de concret, de palpable… Ça peut être un minerai… un végétal… pourquoi pas quelque chose de vivant, d'animal ?… Ça peut être tout ça et, pourtant, il faudra que ça soit quelque chose de plus… On dit que cette matière première doit répondre à des conditions bien précises si on veut qu'elle se transforme… ou qu'elle se transmute, si vous préférez.

Il s'arrêta, plongea dans une caisse, en sortit un ouvrage qu'il tendit à Vincent.

– Regardez… Toutes les réponses aux questions se trouvent dans cet ouvrage… C'est le *Mutus Liber*… le Livre Muet… aucun texte, que des gravures…

Massalis disait vrai. L'ouvrage ne comportait que des gravures.

Pas un mot, pas une légende et les dessins étaient évidemment allégoriques.

– Prenez la quatrième planche… C'est une des figures clés de cet ouvrage, donc de la recherche alchimique… On y parle justement de la matière première…

La gravure était composée d'un certain nombre d'éléments.

Dans un angle, le soleil, dans l'autre, la lune. Au centre, venant d'en haut, des rayons lumineux… mais provenant d'où ? Dessous, des demeures. Plus bas encore, un bélier et un taureau se faisant face et enfin… tout à fait dans le bas, une dernière scène que Vincent reçut comme un choc : un homme et une femme tordaient un drap mouillé.

Le braco de Romorantin ne lui avait-il pas parlé la veille de draps que Rose Beaucourt traînait dans la rosée du matin ?

– L'indication est claire, dit Massalis, la matière première semble bien être la rosée… Mais est-ce aussi simple ? Non, naturellement. Il faut savoir aussi lire les symboles qui sont là pour bien montrer que cette récolte de matière première ne peut être faite que sous des conditions bien précises… Regardez le lion et le bélier… Ils sont là pour vous dire en quelle saison opérer… Quelle est la saison qui va du signe du Bélier au signe du Lion ? Le printemps. Voilà comment il faut lire cet ouvrage. Constant l'avait déchiffré, lui, mais il n'a pas réussi…

– Pourquoi ?

– Chaque acte de l'alchimiste doit être un acte magique, c'est-à-dire qu'il doit faire appel à toutes les forces possibles et imaginables… Regardez ces rayons sur la gravure : ils viennent du ciel. Ça veut dire que la rosée en elle-même n'est rien sans l'aide du ciel… Mais quelle aide ? Rayons cosmiques… ou autre chose ? Et la rosée ? Comment faut-il l'entendre ?

Vincent se sentait à la frontière d'un monde étrange à la fois fascinant et angoissant. Il reposa l'ouvrage sur une caisse.

– J'ai lu une phrase un jour chez Constant et elle m'a toujours intrigué. *Visite l'intérieur de la terre et, en rectifiant, tu trouveras la pierre cachée.* En connaissez-vous le sens ?

– *Visitabis interiora terrae, rectificando invenies occultum lapidem…* C'est le texte original en latin. Et si vous prenez l'initiale de chaque mot, vous aurez…

Il avait sorti un papier de sa poche et inscrivait les mots les uns sous les autres.

V isitabis
I nteriora
T errae
R ectificando
I nvenies
O ccultum
L apidem

– VITRIOL, murmura Vincent.

– Les alchimistes disent que tout l'Œuvre et sa matière sont contenus dans cette formule. C'est le principe de base de l'alchimie.

Pour Vincent, cela commençait enfin à s'éclaircir.

Massalis le regarda descendre le perron puis regagner sa voiture. Il attendit que la voiture eût démarré avant de revenir dans la pièce. Mais au lieu de continuer à ranger, il s'installa dans un fauteuil. Bientôt, les yeux clos, il entra en « contact ».

– *Veilleur numéro neuf. Vincent sort d'ici comme il était prévu.*

Après avoir quitté Massalis, Vincent s'arrêta dans un café et appela Sophie ainsi qu'il l'avait promis. Elle avait dans le ton juste ce qu'il fallait d'agressivité pour montrer qu'elle n'avait pas oublié la fin de non-recevoir de Vincent deux jours plus tôt.

– Puis-je espérer que tes recherches vont nous laisser le temps de nous voir ?

Vincent préféra ignorer l'ironie.

– Dans une heure... si tu es libre, bien entendu.

– Où ?

– Devant l'entrée principale du cimetière du Montparnasse.

Sophie faisait les cent pas boulevard Edgar-Quinet quand Vincent arriva.

Ils s'observèrent un instant puis Vincent lui prit le bras en souriant.

– Je t'offre une promenade dans un des derniers endroits tranquilles de Paris.

Il montrait l'entrée du cimetière.

À l'intérieur, Vincent l'abandonna un instant pour aller se renseigner au bureau d'entrée et réapparut quelques minutes plus tard.

– Au fond et à droite, dit-il.

– Et qu'est-ce qu'on va trouver au fond et à droite ?

Il remonta l'allée centrale et, suivant les indications qu'on lui avait données, se dirigea vers un des angles du cimetière. Dressée sur un petit tertre, une vieille tour mangée par le lierre dominait les tombes qui l'environnaient. Construction un peu insolite au milieu des allées tirées au cordeau et bordées de caveaux.

– C'est ce que tu voulais me montrer ? demanda Sophie.

Mais Vincent ne paraissait attacher aucune importance à la tour. Son œil attentif allait d'un caveau à l'autre. Soudain, il s'immobilisa et fit signe à Sophie qui examinait la construction ancienne. Elle le rejoignit. Vincent était arrêté devant un caveau de belles proportions qui avait des allures de petite chapelle. Une porte en fer forgé doublée d'une vitre en permettait l'accès. Au-dessus, des noms étaient gravés dans la pierre.

Vincent les montra à Sophie, qui lut :

Roger BEAUCOURT 1870-1937
Élise BEAUCOURT 1885-1937
Rose BEAUCOURT 1904-1942

– Tout ce qu'il reste de la famille Beaucourt, dit Vincent. La dernière représentante, Rose, est morte dans l'incendie de sa maison, à Romorantin.

– Et les héritiers ?

– Personne ne semble les connaître et le notaire s'est refusé à me fournir le moindre renseignement sur eux. C'est tout même bizarre, non ? Depuis la mort de la fille, tout semble s'être arrêté. La maison de Meudon est restée inoccupée, la propriété de Romorantin à l'abandon et les immeubles du Marais sans réparations. Pourquoi ? Et pourtant quelqu'un s'en préoccupe. De qui les notaires reçoivent-ils leurs instructions ? Deux de ces endroits ont servi aux Compagnons d'Éleusis. Il y a forcément un rapport.

Il s'approcha du caveau et se pencha sur la porte pour jeter un coup d'œil à l'intérieur.

– Tu vois ce que je vois ? demanda Vincent

La jeune fille s'approcha.

– Je suppose…, fit-elle en hésitant. Il y a un autel avec un prie-Dieu devant…

– Et sur l'autel ?

– Deux vases de fleurs… Qu'est-ce que ça a d'extraordinaire ?

Vincent se redressa et se tourna vers elle.

– Ça, justement ! Les fleurs dans les vases, elles sont fraîches.

Comme elle le regardait toujours sans comprendre, il reprit :

– Qui, plus de trente ans après la mort de la dernière des Beaucourt, vient encore fleurir ce caveau ? Qui peut avoir encore une telle fidélité dans le souvenir alors que ce qui fut leurs demeures est laissé à l'abandon ? Tu trouves ça logique ?

Vincent avait reculé de deux pas et observait le caveau d'un œil nouveau. Il était parfaitement entretenu ce monument, il ne donnait aucun signe d'abandon ou de vétusté comme certains de ses voisins. Même la vitre de la porte était propre.

– Ce sont forcément les héritiers qui s'en occupent, dit Sophie.

Vincent aperçut un gardien qui passait non loin.

Vincent, qui n'était jamais en panne d'imagination, lui expliqua. Il arrivait de province et il était venu voir dans quel état se trouvait un caveau de famille. Et il montra celui des Beaucourt en ajoutant :

– Je vois qu'il est très bien entretenu. Qui donc s'en occupe ?

– Une de vos parentes, sans doute, répondit le gardien, un peu surpris.

Le cœur battant, Vincent demanda :

– Vous l'avez vue ? Vous la connaissez ?

– Dame, pour la voir je la vois… Elle vient toutes les semaines. Le vendredi… demain justement !

– Et comment est-elle ?

– Vous savez, c'est difficile à dire… Comme toutes les femmes qui viennent ici. Habillée en noir… Ah ! si… Elle a quelque chose qui ne se fait plus beaucoup à Paris… Elle porte tout le temps un voile de deuil, ce qui fait que je serais bien en peine de vous dire si elle est jeune ou vieille…

Puis un peu intrigué, il ajouta :

– Vous devriez la connaître puisque vous êtes de la famille ?

– Vous savez ce que c'est, on habite loin les uns des autres et on se perd de vue… Il doit s'agir d'une vieille tante. Vous dites qu'elle vient tous les vendredis ?

– Réglé comme du papier à musique. Tous les vendredis matin.

Vincent remercia le gardien, prit le bras de Sophie.

– Une femme… une femme qui vient toutes les semaines depuis des années… Par fidélité… ou par remords ?

– Que veux-tu dire ?

– Je pense à ce que m'a raconté quelqu'un hier à Romorantin. Rose Beaucourt est morte brûlée dans l'incendie de sa maison. Elle vivait seule, mais une fille du pays venait lui faire son ménage… Or cette fille a disparu la nuit de l'accident. On n'a jamais su ce qu'elle était devenue mais le bruit a couru qu'elle avait pu être responsable de l'incendie.

– Et tu penses qu'elle viendrait ici chaque semaine depuis trente ans pour se faire pardonner ?

– Je ne sais pas… je cherche. Cette nuit-là, deux personnes ont été rayées des effectifs. Mais on n'en a retrouvé qu'une… Qu'est devenue l'autre ?

– C'était une petite paysanne ?

– Oui… Et une fille facile d'après les racontars.

Vincent s'arrêta soudain au milieu de l'allée.

– Non… Tout ça ne tient pas debout. Il y a autre chose, une autre explication, plus simple… ou alors fantastique. Rose Beaucourt vivait en solitaire et avait un comportement bizarre… Mais peut-être qu'elle était seulement dingue ? De toute façon, il faut que je me renseigne sur cette famille.

– Comment ? Seuls les notaires auraient pu…

– Je ne sais pas, peut-être en retrouvant quelqu'un qui a connu Beaucourt…

– Il aurait plus de cent ans, il ne doit plus avoir beaucoup de copains d'école encore vivants.

– Des gens qui auraient travaillé avec lui, des gens plus jeunes…

– Que faisait-il ?

– Ingénieur des Travaux publics. Il paraît qu'il a travaillé avec Bienvenüe à la construction du métro. J'ai tellement peu d'informations que je vais commencer par là. La RATP doit bien avoir des archives…

Vincent tenait toujours Sophie par le bras. Ils arrivaient à la sortie du cimetière. Elle se serra contre lui comme si elle craignait qu'il ne l'abandonne.

– On bouffe ensemble ?

Il la sentit qui se détendait.

Ils marchèrent quelques instants en silence, puis Sophie dit en hésitant :

– Vincent… il faut que je te dise…

– Quoi ?

Elle s'arrêta, mal à l'aise.
– Eh bien ? demanda Vincent.
– … c'est… c'est à propos de mon père…
Face à face, ils s'observaient. Sophie regarda ailleurs.
– C'est lui qui croit que tu as découvert quelque chose, c'est lui qui veut en savoir plus et qui m'a demandé de… Voilà. Il fallait que je te le dise, je ne pouvais pas continuer à te mentir.
Comme Vincent restait silencieux, elle reprit :
– Tu fais ce que tu veux. Je ne t'en voudrai pas.
Elle regardait toujours ailleurs, inquiète mais soulagée.
– Pourquoi ? Tu n'as plus faim ?
Vincent lui reprit le bras.
– J'étais découragé, si tu n'étais pas venue, je laissais tomber… et j'aurais eu tort.
Il se pencha pour poser un rapide baiser sur le bout de son nez.
– Finalement, tu as bien fait…
– Sois tranquille… je ne lui raconterai rien. Je te le promets.
– En attendant, direction la Régie autonome des transports parisiens.
Et une fois de plus, Sophie se retrouva à attendre Vincent dans un bistrot. Dix minutes, avait-il dit avant d'aller consulter les archives de la RATP. Cela faisait maintenant près de trois quarts d'heure qu'il était parti.
Vincent était gentil, Vincent était aimable. Ils avaient déjeuné ensemble comme autrefois, mais elle n'avait pas retrouvé cette vieille complicité qui les unissait. Vincent n'offrait plus que la surface de lui-même. Mais le reste, où était-il ? Était-ce l'enquête qui le préoccupait à ce point ou… quelqu'un d'autre ?
Elle en était là de ses réflexions lorsque la porte du café s'ouvrit enfin sur Vincent. Tout de suite, elle devina à son œil qu'il avait trouvé quelque chose d'important. Brusquement, elle regretta d'être entrée dans le jeu de son père et d'avoir relancé Vincent. Mais serait-elle avec lui aujourd'hui sans cela ?
L'œil allumé, il prit place en face d'elle.
– Tu avais raison… Je crois que j'aurais du mal à trouver quelqu'un qui l'a connu, d'autant plus qu'il semble avoir abandonné son métier assez tôt…

– Tu as trouvé autre chose ?
– Oui, et de beaucoup plus intéressant…
– Quoi ?
– C'est Beaucourt qui était chargé des travaux de la ligne de métro numéro un.
– Et alors ?
Tout en sortant un plan de Paris de sa poche, Vincent expliqua :
– La ligne un, c'est Vincennes-Neuilly, et regarde, regarde bien par où elle passe…
Il avait déplié le plan et de l'index, il montrait :
– Regarde… Saint-Paul… Hôtel de Ville… Châtelet… Elle suit le tracé de la rue de Rivoli… Et où passe-t-elle ? Là ! Juste devant la tour Saint-Jacques, c'est-à-dire à l'endroit précis où se trouvait autrefois la maison de Nicolas Flamel. Fantastique, non ? La boucle est bouclée, tout se tient.
Sophie regardait le plan, plutôt sceptique.
– Revenir à Flamel, c'est revenir à l'explication qu'on t'a fournie.
– Le trésor découvert par Flamel, puis retrouvé bien plus tard par quelqu'un d'autre ? Bien sûr, ça, c'est l'explication logique. Au cours des travaux de percement du métro, Beaucourt est tombé sur l'endroit où Flamel avait caché le trésor des Templiers, une cache tellement secrète que seul un bouleversement important du sous-sol pouvait la révéler… C'est tout à fait vraisemblable. Oui. Tout à fait. Et c'est ce trésor dont se seraient servi les Compagnons d'Éleusis.
– L'ennui, c'est que tous les Beaucourt sont morts depuis plus de trente ans et aucun d'entre eux ne peut donc être à la tête de ces Compagnons d'Éleusis. À moins qu'il ne s'agisse de ces invisibles héritiers…
Vincent avait l'œil fixé sur le plan, songeur.
– Bizarre… je sens que je suis tout près d'une autre explication, tout près d'une autre vérité… Des éléments me manquent pour relier toutes ces choses entre elles… Beaucourt découvre quelque chose, mais Beaucourt meurt bien des années plus tard après avoir abandonné son métier… Parce qu'il était soudainement riche ? Il aurait donc gardé l'or pour l'utiliser à des fins personnelles ? Non, non, ça ne peut pas être ça…

– Où Beaucourt aurait-il caché un pareil trésor en admettant que les Compagnons l'aient retrouvé ?

Il regarda soudain Sophie.

– Qu'est-ce que tu as dit, tout à l'heure ?

– À propos de quoi ?

– Qu'on m'avait ramené à la première explication ou quelque chose comme ça ?

– Oui. Tout te ramène à ça.

– Comme si… c'était ce qu'on voulait que je croie ou non, mieux… comme si on voulait que je me rende compte que c'était ce qu'on voulait me faire croire…

– Tu pourrais être un peu plus clair, s'il te plaît ?

– C'est ça… c'est ça, l'explication… quelqu'un… quelqu'un voudrait… mais qui puisqu'il ne peut s'agir des Compagnons… quelqu'un voudrait que je prenne conscience qu'au-delà de l'explication fournie il pourrait y en avoir une autre… une autre qui…

– C'est pas un peu tordu, tout ça ? Il n'y a pas assez de ces mystérieux Compagnons, il te faut d'autres inconnus, encore plus mystérieux qui voudraient que tu découvres je ne sais quoi… Oui, quoi au fait ?

– Tu as raison… peut-être qu'au contraire… on veut me faire continuer le chemin… comme une approche initiatique…

– Vincent, tu délires et ça m'inquiète.

Il prit la main de Sophie, murmura :

– Et si Beaucourt avait trouvé… autre chose.

– Quoi ?

Sophie examinait son expression tendue, son regard trop fixe…

– À quoi penses-tu ?

– À quelque chose… à quelque chose de…

Il se rappela la phrase laissée par Constant.

– *Visitabis interiora terrae, rectificando invenies occultum lapidem*, murmura-t-il. *Visite l'intérieur de la terre et, en rectifiant, tu trouveras la pierre cachée.*

Et ce mot redoutable : VITRIOL.

La clé ?

Il lâcha Sophie, l'air vraiment bizarre, se passa la main sur le visage.

Il se leva.
– Partons.
– Tu ne m'as pas dit…
– Non, non, plus tard… Il faut que je cherche encore… plus tard… plus tard, je te dirai…
Il s'éloigna sans même l'attendre, et Sophie sut qu'il était inutile d'insister.
Qu'avait bien pu découvrir Vincent qu'elle n'avait pas su voir ?

23

Comme la plupart des banlieues, Meudon était mal éclairée et, passé minuit, certaines rues semblaient revenir au temps des lampadaires à gaz. Entre deux halos jaunâtres s'étiraient des zones d'ombre, propices aux enlacements amoureux. Il valait mieux être muni d'une lampe personnelle lorsqu'on avait la malchance d'avoir sa porte d'entrée dans une de ces zones.

Ce fut pourtant dans l'une d'entre elles que Vincent choisit d'arrêter sa voiture.

D'où il était, il pouvait voir la porte du garage guère mieux éclairée. Le coin était désert depuis longtemps. Vincent se décida enfin à sortir de sa voiture.

Tenant une petite mallette à la main, il courut jusqu'à la porte du garage. Sortant le trousseau de clés, il l'ouvrit et constata aussitôt qu'on était revenu chercher la camionnette. Vincent baissa le rideau métallique sans avoir vu la silhouette qui l'observait, à l'abri de l'obscurité.

Comme la première fois où il était venu avec Emmanuelle, il poussa la porte qui donnait dans le parc. Il devinait tout juste l'allée mais préférait, par prudence, ne pas se servir de sa lampe. Il perçut enfin la masse plus sombre de la grosse demeure. Plutôt que de monter le perron menant à l'entrée principale, il choisit d'en faire le tour, la lampe à la main, donnant de brefs coups de lumière pour se repérer. Et il trouva enfin ce qu'il cherchait.

Une petite porte à demi enterrée qui devait vraisemblablement donner dans la cave.

Du temps où il travaillait aux faits-divers, il s'était souvenu d'une réflexion de policiers concernant les cambriolages. En général, les propriétaires soignent les serrures des entrées principales de leurs maisons, mais se contentent d'une serrure banale pour les entrées de cave ou de service.

Vincent se pencha sur la porte et éclaira la serrure.

C'était bien le cas.

Il ouvrit sa mallette et en ressortit le précieux trousseau de passes de son ami. Deux minutes plus tard, Vincent n'avait plus qu'à pousser la porte qui s'ouvrit en grinçant. Il eut un petit instant d'émotion, hésita à avancer comme s'il se trouvait au seuil d'un temple, prêt à le profaner.

Il entra enfin en balayant l'endroit du rayon de sa lampe.

Il s'agissait bien d'une cave. Ou plus exactement de deux caves.

Dans la première, une vieille chaudière à charbon couverte de poussière. De l'autre côté de la cloison, l'autre cave était plus grande. Bien qu'inutilisée depuis longtemps, elle laissait une impression de netteté. Des casiers couraient le long des murs, quelques-uns encore remplis de bouteilles vides. Au centre, une très longue table faite d'un épais plateau de bois monté sur des pieds massifs, utilisée vraisemblablement comme établi. Creusée, noircie, tachée, elle offrait une surface tourmentée. Contre le mur du fond, très certainement rapporté après la construction de la maison, un four en brique réfractaire fermé par une porte en fonte à contrepoids. Vincent l'observa un instant.

On aimait décidément les fours dans la famille Beaucourt.

Dans le reste de la cave, il ne découvrit rien d'autre.

Et cela lui laissa une curieuse impression. Dans une cave, même bien rangée, on trouve généralement un peu de tout. Une vieille caisse, un vélo pourri, de ces choses qu'on hésite à jeter bien qu'elles ne puissent manifestement plus servir à rien. Ici, rien de tel. Cette cave à l'air trop net en devenait insolite.

Vincent l'abandonna enfin pour aller jusqu'à l'escalier intérieur qui menait au rez-de-chaussée. Là encore, il lui fallut passer le barrage d'une serrure et il déboucha dans une vaste cuisine où tout était resté en place.

Depuis l'antique cuisinière en fonte émaillée jusqu'à la table recouverte d'une toile cirée à petits carreaux en passant par une vieille glacière et un buffet de campagne dont l'intérieur renfermait de la vaisselle courante.

De la cuisine, Vincent passa dans l'entrée, meublée elle aussi d'un coffre, d'une console et d'un grand portemanteau en bambou. La porte de gauche s'ouvrait sur la salle à manger, tout à fait représentative de ce style Henri II assez banal qui fleurissait à la fin du XIXe siècle. Des potiches, une garniture de cheminée, un large plateau de cuivre sur un chemin de table en plutôt bon état finissaient d'alourdir l'ensemble.

Vincent referma la porte, se réservant d'y revenir.

Il pénétra dans la pièce qui se trouvait en face et s'arrêta quelques secondes. En fait, c'était l'endroit qu'il cherchait. Le bureau. Bureau-bibliothèque, aurait-il mieux valu dire, les murs étant couverts de rayonnages, eux-mêmes remplis de volumes. L'ameublement était sobre. Dans un angle, trois fauteuils de cuir près d'une sellette surmontée d'une lampe. Et tournant le dos à la fenêtre, un secrétaire de style Restauration, haut, massif, avec ses multiples tiroirs et son cylindre fermé à clé. Vincent commença à faire le tour de la pièce, éclairant les ouvrages au fur et à mesure. Une bibliothèque de bourgeois cultivé, avec son rayon histoire, celui des romans, de la poésie, portant parfois d'assez belles collections d'ouvrages reliés. Toute une partie était consacrée à des ouvrages techniques sur la construction, la technologie du fer, du béton...

Plus loin, des collections reliées de *L'Illustration*.

Vincent arriva ainsi près du bureau qu'il examina pensivement. Que pourrait-il y trouver après tant d'années ? En fait, il n'avait rien découvert de particulièrement insolite. La maison tout entière l'était. Elle semblait n'attendre que le retour de ses propriétaires pour revivre.

Mais quels propriétaires ?

Vincent les imagina arrivant dans une vieille limousine, embarrassés de sacs de voyage et de malles en cuir. Lui en costume blanc, col en cellulo, panama, elle en robe longue violine, boa et chapeau à plumes. De braves bourgeois rentrant d'une lointaine croisière. Georges Ohnet revu et corrigé par Francis de Croisset. Il eut soudain une sensation étrange. Comme une présence. Dans cette maison aussi longtemps inoccupée ?

Et il sut.

Cette maison était parfaitement entretenue, sans poussière, ni toile d'araignée.

Comme si elle attendait ses occupants d'un instant à l'autre.

Comme pour le caveau de Montparnasse, quelqu'un veillait donc sur cette maison.

Vincent se décida enfin à ouvrir un tiroir du bureau. Des porte-plume, des crayons... Dans un autre, de vieilles factures. Le suivant était vide. Il arriva ainsi à un des tiroirs du bas. Mais celui-ci résista. Or, tous les autres s'étaient ouverts librement. Les passes se révélant inutiles à cause de la dimension de la serrure, il ne lui restait plus qu'à fracturer la chose.

Ce qu'il fit sans le moindre scrupule. Le bois craqua d'un coup.

À l'intérieur, Vincent trouva un fort volume relié en toile noire. On avait collé dessus une de ces étiquettes aux angles coupés et au liséré bleu comme on en mettait autrefois sur les pots de confiture. Elle portait la mention : JOURNAL. Il l'ouvrit et commença à le feuilleter.

Cela aurait pu s'intituler : *Les Mémoires d'un ingénieur.*

Pendant toute une partie, il y était essentiellement question de travaux, de chantiers, de considérations diverses sur les difficultés rencontrées dans le percement du sous-sol. La glaise qui ralentissait les travaux, les carrières comblées qui posaient des problèmes imprévus... Ou encore quelque vestige d'un Paris disparu. Sans oublier les ouvriers qu'il fallait surveiller étroitement, sinon ils tiraient au flanc. Puis de brefs passages sur une soirée, une réception... Par-ci, par-là, un mot aimable pour Élise, l'épouse... Puis... À la date du 14 janvier 1898, Vincent lut :

> *Nous abordons la section comprise entre le Châtelet et l'Hôtel de Ville. Nous sommes dans le cœur de Paris ou plutôt dans ses entrailles. Chaque mètre cube de terre est un morceau d'Histoire. On découvre des ossements, des souterrains oubliés, des fondations millénaires... Malgré les soucis techniques comment ne pas ressentir une étrange émotion lorsque la pioche résonne soudain sur une pierre et que cette pierre s'avère être un cercueil mérovingien ? Il faudrait pouvoir s'arrêter et étudier chaque pelletée de terre...*

Vincent feuilleta encore quelques pages, sautant ainsi un certain nombre de jours.

Puis, à une nouvelle date :

Ce matin, un ouvrier est tombé sur un vide et m'a appelé. Il s'agit d'une curieuse petite salle close ne comportant aucune espèce d'issue. Les parois sont composées de gros blocs de pierre si bien taillés qu'on n'aperçoit même pas de joints. Mais le plus extraordinaire ne réside pas dans l'étrangeté de cette construction. Lorsque nous avons agrandi le trou, nous nous sommes aperçus que cette pièce n'était pas vide ! Il est aisé d'imaginer avec quelle impatience les ouvriers ont travaillé pour y descendre et, je l'avoue, je n'étais pas moins curieux qu'eux. Que pouvait bien contenir ce coffre qu'on entrevoyait et depuis combien de temps s'y trouvait-il ? Nous le remontâmes au jour et chacun d'imaginer, bien entendu, qu'il était plein de pièces d'or ! Las ! Les hommes déchantèrent vite. Ce coffre, dont le métal avait merveilleusement passé le cap du temps, ne contenait que de vieux parchemins. Et chacun de s'en désintéresser, l'attrait de la découverte historique ne pesant pas lourd en face de l'appât du gain.

Vincent tourna la page, le cœur battant, reprit sa lecture :

J'ai emporté ces inestimables parchemins et j'ai commencé à les étudier. J'ai l'impression qu'il s'agit d'une découverte de première importance. J'ai procédé à quelques vérifications. La cache se situait sous une rue qui n'existe plus : la rue des Écrivains...

Quelques jours passaient sans qu'il soit fait autrement mention de la découverte, puis :

C'est fantastique. Je passe mes nuits à déchiffrer ma découverte. Je n'ose croire ce que je lis. Le nom de

Nicolas Flamel constitue-t-il une clé ? Sa maison était à proximité du tunnel que nous construisons. Les chroniques disent que durant des siècles elle a fait l'objet de fouilles. Aurait-il prévu quelque cache secrète, ignorée de tous jusqu'à ce jour ?

Le reste de la page était blanc et Vincent tourna fébrilement le feuillet. Sur la page suivante, écrite près de trois semaines plus tard, il n'y avait qu'un court texte :

J'ai pris un congé. Je ne dors plus. Je... Non. Je ne peux pas, je ne dois pas. Il faut que je respecte la règle. Désormais, ce journal sera mon... Mutus Liber.

Vincent feuilleta la suite, mais il n'y avait plus que des pages blanches. Soudain, une petite feuille se détacha du livre, tomba à ses pieds. Il la ramassa et la déplia. Elle n'appartenait pas au journal. Dessus il y avait un certain nombre de petites croix étrangement disposées.

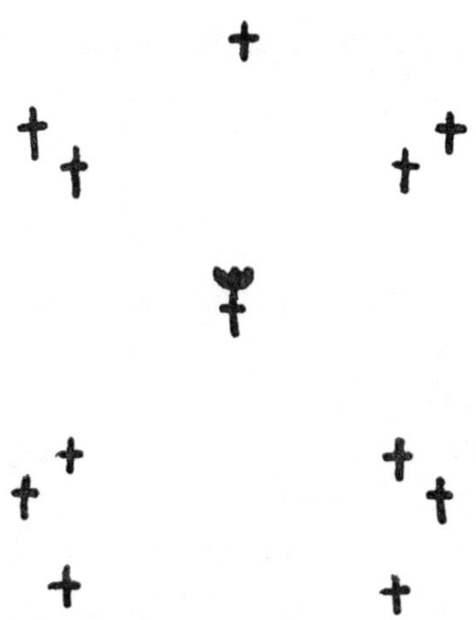

Et en dessous, ces deux lignes sibyllines :

Au cœur de la nuit éternelle
Grandes ouvertes étaient nos ailes.

Vincent resta un moment sans pouvoir bouger.

De nouveau cette impression de porter la solution et de ne pouvoir la formuler.

Sans pouvoir… ou sans oser ?

Il remit enfin la feuille dans le journal et glissa celui-ci dans son blouson. Il hésita un instant à fouiller le reste de la maison. Mais que pourrait-elle lui apporter de plus ? Il était déjà assez extraordinaire que ce journal soit resté en place.

Il quitta la demeure.

Il s'était à peine enfoncé dans le parc qu'une ombre poussa à son tour la porte de la cave et se glissa à l'intérieur. Sans hésiter, l'inconnu monta jusqu'au rez-de-chaussée et, comme un familier des lieux, se rendit directement dans la bibliothèque.

Là, il alla jusqu'au bureau et passa un doigt sur le tiroir fracturé avant de l'ouvrir pour constater qu'il était vide. Alors, l'homme s'assit dans le fauteuil qui se trouvait derrière lui et se prit le front entre les mains. Bientôt, le « contact » s'établit :

– *Veilleur numéro dix. Vincent sort d'ici avec le journal.*

Une fois chez lui, Vincent s'enferma et décrocha son téléphone.

Muni d'un verre, il s'installa sur son divan et ouvrit le journal de Beaucourt.

Il reprit toute la partie du texte qui l'intéressait et en étudia soigneusement chaque ligne. Finalement, l'ingénieur en disait trop ou pas assez. Une découverte d'une telle importance qu'il en aurait abandonné son métier.

Mais quelle découverte ?

Le secret des Templiers, ou le *vrai* secret de Flamel ?

Mutus Liber, avait écrit Beaucourt.

Il ne pouvait s'agir d'une coquetterie de style. Vincent pensa à Massalis, à ses explications, au livre rempli de gravures, à ce livre muet si bavard pour les initiés. Il n'osait franchir le pas, admettre l'impossible, l'impensable. La seule explication.

L'unique.

Il rêva un instant, prit la feuille volante sur laquelle étaient disposées les croix. Il en compta douze. L'une d'entre elles, au centre, était surmontée d'un petit dessin qu'il ne parvint pas à identifier. On aurait dit ces petits dessins mystères qu'on trouve dans les journaux d'enfants. Reliez les croix entre elles et vous verrez apparaître...

Vincent relut le texte.

Au cœur de la nuit éternelle
Grandes ouvertes étaient nos ailes

Vincent lut et relut les deux lignes jusqu'à ce qu'elles commencent à danser devant ses yeux. *Au cœur de la nuit éternelle*... La nuit éternelle... Quand donc entrait-on dans la nuit éternelle ? Quand on est aveugle, bien sûr...

Un aveugle... des aveugles... Le royaume des aveugles. Que pouvait-il y avoir au cœur de ce royaume ? Vincent alluma une cigarette, se répétant inlassablement les mots : *au cœur de la nuit éternelle*... Cette nuit qui ne finissait pas, qui ne finirait jamais... jamais... C'était...

C'était la mort !

Il reprit la feuille pour bien s'imprégner de la seconde ligne. *Grandes ouvertes étaient nos ailes*... L'aile de la mort ? Et pourquoi étaient ? Mais Vincent eut beau chercher, se torturer l'esprit, rien ne vint... Quelles ailes ? Celles d'un oiseau ? D'un avion ?

Son œil glissa du texte aux croix et ce fut le choc, l'association d'idées.

La mort... les croix... Où trouve-t-on les deux réunies si ce n'est dans un cimetière ? Vincent se leva, profondément troublé. Il allait et venait dans son studio. Un cimetière... Était-ce seulement une coïncidence si ses recherches l'avaient amené au cimetière du Montparnasse ?

De nouveau, il attrapa la feuille. Oui, des croix mais pas n'importe quelles croix, des croix dessinées comme celles que l'on met dans certains textes devant le nom d'un défunt. Mais à quoi correspondaient ces croix et surtout à qui ? *Grandes ouvertes étaient nos ailes*... La dernière clé était là, dans cette simple petite phrase. Du temps passa sans que Vincent parvienne à trouver une signification satisfaisante. Et vers 4 heures du matin, il s'endormit sans même se déshabiller, la feuille à la main...

Au volant de sa voiture, Vincent essayait vainement de sortir du cimetière du Montparnasse. Mais de toutes les allées sortaient d'autres voitures qui lui barraient la route, le poursuivant, l'obligeant à tourner, tourner… Petit à petit, la meute se rapprochait, le cernait… On klaxonnait, klaxonnait de plus en plus fort et…

Vincent se réveilla en sursaut.

Il faisait jour et, dans la rue, quelques automobilistes s'expliquaient à grands coups de klaxon. Vincent émergea péniblement et découvrit avec surprise qu'il était tout habillé. On était vendredi. Le jour où l'inconnue venait au cimetière

Vincent sauta de son divan, se passa la tête sous l'eau et revint dans le studio pour prendre un fruit. Il s'apprêtait à sortir lorsque le téléphone sonna. Il hésita un instant, mais décrocha. C'était Sophie. Il lui expliqua rapidement, puis :

– Rendez-vous pour déjeuner… Au restaurant d'hier. OK ?

Un quart d'heure plus tard, il arrivait au cimetière.

Une fois devant le caveau des Beaucourt, il s'assura que les fleurs n'avaient pas été changées et s'éloigna pour chercher un observatoire discret. L'enclos de la vieille tour lui parut un point de vue idéal. Il était là depuis une dizaine de minutes lorsqu'un gardien s'approcha de lui.

C'était l'homme qu'il avait interrogé la veille.

– Alors ? Vous avez trouvé qui entretenait le caveau ?

– Non… alors je suis venu.

– Je n'ai pas encore vu cette dame…

Vincent n'était pas trop satisfait de la présence du gardien, mais comment s'en débarrasser ? Sans lui tourner carrément le dos, il examina la tour.

– Du solide, fit l'autre. Et pourtant ça a bien dans les trois cents ans… Mais à l'époque, c'était pas encore un cimetière… Tout le coin appartenait à des religieux. Les Frères de la Charité… C'était la campagne à l'époque… Puis ils ont commencé à y enterrer leurs morts…

Vincent écoutait distraitement. Pas de pot, il était tombé sur un bavard.

Soudain, il sursauta. Le bavard disait :

– … et puis, un jour, le moulin s'est arrêté… et ses ailes aussi. Quand même, ils auraient pu les lui laisser. C'est triste un moulin sans ailes. Vous ne trouvez pas ?

Vincent se retourna vers le gardien.

– Qu'est-ce que vous avez dit ?

– Rien, fit l'autre, surpris. Je disais simplement qu'on aurait dû les lui laisser, ses ailes.

– Des ailes ? Je pensais qu'il s'agissait d'une tour ?

– Mais non, c'est un ancien moulin. Le moulin Moliniste, comme il s'appelait…

Cette fois, Vincent regarda la construction avec un intérêt nouveau. Et la fameuse petite phrase lui revint en mémoire… *Grandes ouvertes étaient nos ailes*. Les ailes disparues du moulin ? Cette fois, quelque chose prenait tournure, devenait cohérent. Un moulin dans un cimetière… *au cœur de la nuit éternelle*, il ne pouvait s'agir que de Montparnasse…

Mais comment interpréter le plan ?

Il sortit la feuille de sa poche et l'examina une fois de plus. Et tout se mit en place. Prenant un stylo, il commença à relier les croix entre elles. Dans son dos, le gardien s'était éloigné, comme vexé du peu d'intérêt suscité par son petit historique.

Vincent regardait le tracé qu'il venait de faire et qui donnait la figure suivante :

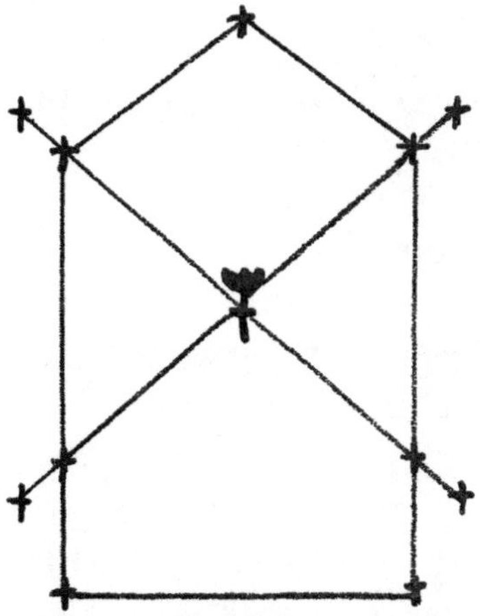

Un moulin.
Le dessin confirmait ainsi le texte.
Mais les croix ?
Correspondaient-elles à des tombes ou à des caveaux ? Comment fallait-il appliquer ce plan à ces dizaines de sépultures ? Le petit dessin du centre désignait-il le moulin ? Pourquoi une croix dans ce cas ? Les ailes ? Non. On aurait mis le signe X.
Tout en réfléchissant, Vincent surveillait les alentours.
Et soudain, son cœur se mit à battre plus vite. Là-bas, apparaissant par intermittence derrière les caveaux, une silhouette noire s'approchait. Une silhouette féminine dont le chef était couvert d'un voile de crêpe.
Vincent se dissimula tout en gardant un œil sur le caveau des Beaucourt.
L'inconnue tourna dans l'allée. Le visage était totalement dissimulé et même les mains se cachaient sous des gants noirs. Une silhouette quelconque dans un manteau de mauvaise coupe. Étrange apparition par une telle chaleur.
L'inconnue tenait un bouquet de fleurs fraîches à la main.
Des roses.
Elle arriva enfin à la hauteur du caveau de la famille Beaucourt et s'arrêta. Sortant une clé de sa poche, elle ouvrit la petite porte et disparut à l'intérieur.
Vincent quitta alors son observatoire et commença à se rapprocher du caveau. Il n'en était plus qu'à quelques mètres, à l'abri d'un autre monument, lorsque l'inconnue ressortit. Il la laissa refermer la porte et surgit dans l'allée en l'appelant :
– Madame…
L'inconnue eut un sursaut.
Elle se tourna à demi vers Vincent et, brusquement, se mit à courir dans la direction opposée. S'il s'agissait d'une vieille femme, elle avait conservé une belle vitalité. Vincent s'élança à son tour. Elle n'avait pas assez d'avance pour qu'il ne puisse la rejoindre. Mais au croisement d'une autre allée, un homme surgit qu'il ne vit pas arriver.
Ils se heurtèrent et, malencontreusement, l'homme fit trébucher Vincent qui, emporté par son élan, s'étala. L'homme se précipita sur lui,

l'air navré, s'excusa, le brossa pour lui ôter la poussière de l'allée, le retint par le bras, s'inquiétant de savoir s'il ne s'était pas fait mal…

Vincent, énervé, cria enfin :

– Mais lâchez-moi, bon Dieu ! Puisque je vous dis que je n'ai rien !

Mais l'autre insistait, voulait lui laisser son adresse, proposant de payer les frais de teinturerie, voire du médecin… Vincent lui échappa enfin, le bousculant presque, et reprit sa course.

Mais ce fut en vain qu'il chercha la silhouette noire.

Elle avait disparu.

Avait-elle déjà eu le temps de quitter le cimetière ou jouait-elle à cache-cache derrière tous ces monuments ? Un doute, soudain. Il chercha l'homme trop aimable, responsable de sa chute. Une chute bien curieuse, d'ailleurs. Il sentait encore dans son dos le coup qui l'avait envoyé à terre.

L'étrange visiteuse faisait-elle l'objet d'une protection ?

Vincent sortit du cimetière et commença à se promener à pied pour s'assurer qu'il n'était pas suivi. Il alla ainsi jusqu'à Montparnasse où il prit un taxi qui le déposa à la Bibliothèque nationale.

Il y resta une demi-heure à effectuer des recherches puis, peu avant midi, il reprit un autre taxi qui le mena au restaurant où il avait rendez-vous avec Sophie. La jeune fille était déjà là. Il se laissa choir en face d'elle en soupirant.

– Toi, tu as du nouveau.

– Je suis allé à Meudon hier soir et j'ai visité la maison…

Il sortit le plan de sa poche et le déplia sur la table.

– … et j'ai trouvé ça, entre autres.

– Qu'est-ce que c'est que toutes ces croix ?

Vincent lui expliqua comment il avait, petit à petit, compris ce que signifiait ce plan.

– C'est le gardien du cimetière qui m'a donné la clé… La tour qui est près du caveau, c'est en réalité un ancien moulin. Reste à savoir comment interpréter les croix. À quelles tombes peuvent-elles bien correspondre ? À mon avis, il faut partir de ce petit dessin au centre…

Sophie se pencha et l'examina.

Comment trouver les caveaux désignés par les croix ?

Sophie qui regardait toujours le dessin, dit, songeuse :

– Au centre… on dirait comme une fleur… un camélia ou bien une rose…

– Une rose ? Mais, bien sûr, c'est une rose ! Rose… pour Rose Beaucourt ! C'est donc à partir de son caveau qu'il faut lire le plan.

– Et après ?

Vincent s'arrêta surpris.

– Après ? Je ne sais pas… Je…

Il y eut un silence puis Sophie dit lentement :

– J'ai pas mal parlé avec mon père hier soir…

– Tu ne lui as rien raconté, j'espère ?

– Non, puisque je te l'ai promis. C'est lui qui a parlé surtout. J'ai appris bien des choses… Ces Compagnons d'Éleusis ont envoyé plusieurs messages à un certain nombre de personnages influents… Il paraît qu'ils préparent quelque chose, quelque chose d'énorme… qui serait imminent…

– Pourquoi t'a-t-il dit tout ça ?

– Il pense que je ne lui ai pas tout dit. Je crois qu'il a voulu me faire peur, me faire comprendre qu'il fallait que je parle si je savais quelque chose… Les enquêtes officielles n'ont rien donné… Des enquêteurs privés auraient même disparu… Je crois qu'il était sincère, Vincent.

– Et alors ? Ça change quoi ?

– Ils ne te laisseront pas aller trop loin.

– Regarde, sourit-il en ouvrant les mains. Je suis là, non ?

– Tu es *encore* là.

– Écoute… Ce matin, j'ai failli réussir et il ne m'est rien arrivé. Ces gens-là n'attaquent pas, ils préfèrent fuir.

– Et ceux qui ont disparu ?

– Admettons que ce soit vrai… Je crois que s'ils m'ont épargné jusqu'ici, c'est parce qu'ils savent que je ne suis pas contre eux…

– Tu es sincère ?

– Presque… Je veux d'abord connaître leurs buts et là je saurai ce qu'il convient de faire.

Elle savait que rien ne l'arrêterait. Elle demanda seulement :

– Que s'est-il passé ce matin ?

Vincent lui raconta l'arrivée de la femme en noir et sa fuite précipitée, protégée par un inconnu.

– J'ai beau réfléchir, je ne comprends pas… Cette inconnue n'était pas vieille, fallait la voir courir ! La bonne de Rose Beaucourt aurait cinquante ans aujourd'hui… Un peu âgée pour piquer un cent mètres. Quant à Rose Beaucourt – en admettant qu'elle ne soit pas morte dans l'incendie – elle aurait, elle, soixante-dix ans. Alors qui est cette femme en noir ? Une fille inconnue de Rose ? Une nièce ? Et pourquoi venir régulièrement au caveau ? Est-ce elle aussi qui entretient la maison de Meudon ?

Ils quittèrent le restaurant et remontèrent à pied jusqu'au cimetière.

Vincent inspecta les environs avant de retrouver le caveau des Beaucourt. Il sortit le plan de sa poche et commença à regarder autour de lui. Au bout d'un moment, il dit :

– On n'y arrivera pas. On n'a pas les distances entre le caveau des Beaucourt et les autres.

Il se tourna vers le caveau.

À l'intérieur, rien n'avait changé en dehors des fleurs dans les vases.

– Il faut que je jette un coup d'œil là-dedans, murmura-t-il.

– T'es fou ? De toute façon, c'est fermé…

– J'ai ce qu'il faut dans la voiture. Une petite mallette à l'arrière. Va la chercher, j'aime autant ne pas trop me montrer.

Il lui tendit ses clés. Sophie soupira. Cinq minutes plus tard, elle lui ramenait la mallette. Il lui fallut essayer une douzaine de passes avant de trouver le bon.

Enfin, la porte s'ouvrit…

– Surveille bien, dit Vincent avant de se glisser à l'intérieur.

Il repoussa la porte et alluma sa petite lampe électrique. C'était un caveau comme des milliers de caveaux, c'est-à-dire sombre, sinistre, plein d'une humidité glacée. Les murs étaient nus, apparemment sans mystère comme pouvait l'être l'autel.

Vincent passa à l'examen du sol. Des dalles de pierre. Deux d'entre elles, plus grandes, permettaient en s'ouvrant de descendre les cercueils sous le caveau. Un mécanisme se trouvait à côté pour les actionner.

Vincent restait là, à regarder le sol. Quelque chose lui semblait bizarre.

Soudain, il se pencha sur les dalles mobiles, en éclaira le pourtour. Logiquement, ces dalles n'avaient pas dû être relevées depuis la mort de Rose Beaucourt. En trente ans, la poussière s'était glissée partout. Dans les joints, notamment.

Sauf dans ceux qui cernaient ces deux dalles.

Vincent se releva et s'approcha du levier qui permettait de les soulever. Normalement, il devait être rouillé, voire grippé. Il l'abaissa lentement. Et celui-ci glissa silencieusement dans son alvéole tandis que les dalles remontaient sans la moindre difficulté.

Un mécanisme entretenu, des dalles relevées récemment...

Il n'en fallait pas plus pour décider Vincent à aller plus loin. Il jeta un coup d'œil à Sophie, qu'il entrevoyait derrière la porte, et éclaira le trou. Une petite échelle de fer permettait de descendre.

Quelques secondes plus tard, Vincent se retrouva en bas, dans une toute petite salle. À droite et à gauche, des niches de pierre dissimulaient très certainement les cercueils. Un scellement fermait la dalle perpendiculaire sur laquelle était gravé le nom de l'occupant.

Trois noms. Les noms des trois Beaucourt.

Le ciment, ancien, se confondait avec la couleur de la pierre. Face à l'échelle, entre les niches, on avait bâti un autre petit autel. Plus sommaire que celui du caveau, c'était un vaste panneau de bois supportant une console qui portait un vase vide. Une simple croix de bois dominait le tout. Appuyé à l'échelle, Vincent regardait, perplexe. Autant l'autel du caveau s'expliquait, autant celui-ci était insolite. Qui pouvait avoir l'idée saugrenue de descendre ici pour venir y prier ?

Vincent s'approcha et commença à examiner le panneau.

Il le poussa, le tira. En vain. Pourtant la construction était toute simple, toute bête, sans fioritures. Elle faisait légèrement saillie sur la paroi de pierre. La console qui servait d'autel semblait prise dans la masse. Vincent se baissa, regarda en dessous sans rien découvrir.

Il était sur le point de se relever lorsqu'il s'arrêta et tendit la main à ras du sol le long du panneau de bois. Il sentit un courant d'air. Et comment pouvait-il y avoir un courant d'air s'il n'y avait que le mur derrière le panneau ?

Vincent se releva. Si ce panneau était mobile, où se trouvait le mécanisme ? Il essaya tout. Pousser, tirer, faire glisser, appuyer sur la moindre aspérité, secouer tout ce qui pouvait l'être, ôter le vase, contrôler toute la surface du bois, centimètre par centimètre...

En vain.

Il s'apprêtait à remonter lorsqu'il regarda le crucifix fixé au panneau par un gros clou en fer forgé. Un clou vraiment disproportionné. Vincent le palpa, appuya, tira dessus, mais l'ensemble tenait bien. Et presque par hasard, il finit par trouver.

Il avait laissé sa main sur le crucifix et celui-ci pivota légèrement autour du clou. Vincent accentua sa pression et continua de le faire tourner. Il fit ainsi un tour complet avant de reprendre sa place primitive.

Mais dans le silence du caveau, Vincent avait perçu un léger déclic.

Le crucifix avait libéré un mécanisme.

Vincent n'eut qu'à tirer sur le panneau pour qu'il pivote. Un petit couloir s'ouvrait devant lui. Il avança en hésitant. Deux mètres plus loin, sur sa gauche, une cavité. Profonde de deux mètres, elle semblait servir de vestiaire si l'on en jugeait par les deux curieuses capes noires qui pendaient à des clous. Vincent en palpa le tissu quasiment neuf. Un léger et curieux parfum en émanait. Vincent revint dans le couloir et poursuivit son chemin. Le tracé de l'étroit boyau avait une bizarre géographie. Il partait en pente assez forte et comportait plusieurs coudes. Au bout d'une quinzaine de mètres, le couloir se séparait en deux. Au hasard, Vincent prit à gauche. Quelques mètres encore et il se heurta à un rideau qu'il souleva...

Vincent n'en crut pas ses yeux.

Il se trouvait dans une sorte de petite loge à peine plus large que le haut siège en bois qui s'y dressait. Cette loge donnait sur une salle circulaire voûtée. Et tout autour de cette salle, d'autres loges, douze en tout, toutes identiques avec leur siège en bois. Ces loges, disposées en fer à cheval, faisaient face à une estrade, mini-scène, sur laquelle était dressée une cathèdre.

Au-dessus de la cathèdre, une statue brilla dans le rayon de la lampe.

Une statue en or.

Une statue de la déesse Déméter. La déesse d'Éleusis.

Pétrifié, Vincent ne pouvait la quitter des yeux. Éleusis. Il avait trouvé, il était enfin parvenu jusqu'à eux. C'était là, forcément là qu'ils se retrouvaient. Comme s'il craignait qu'on ne lui en laisse pas le temps, il se mit à tout examiner. Au centre, posé sur une table de pierre, un chandelier en or avec des bougies à demi consumées. Puis au-dessus de chaque loge, un signe gravé : les figures du zodiaque.

Vincent explora chaque loge. Chacune possédait un couloir indépendant qui s'enfonçait dans la terre. L'explication du plan était maintenant claire : douze croix, représentant douze caveaux permettant d'avoir accès à cette seule et unique salle. Il ne restait qu'une chose à examiner : Le second couloir, à droite en venant du caveau des Beaucourt.

Repassant par la première loge, il revint sur ses pas et s'engagea dans le couloir en question. Quelques mètres plus loin, un rideau qu'il souleva. Sans surprise, il se retrouva sur l'estrade qui portait la cathèdre.

Au-dessous de la déesse Déméter.

Vincent examina le siège et s'aperçut que le dessus se soulevait, faisant coffre. Il l'ouvrit et, cette fois, retomba en plein XXe siècle. Il découvrit une batterie, semblable à celles qu'utilisent certains cinéastes pour faire des prises de vues de reportage et près de la batterie, un micro dans son coffret. Et relié aux deux une sorte de petit ampli.

De l'arrière de la cathèdre, un fil sortait que Vincent se réserva d'étudier plus tard. Car près de tout cet attirail, il découvrit autre chose : une minicassette dans son lecteur. Vincent mit celui-ci sur « écoute ». La bande tourna en silence. Il la rembobina et repassa sur « écoute ». Et lorsque la voix s'éleva, il ne put s'empêcher d'avoir un frisson.

C'était une voix étrange, métallique, asexuée, comme désincarnée.

– *Compagnons... Malgré quelques imprévus de dernière heure, nous touchons enfin au but. Le moment est proche et il va vous falloir prendre vos dispositions. C'est pourquoi je vous ai réunis ce soir. L'instant est venu pour vous de tout abandonner. Chacun d'entre vous devra rejoindre ses propres Compagnons, qui l'attendent dans chaque partie du monde. Vous n'avez que quelques jours pour mettre de l'ordre dans vos affaires. Notre ultime réunion aura lieu ici à 1 heure du matin dans la nuit de lundi à mardi. Vous recevrez les dernières directives qui vous permettront d'agir...* (un silence) *et vous saurez ce qu'au-delà des buts que nous nous sommes fixés j'attends de notre mission. Je vous salue.*

Vincent fut tellement troublé par ce qu'il venait d'entendre qu'il en oublia d'arrêter le lecteur. Il appuya enfin sur le bouton. Par acquit de conscience, il écouta l'autre face de la bande, mais elle était vierge.

Il remit le tout en place, referma la cathèdre et se laissa choir dessus. Une action imminente… De quel ordre ? Puisque rien ne semblait s'être encore passé, il fallait donc admettre que la prochaine réunion était prévue pour la nuit de lundi à mardi prochains.

Dans trois jours donc.

Assis dans la cathèdre, Vincent éclaira successivement les douze petites loges. Le lieu de réunion des responsables. Des hommes venant de tous les coins du monde apparemment. À quoi correspondait donc la cave de la rue des Lombards ? À la section française, dirigée par le chirurgien Vergnes ? Qui l'avait remplacé ?

Quelque chose intrigua Vincent.

Il y avait douze loges, plus la cathèdre. Donc treize places. Mais il n'y avait que douze entrées. Et pourquoi ce message enregistré sur magnétophone ? L'occupant de la première loge jouait-il les deux rôles à la fois ? Présent à sa place et présent aussi sur l'estrade par le biais du magnétophone ? Mais pourquoi tromper les autres ? Ce genre de dissimulation n'était pas dans l'esprit de ces Compagnons.

Vincent dut faire effort pour se souvenir que Sophie était là-haut et l'attendait.

Avant de partir, il jeta un coup d'œil au fil qui sortait de la cathèdre. Il allait à un petit haut-parleur dissimulé dans l'estrade. Vincent ne pouvait maintenant rien apprendre de plus. Était-il désormais nécessaire d'aller plus loin ? Ne risquait-il pas beaucoup à vouloir en apprendre plus ? Les Compagnons lui avaient déjà fait savoir qu'ils étaient toujours bien informés. Qui étaient-ils ? Où étaient-ils dans la vie de tous les jours ? Combien en avait-il croisé sans le savoir ?

Vincent revint près du panneau qu'il referma. Il donna un tour au crucifix, bloquant l'entrée. Et à Sophie, qu'allait-il dire ? Car maintenant, tous les éléments s'étaient à peu près mis en place et s'il ne s'était pas trompé dans leur interprétation, la vérité apparaissait, enfin, éblouissante, lumineuse, d'une simplicité… fantastique.

Mais qui le croirait ?

Vincent escalada la petite échelle de fer et referma la dalle de pierre.

Il lui sembla qu'il venait de remonter des Enfers.

Mais il n'en ramenait pas une Eurydice.

Sophie faisait les cent pas, la mallette à la main.

Il l'appela discrètement.

– Enfin ! Mais qu'est-ce que tu fabriquais là-dedans ?

– Je t'expliquerai. Vite, le passe !

Il referma, prit le bras de la jeune fille et s'éloigna rapidement. Tandis qu'ils marchaient, elle l'observa. Qu'avait-il pu découvrir pour avoir un tel regard ? Une fois sorti du cimetière, Vincent ralentit le pas, prit ses cigarettes, en alluma une.

Sophie nota que sa main tremblait.

– Qu'est-ce que tu as trouvé ?

– L'endroit où ils se réunissent.

– Qui ?

– Les Compagnons… c'est fantastique… Une salle souterraine où se retrouvent tous les responsables, tous… C'est là que dans la nuit de lundi à mardi ils vont se réunir une dernière fois…

– Comment le sais-tu ?

Vincent ne parut pas avoir entendu.

Il poursuivit.

– … et ils passeront à l'action.

– Quelle action ?

– Contre l'or, évidemment… et contre bien d'autres choses encore.

– Donc, ils ne blufferaient pas ?

– Non… parce que de l'or, ils en ont beaucoup… partout… en quantité illimitée.

Arrivé au boulevard Raspail, Vincent s'arrêta brusquement.

– Il faut que je te quitte. J'ai besoin de réfléchir à tout ça, de me préparer…

Elle eut peur, soudain.

– Abandonne tout, Vincent. Tu as trouvé ce que tu voulais, alors abandonne tout.

Il l'écoutait, l'esprit visiblement ailleurs.

– Je t'appellerai.

Comme il allait s'éloigner, elle l'appela.

– Vincent ?

Il se retourna.

Comme elle semblait lointaine. Il n'appartenait déjà plus à son univers.

Mais que disait-elle donc ?

– Méfie-toi, Vincent… Tu as trouvé *trop* facilement.

24

Le lendemain était un samedi, ce jour où, la Bourse étant fermée, les hommes d'affaires surmenés peuvent enfin se détendre. Sauf si quelque événement imprévu perturbe leur relative et temporaire paix. Verdier, installé dans un transat sur sa pelouse, semblait, à l'ombre d'un parasol, s'appliquer au repos comme il s'appliquait au travail.

Julien venait de lui apporter son petit déjeuner sur un plateau, mais le banquier manquait d'appétit. Il faisait en outre une chaleur à crever et, bien qu'il ne fût que 9 heures, le ciel était déjà d'un bleu électrique.

Pas un souffle d'air. Et ces sacrées mouches qui ne cessaient de bourdonner, attirées par la confiture et le miel. Il y avait de l'orage dans l'air, c'était certain. Mais quand éclaterait-il ? Verdier ne voulut pas y voir un présage ou un signe.

Il finit par se verser une tasse de thé, qu'il but sans plaisir.

Sophie apparut, le visage fermé, en harmonie avec le temps. Elle embrassa son père en silence et s'installa dans un autre transat.

– Tu veux des toasts ?

– Non, merci… Juste du thé.

Il lui en versa une tasse que Sophie prit, l'œil absent.

Verdier l'observait.

– Mal dormi ?

– C'est ce temps… on étouffe.

– Pourquoi n'es-tu pas partie à la campagne ?

Elle l'observa par-dessus sa tasse.

– Avec Vincent ? Pour que je lui fasse du charme et qu'il me raconte tout ?

– Saurait-il quelque chose ?

– Je te l'ai déjà dit : il ne sait rien.

– Dommage. On aurait pu s'entendre.

Elle répliqua, agressive :

– Ça t'embête, hein, de tomber sur quelque chose que tu ne peux pas acheter.

– C'est vrai... je serais prêt à payer cher... très cher même.

Le silence retomba entre eux, à l'image du temps. Lourd, insupportable. Sophie évitait le regard de son père. Celui-ci prit son étui à cigares, hésita à cause de l'heure matinale. Il choisit un Upmann, le fit rouler entre ses doigts, l'esprit ailleurs.

– C'est drôle, dit-il. On dirait que nous sommes tous en train d'attendre quelque chose...

Elle se tourna vivement vers lui.

– Qui, tous ?

– Toi... moi... bien d'autres encore.

Il soupira, ajouta :

– J'espère qu'il ne s'agit pas d'une catastrophe. Le monde n'a pas besoin de ça en ce moment.

– Je n'en suis pas si sûre... On vit une vie sinistre, au milieu de gens sinistres en faisant un travail sinistre. Tu t'amuses, toi, finalement ?

– Le problème n'est pas de savoir si on s'amuse mais, quand on a des responsabilités, de faire ce que l'on doit faire. Et je ne trouve pas ça tellement sinistre, comme tu dis. Tu n'as connu ni guerre, ni révolution, ni crise économique... Crois-tu donc que c'est dans le chaos qu'on peut trouver le bonheur ?

– Le bonheur ? Selon quelle conception ? Le bonheur, c'est le changement donc le mouvement et moi, j'ai envie que ça change... Sortir de ce monde figé de pisse-froid, de constipés... Le bonheur par la consommation, quelle réussite !

– Je préfère le mot de progrès à celui de consommation.

– Je ne vois pas de différence.

Verdier tira sur son cigare. Il ne fallait pas qu'il s'énerve, il ne devait pas. Donc ne pas se laisser embarquer dans une discussion stérile.

– D'accord, d'accord, tout n'est pas parfait, mais tu ne sais pas ce que c'est qu'une crise... Je n'étais qu'un gamin en 1929, mais je me souviens, le chômage, la queue dans les rues, la tête des gens... Crois-moi, elle n'était pas joyeuse, cette époque et on aurait bien aimé pouvoir... consommer ce que l'on trouve aisément aujourd'hui.

Verdier se pencha vers elle, reprit :

– C'est pourquoi une crise, actuellement, serait encore pire. Les gens ont pris une très mauvaise habitude, celle de ne manquer de rien. La conséquence, c'est que tout le monde dépend de tout le monde. Autrefois, un pays pouvait vivre en égoïste, protéger son économie, mais maintenant, c'est impossible... Qu'on le veuille ou non, nous sommes tous solidaires. Actuellement, personne ne pourrait contrôler une crise grave si elle éclatait, personne... Et aucun futurologue ne pourrait te dire ce qu'il en sortirait.

Sophie l'avait écouté avec attention.

– Pourquoi me racontes-tu tout ça ?

– Tu le sais... Depuis des années, nous frôlons des catastrophes. La guerre froide, le Vietnam, le Moyen-Orient, la crise du pétrole... Heureusement, nous sommes là, nous, les responsables, pour contrôler à chaque fois la situation... Mais parce qu'elle est finalement rationnelle, qu'elle répond à des données précises... Même votre Mai 68 a pu être contenu, voire neutralisé. Il suffit de connaître le point de rupture ou de déséquilibre et de s'arrêter avant. Mais devant une situation imprévue, incontrôlable, assez grave pour tout faire basculer, tu saurais quoi faire, toi ? La bonne santé de l'économie est à ce prix : il faut savoir. Pour mieux veiller au grain.

Elle se leva et il se tut, un peu perplexe. Sophie répéta :

– Veiller au grain, c'est ça...

Elle se retourna, posa sur lui un regard sans expression :

– Veiller au grain... ça se dit comment en termes d'économie ? Compter ses sous ?

– Ça vaut mieux que de compter les coups.

Il la regarda s'éloigner. Ce devait être ça, ce fameux conflit des générations. Cette incompréhension à travers des mots qui n'avaient pas le même sens pour l'un et pour l'autre. Il était un peu moins de

10 heures. Beaumont n'allait pas tarder à arriver. Il prit un journal économique et commença à le parcourir.

Dix minutes plus tard, il vit Julien aller ouvrir le portail et, quelques instants après, la Rolls noire de Beaumont remontait l'allée. Verdier se leva pour aller accueillir le financier. Les deux hommes se serrèrent la main.

– Allons dans mon bureau, nous y serons plus tranquilles.

Ils pénétrèrent à l'intérieur de l'hôtel particulier et s'enfermèrent dans ledit bureau.

Une fois installé, Beaumont demanda :

– Alors ?

Verdier eut un geste d'impuissance.

– Rien... Elle prétend que Vincent a abandonné ses recherches parce qu'il n'y avait rien à trouver.

– C'est faux. Vincent a repris ses recherches. Malheureusement, ça ne me dit pas ce qu'il a dans la tête.

– Qu'attendez-vous de lui ?

– La même chose que vous. Qu'il nous mène à celui qui orchestre ces Compagnons. Seule votre fille peut obtenir des informations de Vincent.

– Je viens d'avoir encore une discussion avec elle, avant que vous arriviez. Il me semble que nous ne parlons pas la même langue.

Il réfléchit un instant, reprit :

– Nous ne parlons d'ailleurs pas la même langue...

Verdier fit quelques pas dans son bureau, revint vers Beaumont.

– Je suis persuadé qu'elle me cache quelque chose. C'est bizarre... on dirait qu'elle a peur.

Beaumont se tenait bien droit dans son fauteuil, aussi calme qu'à l'ordinaire. Comment faisait-il pour porter costume et cravate sans paraître le moins du monde incommodé par la chaleur ?

– Vous êtes sûr qu'elle ne parlera pas ?

– À moi... non.

– Alors je vais tenter ma chance.

Verdier s'arrêta, surpris.

– Vous ? Mais comment...

– Laissez-moi faire… Je n'aurai pas, moi, le handicap d'être son père. Je vais l'inviter à déjeuner. Les petites filles aiment de temps en temps être traitées comme des dames par des messieurs sérieux.

Verdier était allé jusqu'à la fenêtre. Dehors, Sophie avait repris sa place sous le parasol, sans doute chassée de sa chambre par la chaleur. Le banquier revint vers le financier et les deux hommes s'observèrent pendant quelques instants.

– Il faut les arrêter, dit Verdier.

Il accompagna Beaumont jusqu'à la porte en reprenant :

– Je vous laisse aller seul, c'est préférable.

Une fois Beaumont parti, il retourna à la fenêtre et aperçut bientôt le financier qui s'approchait de Sophie. Ils parlèrent quelques instants, puis Verdier vit sa fille se lever et revenir vers la maison. Beaumont devait avoir échoué. Mais celui-ci lui fit un signe de tête rassurant.

Quelques instants plus tard, la jeune fille redescendait, habillée.

Verdier avait rejoint Beaumont. Le banquier dit :

– Je vous aurais volontiers accompagnés, mais j'ai quelques dossiers à étudier.

Et regardant sa fille, il ajouta avec intention :

– C'est ma façon à moi de m'amuser.

Sophie s'installa dans la Rolls en compagnie du financier.

Renaud conduisait. Aimablement, Beaumont dit :

– Par un temps pareil, j'ai pensé qu'il vous serait agréable de déjeuner à la campagne.

Tandis que la Rolls prenait les quais, Beaumont reprit après un silence :

– Il y a déjà un certain temps que je voulais vous voir.

– Moi ? s'étonna-t-elle. Et pourquoi donc ?

– Pour vous parler de Vincent.

Elle l'observa avec une certaine méfiance.

– Il vous intéresse ?

– Oui… Il a du talent et du caractère. Ce sont deux qualités que l'on trouve rarement réunies chez quelqu'un de nos jours.

Sophie eut un sourire ironique.

– C'est lui que vous auriez dû inviter.

Beaumont lui rendit son sourire.

– Hélas... Personne n'est parfait et Vincent a aussi un défaut : il est très susceptible.

Volontairement cérémonieuse, Sophie se tourna vers le financier pour lui demander avec le plus grand sérieux :

– Et que puis-je faire pour vous, monsieur Beaumont, car je suppose que vous ne m'avez pas invitée que pour passer un moment agréable avec moi ?

– Je manquerais de courtoisie si je pensais le contraire. Mais il se trouve que j'ai aussi une offre à faire à Vincent...

– C'est fou ce que sa cote a pu monter depuis quelque temps dans les milieux financiers. Que voulez-vous lui acheter... à moins que ce ne soit lui que vous vouliez acheter ?

Beaumont ignora l'insolence. D'une voix impersonnelle, il dit :

– Un de mes amis va lancer une nouvelle revue. Il cherche quelqu'un de jeune... de dynamique... d'ambitieux et d'enthousiaste...

– Ne vous fatiguez pas, monsieur Beaumont, Vincent ne veut rien devoir à personne... et surtout pas à mes relations.

– Vous lui donnez raison ?

– C'est un faux problème. Les relations ne suffisent pas... mais je trouve idiot de s'en priver.

– Tenez-vous à Vincent ?

– En France, il est de bon ton de ne parler ni de ses sentiments ni de ses revenus.

L'espace d'un instant, elle eut la tentation de demander à Beaumont de la ramener à Paris, de la déposer chez Vincent. La peur d'être ridicule la retint. Elle ne voulait pas donner d'elle l'image d'une gamine capricieuse.

La Rolls avait maintenant quitté l'autoroute de l'Ouest et se dirigeait vers Montfort-l'Amaury. Elle s'arrêta bientôt dans le parking d'une de ces auberges qu'affectionnent les Parisiens et où un décorateur à la mode a reconstitué la ferme rustique des ancêtres de ceux qui y dînent aujourd'hui pour une petite fortune.

Beaumont se pencha vers Renaud.

– Allez voir s'il y a de la place, je vous prie.

Renaud descendit et ressortit quelques instants plus tard de l'auberge. Il se contenta de hocher la tête en ouvrant la portière. Beaumont tendit galamment la main à Sophie. Finalement, celle-ci ne trouvait pas désagréable cette petite parenthèse dans sa vie habituelle.

Le parking plein de voitures prouvait que les Parisiens n'avaient pas renoncé au sacro-saint week-end malgré les hausses pétrolières. Beaumont était entré le premier mais, alors qu'il allait pénétrer dans la salle, il s'arrêta soudain et se tourna vers Sophie.

– Je crains qu'il n'y ait un problème... Vincent est là.

– Vincent ? Mais...

Et réalisant soudain :

– C'est vous qui lui avez donné rendez-vous ?

Beaumont lui prit le bras et s'éloigna de la salle.

– Non... J'avoue que je ne m'attendais pas à le trouver ici.

Sophie l'observait avec une certaine méfiance. La coïncidence était par trop extraordinaire. Comment Vincent aurait-il eu l'idée de venir se perdre précisément ici ?

– Il n'est pas seul, reprit Beaumont.

Elle voulut écarter Beaumont pour aller voir, mais il la retint.

– Il se trouve avec Emmanuelle. Ce qui explique pourquoi ils sont ici. Je suis déjà venu deux ou trois fois déjeuner ici avec elle.

– C'est ici qu'elle exerce ses charmes ? lança Sophie avec ironie.

– Ne soyez pas jalouse. Emmanuelle est une femme charmante. Voulez-vous qu'on se joigne à eux ?

– Je m'en voudrais de troubler leur intimité.

Et sans attendre, elle fit demi-tour.

Beaumont échangea un bref regard avec Renaud, puis rejoignit Sophie.

– Je suis navré..., commença-t-il.

– Pourquoi ? Il y a d'autres auberges que celle-ci, non ? Et je vous avoue que je meurs de faim.

Elle essaya de tempérer son agressivité d'un sourire.

Beaumont s'inclina et lui ouvrit la porte...

Dans la salle, Vincent et Emmanuelle n'avaient pu voir Beaumont. La jeune femme tournait le dos à la porte et Vincent n'avait d'yeux que pour elle. Elle semblait d'ailleurs assez troublée.

– Qu'ai-je donc ? demanda-t-elle enfin. Vous m'inquiétez.

– Rien…, sourit Vincent, vous n'avez rien… ou plutôt si… Vous avez tout pour…

Elle mit un doigt sur les lèvres de Vincent, dit doucement :

– Vous oubliez votre promesse.

Il baissa la tête et se mit à rouler une boulette de pain du bout de l'index.

– En amour, c'est comme en politique, on ne devrait jamais tenir ses promesses.

– Qui parle d'amour ? Je vais partir et nous ne nous reverrons plus.

– Je ne vous crois pas.

– Quelqu'un va reprendre mon magasin dès la semaine prochaine.

– Pourquoi partez-vous ?

– Je vous l'ai dit plusieurs fois : je ne suis pas libre.

Et pourtant elle était là, face à lui, douce, tendre, malgré cette réserve sur laquelle elle se tenait.

– Je regrette d'être venu, dit-il enfin.

– Je croyais vous faire plaisir en vous invitant. Je ne voulais pas qu'on se quitte sur un malentendu.

– Cela a donc de l'importance pour vous ?

– Oui.

Il voulut lui verser à boire mais elle retint son geste. Il se servit, puis alluma une cigarette. Il avait aimé son « oui » chuchoté, doux comme une promesse. Et pourtant, elle allait partir et il ne la reverrait plus.

S'efforçant à l'indifférence, il demanda d'un ton mondain :

– Et où allez-vous ?

– Je ne vous le dirai pas, sourit-elle. Vous feriez tout pour venir m'y rejoindre.

– Qu'en savez-vous ?

– Vous êtes trop obstiné et… je n'ai pas assez de courage.

– Vous m'aimez donc un peu ? Si vous m'aimez…

– Il y a vous et moi. Ça ne veut pas dire nous.

Elle le sentit touché, reprit en murmurant :

– Et quand bien même… Dans quelques heures, ce « nous » n'existera plus. Il y aura de nouveau vous, puis moi… On sera chacun sur sa parallèle…

De l'ongle, il traça deux lignes sur la nappe.

– Vous ici… alors que moi…

– Vous ?

– Vous êtes celle que j'attendais, Emmanuelle. Depuis que je vous ai rencontrée, toute la vie que j'ai menée jusqu'ici me paraît soudain dérisoire, vide… Je n'arrêtais pas de courir et je ne savais même pas après quoi.

– Tandis que maintenant ?

– Avec vous, j'ai trouvé une raison d'être.

Il secoua longuement la cendre de sa cigarette au-dessus du cendrier, soupira :

– Enfin… peut-être vais-je en découvrir une autre.

– Une autre ?

– Une autre raison d'être.

Il la regarda en souriant, ajouta :

– Et je crois qu'elle est encore plus mystérieuse que vous.

– Que voulez-vous dire ?

Comme il ne répondait pas, elle reprit aussitôt :

– Vous avez repris vos recherches, n'est-ce pas ?

– J'avais besoin d'un dérivatif.

– Qu'avez-vous découvert ?

– Pourquoi vous le dirais-je ? Vous avez votre secret, moi, j'ai le mien. Comme ça nous sommes quittes.

– Ne soyez donc pas stupide. Il ne s'agit pas d'un banal reportage. Tout le monde vous a mis en garde… Vous comptez beaucoup trop sur votre chance.

– Peut-être. Mais je suis toujours ici.

– Pourquoi ne voulez-vous pas me dire ce que vous savez ?

Ils s'affrontèrent durant quelques secondes, puis Vincent finit par sourire.

– D'accord. Vous me dites pourquoi vous n'êtes pas libre et je vous raconte tout.

Elle détourna la tête en murmurant :

– Tout cela est stupide…

– Pourquoi ? Je me tais, vous vous taisez, nous nous taisons… On peut conjuguer comme ça le verbe se taire jusqu'à la fin des temps… Moi, j'en aurais préféré un autre, un qui…

– Cessez donc de faire l'enfant. Vous ne m'attendrirez pas.

– Qui fait l'enfant ? s'énerva-t-il. Ne croyez-vous pas qu'il vaudrait mieux me dire franchement que quelqu'un d'autre vous attend ailleurs ?

– Eh bien oui. On m'attend ailleurs.

– Vous voyez. Ce n'était pas difficile…

Il souriait, désinvolte mais elle savait qu'il était touché.

– Et… qui est-ce ?

– Je ne peux pas vous le dire.

Elle posa sa main sur la sienne, mais il la retira.

– On va encore se séparer fâchés. Il vaut mieux que je parte tout de suite.

– C'est ça. Continuons à conjuguer le verbe se taire et ajoutons-y le verbe se séparer… au présent… et bientôt au passé…

Il s'arrêta soudain. Il prit conscience, physiquement conscience, qu'elle allait partir, s'éloigner et disparaître définitivement de sa vie.

– Emmanuelle…, dit-il à mi-voix, éperdu. Emmanuelle…

L'espace d'un instant, leur intimité se recréa.

Emmanuelle, touchée, semblait aussi peu sûre d'elle que lui.

– Vincent… si vous m'aimez, ne cherchez plus.

Elle dut faire un effort pour se lever et il la suivit des yeux.

À quoi lui demandait-elle de renoncer ? À elle ou aux Compagnons d'Éleusis ?

– Ne partez pas, murmura-t-il. Je vous en prie, pas encore…

Elle parut hésiter une dernière fois. Peut-être aurait-elle eu un geste tendre envers lui mais l'endroit ne s'y prêtait guère. Tout autour d'eux on mangeait ou plutôt on bâfrait comme s'il s'était agi d'un ultime repas.

– Adieu, Vincent.

Elle disparut et devant cette chaise qui était vide, il regretta de ne pas l'avoir retenue, de ne pas avoir trouvé les mots qui l'auraient enfin convaincue de ses sentiments et lui aurait fait oublier où ils se trouvaient afin qu'il puisse la prendre dans ses bras, la forcer à… à…

– Monsieur prendra un café ? Un seul café, je suppose ?

Cet œil de larbin qui se voulait neutre.

À quoi pensait-il, celui-là ? À une dispute ? Il devait haïr ces nantis arrogants qu'il lui fallait servir jour après jour, poli, trop poli. Et ce petit gigolo, largué par une belle femme, c'était pain bénit pour lui. Son soupçon de sourire irrita Vincent, qui dit un peu puérilement :

– Ma femme ne se sent pas bien. Vous direz au chef que sa cuisine est trop grasse. Et vous me donnerez l'addition.

Alors, le garçon, un instant vexé, retrouva tout son tonus pour répliquer :

– C'est fait, monsieur... Madame a payé avant de partir.

Dans sa voiture, Vincent respirait avec peine malgré les vitres baissées.

Le ciel, plombé, avait pratiquement viré au blanc. Dans les arbres, les oiseaux écrasés de chaleur s'étaient tus. Vincent roulait à petite vitesse. Un beau samedi d'été, un jour à s'asseoir à deux à l'ombre d'un arbre ou bien à s'allonger dans l'herbe à guetter un improbable nuage avant de...

Un samedi plein de douceur et de désir.

L'envie lancinante de foncer sur Paris, de courir jusqu'à la place des Vosges, de lancer les mots qui feraient peut-être renaître sur le visage d'Emmanuelle cette émotion qu'il y avait lue une fois... Mais comment briser l'armure dans laquelle elle semblait s'être enfermée ? Il s'y était heurté, meurtri en vain. Il s'était fait tout un cinéma. Ses mots avaient rebondi sur son armure et étaient revenus vers lui alors qu'il croyait qu'elle les lui avait dits. J'ai été amoureux d'un écho, pensa-t-il amèrement. D'une ombre, d'une projection de ma pensée, d'un ectoplasme, d'une illusion, d'un fantôme...

– D'une garce, murmura-t-il pour se soulager.

Il décida de rentrer à Paris.

Ce fut sur la nationale qui le ramenait vers la capitale que la chose se produisit.

Alors qu'il roulait tranquillement, bien trop épuisé pour dépasser la limitation de vitesse, un motard de la gendarmerie arriva à sa hauteur et lui fit signe de s'arrêter. Un peu surpris, Vincent ralentit et stoppa sa voiture sur le bas-côté de la route. Le motard s'approcha en saluant.

– Bonjour, monsieur. Vos papiers, s'il vous plaît ?

– Qu'est-ce que j'ai fait ? s'étonna Vincent.

– Simple contrôle de routine.

Vincent sortit son porte-cartes et le tendit au motard. Le collègue de celui-ci venait d'arrêter à son tour une autre voiture quelques mètres plus haut. Vincent alluma une cigarette tandis que le gendarme semblait apprendre sa carte grise par cœur.

– Descendez, dit-il soudain.

Vincent soupira et quitta sa voiture.

Sur la route, des conducteurs ralentissaient instinctivement à la vue des uniformes et passaient avec l'air trop innocent de celui qui veut qu'on sache qu'il respecte scrupuleusement la loi. Là-bas aussi, l'autre motard avait fait descendre un homme de la voiture. Et il fit signe à son collègue de s'approcher. Ce dernier demanda à Vincent de l'accompagner. Estimant qu'il avait assez perdu de temps et ne voulant pas le contrarier, Vincent le suivit.

Et tout se passa alors très vite.

L'homme descendu de la voiture se colla à lui en murmurant :

– Montez.

Vincent se retourna, prêt à protester. Mais il resta sans voix en apercevant les deux gendarmes, impassibles, qui semblaient trouver cela très normal. Vincent tenta de se dégager d'un bond en faisant un saut de côté. Sa voiture n'était qu'à quelques mètres et le moteur tournait toujours. Mais les gendarmes l'empêchèrent de fuir. L'un d'eux ajouta même :

– Faites ce que l'on vous dit. Personne ne viendra vous aider.

Et l'autre précisa en souriant :

– Qui oserait s'opposer à des gendarmes ?

Le civil le poussait sans brutalité vers l'intérieur de la voiture. Emmanuelle avait raison. Il était allé trop loin, ils ne pouvaient pas le laisser continuer. Il se retrouva sur le siège arrière de la voiture, près d'un autre homme, qui lui dit d'un ton tranquille :

– Ne tentez rien et il ne vous sera fait aucun mal.

Puis se penchant vers l'inconnu resté dehors :

– Ramenez sa voiture à son domicile.

Un des motards referma la portière et la voiture démarra aussitôt. Du chauffeur, il ne voyait que le dos massif. Son voisin semblait tenir à dissimuler son visage. Vincent se tourna vers l'homme qui se tenait près de lui.

– Où m'emmenez-vous ?

– Vous le verrez.

Ainsi il s'était fait enlever un samedi après-midi, sur une route fréquentée, en toute tranquillité. Quel promeneur aurait pu imaginer cela en voyant deux motards de la gendarmerie le verbaliser près de sa voiture ?

– Que me voulez-vous ?

– Vous perdez votre temps. Je ne répondrai à aucune de vos questions.

Depuis un moment, ils avaient quitté la nationale et prenaient une série de petites routes. Au bout d'une heure, Vincent aurait été bien en peine de dire s'ils étaient à vingt ou cent kilomètres de Paris. Enfin, la voiture s'engagea dans un chemin de terre et pénétra dans une petite cour. Elle s'arrêta devant une petite maison aux allures de pavillon de chasse.

– Descendez, dit l'homme à Vincent.

Le chauffeur l'attendait dehors. Il le fit entrer dans la maison et l'emmena à l'étage, dans une chambre confortablement meublée.

– Voilà, dit l'inconnu. Vous allez rester ici quelques jours. Si vous n'essayez pas de fuir, tout ira bien. Demandez-nous ce que vous voulez… sauf de partir naturellement.

Vincent jeta un coup d'œil autour de lui.

Sur une petite table, des revues et des livres. Près de la fenêtre – munie de barreaux – un téléviseur portatif et un transistor.

– Nous vous apporterons à dîner vers sept heures.

L'homme sorti, la porte se referma et la clé tourna deux fois dans la serrure.

Vincent alla jusqu'à la fenêtre.

Au-delà de la petite cour et du chemin, il n'y avait que des arbres.

Il revint jusqu'au lit, se laissa tomber dessus et alluma une cigarette.

Quand avait-il commis une erreur ?

Il était là, coincé, et dans quarante-huit heures les Compagnons tiendraient leur ultime réunion.

Vincent s'allongea de nouveau sur le lit.

Il repensa à cette idée qui lui était venue l'autre jour,

Car à cette idée, déjà surprenante, venait de se superposer une autre idée, une idée encore plus surprenante, encore plus folle, qu'il lui fallait décortiquer, retourner dans tous les sens pour que sa raison l'admette…

N'était-elle pas la seule qui pouvait tout expliquer ?

25

Verdier était sur le perron, costumé et cravaté comme un jour de semaine.

Lorsqu'il tendit la main à Lelong, il semblait aussi préoccupé que solennel.

– Entrez, mon cher, entrez.

Verdier entraîna son visiteur jusqu'au salon. Il lui offrit un siège et lui proposa un verre. Lelong opta pour un scotch. Verdier fit lui-même le service après avoir recommandé à Julien de ne le déranger sous aucun prétexte.

Tendant le verre à Lelong, il dit :

– Vous me pardonnerez de vous avoir demandé de venir jusqu'ici un dimanche, mais il fallait que cette rencontre soit entourée de la plus grande discrétion.

– Je comprends.

Accoudé à la cheminée, Verdier regarda son verre puis Lelong.

– Voilà, reprit-il, j'ai du nouveau.

– Votre informateur a trouvé quelque chose ?

Verdier fit quelques pas dans le salon. Lelong l'observait, le visage impassible.

Enfin le banquier dit :

– Je sais où ils se réunissent.

– Qui sont-ils ?

– Ça, je l'ignore encore… mais nous devrions le savoir très prochainement. Voyez-vous, mon cher Lelong, si j'ai tenu à vous rencontrer officieusement, c'est que je suis bien embarrassé…

– Pourquoi ?

– Voilà des gens qui mènent une action pour le moins dangereuse, des gens qui peuvent déclencher une véritable catastrophe économique, mais légalement, jusqu'ici, que pouvons-nous leur reprocher ?

Lelong écoutait attentivement. Verdier s'approcha de lui, poursuivit :

– Autrement dit, même si nous savons où les trouver, comment les neutraliser ?

– Difficile… officiellement. Une association, même clandestine, n'est pas illicite en soi. Les messages ne peuvent pas servir de preuve puisqu'ils n'existent plus et la vente ou la distribution d'or ne constitue pas un acte répréhensible.

– Évoquer une théorie du complot ne servirait à rien ?

– Non.

– C'est bien ce que je pensais.

– Et demander à un quelconque de nos services d'intervenir reviendrait à déclencher un processus qui laisserait forcément des traces. Notes de service, rapports, bavardages, rumeurs même…

Verdier alla reprendre sa place près de la cheminée. Il avala une ou deux gorgées de son verre. Lelong fit deux ou trois pas. Puis pivotant vers le banquier, il demanda d'une voix égale :

– Vous souhaiteriez une… intervention ?

Verdier parut quelque peu choqué par le mot « intervention ».

S'il tendait aux mêmes résultats, ses manières n'étaient pas celles des flics, des militaires et autres barbouzes. Son vocabulaire était donc différent. Mais il avait besoin de Lelong.

– Si… intervention il devait y avoir, il faudrait qu'elle soit discrète.

– Aux yeux de qui ?

– Mais… aux yeux de tous. De tous.

Lelong l'observait. Il s'était depuis longtemps établi un petit barème personnel des valeurs et il s'en était toujours très bien trouvé. Pour lui, les qualités humaines ne représentaient rien, seul comptait le poids politique ou financier. Et celui de Verdier était aussi considérable dans un domaine que dans l'autre.

– D'après mes informations, reprit Verdier, ces gens vont se réunir une dernière fois dans la nuit de lundi à mardi et je sais qu'ils disposent d'importantes quantités d'or dont il serait d'ailleurs intéressant de connaître l'origine. On peut donc supposer qu'ils passeront à l'action immédiatement après.

– Pourquoi se réunissent-ils, à votre avis ?

– Ils devraient recevoir leurs dernières instructions au cours de cette réunion. On sait que le propre des sociétés secrètes, c'est le cloisonnement, le goût du secret. C'est pourquoi…

– C'est pourquoi ?

– Mettre la main sur l'un d'entre eux ne suffirait pas à déjouer ce complot. Si nous voulons éviter le pire, l'idéal serait peut-être de mettre en place un dispositif qui permettrait de s'assurer non pas de l'un d'entre eux… mais de tous.

– Combien seront-ils ?

– Une douzaine, semble-t-il.

– Neutraliser une douzaine de personnes… disons officieusement… c'est risqué mais possible. Tout dépend de l'endroit où devrait avoir lieu cette intervention. Vous connaissez leur lieu de réunion ?

Verdier hésita.

Il avait eu du mal à admettre l'explication que Beaumont avait obtenue de sa fille et il se demandait comment elle serait reçue par cet homme positif et glacé qui l'observait de son œil pâle.

– Au cimetière du Montparnasse, dit-il enfin. Il existe une salle souterraine à laquelle on accède par certains caveaux. Mais un personnage m'intéresse particulièrement, celui qui dirige, celui qui commande : le cerveau de cette affaire.

Verdier se pencha pour poser son verre, reprit :

– Ils doivent se retrouver à une heure du matin. Il suffirait donc de cerner discrètement le cimetière pour les… récupérer à leur sortie. Nous ne pouvons pas laisser des gens mettre à mal l'économie mondiale.

Lelong semblait toujours aussi impénétrable. Verdier hésita, puis demanda :

– Pensez-vous que ce soit possible ?

– À une heure pareille et dans un tel lieu, ça serait une simple opération de routine. Il faut tout de même savoir qu'une intervention de ce genre peut aussi connaître l'échec. Sans parler des possibles bavures.

– Vous seriez, bien entendu, couvert.

Puis, dans un demi-sourire, le banquier ajouta :

– Et puis... nous avons déjà un cadavre entre nous.

– Justement, il ne faudrait pas qu'il y en ait d'autres. Se faire disparaître ne semble pas leur poser de problème.

Lelong semblait imperméable à tout, à l'humour, aux allusions, aux sous-entendus... C'était un esprit mathématique qui ignorait jusqu'au sens du mot « nuance ». Tout devait se résoudre en termes d'équations, sinon... Cessant de parler au conditionnel, il dit :

– Je peux disposer d'hommes et de matériel. Il n'est pas difficile de mettre en place un dispositif permettant de s'assurer de toute cette bande.

Une bande, vraiment ? se demanda Verdier. Était-ce bien le terme approprié pour parler de gens qui possédaient de telles quantités d'or ? Mais c'était là le langage de Lelong. Un langage de flic. Enfin. L'essentiel n'était-il pas d'avoir été compris ?

Il se leva pour servir un nouveau verre.

Lelong était du même bord, il avait la même notion de l'ordre que lui et c'était bien agréable de ne pas avoir à convaincre en menaçant ou en achetant. Finalement, Verdier pensa que, dans son domaine, Lelong était un honnête homme.

Il montra la bouteille à son visiteur qui refusa d'un geste.

– Je serai sur place moi aussi.

Une fugitive expression de surprise passa sur le visage de Lelong. Un peu de contrariété aussi, peut-être. Un honnête homme, soit. Mais Lelong était aussi de ces flics qui survivent à tous les régimes grâce aux secrets dont ils sont seuls détenteurs. Honnête à condition de tirer seul les ficelles.

– Que craignez-vous ? demanda le banquier.

– Je vous l'ai dit, les bavures. Une opération de ce genre peut toujours mal tourner.

Posant son œil pâle sur Verdier, il ajouta :

– C'est d'abord à votre sécurité que je pense.

Ben voyons, pensa Verdier.

– J’en prends le risque. Je veux être là et voir celui qui dirige ces Compagnons.

Lelong ne dit rien mais son attitude était telle que Verdier se sentit obligé d’ajouter :

– Je reste persuadé que leur chef est quelqu’un d’important, connu de nous. Et puis, qui sait... peut-être serons-nous amenés à traiter avec eux.

Verdier s’arrêta au milieu de la pièce pour examiner Lelong.

Celui-ci parut se satisfaire de l’explication. Le banquier soupira. Il y avait une troisième raison, mais il préférait la garder pour lui. Pourquoi, oui, pourquoi aurait-il été dire qu’il pensait aussi à tout cet or qui attendait quelque part d’être jeté sur le marché ?

Sur l’écran de la télévision, le dernier journal s’achevait.

Vincent venait de recevoir, soigneusement édulcorées, les dernières nouvelles du monde. Il se leva pour éteindre l’appareil et retourna s’allonger sur le lit. Son moment de révolte était passé. Dans quelques heures, les Compagnons allaient se réunir et il aura laissé échapper l’ultime chance de les rencontrer, de savoir.

C’était, de toute évidence, eux qui le retenaient.

On ne lui avait rien refusé. Les repas venaient d’un traiteur, dignes d’un restaurant à étoiles. On le servait avec le sourire mais dans le mutisme le plus total. Ils venaient à deux, l’un restant toujours dans l’entrée.

Et le temps avait passé...

Il savait maintenant pourquoi son aventure devait se terminer de cette façon. Il savait aussi qu’il n’aurait plus l’occasion d’en avoir la preuve. D’en bas, quelques bruits lui parvinrent. Un choc sourd, quelques grincements. Les marches de l’escalier craquèrent. Un des gardiens devait monter se reposer. Ils se relayaient ainsi toutes les quatre heures.

Vincent, qui allait prendre une cigarette, laissa son geste en suspens.

La clé venait de tourner dans la serrure. Il se redressa, intrigué. Que lui voulait-on à pareille heure ? Les yeux fixés sur la porte, il attendit qu’elle s’ouvre. Mais rien ne se produisit.

Les marches craquèrent de nouveau.

Vincent se redressa en allumant enfin sa cigarette.

La maison était retombée dans le silence. Étrange. Pourquoi avait-on tourné la clé dans la serrure ? Méfiant, il se leva enfin et alla jusqu'à la porte. Il posa la main sur la poignée et commença à la faire tourner, doucement, tout doucement... Il tira et...

... la porte s'ouvrit sans difficulté.

Vincent resta un instant immobile sur le palier obscur.

Où était le piège ?

Il regarda sa montre. Un peu plus de 23 heures. Alors, il fit un pas, puis deux et donna de la lumière. Avec mille précautions, il commença à descendre l'escalier. Il parvint ainsi au rez-de-chaussée, déjà éclairé. Il se pencha prudemment : la première pièce était vide. En face, la salle à manger aussi. Comme la cuisine située à l'arrière.

Curieuse atmosphère.

Une cigarette finissait de se consumer dans un cendrier, près d'un verre encore à moitié plein. Par terre, un journal. Vincent alla jusqu'à la porte d'entrée, l'ouvrit sans difficulté et, malgré l'obscurité, il aperçut la voiture dans laquelle on l'avait amené.

Elle aussi était vide de tout occupant.

Où étaient passés ceux qui le gardaient ? Et pourquoi la voiture était-elle toujours là ? Appuyé à l'aile, Vincent réfléchissait. Autour de lui, tout n'était que silence. Une nuit chaude, moite... Vers 20 heures, les nuages avaient fait leur apparition et bientôt la lune serait invisible.

Il ouvrit la portière et regarda le tableau de bord.

Pas de clé de contact. Il abandonna la voiture et se mit à courir.

Il sortit de la petite cour et fonça dans le chemin, se tordant les pieds dans les ornières. Deux cents mètres plus haut se trouvait la petite route par laquelle il était arrivé. Il y arrivait presque lorsqu'il devina la masse sombre d'un véhicule garé à l'entrée du chemin.

Vincent s'immobilisa et se jeta dans l'ombre.

Il s'approcha doucement. La voiture lui semblait familière. Il s'approcha encore et... n'en crut pas ses yeux. Devant lui, à quelques mètres, la voiture, c'était une Méhari. *Sa* Méhari. Il bondit, ouvrit la portière. Les clés étaient là, dans l'antivol.

Une fraction de seconde, parano, il imagina l'ultime piège, la voiture qui explose en mettant le contact... Mais pourquoi alors qu'il aurait été facile de le faire disparaître depuis deux jours ? Son cœur battit tout de même lorsqu'il tourna la clé.

Le moteur était chaud, il démarra sans difficulté.

Cent mètres sur la route, puis cent autres... Alors, plus rien ne compta, les explications seraient pour plus tard. S'il avait la moindre chance d'arriver à temps à Paris, il fallait qu'il la saisisse. À combien pouvait-il se trouver de la capitale ? Ils l'avaient enlevé à une cinquantaine de kilomètres, puis ils avaient roulé à peu près une heure, soit tout au plus quatre-vingts kilomètres sur ces petites routes peu rapides.

Cent trente kilomètres au maximum. Et deux heures pour les parcourir.

Vincent accéléra en espérant se trouver dans la bonne direction. Et ce fut en arrivant sur une route plus importante que la pluie commença à tomber. De grosses gouttes larges qui s'écrasaient sur le pare-brise. Vincent mit les essuie-glaces et aperçut le poteau indicateur. Il soupira de soulagement.

Paris ne se trouvait qu'à cinquante kilomètres.

Malgré la pluie qui tombait maintenant en rafales, il ne mettrait pas plus d'une heure pour arriver à Montparnasse. Mais pourquoi l'avait-on gardé deux jours pour le libérer maintenant ? Une fois de plus, Vincent ressentit une étrange sensation. Il se souvint de ce que lui avait dit Sophie avant de le quitter. *Méfie-toi, Vincent. Tu as trouvé* trop *facilement.*

Oui les choses avaient été faciles. Trop faciles. Il lui avait suffi d'avancer pour trouver.

Comme si on l'aidait.

Sur Paris, l'orage éclata, vidant brusquement les rues de ses flâneurs nocturnes. Les terrasses de bistrots encore ouverts étaient désertes, on courait se mettre à l'abri, on rentrait précipitamment et les voitures commençaient à éclabousser les attardés. Une belle pluie épaisse, bruyante, qui fouettait les feuilles des arbres, faisant ployer les branches les plus légères. Elle claquait sur les vitres des fenêtres, résonnait sur le toit des voitures.

Le boulevard Edgar-Quinet était, sous cette pluie, totalement désert.

Vincent arrêta sa voiture sur le boulevard. Minuit et quart. Il alluma une cigarette pour réfléchir au dernier problème qui se posait à lui :

comment pénétrer dans le cimetière ? Il avait prévu de s'y laisser enfermer, mais maintenant, il était trop tard. Et il ne se voyait pas escalader les hauts murs qui se dressaient sans la moindre saillie.

L'entrée principale était close, inaccessible. Vincent se souvint avoir vu une autre entrée dans la rue Émile-Richard, rue moins passante. Avec cette pluie providentielle, peut-être aurait-il plus de chance de ce côté-là. Il redémarra.

La rue Émile-Richard était, elle aussi, déserte. Pas une âme et, curieusement, presque pas de voitures. Il descendit de la Méhari et la pluie le prit de plein fouet. Arrivé à la hauteur du portail de fer, il s'en approcha pour examiner la serrure. Mais quand il posa sa main sur le battant, celui-ci ne résista pas.

Il le poussa et le portail s'ouvrit. Il ruisselait. Après un coup d'œil à la rue déserte, il pénétra à l'intérieur du cimetière. Était-ce l'issue qu'utilisaient les Compagnons ? Sinon qui avait déverrouillé la porte ? Certains Compagnons seraient-ils déjà sur place ?

Vincent remonta l'allée.

Avec cette pluie, il voyait à peine à un mètre. Décor lugubre pour une nuit à vampires. Les caveaux qui se succédaient étaient autant de masses emplies d'entités hostiles. Quel signal allait les libérer ? Cette ambiance finissait par impressionner même si l'on se savait au cœur de Paris, à quelques pas de Montparnasse, de ses cafés et de ses cinémas.

Ici régnait la mort, le silence éternel.

Un mort a-t-il conscience d'être dérangé ? Est-ce un simple corps qui repose ou flotte-t-il autour de ces dernières demeures des âmes égarées à la recherche de cette paix qu'on leur avait promise ?

Vincent entrevit enfin le moulin et pénétra dans l'allée du caveau des Beaucourt. Il alla jusqu'à la porte, mais elle résista. Il s'éloigna et trouva un abri précaire contre un autre caveau. Il ne lui restait plus qu'à attendre, frissonnant sous la pluie qui ne cessait pas.

Du temps passa.

Il avait mal aux yeux à force de vouloir percer l'obscurité qui l'entourait. Là-bas, n'était-ce pas une silhouette qui venait de passer ? Et là, avait-il réellement entendu quelqu'un marcher sur la terre détrempée ? Peu à peu, tout devint fantomatique... Les entités commençaient-elles à rôder ? Vincent guettait le bruit d'ailes, le chuintement des spectres en vadrouille. Les caveaux eux-mêmes semblaient se mettre de la partie, se soulever de terre comme s'ils se trouvaient en état d'apesanteur. Il ferma les yeux un instant, s'essuya d'un revers de manche trempé. À travers les bruits de la pluie, il épiait celui qui trahirait enfin une présence humaine.

Un *floc floc* léger, une ombre vague, flottante... Encore un mirage, une illusion ?

L'ombre se matérialisa soudain dans l'allée, s'immobilisa.

Un bref coup de lumière sur la porte d'un caveau... celui des Beaucourt. Un léger claquement métallique et le bruit de la porte qui se refermait doucement. Vincent soupira en observant la lueur qui dansait maintenant derrière la vitre.

Une lueur faible, incertaine, qui disparaissait progressivement.

Vincent laissa passer deux minutes, puis se rapprocha du caveau.

Il posa la main sur la porte et tourna la poignée. On n'avait pas refermé à clé. À l'intérieur, les dalles de pierre étaient soulevées et une lueur montait des profondeurs. Le cœur battant, la main légère, Vincent poussa la porte et entra. Il referma, enveloppé soudain de silence.

Il se pencha sur l'ouverture.

Une lampe pigeon était posée sur le minuscule autel, éclairant pauvrement le local en sous-sol. Vincent s'engagea sur la petite échelle de fer et commença à descendre. Une fois arrivé en bas, il regarda autour de lui. Le panneau d'ouverture était simplement repoussé contre le mur. Il suffisait de tirer dessus pour accéder au petit couloir.

Qui était entré ?

À peine s'il avait entrevu une masse sombre, floue, incertaine. Où se trouvait l'inconnu ? Il ouvrit sur un couloir obscur et Vincent regretta de ne pas avoir pensé à prendre une lampe. Pour ne pas attirer l'attention, il tira le panneau à lui et se retrouva dans l'obscurité. Il sortit son briquet et donna un coup de lumière à la hauteur du petit renfoncement.

Il n'y avait plus qu'une cape.

Vincent venait à peine d'éteindre quand un léger bruit lui parvint. Il se jeta au fond du réduit tandis qu'apparaissait une pâle lueur. On venait d'ouvrir le panneau d'accès. Mais qui, puisqu'on était déjà entré par là ? La lueur se précisa. Quelqu'un approchait avec une torche électrique. Vincent réalisa alors son erreur. Il avait toujours cru qu'il ne pouvait y avoir qu'une seule personne à accéder à la salle par les caveaux. Celui des Beaucourt faisait donc exception. Cela expliquait les treize places pour les douze issues et aussi la présence de cette seconde cape.

Il était pris au piège.

Collé à la paroi à l'abri illusoire de la cape, il vit la lumière s'approcher, exploser brusquement dans le réduit. Impossible de voir qui se trouvait derrière. Une main se tendit vers la cape, une main, d'homme qui s'immobilisa. La lampe décrivit un mouvement pour éclairer Vincent. Une brève exclamation.

Vincent n'avait pas le choix.

Il attrapa la main et tira dessus. L'inconnu, surpris, n'eut pas le temps de résister et se retrouva déséquilibré au fond du réduit. La lampe tomba ; une brève lutte s'engagea entre Vincent et l'homme dont il percevait le souffle court. Une lutte corps à corps dans cet espace restreint qui ne permettait pas un combat en règle. Quelles règles, d'abord ?

L'homme ne devait pas être un habitué des bagarres. Il se débattait plutôt qu'il ne cherchait à cogner. Ils s'empoignaient, se secouaient, n'arrivant ni à se frapper ni à se lâcher. L'inconnu tentait surtout de se dégager pour fuir et Vincent s'accrochait désespérément à lui pour le repousser à chaque tentative. Ils s'épuisaient dans cette lutte incertaine.

L'homme fit soudain une tentative désespérée et s'élança en prenant appui sur le mur. Vincent prit les revers de son veston à pleines mains et le repoussa d'un coup. Il y eut un choc sourd, mat et Vincent sentit l'inconnu glisser lentement le long du mur sans qu'il puisse le retenir. Incrédule. Il le lâcha. L'homme s'effondra et ne bougea plus. Vincent récupéra la lampe et la dirigea sur le visage de son adversaire. Un moment d'émotion. Puis de stupeur.

Beauchamp.

C'était bien son visage aristocratique que le rayon de lumière mettait en relief.

Tassé dans le fond du réduit, il reposait, la tête penchée sur le côté, les yeux clos. Dans la lutte, sa nuque avait dû heurter la paroi. Vincent eut peur. Mais Beauchamp n'était pas mort, sa poitrine se soulevait.

Alors il lui dénoua la cravate, récupéra un mouchoir, le lui fourra dans la bouche et le bâillonna. Sa propre ceinture et celle de sa victime lui permirent de lier bras et jambes.

Vincent se redressa, attrapa la cape et la posa sur ses épaules.

Un vaste vêtement qui lui tombait jusqu'aux pieds et dont la capuche, une fois relevée, permettait tout juste de voir où on allait. Après un dernier coup d'œil à son adversaire, malgré l'angoisse qui l'étreignait, Vincent s'enfonça dans le boyau.

Lorsqu'il arriva à la fourche, il hésita. Comment savoir où se rendait de Beauchamp ? À gauche, vers une des douze loges ou à droite, vers l'estrade, là où devait se tenir le chef incontestable des Compagnons ? Si cette dernière hypothèse était la bonne, il n'en saurait pas plus, car les douze Compagnons étaient là pour recevoir les instructions de leur chef. Et sans lui… Dans l'autre cas, il fallait qu'il prenne sans tarder la place de Beauchamp, car la réunion ne commencerait que lorsque l'assemblée serait au complet.

À cause de l'idée folle qui lui était venue lorsqu'il était prisonnier, Vincent opta pour l'hypothèse Beauchamp. Il s'engagea dans le couloir de gauche, la main sur la lampe pour ne laisser filtrer qu'un faible rayon de lumière. Il arriva devant le rideau qui permettait d'accéder à la loge et éteignit. Sa main tremblait un peu lorsqu'il souleva le morceau de tissu.

Il poussa un soupir. Le fauteuil était vide.

Il s'y glissa, tête baissée.

Il n'avait pas à craindre d'être reconnu. Seul le chandelier posé sur la table de pierre au centre éclairait la scène. Une scène extraordinaire, fantasmagorique… Autant qu'il pouvait le voir, chaque loge était occupée. Mais on ne distinguait de celui qui s'y trouvait que la masse noire de la cape. Au fond des capuches, les visages étaient totalement invisibles.

Vincent osa enfin relever légèrement la tête et regarder l'estrade.

La cathèdre était occupée par un personnage lui aussi protégé par une cape identique aux autres. Ce qui frappait, c'était l'immobilité des personnes présentes. On eût dit des pénitents sculptés dans la pierre. Même les mains disparaissaient dans les plis du vêtement.

Soudain, Vincent tressaillit. Une voix s'élevait.

Cette voix étrange, métallique, désincarnée qu'il avait déjà entendue sur la minicassette. Mais cette fois, elle avait beaucoup plus d'ampleur et semblait se répercuter sous la voûte. Cette voix sortait du haut-parleur et disait :

– Compagnons d'Éleusis... Nous sommes enfin arrivés au terme de notre lutte. Pendant longtemps, vous avez œuvré pour que notre idéal puisse enfin l'imposer un jour. Et ce jour est venu. À ce combat, nous avons consacré le meilleur de nous-même, nous avons sacrifié nos ambitions personnelles, parfois notre vie... Nous avons durci notre cœur pour ne pas nous laisser aller à de faux sentiments, à une fausse pitié. Parce que nous situions la dignité de l'homme bien au-delà. Nous avons pu douter parfois, craindre aussi... Et nous avons dû triompher d'abord de nous-même, échanger la foi des aveugles contre la vérité des voyants. Une vérité qui se trouvait au-delà du miroir, ce miroir que l'on tend aux hommes depuis des centaines d'années pour leur faire croire qu'ils sont à l'image de Dieu, leur créant ainsi plus d'obligations que de droits.

Vincent écoutait cette voix étrangement modulée mais vibrante, qui finissait par prendre, envoûter... Après un léger silence, la voix reprit :

– Compagnons, grâce à nous, le monde va changer de visage. Malgré nos appels, malgré nos avertissements, les hommes, ou leurs responsables, n'ont pas voulu nous entendre. Nous nous en doutions. Le monstre auquel nous nous attaquons est trop profondément enraciné dans le cœur de l'humanité pour espérer l'en extraire aussi facilement. Il fallait néanmoins faire ces tentatives, car après notre prochaine action couleront du sang et des larmes. Et, comme dans tout combat, c'est d'abord le sang des innocents que l'on verse. Nous nous sommes donné les moyens d'atténuer le choc qui va s'ensuivre, espérons qu'ils seront suffisants. Et j'espère surtout qu'on nous y aidera car notre but ne sera réellement atteint que si on nous apporte cette aide que nous espérons et sans laquelle notre sacrifice aura été vain.

Vincent enregistrait les mots, les phrases sans réagir, flottant en pleine irréalité.

Après un silence, la voix s'éleva de nouveau :

– Vous m'avez entendu plusieurs fois évoquer cette aide et je ne vous ai jamais donné de détails. De longues recherches m'ont permis de penser que ces êtres qui peuvent nous aider existent. Mais il me fallait une preuve. Et cette preuve, je l'ai reçue.

Le dernier mot se répercuta sous la voûte.

Dans les loges, pas un pli de cape ne bougeait.

– L'Agarttha existe, Compagnons… Ce royaume secret des Sages de tous les temps est une réalité. Voilà le vrai but de notre action. Les provoquer pour les amener à réagir. S'ils refusent, nous saurons que l'humanité est à jamais maudite. Ils peuvent éviter que coule ce sang dont je parlais à l'instant. Alors, nous retrouverons les temps d'Éleusis, les temps de la sagesse, ceux où la religion, la science et la philosophie ne formaient qu'un tout. L'image d'une société harmonieuse où l'or retrouverait sa vraie valeur de symbole solaire… celui de la Connaissance.

L'étrange personnage prit encore un temps avant de poursuivre :

– Nous ne nous connaissons pas, Compagnons, mais chacun a sa mission et d'autres qui dépendent de vous ont la leur. Dans ces temps nouveaux qui s'annoncent nous pourrons nous reconnaître sans crainte. Nous réussirons parce que nous sommes des produits non du hasard mais de la nécessité… Des forces hostiles ont tenté de nous trouver afin de nous détruire. Elles n'y sont pas parvenues, mais nous devons rester vigilants. Vos dernières instructions se trouvent sur la table de pierre… À vous, Bélier.

Vincent eut un instant d'émotion. Chacun allait être appelé à tour de rôle… Il respira en voyant, à l'opposé, l'occupant de la loge se lever et aller prendre une petite enveloppe noire. D'autres étaient là autour du chandelier. Et la voix poursuivait : Lion… Vierge… L'appel se faisait dans l'ordre des loges et dans celui des signes. Logiquement, Vincent devait être appelé en dernier.

– Capricorne… Verseau… Poisson…

Par une étrange coïncidence, il occupait la loge de son propre signe.

Il dut faire un effort pour se lever, maîtriser le tremblement qui s'était emparé de lui et marcher d'un pas naturel jusqu'à la table de pierre sur laquelle il se pencha pour prendre la dernière enveloppe. Il fit demi-tour, s'attendant à tout instant à entendre le cri qui le dénoncerait.

Mais rien ne se passa et il retrouva sa place dans la loge.

La voix s'éleva encore :

– Ce message, que vous aurez naturellement à déchiffrer, vous ne devrez l'ouvrir que dans les conditions que vous connaissez. C'est une ultime précaution. En aucun cas, ces instructions ne doivent tomber entre des mains étrangères. Pour le détruire, il vous suffira de le déchirer et le message disparaîtra à jamais. Il contient les moyens de lancer notre action, vous y trouverez le lieu où vous attend ce mal qui doit détruire l'autre mal : l'or. Adieu, Compagnons d'Éleusis. Les temps sont arrivés. Adieu, Compagnons.

Le chef des Compagnons se leva et comme à un signal, les autres se dressèrent à leur tour. Après un léger signe de tête, un à un, en silence, ils quittaient leur loge. Vincent était aussi debout mais il ne bougea pas.

Le moment qu'il avait tant souhaité, cet instant redoutable était venu. Il avait peur mais il resta. Comment allait réagir l'autre devant sa cathèdre ? Faire demi-tour et disparaître ? La silhouette noire pivota légèrement dans sa direction.

Vincent reçut la voix comme un choc.

– Qu'avez-vous, Poisson ?

26

Vincent hésita et fit un pas en avant.

Tout pouvait arriver, tout. D'une main qui tremblait un peu, il rejeta le capuchon en arrière, découvrant ainsi son visage. Là-bas, sur l'estrade, l'étrange personnage eut comme un sursaut. Vincent entrevit le micro que dissimulait la cape.

– Comment avez-vous pu être ici ce soir ?

– Quelle importance... puisque j'y suis ?

– Pourquoi n'avez-vous pas tenu compte de nos avertissements ?

– Je voulais savoir, comprendre...

– Vous avez surpris ce soir des secrets interdits et vous croyez avoir compris ?

– Peut-être... sinon comment serais-je ici ?

Après un silence, la voix reprit :

– Comment avez-vous découvert cet endroit ?

C'était une étrange scène. Lui, planté au milieu de la salle et ce mystérieux personnage qui, dans l'ombre de l'estrade, le dominait.

– C'est... c'est à cause de Saint-Gervais et de cette crypte... C'était une belle et merveilleuse histoire, trop belle, peut-être... Alors, j'ai pensé que cela devait masquer une autre explication, bien plus belle encore, bien plus fantastique...

La voix ne fut qu'un murmure :

– Laquelle ?

– Comme les vivants se dérobaient, j'ai interrogé les morts.

Vincent pointa le doigt vers la voûte, poursuivit :

– L'ingénieur Beaucourt, par exemple.

– Beaucourt ? Que savez-vous de lui ?

La voix était à peine audible mais Vincent y devina un soupçon d'inquiétude.

– C'était un ingénieur qui s'occupait de travaux publics. Du percement du métro, notamment. C'est lui qui s'est occupé de la ligne un, celle qui passe sous la rue de Rivoli… juste à l'endroit où se trouvait jadis la maison de Nicolas Flamel.

Vincent s'arrêta un instant, reprit :

– Pendant les travaux, Beaucourt est tombé sur un coffre qui se trouvait dans une cache secrète. Dans ce coffre, il y avait des parchemins…

– Qui vous l'a dit ?

– Mais… lui-même. Il l'a écrit dans son journal.

– C'est impossible ! Vous n'avez pas pu lire ce journal.

– Pourquoi ?

Sur l'estrade, la silhouette s'agita, montrant ainsi son émotion.

– Vous ne pouvez pas avoir lu ce journal parce que… je l'ai en ma possession.

Vincent resta un instant perplexe.

– Je n'invente rien… C'est ce journal qui m'a permis de tout comprendre.

– Tout… vraiment ?

– Enfin, je crois… Beaucourt a achevé son journal sur ces mots : *Mutus Liber*. *Mutus Liber* est un ouvrage du XVIIe, véritable clé illustrée de l'alchimie. Je me suis donc posé d'autres questions. Pourquoi la maison de Romorantin a-t-elle explosé une nuit de 1942 ? Pourquoi un four ? Pourquoi la fille de Beaucourt, Rose, y habitait-elle seule, se livrant à d'étranges occupations ? Rose Beaucourt ramassait au petit matin la rosée à l'aide d'un drap blanc. C'est une pratique des alchimistes. Cette rosée est, paraît-il, indispensable pour parvenir au Grand Œuvre, à la pierre philosophale, à la nécessaire Connaissance qui permettra de fabriquer de l'or… Comment mettre sur le marché de l'or en quantité illimitée, sans avoir à l'extraire ou à le voler ?

Il prit un temps avant de laisser tomber :

– Il suffit de le fabriquer.

Là-bas, la silhouette était de nouveau immobile.

Le regardait-on ?

Le silence se prolongeait et Vincent sentit une vague inquiétude monter en lui.

Enfin la voix s'éleva, avec lenteur cette fois.

– Qui êtes-vous réellement ?

– Moi ? demanda-t-il surpris. Mais je suis Vincent Delamare.

– Vous n'êtes pas *seulement* Vincent Delamare, vous êtes *aussi* quelqu'un d'autre sinon vous ne seriez pas parvenu jusqu'à nous. Rien ne pouvait vous permettre de nous découvrir et surtout pas ce journal qui ne m'a jamais quitté.

– Qu'en savez-vous ?

– Il est en lieu sûr.

– Dans un tiroir de secrétaire à Meudon ?

– Cessez de vous jouer de moi. Il n'a jamais été dans ce secrétaire. Et en supposant que par impossible, vous ayez lu ce journal, il n'aurait pu vous apprendre comment venir jusqu'ici. Pourquoi prétendre que vous n'êtes que Vincent Delamare ?

– Pourquoi n'aurais-je pas découvert la vérité seul ?

– Seul ?

Vincent dit lentement :

– *Au cœur de la nuit éternelle, grandes ouvertes étaient nos ailes…*

– Si vous savez tout, pourquoi jouez-vous ce jeu ?

– Je ne joue pas. J'ai lu ces lignes sur une feuille. Il y avait douze croix sur cette feuille et ces croix reliées entre elles donnaient le dessin d'un moulin. Au centre, une rose signalait le caveau des Beaucourt. Et cette feuille, je l'ai trouvée dans le journal.

– Et vous prétendez avoir découvert tout cela seul ? Vous êtes bien naïf.

Vincent commença à être troublé. D'autres questions surgirent. Pourquoi avait-il trouvé à Meudon un journal qui n'aurait pas dû y être ? Qui lui avait parlé des Beaucourt ? Et du moulin ? *Tu as trouvé trop facilement*, avait dit Sophie.

– Qui vous a aidé ? demanda la voix.

– Personne. Je vous le jure.

Mais sa voix manquait d'assurance.

– Vous mentez ou bien…

– Ou bien ?

– … quelqu'un se joue de vous… et de moi. Il n'y a pas d'autre solution. Si vous n'êtes pas des leurs, ils vous ont manipulé.

– Comme vous m'avez manipulé ?

– Nous n'avons voulu que nous protéger. Ils se sont servis de vous pour parvenir jusqu'à nous.

– Ils ? De quels « ils » parlez-vous ?

Comme l'inconnu restait silencieux, il insista :

– Quels « ils » ?

Ceux qui l'avaient manipulé ? Ceux qui lui avaient permis de trouver *trop* facilement ?

Là-bas, on hésitait. Après un silence, la voix reprit un ton plus bas :

– On ne peut pas les nommer.

– Pourquoi ?

– Parce qu'ils échappent à l'entendement humain… parce qu'ils sont les maîtres du temps.

– Vous en parlez comme si c'était des dieux…

– Nous ne connaissons que leur existence… nous avons voulu les provoquer… enfin, provoquer leur intervention pour que cesse cette folie qui détruira bientôt le genre humain mais… malheureusement, votre présence ici me laisse penser que nous avons échoué.

– Vous semblez leur en vouloir…

– Les dieux n'ont pas de cœur, on le sait depuis l'Olympe.

Des dieux. Maintenant, il était question de dieux. La raison de Vincent, tout à coup, se révolta. Il lui semblait avoir pénétré dans un interminable tunnel, dans un univers flottant, sans repères, semblable à celui où évolue Orphée lorsqu'il descend aux Enfers dans le film de Cocteau. Ces Compagnons d'Éleusis ne seraient-ils finalement qu'une secte d'illuminés ?

La voix, soudain, reprit avec lenteur :

– Pour que vous me croyiez, pour que notre action n'ait pas été inutile, je vais les trahir. Je vais les trahir, Vincent, les trahir à votre seul profit. Ils ne peuvent imaginer que des initiés puissent trahir d'autres initiés. Peut-être suis-je en train de vous faire un cadeau empoisonné car tel que je vous connais, vous n'aurez plus de paix après ce que je vais vous dire. Mais je ne peux imaginer qu'ils se désintéressent ainsi des hommes.

Était-ce bien lui qui écoutait cet étrange personnage à la voix métallique, était-ce bien lui auquel on s'apprêtait à dévoiler un fabuleux et inquiétant secret ? S'il y avait un nouveau piège, il ne voyait pas lequel.

– Vous avez parlé d'initiés… Quel rapport avec Éleusis ? demanda-t-il.

– La clé du mystère est là-bas. En Grèce.

– Quel mystère ?

– Je ne vous ai pas parlé de dieux par hasard. Là-bas, au sein de l'Olympe, il y a bien longtemps, des dieux et des déesses ont tenté de transmettre une part de divin à l'homme. Mais les hommes ont renié leurs dieux et dévoyé la Connaissance qui leur avait été donnée. Ils n'ont su qu'en faire une arme de destruction. Peut-être que l'humanité est maudite à jamais, abandonnée des dieux.

– L'Olympe n'est qu'une légende, non ?

– Il n'y a pas de légende sans fond de vérité, vous le savez. Quelque chose existe, une force, une entité, peu importe son origine et le nom qu'on lui donne. Croyez-vous l'homme capable de résoudre seul les énigmes de l'univers ? Nous sommes au cœur du mystère.

– Celui du Grand Œuvre ?

– Ce n'est qu'une partie de l'énigme. Mais je vous en ai déjà trop dit. La Connaissance est un chemin solitaire et exigeant. Êtes-vous prêt à vous dépouiller de tout orgueil, de toute vanité, pour vous engager sur ce chemin ?

Vincent hésita. Ce qu'il allait dire était essentiel.

– Avec vous, oui.

L'espace d'un instant, il eut l'espoir fou que quelque chose allait se passer. Mais après un silence, la voix métallique reprit :

– La solitude ne se partage pas.

– Vous me parlez d'un monde dont l'amour semble exclu, s'irrita Vincent. C'est l'avènement de ce monde-là que vous souhaitez ? Je préfère que les hommes puissent mourir malheureux et imparfaits dès l'instant qu'ils sont aussi capables d'amour fou.

– Découvrez ces êtres dont nous ignorons presque tout, essayez de savoir s'ils ont voulu, en des temps reculés, le bonheur de l'humanité. Découvrez qui ils sont, d'où ils viennent, forcez-les à se dévoiler... l'amour sera peut-être la récompense. L'amour et la sagesse. Gardez cette lettre qui ne vous était pas destinée : si vous savez la déchiffrer, elle vous donnera les moyens de poursuivre votre quête.

– C'est votre manière de vous venger d'eux... s'ils existent ?

– Ils existent. Et je vous sème comme une graine.

D'un geste bref, l'inconnu se débarrassa du micro et le posa sur la cathèdre. Dans un ample mouvement de cape, la silhouette se retourna, soulevant déjà le rideau qui l'isolait du couloir...

Alors, Vincent cria soudain :

– Emmanuelle !

La silhouette s'immobilisa, comme pétrifiée.

Vincent courut jusqu'au pied de l'estrade, reprit d'une voix pressante :

– Car si vous n'êtes pas Emmanuelle, qui êtes-vous ?

– Adieu...

L'avait-il réellement entendu, cet adieu ? Les mains crispées sur le bord de l'estrade, tête baissée, il cherchait les mots qu'il devrait dire, le geste qu'il faudrait faire... Lorsqu'il releva enfin la tête, l'estrade était déserte.

Il y monta et souleva le rideau. Il était seul.

Jusqu'au dernier moment, il avait espéré un signe, un mot.

Il resta là, appuyé au mur, finissant presque par douter de ce qui s'était dit dans cette salle... Il réagit enfin, emprunta le couloir à tâtons, se heurtant aux parois, butant sur le sol mal nivelé. Lorsque sa main rencontra enfin le vide du réduit, il sortit son briquet et l'alluma. Beauchamp avait disparu. Il ne restait par terre que les ceintures et une cravate chiffonnée. Vincent courut jusqu'au panneau d'ouverture et une sueur froide l'envahit lorsqu'il constata qu'il était fermé.

Il était prisonnier de ce sous-sol, face à ce panneau qui ne vibrait même pas lorsqu'il frappait dessus avec les poings. Était-il condamné à rester ici, oublié de tous ? Qui aurait jamais l'idée de venir l'y chercher ? Qui pouvait connaître le secret de ce souterrain ?

Son briquet s'éteignit et Vincent se retrouva plongé dans l'obscurité. Ne pas céder à la panique, faire face à la situation. Méthodiquement, il commença à explorer le panneau. Il était impossible qu'il n'y eut pas un système d'ouverture de ce côté. Assez haut, sa main rencontra enfin un relief. Il le palpa. Une masse métallique qui ressemblait… oui, qui ressemblait à une croix. Il la tourna…

… et le panneau enfin libéré pivota silencieusement sur ses gonds.

Dehors, la pluie d'orage avait provisoirement cessé. De grosses gouttes tombaient des arbres, s'écrasaient dans un bruit mat. Vincent surgit du caveau et se mit à courir dans l'allée. Plus haut, il aperçut une silhouette enveloppée dans une longue cape que deux hommes semblaient vouloir entraîner malgré elle…

Vincent cessa de courir.

Prévenu par Lelong, Verdier s'était garé au-dessus du portail du cimetière.

Il était seul, au volant, car même un chauffeur dévoué ne doit pas partager certains secrets. Le banquier avait pu juger de l'efficacité de Lelong. Tout s'était passé dans la plus grande discrétion et la sortie échelonnée des inconnus avait facilité l'opération. En peu de temps, ils s'étaient tous retrouvés dans deux camionnettes anonymes, prévues à cet effet.

Mais ce qui intéressait Verdier, c'était la dernière personne, le chef. Ce dernier se faisait attendre. Depuis longtemps déjà, les autres comparses étaient entre les mains des hommes de Lelong. Que se passait-il donc. Leur chef avait-il une issue inconnue de tous ?

L'arrière d'une des camionnettes s'ouvrit et Verdier vit Lelong en descendre. Il se dirigeait vers sa Mercedes. Le banquier baissa sa vitre. Mais Lelong fit le tour de la voiture, ouvrit la portière côté passager et s'installa près du banquier. Verdier devinait tout juste son visage.

– Et leur chef… où est-il ?

– Ne craignez rien, mes hommes se sont assurés de sa personne.

Un silence puis il reprit :

– On a un autre problème…

– Les autres ont fait des difficultés ?

– Non… et pour cause.

Quelque chose dans le ton alerta Verdier.

– Que se passe-t-il ?
– Un paramètre que nous n'avions pas prévu, monsieur Verdier.
– Quoi ?
– Eh bien, en ce moment, nous retenons, entre autres, un ancien ambassadeur du Brésil, un consul américain, un gros industriel japonais, un célèbre écrivain allemand, un banquier français que vous connaissez, peut-être, M. Amaury…
Verdier écoutait l'énoncé de la liste des Compagnons…
Il répéta machinalement :
– Amaury…
– Ça va trop loin, reprit Lelong. Si nous choisissons de les… mettre à l'écart, demain, c'est le scandale, et personne ne nous couvrira. Ni vous ni moi.
– Que disent-ils ?
– Rien pour l'instant, ils sont même assez détendus. Que peut-on leur reprocher ? Une promenade nocturne dans un cimetière ? D'autant qu'ils ne semblent même pas se connaître.
Verdier avait du mal à renoncer.
– Vous savez bien qu'il s'agit de tout autre chose.
– Non, dit Lelong en regardant ailleurs.
Verdier comprit ce qui signifiait ce « non » de Lelong.
Qui reprenait :
– Nous les connaissons et cela devrait suffire à les faire se tenir tranquilles. Ils ont tous eu la même réaction lorsqu'on les a arrêtés. Ils ont détruit une petite enveloppe noire qui devait certainement contenir leurs instructions.
– Vous n'avez pu en sauver aucune ?
– Les textes se sont effacés dès qu'ils les ont exposés à la lumière.
Verdier regarda enfin le visage impassible de Lelong. Il savait depuis quelques instants que l'honnête homme se désolidarisait. Il devait penser à sa carrière, aux retombées probables. Il ne croyait plus à la protection de Verdier, cela allait trop loin, c'était trop grave. Et Verdier était assez réaliste pour savoir aussi que sa propre invulnérabilité avait ses limites.
– Que décidez-vous ? demanda Lelong.

Verdier savait très bien que l'autre ne lui demandait cela que pour la forme, que pour lui laisser l'illusion d'un choix possible. Une manière de le ménager.

– Libérez-les, soupira-t-il. Larguez-les dans un coin discret de banlieue. Mais…

Retrouvant toute son agressivité, il insista :

– … je veux leur chef.

Comme Lelong semblait réticent, Verdier ajouta :

– Qui sait ? Il n'est peut-être pas trop tard pour traiter avec eux ?

– Vous le pensez vraiment ?

– C'est le personnage clé, soupira Verdier.

– Je suis de votre avis. C'est aussi le seul qui soit dangereux.

Après un silence, Lelong demanda :

– Et s'il refuse ?

– Eh bien… nous ne resterons pas longtemps ensemble.

Les deux hommes s'observèrent un instant. Lelong montra des silhouettes floues qui s'approchaient comme des danseurs dans cette espèce de vapeur d'eau qui montait des trottoirs.

– Le voilà.

Verdier ouvrit sa portière et descendit en même temps que Lelong.

Les deux hommes observaient la silhouette noire encadrée par ses deux gardiens. Le capuchon rabattu sur le visage ne permettait pas d'en distinguer les traits. Verdier soupira, pensa au carnaval de Venise. Verdier détestait les carnavals. Le groupe s'arrêta devant lui. L'inconnu se tenait la tête obstinément baissée. Lelong s'en approcha et voulut rejeter la capuche en arrière.

– Non ! cria Verdier.

Il ouvrit la portière de sa Mercedes et fit signe à la silhouette noire de s'y installer.

Il alla s'asseoir derrière le volant, démarra.

Lelong regarda la voiture s'éloigner, se retourna vers ses hommes.

– Libérez les autres quelque part en banlieue.

Puis il se dirigea vers une DS noire.

Seul.

Au volant, Verdier ne voyait que le profil de la cape.

– Écoutez, dit-il. Je suis prêt à discuter. Vous n'ignorez pas que je ne suis pas seul dans cette affaire et que je peux négocier au nom du Cartel. Si nous faisions des concessions de part et d'autre, nous pourrions nous entendre.

– Sur quoi ?

La voix le fit sursauter et il faillit faire une embardée lorsque la capuche tomba.

– Emmanuelle..., bégaya-t-il, incrédule. Emmanuelle...

La jeune femme le regardait, impassible, sans paraître autrement émue.

– Sur quoi pourrions-nous nous entendre ?

Après un moment de silence, Emmanuelle demanda :

– Où m'emmenez-vous ?

– Où vous voudrez.

– Alors ramenez-moi chez moi.

Il lui jeta un rapide coup d'œil, souriant presque.

– Je vous admire, dit-il sincèrement.

Et ce fut de nouveau le silence, seulement troublé par le bruit des essuie-glaces.

– Comment avez-vous su ? Vincent ?

– Indirectement... oui.

Le regard d'Emmanuelle s'adoucit.

– Ma seule faiblesse... Le seul homme qui aura jamais compté dans ma vie.

– Vous l'aimez, n'est-ce pas ?

– Je n'en ai pas le droit.

Verdier répliqua avec une ironie méchante :

– À cause de votre mission sacrée ?

– Vous ne savez rien de nos buts.

– Mais je sais tout de vos moyens.

– Vraiment ?

– Qu'espériez-vous donc obtenir ? Le bien de l'humanité ?

– Je l'espère toujours.

Ils se regardèrent et Verdier reçut le choc de cet œil vert, tranquille.

– Vous ne renoncerez donc jamais ?

Elle n'avait même pas besoin de lui dire non.

Il s'appliquait à conduire comme s'il n'y avait rien de plus essentiel.

– Écoutez..., reprit-il enfin. Je ne suis pas hostile à cet idéal que vous défendez. Croyez-vous donc que mon unique préoccupation soit de faire souffrir des gens que je ne connais même pas ? Seulement, les choses ne sont pas si simples... Une humanité heureuse, ça ne s'improvise pas, et je ne vois pas bien comment elle surgirait du chaos que vous voulez provoquer. Nous sommes déjà dans un chaos. Ne croyez-vous pas qu'il y a d'autres moyens ?

– Qui ménageraient vos intérêts ?

– Il s'agit avant tout, dit-il avec un soupir, de garder la tête froide et de s'entendre entre gens raisonnables, conscients de leurs responsabilités. Vous nous avez prouvé que vous disposiez de moyens conséquents et que vous avez su gagner à votre cause d'importantes personnalités. Ça veut dire que nous devons compter avec vous. Eh bien, entendons-nous.

– Un compromis, en quelque sorte ?

– Pourquoi pas ? Vous savez ce que représentent des hommes comme nous. L'économie mène le monde et nous sommes donc les vrais maîtres du jeu. Nous faisons depuis longtemps les hommes politiques que nous voulons et nous les défaisons à notre guise. À eux la vanité, à nous le pouvoir.

– Et si c'était précisément cela que nous voulons détruire ?

– Nous sommes prêts à en discuter. Il suffit de trouver un terrain d'entente.

– Et s'il n'y en avait pas ?

Verdier commençait à donner quelques signes de nervosité.

– La vérité n'est pas dans les extrêmes. Moi, je suis pour les compromis.

Elle se tourna vers lui. Arrêté à un feu rouge, tenant son volant comme s'il en avait besoin pour rester droit, il regardait au loin.

– Je n'ai pas envie de vous faire la guerre, dit-il à mi-voix.

– Alors acceptez de nous aider sans condition.

Verdier redémarra. Ils traversaient maintenant la Seine.

Le banquier soupira de nouveau.

– Je manie mieux les chiffres que les mots, mais… je voulais vous dire… J'ai souvent pensé que nous pourrions nous entendre aussi… sur un autre plan.

Il la regarda rapidement, ajouta :

– Vous comprenez ?

Qui aurait pu dire ce qui le poussait à parler ainsi ? L'amour… ou l'intérêt ? Les deux, sans doute. Et bien d'autres sentiments contradictoires. Jusqu'à la découverte d'Emmanuelle, il accomplissait un devoir, une manière de croisade. Il s'agissait de défendre sa conception du monde contre une bande de malfaisants, d'infidèles et autres croquants. Maintenant, il avait la sensation d'être trahi par sa propre classe, frappé dans le dos. Emmanuelle, Amaury…

Tu quoque, fili.

Ils remontaient la rue de Turenne. Dans quelques minutes, ils arriveraient devant le magasin, dans quelques minutes ils n'auraient plus rien à se dire… Emmanuelle avait répondu. Verdier aurait bien voulu en dire plus, mais il n'avait jamais su manifester ses sentiments. Il n'en avait jamais éprouvé le besoin non plus. Il trouvait à cela quelque chose de vulgaire et d'indécent.

Tandis qu'ils arrivaient à la place des Vosges, il se contenta de dire :

– Avez-vous vraiment le choix ?

La voiture tourna autour de la place et s'arrêta enfin près du trottoir central qui entourait le square. La boutique était de l'autre côté de la voie. Emmanuelle renversa la tête en arrière.

– Nous ne sommes pas seuls.

– Que voulez-vous dire ?

– Ne me dites pas que vous l'ignorez… vous qui prétendez tout contrôler.

Il l'observa, perplexe, mal à l'aise. Il aurait aimé la prendre par les épaules, la secouer, faire naître sur ce visage beau et lisse l'ombre d'un sentiment, même de peur ou de haine, qu'importait. Mais cela non plus, il ne le pouvait pas. Cela ne se faisait pas. Dans son rétroviseur. Il aperçut une DS noire qui lui était familière.

– Alors, vous préférez la guerre ? soupira-t-il.

– C'est de vous que cela dépendra.

– Vous prétendez vouloir faire le bonheur de l'humanité, mais qui êtes-vous donc, vous, devant qui personne ne trouve grâce... pas même Vincent ?

– Personne... Non... personne.

Elle avait murmuré le mot et Verdier frissonna.

Ce masque, ce beau masque impassible, il était donc impossible de l'arracher ?

– C'est votre dernier mot ?

Elle hocha la tête. Verdier cessa de la regarder.

– Alors... adieu.

Maintenant, c'était elle qui l'observait. Elle parut avoir une dernière hésitation. Allait-elle enfin sortir de son armure, accepter le dialogue ? Non. Elle ouvrit la portière de la voiture et descendit. Verdier eut un geste pour la retenir, mais lui non plus ne pouvait sortir de son personnage. Elle s'éloignait déjà, approchait des arcades... Verdier parut sortir d'un long cauchemar.

Il regarda, derrière lui, la DS garée tout près.

Là-bas, Emmanuelle était arrivée devant sa porte, cherchant ses clés.

Verdier vit la DS noire qui démarrait, s'interposait entre lui et Emmanuelle.

Deux coups de feu claquèrent, assourdis.

Verdier lança son moteur.

Lelong était un homme qui savait interpréter les non-dits.

Verdier démarra à son tour avec un pincement au cœur qui le surprit. Il se refusa à regarder Emmanuelle qui, là-bas, vacillait et il était déjà loin lorsqu'elle bascula en avant contre la porte de son magasin qui s'ouvrit brusquement sous son poids.

Un cri jaillit dans la nuit

– Emmanuelle !

Quelqu'un bondit d'une voiture, courut sous la pluie en direction du magasin.

Vincent.

La place était de nouveau silencieuse. Haletant, il arriva à la porte du magasin. Emmanuelle était tombée à plat ventre à l'intérieur, presque recouverte par l'immense cape noire. Immobile. Vincent s'agenouilla près d'elle, balbutiant :

– Emmanuelle… réponds-moi.

Il se pencha sur elle et la prit par les épaules, la retourna…

… et poussa un cri d'effroi.

Il lâcha le corps, se releva, incrédule, secoué de tremblements.

Ce n'était pas Emmanuelle.

Reposait à ses pieds une vieille femme, une très vieille femme au visage ridé, parcheminé.

ÉPILOGUE

– Vous avez voulu savoir… quel dommage.

Qui avait parlé ?

Vincent se sentait devenir fou.

Son œil se fixa enfin sur une silhouette qui émergeait de l'ombre du magasin.

Beaumont.

Vincent se releva en balbutiant :

– C'était elle… elle… Emmanuelle…

Impassible, Beaumont lui prit le bras pour l'entraîner.

– Ne restons pas ici… venez.

Vincent résista. Il ne pouvait détacher son regard de ce corps inanimé, comme s'il attendait l'impossible miracle qui ferait surgir du linceul noir de sa cape cette femme mystérieuse, cette éternelle et belle Emmanuelle qu'il avait aimée en vain.

Enfin, il se laissa emmener par Beaumont.

Comme ils sortaient, la Rolls s'arrêta silencieusement devant eux.

Beaumont y fit monter Vincent et s'installa près de lui. La voiture démarra aussitôt. Vincent, ruisselant, tremblait. Beaumont l'observa un instant, puis d'un vide-poches, il sortit une flasque d'alcool et la lui tendit. Ils roulèrent un moment en silence. Beaumont laissait Vincent se remettre lentement du choc. Celui-ci murmura enfin :

– C'était Emmanuelle…

– Oui… et non. Elle s'appelait en réalité Rose Beaucourt.

– Rose Beaucourt aurait soixante-neuf ans…

Comme s'il se parlait à lui-même, il poursuivit :

– Ou alors elle avait découvert le secret de l'éternelle jeunesse… cet élixir des alchimistes lié à la recherche du Grand Œuvre… et aussi à la fabrication de l'or. (Il regarda Beaumont.) C'était bien ça son secret, n'est-ce pas ? Le secret de Flamel.

– Cessez donc de divaguer. Emmanuelle n'a jamais existé et il va vous falloir tout oublier.

Après un silence, il reprit :

– Rose Beaucourt est morte. Et tout est rentré dans l'ordre.

– Votre ordre, je suppose ? dit Vincent en se retournant vers lui. Cet ordre bourgeois qui n'admet pas d'être remis en question et au nom duquel on préfère tuer, écraser… Vous étiez là et vous n'êtes pas intervenu…

– Je n'en avais pas le droit.

– Pas le droit ? Mais…

Il se tut soudain. Il entendait la voix métallique lui dire : *On ne peut pas les nommer. Ils échappent à l'entendement humain parce qu'ils sont les maîtres du temps.*

Avec une certaine douceur, Beaumont dit :

– Il le fallait, Vincent.

– Mais pourquoi… pourquoi ?

– Les temps ne sont pas venus. L'homme ne méritera son bonheur que lorsqu'il aura réellement pris conscience de son malheur. C'est la loi. Les hommes aiment trop se complaire dans la violence. Lorsqu'ils auront compris que cet instinct de mort ne peut les sauver, alors, peut-être… Emmanuelle… Rose Beaucourt a trahi la connaissance qu'elle avait acquise. Elle avait le cœur généreux mais la tête folle. C'est son orgueil qui l'a perdue.

Vincent regarda Beaumont.

– Un cœur généreux ne vous inspire donc aucune pitié ?

Le financier se tourna vers lui.

– Nous ne pouvions pas la sauver.

– Pourtant vous saviez… puisque vous vous êtes servi de moi… Vous m'avez aidé à retrouver la trace de Beaucourt, vous avez volé son journal pour que je puisse le découvrir… vous m'avez libéré lorsque les Compagnons me retenaient prisonnier, vous avez manœuvré tout le monde… Sophie… Verdier… même Emmanuelle. Vous saviez ce qui se passerait… vous le saviez et vous avez laissé faire. Vous êtes un lâche.

– Ce mot n'a aucune signification pour moi.

Las, Vincent se laissa aller dans l'angle de la banquette.

La Rolls semblait glisser sur la chaussée mouillée.

– Emmanuelle était libre. Elle pouvait renoncer et se sauver. De tout temps, les hommes ont eu leur libre-arbitre. Ils doivent le conserver jusqu'à ce qu'ils sachent enfin distinguer le Bien du Mal. Alors, ils seront sur le chemin de la sagesse.

– Et vous les aiderez ?

– Que vous a dit Emmanuelle ?

Comme s'il se sentait soudain menacé, Vincent dit, très vite :

– Mais rien… rien. Qu'aurait-elle pu me dire ?

Beaumont lui lança un rapide regard mais se contenta de murmurer :

– Elle vous aimait… mais c'était un amour impossible, car elle devait se défier de l'amour comme de la mort. Sa jeunesse était à ce prix.

Vincent regardait Paris défiler à travers la vitre ruisselante et il lui était difficile de savoir si c'était la pluie ou ses larmes qui brouillaient sa vision… Il sentit enfin une sorte de paix revenir en lui, quelque chose de doux et d'infiniment triste qu'il porterait longtemps comme une blessure… ou comme un don. Il se retourna enfin vers Beaumont pour lui demander :

– Qui êtes-vous ?

Comme l'autre ne répondait pas, il insista :

– Et si je racontais tout ?

– Qui vous croirait ? Vous êtes seul à savoir et vous n'avez pas la moindre preuve.

– Si : vous.

Beaumont sourit. Il se pencha vers le vide-poches et en sortit un journal qu'il tendit à Vincent. D'un geste, Beaumont l'engagea à le lire. Vincent déplia enfin le journal. C'était l'édition toute fraîche d'un quotidien du lendemain matin.

Le titre lui sauta aux yeux :

Puis dessous :

> *Le financier bien connu Marc Beaumont s'est suicidé hier après-midi dans son hôtel particulier de la rue Las-Cases. Le corps a été découvert par un...*

– C'est l'édition qui sera mise en vente tout à l'heure dans les kiosques, expliqua paisiblement Beaumont.

Vincent lâcha le journal.

De nouveau, cet univers qu'il avait pressenti, cet univers situé au-delà du réel, au-delà des apparences, cet univers le frôlait de son aile noire. *Ils* avaient tout prévu. Et cet homme qui lui souriait, cet homme dont la mort était déjà annoncée dans les journaux.

La pluie avait cessé.

La Rolls ralentit, puis s'arrêta.

Vincent découvrit sans surprise la rue sombre et déserte.

Sa rue.

– Qu'allez-vous faire maintenant ? demanda Beaumont dans son dos.

Le ciel se dégagea, s'éclaircit derrière les toits.

La lune peut-être ou bien l'annonce d'un jour nouveau...

Vincent se sentit soudain autre, sorti enfin de ses dernières incertitudes.

Il pensa à cette enveloppe qui se trouvait dans sa poche.

À ce que lui avait dit Emmanuelle.

Et à la Grèce.

Non, Beaumont ne savait pas tout. Et ce fut presque souriant qu'il chuchota :

– Je vais continuer. Chercher... oui, chercher...

Il ouvrit la portière et descendit.

Silhouette fragile, somnambulique, noyée dans l'aube brumeuse de Paris.

Beaumont le regardait.

– Alors... à bientôt, murmura-t-il.

Impression réalisée sur CAMERON
par BRODARD ET TAUPIN
La Flèche
en avril 2005

Dépôt légal : avril 2005
N° d'impression : 29567

Imprimé en France